W0289351

Hannes Glanz • Schwindelfrei

Coverdesign von Marco Horwat

ISBN 978-3-7059-0368-5
1. Auflage 2014
© Copyright by Hannes Glanz
www.hannes-glanz.at
© Copyright by Herbert Weishaupt Verlag, A-8342 Gnas
Tel.: 03151-8487, Fax: 03151-84874
e-mail: verlag@weishaupt.at
e-bookshop: www.weishaupt.at
Sämtliche Rechte der Verbreitung – in jeglicher Form und Technik – sind vorbehalten.
Druck und Bindung: Druckerei Theiss GmbH, A-9431 St. Stefan
Printed in EU

Hannes Glanz

# Schwindelfrei

*Inspektor Maringers zweiter Fall*

Kriminalroman

Weishaupt Verlag

*Für*
*Walter und Harald,*
*deren treue Freundschaft*
*mich durch die Jahre trägt*

# Inhalt

# Prolog

Der Mann mit den dichten weißen Haaren atmet schwer. Schweiß glänzt auf seinem Gesicht, er wirft sich unruhig von einer Seite auf die andere. Es ist noch dunkel, nur der Schein einer alten Straßenlaterne zeichnet ein Gemälde aus diffusen Schattenmustern auf den Boden seines Schlafzimmers. Ihr Strahl bahnt sich einen Weg durch dunkelgrüne Fensterläden, die schon seit vielen Jahren nicht mehr richtig schließen.

Auch im Traum, der den schlafenden Mann gefangen hält, ist das Licht von einer undefinierbaren Farbe. Wolkenverhangenes Dunkelgrau einer Herbstnacht, in das sich schmutzige gelbe Spritzer von vereinzelt noch beleuchteten Häusern mischen, liegt über dem Tal. Seine Augen blicken von der höchsten Stelle im Norden auf schmale Straßen, aneinander gedrängte Ortschaften und Felder, die unter schwerer Frucht den nächsten Tag erwarten, an dem endlich die Ernte beginnen soll.

Plötzlich fährt ein tiefes Grollen wie Donner mit solcher Heftigkeit aus den Bergen, dass der Mann in einem unbewussten Reflex die Hände vors Gesicht reißt – er tut es im Traum wie auch in der Wirklichkeit seines Schlafzimmers. Ein leises Stöhnen dringt aus seinem Mund, und der Laut verfängt sich in den Bildern, wo sonst nur unheilvolle Stille herrscht. Doch kein Gewitter hat den Lärm verursacht, auch wenn viele daran glauben, wie der Mann in seinem Traum weiß. Es regnet nicht, und auch dem Wind wurde Einhalt geboten. Das Grollen aber hört nicht auf, wird noch lauter, es kommt aus dem Inneren des Berges, von wo der alte Mann in jener Nacht hinunterschaut.

Das Tal scheint zu schlafen, ruhig und friedlich wie seit Hunderten von Jahren. Die Bedrohlichkeit der Atmosphäre dringt nicht in die kleinen Häuser. Nur die Augen des Mannes, die noch immer an der gleichen Stelle ruhen, weiten sich vor Entsetzen, als sie bemerken, dass die Erde zu zittern beginnt und mit ihr die Bäume am

Hang des Berges. Ihre Wipfel neigen sich zum See hin, als würden sie einem neuen Gott huldigen, der herabgestiegen ist, um Rache zu üben für die Hybris der Menschen, der Natur immer ihren Willen aufzuzwingen. Der Mann durchschaut diese gigantische Anordnung eines Täuschungsmanövers aus Donner und Nacht, denn sein Blick ist im Traum so geübt und aufmerksam wie im richtigen Leben. Es ist noch dunkler geworden, Straßenlaternen verlöschen oder werden aus ihrer Verankerung gerissen, bald wird das Zittern das gesamte Tal erfassen, die Katastrophe ihren Lauf nehmen.

Im dunklen Schlafzimmer ballt sich die linke Hand des Mannes zur Faust, als wolle sie etwas zerdrücken, ungeschehen machen. Sie zittert dabei unkontrolliert; eine fremde, ungewohnte Regung, die nichts mit der auf Millimeter genauen Sanftheit verbindet, in welcher sie sich sonst zu bewegen gewohnt ist. Nur die glückliche Fügung, dass er sich am nächsten Morgen nicht mehr daran erinnern kann und seine Finger in alter Gewohnheit ihre Arbeit tun, bewahrt ihn vor dem endgültigen Scheitern.

Und plötzlich geht alles so schnell, obwohl die einzelnen Szenen wie in Zeitlupe vor seinem Inneren ablaufen. Mit einer größeren Gewalt, als eine Sprengung sie je erzeugen könnte, löst sich die komplette Bergspitze, reißt unzählige Bäume, Tonnen von Erde und Geröll mit sich und stürzt in den See hinunter. Manchmal sind Träume schlimmer als die Wirklichkeit, denn sie erzählen in Bildern, hart und unauslöschlich, und in Geräuschen, die tiefer eindringen, als das menschliche Gehör es jemals bewältigen kann.

Die Flutwelle begräbt das ganze Dorf unter sich. Er kann die Schreie der Menschen hören, die im Schlaf überrascht werden und keine Zeit mehr haben, sich in Sicherheit zu bringen, nicht einmal für ein Flehen um Vergebung. Dennoch hofft der Mann, ein paar Häuser könnten verschont werden, vielleicht die höher gelegenen. Davon gibt es an den Berghängen viele, so auch das, in dem seine Liebste wohnt. Zahllose Male hat er diesen Traum schon erlebt und durchlitten, immer noch gibt es dieses kurze Aufflackern von Hoffnung. Der Mann kann es körperlich spüren, auch in der Wirklichkeit seines unruhigen Schlafes entspannt sich die linke Hand ein wenig.

Manchmal endet der Traum damit, dass er ein Kind zur Kirche laufen sieht, um die Glocke zu läuten. In einer Nacht hat sich ein Engel aus der Flut erhoben, und die Augen des Mannes konnten ihm folgen, ganz nach oben, wo er dem Zwang entrissen war, das Geschehen in dem Tal bis zum bitteren Sonnenaufgang zu betrachten. Heute aber ist es nur unendliche Traurigkeit, die sein Bewusstsein ausfüllt. Auch dann noch, als sich der Traum längst zurückgezogen und für etwas Platz gemacht hat, das kein Friede ist; eher ein Waffenstillstand zwischen seinen Gefühlen aus Vergangenheit und Gegenwart.

Bevor die Gnade eines erschöpften Schlafes auf wenige Stunden alles andere zudeckt, flüstert er kaum hörbar: „*Non potevo aiutare …*“[1]

1 „Ich konnte nicht helfen …“

# Kapitel 1

„Herr Inspektor? Entschuldigen Sie, dass ich Sie anspreche, aber Sie sind doch Inspektor Maringer, nicht wahr?"

Er ortete die Stimme zu seiner Rechten, doch sie war leise und unterschied sich kaum vom Gemurmel der übrigen Spaziergänger. Wie viele hatte Raimund Maringer das schöne Wetter an diesem Samstag zu einem Ausflug in die nähere Umgebung Salzburgs genutzt und betrachtete eingehend die beiden Türme der Wallfahrtskirche von Maria Plain. Er wollte eben hineingehen – auch um der hochsommerlichen Septemberhitze ein wenig zu entkommen –, wandte nun aber mit einer Spur Neugier den Kopf. Noch immer fühlte er sich fremd hier, hatte abseits der Arbeit kaum Bekannte. Umso erstaunlicher empfand er es, in seiner Freizeit an einem Ort angesprochen zu werden, wo er noch nie zuvor gewesen war.

Neben ihm stand ein kleiner, hagerer Mann, dessen spärlicher weißer Haarkranz ihn wie einen Bewohner des an die Kirche angrenzenden Klosters wirken ließ; allein der Habit samt Sandalen fehlte. Maringer schätzte ihn auf sechzig, vielleicht älter. Nur die klaren blauen Augen schienen dem Fortgang der Jahre auf magische Art entkommen zu sein. Sie blickten auf den Inspektor mit der Konzentration und Aufmerksamkeit eines Studenten, der seinem Lieblingsprofessor zuhört. Maringers Neugier stieg merklich.

„Stimmt, ich bin's", erwiderte er und fügte mit einem Lächeln hinzu: „Es kommt nicht oft vor, dass ich einfach so angeredet werde. Von dem Schreck musste ich mich erst erholen."

„Sie brauchen sich nicht zu rechtfertigen, Inspektor." Der Mann lächelte nun ebenfalls. „Besonders wenn ich mich erdreiste, Sie hier zu überfallen."

Maringer erkannte das Bemühen, durch den Austausch von Floskeln den Start der Unterhaltung, welche der Mann wohl aus bestimmten Gründen herbeigeführt hatte, lockerer zu gestalten. Er ließ sich gerne darauf ein, nutzte die Sekunden, um sein Gegenüber besser einzuschätzen.

„Gestatten Sie, dass ich mich vorstelle. Franz Rothbauer aus Salzburg."

Der Inspektor schüttelte die dargebotene Hand. „Auf die Nennung meines Namens kann ich wohl verzichten?", meinte er mit einem Augenzwinkern, wartend, worauf der Mann hinauswollte.

„Machen wir ein paar Schritte?" Rothbauer deutete auf den in Richtung Bergheim führenden Kiesweg.

„Eigentlich möchte ich mir die Kirche anschauen", meinte der Inspektor, wollte damit jedoch nur die Hartnäckigkeit des anderen testen. An eine zufällige Begegnung glaubte er nicht mehr.

„Ich werde Ihre Zeit nicht lange in Anspruch nehmen", lautete so auch die erwartete Antwort. „Es liegt mir nur daran, Ihren Rat zu einem, nun ja, besonderen Problem zu hören."

„Die Polizei, dein Freund und Helfer, wie es so schön heißt", gab Maringer seine Zustimmung, ohne viel Interesse zeigen zu wollen. „Sagen Sie mir vorher noch, woher Sie mich kennen?"

„Aus der Zeitung", kam es leichthin zurück. „Ihr Foto war in den *Salzburger Nachrichten*. Wie bei allen leitenden Beamten, die neu bestellt werden."

„Aber doch wohl vor Monaten, oder?"

„Sie müssen einen bleibenden Eindruck gemacht haben", entgegnete Rothbauer und ließ zwei für sein Alter ungewöhnlich makellose Zahnreihen sehen. „Jedenfalls habe ich mich vorhin daran erinnert, als Sie mir aufgefallen sind."

„Wahrscheinlich, weil ich in der Dienstuniform so schauderhaft aussehe." Während er das sagte, stellte der Inspektor fest, dass Rothbauer wie ein geübter Wanderer gekleidet war. Strapazierfähige Khakihose, hohe Schuhe mit verstärktem Schaft sowie ein Sporthemd mit offenem Kragen und – trotz der großen Hitze – ein T-Shirt darunter. Vielleicht hatte er wirklich nur den Fußmarsch von Salzburg nach Bergheim und retour im Sinn gehabt und war dabei dem Inspektor über den Weg gelaufen, wenn auch aus offensichtlich willkommenem Anlass.

Sie begannen gemächlich nebeneinander her zu gehen, Rothbauer mit hinter dem Rücken verschränkten Händen. Die Bänke zu ihrer Rechten waren voll besetzt mit Menschen jeglichen Alters, die sich am womöglich letzten heißen Wochenende dieses Sommers von einem ausgedehnten Spaziergang erholten. Erst als sie an der Reihe vorüber waren, ergriff der ältere Mann wieder das Wort.

„Ich bin Lehrer an einem Gymnasium hier in der Stadt, für Deutsch und Bildnerische Erziehung. Im vergangenen Juni hat ein Schüler bei uns maturiert, der mir sehr am Herzen gelegen ist. Eine schwierige Persönlichkeit. Während der letzten vier Jahre habe ich versucht, ihm in seiner Entwicklung beizustehen, so gut es ging. Ich befürchte nun, dass er sich grobe Schwierigkeiten eingehandelt hat. Sein Verhalten in den letzten Monaten war völlig verschieden zu der Art, die man von ihm gewohnt war."

Rothbauer machte eine Pause, jedoch nicht, wie es dem Inspektor schien, um eine Antwort zu erwarten. Er suchte nach der richtigen Ausdrucksform.

„Es ist schwer, das Unlogische zu erklären", fuhr er fort. „Sagen wir so: Eigentlich dürfte Aaron – so sein Name – gar keine Probleme haben. Er hat die Schule ordentlich abgeschlossen, ist ein außergewöhnlicher Sportler und kann aus vielen Zukunftsoptionen wählen. Dennoch mache ich mir Sorgen."

„Dass er die falsche Richtung einschlägt, ist es das?", vermutete Maringer, dem es noch immer nicht gelungen war, den Kern der Unterhaltung zu erfassen. Doch Rothbauer schüttelte den Kopf.

„Wir Lehrer können nur Begleiter sein, Inspektor. In sehr eingeschränktem Umfang, so bedeutsam ich diesen Lebenszeitraum der jungen Menschen auch einschätze. Wir beobachten, beraten und hören zu. Eine Mitsprache beim Weg, den jemand nach dem Verlassen unseres Hauses beginnt, steht uns nicht zu." Er blieb stehen, sah Maringer wieder konzentriert in die Augen. „Das ist meine persönliche Meinung. Ich weiß aber, dass einige meiner Kollegen das anders sehen."

„Wo liegt das Problem des jungen Mannes? Ich meine, wie hat er sich verändert?"

„Er ist seit einiger Zeit über die Maßen jähzornig und sucht gern Streit."

„Trinkt er?"

Rothbauer verneinte, und der Inspektor wunderte sich. Aufbegehrendes, manchmal auch überbordendes Selbstbewusstsein, wie er die angesprochene Charaktereigenschaft in jenem Alter gerne nannte, gehörte für junge Männer am Ende ihrer Pubertät zur Grundausstattung. Besonders, wenn sie sich durch körperliche Fitness eines gewissen Respekts der anderen sicher sein konnten. Führte das entsprechende Verhalten nicht zu Gewaltausbrüchen oder durch Drogen und Alkohol in eine dunkle Sackgasse, war es der Persönlichkeitsentwicklung nicht hinderlich. Meist trat sogar das Gegenteil ein.

„Wenn Aaron also ein guter Schüler war, wie Sie sagen, und auch um Perspektiven bemüht ist, nehme ich nicht an, dass er sich jeden Samstag durch die Salzburger Diskotheken prügelt." Maringer wiegte den Kopf hin und her. „Ich sehe wirklich nicht, warum …–"

„Er ist so verändert. Irgendwas ist den Sommer über passiert, doch ich komme nicht dahinter. Und er will es mir nicht sagen."

„Also verbindet Sie beide doch mehr als eine gewöhnliche Lehrer-Schüler-Beziehung?"

Rothbauer tat die Vermutung mit einer simplen Handbewegung ab, während sie weitergingen.

„Wir reden gerne miteinander und treffen uns hin und wieder auf einen Kaffee, das ist alles."

„Hören Sie, wie auch immer die Schwierigkeiten von Aaron aussehen mögen – die Polizei ist nicht dafür zuständig." Maringer sah keinen Sinn darin, die Unterhaltung fortzusetzen. „Da gibt es jede Menge passender Einrichtungen."

Die Freundlichkeit im Gesicht des Lehrers änderte sich keinen Deut, als er antwortete: „Selbstverständlich, Inspektor Maringer. Entschuldigen Sie die Störung. Ich wünsche Ihnen noch ein schönes Wochenende."

Kaum hatte Rothbauer das letzte Wort ausgesprochen, verdoppelte er die Geschwindigkeit seiner Schritte und entfernte sich, weiter dem schmalen Pfad nach Bergheim folgend.

Über das abrupte Ende des Gesprächs wunderte sich Inspektor Maringer beinahe noch mehr als über die seltsame Art, wie es zustande gekommen war.

Die angenehme Kühle hatte Maringer länger im Inneren der kleinen Wallfahrtskirche verweilen lassen, als ihm bewusst war. Die Sonne war ein gutes Stück nach Westen gewandert, und er hob in einem raschen Instinkt die rechte Hand an die Stirn, um die grelle Plötzlichkeit des Lichts für seine Augen ein wenig zu mildern.

Ein Waldstück nahm die freie Sicht auf die von Bergen ringsum begrenzte Stadt, doch an so klaren Tagen wie diesem verstärkte sich dadurch der beeindruckende Blick auf ein Gesamtkunstwerk, komponiert aus dem dunklen Grün der Nadelbäume, dem von einzelnen Farbtupfern immer wieder durchbrochenen Grau der Häuser und dem Weiß der Berge von Bayern bis in den Tennengau. Über allem ruhte ein strahlend blauer Himmel, der den Inspektor an einen Tag in seiner Kindheit denken ließ. Einmal hatte seine Volksschullehrerin erklärt, dass der Himmel in Wirklichkeit gar nicht blau sei, sondern nur durch eine Brechung des Sonnenlichts vom menschlichen Auge auf diese Weise wahrgenommen werde. Er wollte es damals nicht glauben und war seinem Vater über Wochen mit der Frage nach der echten Farbe des Himmels auf die Nerven gegangen. Mit dessen Antwort „Das ist doch unwichtig! Hauptsache, es sieht schön aus“ wollte sich der Knirps von acht oder neun Jahren nicht zufriedengeben. Erst lange Zeit später erkannte er, was damit gemeint war – eine perfekte Urlaubspostkarten-Stimmung wie heute rief ihm dieses Verstehen wieder ins Gedächtnis. Der Himmel braucht keine Erklärung; er ist blau und schön.

Auf der Terrasse des Café Schweiger fand er keinen freien Tisch, was dem Inspektor aber nicht unrecht war. So konnte er ohne schlechtes Gewissen hineingehen, zu bequemeren Sesseln und mehr Platz für die Zeitungslektüre. Der kleine Polizist in seinem Hinterkopf murmelte etwas vom vielleicht letzten Sommertag des Jahres, hatte jedoch gegen das fragwürdige Dogma *Zuviel reiner Sauerstoff schadet dem Denkvermögen* keine Chance. Maringer griff nach der voluminösen Wochenendausgabe der *Salzburger Nachrichten* und ließ sich mit einem zufriedenen Seufzer in einer ruhigen Ecke nieder.

Der Blick in die Kuchenvitrine, zu dem ihm der Kellner auf die Frage nach einer kleinen Untermalung des Verlängerten geraten hatte, ließ seinen in der Früh gefassten Vorsatz, den heutigen freien Tag diszipliniert – Maringers Chiffre für *ohne Süßigkeiten* – zu verbringen, schwanken wie einen Einmaster bei hohem Seegang. Er gab jedoch auch angesichts der vielfältigen Köstlichkeiten vor seinen Augen nicht sofort klein bei, sondern handelte in Sekundenschnelle einen neuen Kompromiss mit sich aus. Anstatt die ganze Strecke zu seiner Wohnung mit dem Bus zu fahren, nahm er sich vor, zwei Stationen weit zu Fuß zu gehen. Nun ja, mindestens eine.

Die Entscheidung fiel – schweren Herzens, wie der Inspektor feststellen musste – auf eine Orangen-Trüffel-Torte. Seine Geschmacksnerven drängten ihn dazu, gleich einen zweiten Verlängerten einzuplanen; es kostete ihn den letzten Rest seiner inneren Disziplin, sich nach getätigter Bestellung ohne langes Zögern wieder an seinen Platz zu begeben. Schließlich siegte doch die Vernunft, und Maringer begann voll Vorfreude in der Zeitung zu blättern. Verwundert stellte er dabei eine weitere Eigenart an sich fest, die ihren Ursprung ebenfalls in den Anfängen seiner Schulzeit hatte. Er las nicht oft in einer Tageszeitung – ihm fehlte die Zeit dazu, und außerdem waren ihm Bücher lieber. Doch wenn er es tat, beschäftigte er sich immer zuerst mit den Sportseiten, ganz egal, welches Blatt Maringer vor sich hatte. Zuerst hatte ihn nichts anderes interessiert, Expeditionen in andere Fachgebiete waren erst nach Jahren hinzugekommen. Dass sie jetzt noch, wo er auch die Wissenschaftsberichte studierte, von Kommentaren zur Befindlichkeit des österreichischen Fußballs ihren Ausgang nahmen, hatte sich nie geändert.

In einem einigermaßen gut versteckten Kasten am unteren Seitenrand las der Inspektor die Schlagzeile *Salzburger Volleyballtalent mit 18 Jahren vor Sprung in Eliteliga*. Daneben war ein sehr schmales, blasses Gesicht zu sehen, in welchem die konzentriert blickenden Augen besonders auffällig waren. Sie ließen den jungen Mann, dessen Oberkörper in einem blauen, mit Sponsorenaufnähern übersäten Sportdress steckte, um einiges älter wirken, als er es der Überschrift zufolge war.

Den Namen des Spielers fingen Maringers Augen nicht mehr auf, denn der sich nähernde Kellner verlangte seine ganze Aufmerksamkeit. Auf einem kleinen Teller mit weißer Serviette und Dessertgabel sah die Orangen-Trüffel-Torte noch um einiges verführerischer aus als zuvor durch das Vitrinenglas – auch deshalb, weil der Inspektor ganz deutlich die Worte *Nur für Raimund* auf dem Schokoladeüberzug lesen konnte. Gemeinsam mit dem Kaffee kam das gute Stück unaufhaltsam in seine Richtung. Noch ehe der junge Mann entscheiden konnte, wo neben der auf dem kleinen Tisch ausgebreiteten Zeitung er seine Köstlichkeiten abstellen sollte, streckte ihm Maringer schon hilfreich die rechte Hand entgegen, um das Kunstwerk österreichischer Zuckerbäckerkultur in Empfang zu nehmen. Der Teller landete genau auf dem Foto des Sportlers, und der Inspektor konzentrierte sich sogleich auf die vor Kalorien strotzende Sünde, die er zu begehen im Begriff war. Er tat es mit kleinen, genießerischen Stücken und nippte dazu in kleinen, genießerischen Schlucken von dem ausgezeichneten Kaffee.

Mit dem wohligsten Geschmack, der seinem Gaumen seit längerem vergönnt war, und in heiterer Stimmung über dieses angenehme Verbummeln eines Nachmittages verzichtete Maringer auf ein zweites Tortenstück. Er wusste durchaus, dass die Vitrine vor ihm noch weitere, ähnlich aufregende Kreationen bereithielt, doch auch diese verdienten es, mit allen Sinnen entdeckt zu werden. Also bestellte er nur ein Glas Mineralwasser und widmete sich die folgende Stunde dem ausgiebigen Studium der *Salzburger Nachrichten*.

Der abschließende Marsch zu seiner Wohnung in der Hofhaymer Allee – zwei Stationen, denn es widerstrebte ihm, sich an einem in jeder Hinsicht schönen Tag selbst zu betrügen – fiel dem Inspektor leichter als erwartet.

Der Sonntag war regnerisch und unangenehm windig. Zwar entsprach dieses Wetter Anfang September den Salzburger Gegebenheiten, doch Inspektor Maringer hätte nur zu gern sein Programm von gestern wiederholt – vielleicht mit einem anderen Ausflugsziel, aber sicher mit der gleichen Konditorei.

Die tief hängenden Wolken und die, wie es aussah, anhaltende Feuchtigkeit zogen ihn aber nicht nach draußen. Gleichzeitig fühlte er sich seltsam kribbelig; die Beschäftigung mit klassischer Musik und Fachliteratur – er hatte sich die aktuellste Mozart-Biografie vorgenommen – wollten nicht genügen. Maringer verspürte Lust auf eine Diskussion, auf frische Eindrücke für sein Denken. Gewöhnlich rief er in solchen Fällen Dr. Marianne Ortlieb an, die Leiterin der Salzburger Gerichtsmedizin, doch diese befand sich auf einem Seminar in Klagenfurt und würde nicht vor Montag Abend zurückkommen.

Während er sich lose Gedanken um sein Mittagessen machte, streifte sein Blick den schwarz-weißen Folder des einzigen Programmkinos der Stadt, den er regelmäßig nach Vorstellungen mitnahm und an die kleine Pinwand neben dem Esstisch heftete. Er hatte tatsächlich Glück: *Der Pianist,* eine bei den letzten Festivals hoch dekorierte Verfilmung der Lebensgeschichte eines Klavierspielers aus dem Warschauer Ghetto, wurde als Matinee gezeigt. Dieser Film stand schon lange auf seiner Liste, doch wie bei so vielen hatten bisher entweder die Beginnzeiten nicht gepasst, oder er hatte es einfach versäumt hinzugehen.

Es blieb ihm gerade genügend Zeit, sich umzuziehen und den Busfahrplan zu konsultieren. Als der Inspektor den kleineren Saal des Kinos betrat, liefen bereits die Vorschauen.

Was er in den folgenden zweieinhalb Stunden sah und hörte, ließ Maringer für den Rest des Tages nicht mehr los. Er aß nach der Vorstellung eine Kleinigkeit im Café Classic am Makartplatz, das ihm bei jedem seiner seltenen Besuche besser gefiel, ging jedoch anschließend, entgegen seinen ursprünglichen Plänen, nicht mehr in die Innenstadt. Er wollte Musik hören, schwere, traurige Klaviermusik, die ihn durch die unzähligen menschlichen Grausamkeiten des Films getragen hatte. Ihm war bewusst, dass es dem Protagonisten gleich ergangen war. Natürlich waren unglaubliche Zufälle geschehen, doch in Wahrheit hatte ihn die Musik vor dem sicheren Tod gerettet, nichts anderes.

Zu Hause angekommen, griff Maringer zu Chopin, schloss die Augen und hörte zu.

# Kapitel 2

Das Klingeln des Telefons schien vom Ende eines langen Ganges zu kommen. Maringer brummte im Schlaf, rollte von der rechten auf die linke Seite. Er wollte in der Tiefe seines Traumes gefangen bleiben, hielt sich an den Bildern fest, die von Orangen-Trüffel-Torten, groß wie Brotlaibe, dominiert waren. Sie lagen in riesigen Glasvitrinen in der Mitte eines altmodisch eingerichteten Cafés, mit Gaslampen an den Wänden und unbequem aussehenden Holzstühlen. Am hinteren Ende des Gastraumes stand ein Bechstein-Konzertflügel, an dem ein junger Mann mit zerzausten Haaren und unordentlichem Bart Chopin spielte. Doch bald waren es keine angenehmen Melodien mehr, die an die Ohren der zahlreichen Gäste drangen. Dissonanzen mischten sich unter die wunderbaren Klänge, als ob eine zusätzliche, von einem fremden Willen gesteuerte Hand mit im Spiel wäre, die nichts anderes im Sinn hatte, als den Auftritt des Pianisten zu ruinieren. Die Hand bewegte sich nur im obersten Bereich der Tastatur, sprang hin und her wie ein Derwisch, schlug immer schneller die hohen Töne an. Plötzlich vereinigte sich alles zu einem schrillen Crescendo, so laut und durchdringend, dass sich die Besucher des alten Kaffeehauses die Ohren zuhielten. Auch Maringer führte die Hände in einer ruckartigen Bewegung an den Kopf. Dieser Instinkt durchbrach den Traum und auch seinen Schlaf mit einer Heftigkeit, die ihn Sekunden brauchen ließ, sich zu orientieren.

Das Café war verschwunden, er lag im Schlafzimmer seiner Dienstwohnung in der Hofhaymer Allee. Nur der schrille Ton hatte sich aus seinem Traum herübergerettet in die Wirklichkeit – das Klingeln des Telefons, jedoch nicht von weiter Ferne. Es kam aus Richtung des Lesesessels, wo er gestern Abend sein Handy liegen gelassen hatte. Durch die zugezogenen Vorhänge fiel kein Licht, was in Maringer eine leichte Unruhe auslöste. Ein Blick auf den Wecker verstärkte das Gefühl noch. Es war erst fünf Uhr früh, drei Stunden vor Dienstbeginn. Und das Telefon läutete noch immer.

Mit einem Ächzen ließ der Inspektor die Beine aus dem Bett fallen und rieb sich die Augen. Ihm war leicht schwindlig, und der erste Versuch aufzustehen misslang ordentlich. Maringer fühlte sich alt. Den meisten Menschen, die unsanft aus der REM-Schlafphase gerissen wurden, ging es so wie ihm gerade jetzt, doch das wollte nicht recht trösten. Er konnte gerade noch seinen Hausschuhen ausweichen, dann schüttelte er entschlossen den Kopf, streckte den Rücken, bis die Wirbel knackten, und ging ins Wohnzimmer.

„Guten Morgen, Chef. Raichmann hier."

Woher nahm sie nur diese Vitalität? Des Öfteren hatte der Inspektor schon geglaubt, alle Überraschungen betreffend seiner agilen, jungen Kollegin Carina Raichmann hinter sich zu haben, doch sie schaffte es immer wieder aufs Neue. Auch wenn der Nachtdienst ruhig verlaufen sein mochte – er konnte sich nicht daran erinnern, jemals kurz vor Ende der Schicht einen Vorgesetzten mit derartiger Begeisterung aus dem Schlaf gerissen zu haben.

„'Tschuldigung, ich weiß, es ist eher unpassend", fuhr sie fort, ohne dass in ihrer Stimme auch nur ein Anflug von Müdigkeit erkennbar war, „aber Ritzl meinte, es muss sein. ‚Die Umstände zwingen uns dazu', so seine Worte."

Es war also wirklich ernst. Wenn sein Stellvertreter Karl Ritzl, der es noch immer nicht ganz akzeptiert hatte, bei der Beförderung zum Leiter der Kriminalabteilung übergangen worden zu sein, es für besser hielt, den ungeliebten Steirer höchstpersönlich einzuschalten – noch dazu mitten in der Nacht –, dann hatte seine Unruhe bereits ihre Berechtigung erfahren.

„Was gibt es?"

„Ein Schüler hat sich vom Mönchsberg in den St.-Peter-Bezirk gestürzt. Das ist ein Innenhof des Benediktinerklosters, in der Nähe der Felsenreitschule. Genickbruch."

„Wann?"

„So um Mitternacht, plus minus. Er wurde vor einer halben Stunde von einer Klosterschwester gefunden."

„Ich will nicht zynisch sein, Carina, aber hat der Kollege Ritzl noch nie mit einem Selbstmord zu tun gehabt?“ Dieser Einwand lag auf der Hand, und er brachte ihn aus reiner Routine vor. Doch Maringer konnte das schlimme Gefühl in seiner Magengegend nicht verscheuchen. Da war noch mehr – und es schmeckte kaum nach Orangen-Trüffel.

„Natürlich hat er das“, beeilte sie sich zu sagen. „Es wurde auch schon alles Übliche in die Wege geleitet, aber dann habe ich in der Hosentasche des Toten etwas gefunden …“

Ihr Zögern ließ alle Alarmsignale des Inspektors gleichzeitig aufleuchten. Dies war eine ungekannte Art an der Polizistin, und sie passte überhaupt nicht zu ihrem Wesen. Vielmehr war die Sturm-und-Drang-Periode nach ihr benannt worden – mit ihrer Meinung hatte Carina noch nie hinter dem Berg gehalten, sie war immer geradeheraus.

„Los, Carina, ich bin es nur, der Chef“, bemühte sich Maringer um Lockerheit, doch die Perry-Mason-Imitation ging daneben. Ohne es zu wollen, setzte er auch noch hinzu: „Sie sind doch sonst nicht so.“

„In der Tasche war ein kleiner Zettel.“ Sie versuchte, feste Betonung in ihre Stimme zu legen; trotzdem wurde sie ständig leiser. „Darauf steht Ihr Name.“

Im nächsten Augenblick war Inspektor Maringer hellwach.

Er parkte seinen Volvo im Toscaninihof auf einem der drei Behindertenparkplätze, sonst war nichts mehr frei. Zwei Einsatzfahrzeuge der Polizei, der Notarztwagen und noch eine Hand voll anderer PKW – mit und ohne Parkgenehmigung für die Innenstadt, was er aber nur im Vorbeigehen bemerkte – füllten den winzigen Platz nahezu vollständig. Kalter Wind wehte aus der Durchfahrt zur Hofstallgasse herein, aber wenigstens hatte es aufgehört zu regnen.

Gleich nach dem Aussteigen beschlich den Inspektor ein starkes Gefühl des Eingesperrt-Seins. Die eng aneinander stehenden Mauern wirkten im fahlen Grau der zu Ende gehenden Nacht wie Arme eines verärgerten Steinriesen, der entschlossen war, alles zu zermalmen, was ihm in die Quere kam. Maringer schlug den Kragen seines Regenmantels hoch – in der Eile hatte er nach dem erstbesten Kleidungsstück auf seiner Garderobe gegriffen – und ging auf das Tor zu, das den Toscaninihof mit dem St.-Peter-Bezirk verband. Ein Polizist sah ihn kommen und hielt die Absperrung in die Höhe.

„Guten Morgen“, grüßte er freundlich. „Sie werden schon erwartet, drinnen gleich rechts.“ Die Müdigkeit des Mannes war deutlich sichtbar, und Maringer erkannte auch, dass er fror. *Es gibt also doch normale Leute,* dachte der Inspektor, bedankte sich mit einem Kopfnicken und ging weiter.

Der Innenhof war groß und, wenn er richtig schätzte, beinahe quadratisch. An der dem Berg abgewandten Seite war in Höhe des dritten Stocks eine rötlich-braune Wandmalerei zu sehen, doch das Tageslicht reichte noch nicht aus um zu erkennen, was sie darstellte.

In der Ecke zu seiner Rechten standen fünf Personen um eine schwarze Abdeckplane. Drei sprachen leise miteinander, die beiden anderen hielten sich ein wenig abseits und warteten mit gleichgültigen Mienen darauf, ihres Amtes walten zu können. Zu ihren Füßen befand sich ein sargähnlicher Aluminiumbehälter mit vier Griffen, der Deckel war offen.

Walter Semisch, der Dienst habende Notarzt, unterbrach seine Ausführungen, als Maringer hinzukam. Anstatt zu grüßen, blickten ihn alle drei mit erwartungsvoller Unruhe in den Augen an.

„Ich habe nicht die geringste Ahnung“, murmelte der Inspektor als Antwort auf eine Frage, die keiner ausgesprochen hatte und die dennoch in großen, unsichtbaren Lettern über dem verborgenen Leichnam hing. „Wer ist der Tote?“

„Das wissen wir noch nicht“, entgegnete Inspektor Ritzl vorschnell und, wie Maringer meinte, ein bisschen zu spitz. „Ehrlich gesagt, hoffen wir auf Sie bei der Klärung dieses wichtigen Details.“ In den Augen des hageren Beamten war die Ablehnung deutlich zu lesen, die er seinem Vorgesetzten entgegenbrachte. Er bemühte sich nicht im Geringsten, seine Stimme sachlicher klingen zu lassen.

„Dazu muss ich wohl einen Blick auf ihn werfen“, erwiderte Maringer betont gleichmütig. Es war ihm noch nie schwer gefallen, mit Anfeindungen zurechtzukommen, besonders, wenn sie derart unbegründet waren wie in diesem Fall und nur von gekränkter Eitelkeit und dem Wunsch nach Status herrührten. Er trat an die Stelle, wo sich deutlich ein Kopf unter der Plane abzeichnete, ging in die Hocke, um den nassen Asphalt nicht zu berühren, und hob sie hoch.

Ein junges Allerweltsgesicht lag vor ihm, auffallend schmal, mit geschlossenen Augen. Der Inspektor zog die Abdeckung gänzlich weg. Ein *Nike*-Trainingsanzug und Laufschuhe der gleichen Marke kamen zum Vorschein. Der Arzt hatte den Körper schon für den Abtransport vorbereitet, ihn zurechtgelegt, die Arme an den Seiten ausgestreckt. Die Hände steckten in gefütterten Handschuhen. Von vorne war mit Ausnahme einer kleinen Schramme über der rechten Braue keine Verletzung sichtbar. Wäre die aschgraue Hautfarbe nicht gewesen, Maringer hätte sich einem meditierenden oder konzentriert nachdenkenden Asketen gegenüber geglaubt.

„Und?“, tönte Ritzls penetrant schneidende Stimme von oben. „Irgendeine Verbindung, die Sie herstellen können?“

„Nein, leider nicht.“ Maringer griff nach der Plane. „Könnte ich jetzt den Zettel sehen, auf dem … –“

Er hatte weitergesprochen, während seine Hände eine Bewegung ausführten, die sie schon Dutzende Male in gleicher Form erledigt hatten. Doch in dem Moment, als er die Abdeckung über den Kopf zog, fuhr eine Erinnerung wie ein greller Blitz in seine Gedanken. Auch damals hatte er etwas in der Hand gehalten und damit ein Gesicht verdeckt. Ruckartig legte er den Kopf wieder frei, und dann wusste er es. Auch warum es so lange gedauert hatte dahinter zu kommen, war ihm mit einem Schlag klar.

„Um Gottes Willen!“, entfuhr es ihm, den Blick starr auf das Gesicht des Toten geheftet. Maringer kämpfte den Impuls nieder, nach der vom Regen feuchten Stirn zu greifen, damit das auffällige Strahlen in die Augen zurückkehren konnte. Als er aufstand und sich den anderen zuwandte, hatte sich der Inspektor wieder unter Kontrolle.

„Ich kenne das Gesicht", sagte er einfach, „nicht aber den Namen."

„Also doch!", konnte sich Ritzl nicht verkneifen, aber eine zuverlässige Ahnung, dass er möglicherweise kurz davor war, den Bogen zu überspannen, ließ ihn sogleich angestrengt auf den Leichnam schauen. Er verstummte.

„Er ist Sportler, gilt als großes Nachwuchstalent…" Maringer unterbrach sich. „Genauer ausgedrückt: *war* und *galt*. Sein Bild erschien mit einem kleinen Artikel in der Samstag-Ausgabe der *Salzburger Nachrichten*."

„Ich denke, in einem Wagen der Polizei liegt eine", meldete sich Dr. Semisch, der bisher nichts gesagt hatte. „Ich geh' nachschauen." Mit raschen Schritten entfernte er sich.

Maringer beugte sich zu Carina und fragte leise: „Haben Sie den Zettel?"

Sie nickte und kramte kurz in der Außentasche ihrer Dienstjacke. „Hier ist er", erwiderte sie und reichte ihm ein kleines Stück Papier. Inspektor Ritzl, welcher sich noch immer mit ganzer Aufmerksamkeit dem leblosen Körper zu seinen Füßen widmete, beachtete sie beide nicht.

Die Handschrift war klein, aber gestochen scharf. Selbst im diffusen Licht der frühen Stunde bereitete es keine Schwierigkeit, sie zu lesen:

**Inspektor Maringer, Kriminalpolizei Salzburg**

„Können Sie sich das erklären, Chef?" Die junge Polizistin bemühte sich um Sachlichkeit, und doch schwang in ihrer Stimme eine Mischung von Verwunderung und Bestürzung mit. „Wenn Sie das Gesicht nur zufällig in der Zeitung vom Wochenende gesehen haben, wird die Sache noch mysteriöser." Sie hob eine Hand an die Schläfe und massierte sie kurz; dabei fielen einige rote Locken aus ihrer Kappe. *Endlich ein bisschen Farbe*, dachte Maringer zusammenhanglos.

Inzwischen kam der Arzt zurück. In der rechten Hand hielt er ein loses Blatt Zeitungspapier.

„Er ist es tatsächlich", meinte er nur. Die vier traten näher zueinander, und Semisch faltete die Seite mit geschickten Bewegungen mehrmals so zusammen, dass nur mehr ein mit dünner, schwarzer Linie umrahmter Artikel übrig blieb. Auf diese Weise ähnelte er frappant einer Todesanzeige, nicht nur für Maringer.

**Salzburger Volleyballtalent mit 18 Jahren vor Sprung in Eliteliga**
Der Angriffspieler aus dem Nachwuchs von Volley Salzburg, Aaron Schörflinger, hat bei den Verantwortlichen des AS Bologna während eines Freundschaftsspiels im Juni offensichtlich bleibenden Eindruck hinterlassen. Vergangene Woche erreichte den Verein die Nachricht, dass die Italiener an einem Erwerb des Talents mit der stattlichen Größe von 2,01 Metern interessiert sind. Unbestätigten Informationen zufolge hat sich die Leitung des Spitzenklubs mit dem Spieler bereits über einen Vertrag geeinigt, die noch ausstehenden Verhandlungen der beiden Klubpräsidenten werden als reine Formsache bezeichnet. Aaron Schörflinger spielt seit seiner Kindheit Volleyball. Er gilt als nervenstark und ehrgeizig. Auch wenn er vermutlich in einem der Kooperationsteams der Bolognesen beginnen muss, rechnet sich der Maturant gute Chancen aus, bald mit den absoluten Weltstars der Volleyballszene aufzuschlagen.

Der Inspektor handelte schnell. Jenen zweiten Tiefschlag, welcher ihn beim Lesen des Namens getroffen hatte, vor Ritzl zu verbergen, sah er für den Start seiner Ermittlungen als entscheidend an. Selbstmord war nun nur mehr eine von vielen Optionen – er sah in den Gesichtern der anderen, dass sie gleicher Meinung waren –, aber weiter wollte er seinen ehrgeizigen und oft vorschnellen Stellvertreter nicht denken lassen.

„Ich übernehme hier, Herr Kollege", sagte er deutlich zu dem Beamten, der noch immer das Bild mit den strahlenden Augen studierte. „Gehen Sie schlafen. Und danke, dass Sie mich geweckt haben."

Der Angesprochene trennte sich augenscheinlich nur schwer

von dem Anblick, sowohl auf dem Foto als auch auf dem Asphalt. Schließlich reichte er den Bericht doch an seinen Vorgesetzten weiter und meinte: „Das hier hat nach einer eindeutigen Sache ausgesehen, aber jetzt…" Er schüttelte den Kopf. „Warum bringt er sich um, wo er gerade dabei ist, Karriere zu machen?"

„Unser beider Job ist es, das herauszufinden."

„Ich kümmere mich lieber um meine Dämmerungs-Einbrecher", tat Ritzl gleich seine Einstellung zu dem Suizid kund, der sich nun vielleicht doch zu einem Kriminalfall auswuchs. „Das ist irgendwie… handfester."

*Typisch Ritzl!* Inspektor Maringer kam um diesen Gedanken nicht herum. Das erste halbe Jahr in diesem Job hatte genügt um herauszufinden, dass sich der Mann, der eigentlich sein engster Mitarbeiter sein sollte, nur um die prestigeträchtigen Fälle kümmern wollte. Das Schnappen der so genannten Dämmerungsbande, die zur immer gleichen Tageszeit in Villen und große Einfamilienhäuser in Salzburg und Umgebung einbrach, würde in der Bevölkerung einiges an Reputation bringen – mit Sicherheit mehr als die Ursache für den Tod eines Jugendlichen zu finden, ob er nun Suizid begangen hatte oder nicht.

Andererseits hatte dieser öffentlichkeitsfreundliche Charakterzug Ritzls – Maringer zog diese Bezeichnung einem Schimpfwort vor – auch Vorteile für den Inspektor. Er konnte seinen selbst vermuteten Informationsvorsprung, von dem sein Kollege keine Ahnung hatte, für sich behalten. Und die Gefahr, Ritzl würde ihm bei seiner Arbeit an dem Fall ins Handwerk pfuschen, bestand auch nicht

„Dann hätten wir also schon den Fahrplan für die nächsten Tage geklärt", meinte der Inspektor deshalb zufrieden. „Ich sehe Sie dann morgen im Büro."

Ritzl tippte einen kantigen Gruß an seine Mütze und ging ohne ein weiteres Wort.

„Ich müsste auch in die Zentrale zurück, Inspektor." Es war deutlich zu sehen, dass Semisch seinen abschließenden Kommentar loswerden wollte. Ständig verlagerte er sein Körpergewicht von einem Bein auf das andere.

„Einen Moment noch, Doktor“, bat Maringer und wandte sich an Carina. Ihr war ebenfalls anzumerken, wie gerne sie sich schon auf den Weg ins Polizeigebäude gemacht hätte. Trotzdem hielt er an einer Idee fest, die ihm eingefallen war, noch während sie gemeinsam den Zeitungsbericht gelesen hatten. Er wollte die Gelegenheit beim Schopf packen und hoffte, ihre Neugier war größer als ihre Müdigkeit.

„Geht es noch, Carina?“, fragte er behutsam und doch mit einem aufmunternden Lächeln. „Ich würde Sie hier noch eine Weile brauchen.“

„Schon okay, Chef“, antwortete sie, leicht erschöpft, aber ebenfalls lächelnd. „Wenn wir im Kloster um eine heiße Suppe bitten …“

Genau das hatte er vor.

Der Bericht des Arztes fiel eindeutig aus. Aaron Schörflinger hatte sich bei seinem Sturz eine letale Fraktur zweier Halswirbel zugezogen. Die äußerliche Unversehrtheit des Gesichts war laut Semisch durch einen Altpapiercontainer entstanden, der den Fall des Körpers gebremst hatte. Die tödliche Verletzung war freilich nicht zu verhindern gewesen.

„Den Aufprall dürfte er im Schock gar nicht mehr mitbekommen haben“, fügte Semisch hinzu. „Und danach hat es kaum noch lange gedauert.“

„Könnte es sein, dass er nicht freiwillig gesprungen ist?“ Maringer selbst kam diese Frage im Augenblick, nachdem er sie gestellt hatte, töricht vor. Aber in seinem Gehirn wurden – wie bei den meisten Kriminalisten – automatische Programme in Gang gesetzt, wenn er mit einem Fall konfrontiert wurde, der auch nur im Entferntesten nach Gewalteinwirkung roch. Einen Irrtum einzugestehen bereitete dem Inspektor keinerlei Schwierigkeiten; meist war es sogar eine Erleichterung, im Laufe von Ermittlungen Mord als Todesursache ausschließen zu können. Am Beginn der Nachforschungen jedoch war es notwendig, alle möglichen Aspekte einer Handlung einzubeziehen, von welcher allein der Schlusspunkt bekannt war. Seine Arbeit, so dachte der Inspektor oft, ähnelte dem Gesellschaftsspiel

*Memory:* Eine Karte – sprich: Frage – wurde aufgedeckt, und ihm oblag es, das passende Gegenstück – sprich: die richtige Antwort darauf – zu finden. Der feine Unterschied zu Memory war, dass die Frage oft gar nicht mit der entsprechenden Antwort korrelierte, die Bilder also völlig unterschiedlich sein konnten. Auch wusste Maringer nie, wie viele Paare verdeckt vor ihm auf dem Tisch lagen. Mit jedem verbuchten Erfolg kamen manchmal zwei neue Rätsel hinzu. Ob die gesamte Punktezahl überhaupt reichte, das Spiel zu gewinnen, stellte sich ohnehin immer erst am Ende heraus. Oder niemals.

„Sie meinen, jemand hat ihn hinuntergestoßen?" Semisch schüttelte entschieden den Kopf. „Die Brüstung an dieser Stelle ist viel zu hoch. Ich bin in der Nähe des Augustiner Bräu aufgewachsen, der Mönchsberg war mein erster Spielplatz." Er wies mit dem rechten Arm in Richtung Torbogen. „Gehen Sie die Holzmeister-Stiege nach oben, dann wissen Sie, wovon ich rede. Es ist unmöglich."

„Aber wenn man ihn zuerst außer Gefecht setzt?", hakte nun Carina nach.

„Auch das halte ich für ausgeschlossen", insistierte der Arzt. „Die *Salzburger Nachrichten* neigen zwar gerne zu Übertreibungen, wenn sie über heimische Sporttalente schreiben, aber es ist anzunehmen, dass der junge Mann gut trainiert war. Mit Sicherheit hätte er sich gegen einen Angriff gewehrt, aber am Leichnam sind keine Spuren eines Kampfes zu erkennen."

„Und eine Betäubung?" Maringer konnte es nicht lassen. Seine Erinnerung an die Unterhaltung am Plainberg vor zwei Tagen warf immer neue Fragen auf.

„Das ist ja wie ein Kreuzverhör, noch dazu um sechs Uhr morgens, bei dieser Kälte." Der Arzt seufzte. „Hören Sie, Inspektor, natürlich gibt es diese Möglichkeit. Aber dann müsste sie direkt am Berg passiert sein. Bei seiner Größe", er machte eine entsprechende Geste, „wären andernfalls mindestens zwei kräftige Leute notwendig gewesen, um den Körper nach oben zu schaffen. Die Stelle ist nicht direkt mit dem Auto zu erreichen. Außerdem hätte zu viel Lärm mit Sicherheit Aufsehen erregt."

„Auch in der Nacht?"

„Der Berg ist eine sehr exklusive Wohngegend, Chef", sprang Carina erklärend ein. „Und auch Personen vom anderen Ende der Gesellschaft treiben sich gerne dort herum."

„Die da wären?"

„Punks, Sandler – ich meine, Obdachlose", verbesserte sich Semisch rasch. „Jetzt muss ich aber wirklich gehen, Inspektor Maringer. Sollten Sie ein Anästhetikum tatsächlich in Betracht ziehen, müssen Sie eine Autopsie beantragen. Wenn er in bewusstlosem Zustand transportiert worden ist, werden die Pathologen auch entsprechende Druckstellen am Körper finden."

„Ich verstehe, Doktor." Maringer nickte. „Entschuldigen Sie, dass ich Sie so lange aufgehalten habe."

Semisch zuckte mit den Schultern. „Schon gut", meinte er versöhnlich und fügte mit einem beträchtlichen Maß an Galgenhumor hinzu: „Die geplante Massenkarambolage im Lieferinger Tunnel ist heute Nacht nicht passiert, sonst wäre ich sicher angepiepst worden." Er wandte sich zu den beiden Trägern, die noch immer beinahe regungslos auf ihren Einsatz warteten. „Ihr könnt ihn jetzt mitnehmen."

Die Männer hoben den Leichnam samt der Plane ohne Anstrengung hoch und legten ihn in den Aluminiumbehälter. Mit gleichmäßigen Schritten verschwanden sie im noch immer dunklen Durchgang zum Toscaninihof.

„Ich wünsche Ihnen viel Erfolg bei Ihrer Arbeit." Semisch schüttelte Maringer die Hand, nickte Carina kurz zu und folgte den zwei Männern.

Der Inspektor starrte noch eine Weile abwesend auf die Stelle, wo noch eben die Leiche eines hoffnungsvollen, mit übermäßigem Talent und Willen zum Erfolg ausgestatteten jungen Mannes gelegen war. Er hatte nicht den geringsten Grund, die Aussagen des Arztes anzuzweifeln. Natürlich würde er Marianne Ortlieb um Mithilfe bitten – die Gelegenheit, sie in beruflichen Dingen zu kontaktieren, war ihm durchaus willkommen –, doch ein positives Ergebnis war nicht zu erwarten. Mörder heischen in den seltensten Fällen nach Effekt; viel mehr sind sie an einer Minimierung des Aufwandes interessiert. Wollte also jemand Aaron Schörflinger einfach aus dem Weg räumen, hätte es sicher praktischere Möglichkeiten (selbst in Gedankenform wirkte dieser Terminus äußerst makaber) gegeben, als ihn zu überwältigen und dann über eine hüfthohe Mauer in den Innenhof eines Klosters zu stürzen.

Doch der Zeitpunkt für das Umdrehen der letzten Karte war noch lange nicht gekommen. Maringer stand mit seiner jungen Kollegin am Fundort des Opfers, also buchstäblich am Anfang.

„Wo möchten Sie zuerst hingehen, Carina?“, fragte er mit großzügiger Jovialität wie ein Patenonkel, der am Rummelplatz von seinem Firmling wissen will, auf welchem Gefährt der gemeinsame Feiertagsausflug begonnen werden soll. „Ins Kloster oder auf den Berg?“

„Sie haben mir eine Suppe versprochen, Chef“, versetzte die Angesprochene ebenso trocken wie schlagfertig und marschierte auf eine große Tür am anderen Ende des Hofes zu, die sie schon die längste Zeit in Augenschein genommen hatte.

# Kapitel 3

Ein großer, breitschultriger Mann in der Ordenstracht der Benediktiner öffnete die Tür. Er trug einen üppigen Vollbart und erinnerte Maringer an den Hausmeister Hagrid aus *Harry Potter.* Auch seine Augen flackerten ähnlich lebendig wie die des Schauspielers, der den oft tolpatschigen Riesen im Kino verkörpert hatte. Der Inspektor stellte sich und seine Kollegin vor, und sie wurden eingelassen.

„Sie möchten mit Schwester Maria Rosa sprechen, nehme ich an." Die Bekümmerung über den Vorfall war seiner Stimme deutlich anzuhören, hatte jedoch nichts Weltfremdes an sich, wie es Maringer vielleicht erwartet hatte. „Sie war es auch, die vor zwei Stunden bei Ihnen angerufen hat."

„Aber St. Peter ist doch ein Männer-Konvent!", platzte Carina heraus. Dieser unpassende Ausbruch, wohl ihrer Müdigkeit geschuldet, erweckte in der Polizistin auffallend intensives Interesse an den eigenen Schuhspitzen.

„Wir sind ein offenes Haus, junge Dame", erwiderte der Mönch ohne jeden Anflug von Tadel. „Besucher sind hier herzlich willkommen. Maria Rosa kommt aus einem Benediktinerinnen-Stift in der Steiermark zu uns, um an einem bibelkundlichen Seminar teilzunehmen."

„Natürlich, Pater. Bitte entschuldigen Sie."

Er tat es mit einem Lächeln ab. „Wir sind immer dankbar für die Gelegenheit, überkommene Vorstellungen über das Leben im Kloster korrigieren zu können."

Maringer amüsierte sich im Stillen über diesen kleinen Vortrag, wollte nun aber wieder zum Thema kommen. „Haben Sie einen Raum, wo wir uns ungestört mit der Schwester unterhalten können?"

„Das kleine Empfangszimmer ist gleich hier", erwiderte der Mönch. „Wir nutzen es, wenn ständige Bewohner des Klosters von ihren Angehörigen besucht werden." Er wies zur ersten Tür auf der linken Seite der Eingangshalle. „Nehmen Sie schon Platz, ich werde Maria Rosa zu Ihnen schicken."

Er wandte sich zum Gehen, doch der Inspektor sagte rasch: „Mir wäre es lieber, Sie würden damit noch zehn Minuten warten, Pater." Er sah auf seine Armbanduhr. „Wenn es keine Umstände macht, könnte sie um halb sieben bei uns sein?"

„Wie Sie wünschen, Inspektor." Der Geistliche ließ nicht erkennen, ob er diesem Aufschub eine Bedeutung beimaß oder ihn ungebührlich fand. Er ging auf eine Tür gegenüber vom Eingang zu und war verschwunden.

„Wofür brauchen Sie zehn Minuten, Chef?", wunderte sich Carina, als sie den zugewiesenen Raum betreten hatten. „Gelten für Ordensleute eigene Befragungsnormen, von denen man uns auf der Polizeischule nichts gesagt hat?"

„Ganz im Gegenteil." Maringer schüttelte den Kopf. „Ehrlich gesagt, stelle ich mir ein solches Gespräch leichter vor als mit sonst jemandem. Diese Menschen fühlen keine Selbstverpflichtung, und so dürfte die Lüge in ihrem Leben kaum eine Rolle spielen. Wie dem auch sei", – er ging auf den Tisch in der Mitte des karg eingerichteten Zimmers zu und ließ sich auf einem der unbequem aussehenden Holzsessel nieder – „auch für mich ist das eine neue Erfahrung, Carina. Ich hatte noch nie mit einem Ordensmitglied zu tun."

Auf dem Tuch aus grobem Leinen, das den Tisch bedeckte, standen nur eine Kerze und ein schlichtes Metallkreuz. Carina setzte sich nun ebenfalls; ihre Müdigkeit schien verflogen, ganz wie Maringer es erhofft hatte.

„Also?", hakte sie nach und erwiderte konzentriert den Blick des Inspektors.

„Am vergangenen Samstag habe ich nicht nur das Bild des Toten in der Zeitung gesehen", begann dieser ohne Umschweife. „Ich war richtig erleichtert, als Ritzl kein Interesse an der Sache bekundet hat. So konnte ich den …" Er machte eine Pause und entschied sich dann doch für das Wort, welches ihm schon auf dem Klosterhof eingefallen war. „Ich habe einen Informationsvorsprung, zumindest glaube ich das. Vorgestern war ich in Maria Plain. Vor der Kirche hat mich ein mir völlig unbekannter Mensch angesprochen und von Schwierigkeiten berichtet, die ein gewisser Aaron haben soll. Ich habe mich nach der Art dieser Probleme erkundigt, aber der Mann nannte keine Einzelheiten. Er sagte, er sei ein Lehrer von Aaron gewesen und stehe in freundschaftlichem Kontakt zu ihm. Irgendwie hätte sich Aaron während des Sommers verändert, meinte er nur."

„Was macht Sie sicher, dass es sich bei dem Schüler um *unseren* Aaron handelt?" Carinas Ton und ihre Geste zum Fenster ließen keinen Zweifel offen: Sie war bereits in den Fall eingetaucht – eine der vielen positiven Eigenschaften, die Maringer seit dem ersten Tag ihrer Zusammenarbeit an der jungen Polizistin schätzte.

„Franz Rothbauer, so heißt der Lehrer, beschrieb Aaron als außergewöhnlichen Sportler, der viele Zukunftsoptionen vor sich habe." Der Inspektor sah den drahtigen Mann in seiner Wanderkleidung so deutlich vor sich, als würde dieser bei ihnen sitzen. Besonders das Blitzen seiner Zähne hatte sich in seinen Gedanken verfangen.

Carina stieß einen erstaunten Pfiff aus. „Das scheint ja genau zu passen!", stimmte sie zu. „Was hat der Mann noch gesagt?"

„Nicht viel. Er redete von Jähzorn und plötzlicher Streitsucht. Als ich ihn darauf hinwies, dass die Polizei für die Persönlichkeitsentwicklung von Jugendlichen nicht zuständig ist, hat er sich von einem Moment auf den anderen verabschiedet und ist davon."

„Seine Befürchtungen sind recht drastisch eingetreten", kommentierte Carina den Bericht ihres Vorgesetzten. „Wie sehen Sie die Sache?"

„Ich kann mich nicht entscheiden", gab Maringer zurück. „Entweder hat er tatsächlich Unterstützung gesucht, oder aber, er wollte auf sich aufmerksam machen. Das würde bedeuten, dass Rothbauer um einiges mehr weiß, als er mir verraten wollte. Und durch die Existenz dieses Zettels in der Hosentasche des Opfers neige ich eher zu Version Nummer zwei."

„Was hat der Zettel damit zu tun?" Carinas Stimme klang verwirrt.

„Rothbauer hat mich vor der Kirche mit Namen angesprochen." Er neigte den Kopf zu seiner Kollegin, sein Ton wurde leise und eindringlich. „Jetzt überlegen Sie: Ich arbeite erst seit sechs Monaten hier und bin wahrlich keine Figur des öffentlichen Lebens. Obwohl ich mich ein wenig für Sport interessiere, war mir Aaron Schörflinger bisher kein Begriff. Woher sollte er mich kennen? Wohl nur durch seinen Professor, mit dem er sich hin und wieder auf einen Kaffee getroffen hat."

„Also stammt der Zettel von Rothbauer?"

Maringer nickte überzeugt. „Ob er ihn selbst geschrieben oder auch nur diktiert hat, spielt keine Rolle. Auf jeden Fall hat er irgendwie dafür gesorgt, dass Aaron ihn bekommt."

„Und zu welchem Zweck?"

„Fragen Sie mich etwas Leichteres, Carina." Er seufzte. „Vielleicht als letztes Hilfsangebot, wenn die Schwierigkeiten überhand nehmen, wie auch immer die ausgesehen haben."

Beide schwiegen eine Weile, ließen ihre Gedanken kommen und gehen wie Herbstnebel, wabernd, ungreifbar.

„Jedenfalls sieht's schwer nach Arbeit aus, Chef", konstatierte die Polizistin abschließend. Bevor Inspektor Maringer zustimmen konnte, klopfte es an der Tür.

War Carinas spontane Bemerkung zuvor Ausdruck ihres Erstaunens gewesen, in einem Männerkloster einer Nonne als Zeugin zu begegnen, so barg die Konfrontation mit derselben eine weitere Überraschung: Schwester Maria Rosa war eine Schönheit. Bei ihrem Anblick verschlug es nicht nur Maringer die Sprache. Eine großgewachsene, elegante Frau trat da in den Raum, von feingliedrigem Körperbau und aufrechtem Gang. Ihre Haltung verriet Selbstbewusstsein, das auf einem starken Fundament ruhte. Ihr junges Gesicht war lang und in klaren Zügen geschnitten, die hohe Stirn zeugte von Intelligenz, die sich nicht beweisen musste. Und dann waren da noch ihre Augen: zwei leuchtend grüne Inseln von Ruhe und Sanftheit, die selbst in Maringer, dem gesetzten Endvierziger, einen Wunsch weckten, der alle bisher getroffenen Lebensentscheidungen für Augenblicke zweifelhaft erscheinen ließ. Wenn in Büchern vom *Versinken in den Augen der Geliebten* geschrieben wurde, so hatte er das bisher immer für bodenlosen Kitsch gehalten. Doch gerade eben verwandelte sich die Metapher in Realität, wiewohl der Inspektor auch wusste, dass für diese Magie weit mehr nötig war als die Phantasie eines Autors von Fortsetzungsromanen, die in Frauenzeitschriften veröffentlicht wurden: die Art, wie sie seinen Blick erwiderte; das offene Wesen, das auf andere zuzugehen bereit war und sofort Freundschaft anbot; die Natürlichkeit, mit welcher sie die Hand zum Gruß reichte.

Maringer fand in der gebotenen Eile nur einen Weg, sein Denken in die Rationalität zurückzuführen: Er zwang sich zu einer Schätzung ihres Alters. Es erstaunte ihn, wie niedrig diese ausfiel – die Frau war noch keine 25 Jahre alt.

„Haben Sie vielen Dank, dass Sie uns zur Verfügung stehen", begann er das Gespräch, nachdem sie sich wieder an den Tisch gesetzt hatten. „Wir werden Sie nicht lange aufhalten."

„Sie tun Ihre Arbeit, Inspektor", antwortete Schwester Maria Rosa mit volltönender Stimme. „Mein Beitrag wird nicht sonderlich aufschlussreich für Sie sein, fürchte ich."

„Oft sind Dinge, die nicht für wichtig gehalten werden, letztendlich am wertvollsten", meinte Maringer leichthin, auch in dem Bemühen, gleich zu Anfang alle Förmlichkeit aus der Unterhaltung zu nehmen. „Wie sind Sie auf das Opfer aufmerksam geworden?"

„Ich wollte mich gerade für das Frühgebet fertig machen. Ich war früher aufgewacht als gewöhnlich und ging als Erste über den Hof zur Kirche. Dort habe ich ihn dann liegen gesehen. Ich weiß nicht, warum, doch ich habe an die Bilder von diesem furchtbaren Terroranschlag in New York denken müssen. Vor Jahren wurde eine Dokumentation gezeigt, in der ein Kameramann, der zufällig dort war, nach dem Einschlag des Flugzeugs im Gebäude filmte. Viele Menschen sind damals aus Panik in die Tiefe gesprungen. Der Aufprall ihrer Körper … schon als Jugendliche habe ich darum gebetet, so etwas niemals erleben zu müssen." Ihr Blick wanderte zum einzigen Fenster des Empfangszimmers. Darin stand der Schmerz einer Erinnerung, den die Gegenwart eingeholt hatte.

„Was geschah danach?", fragte Inspektor Maringer nach einer Weile der Stille. Auch er hatte diesen Film gesehen, von dem sie sprach. Seine Eindrücke damals waren durch das Wissen, nicht Fiktion, sondern reale Geschehnisse zu beobachten, noch um vieles beklemmender gewesen.

Ihr Gesicht war noch immer abgewandt, als sie sagte: „Ich habe sofort den Notarzt verständigt. Vielleicht war er ja noch … ich meine, ich wusste ja nicht, wie hoch… und wann…“ Sie verstummte, schloss kurz die Augen. Wie ein Schleier legten sich Zaghaftigkeit und Angst über die junge Frau. Ihre Lippen wollten ein Wort formen, schlossen sich aber wieder. Maringer war einen Moment lang versucht, ihre so bemerkenswerte Ausstrahlung anders einzuschätzen, doch als ihn Schwester Maria Rosa von neuem ansah, war alles wie zuvor.

„Dann bin ich hingelaufen, um Erste Hilfe zu leisten“, sagte sie und machte jeden Zweifel an ihrer persönlichen Stärke zunichte. „Es war aber zu spät. Der junge Mann hatte sich das Genick gebrochen, und seine Haut war schon kalt.“

„Haben Sie ihn untersucht?“

Carina bevorzugte an diesem Morgen offensichtlich knappe, ziemlich hart klingende Einwürfe. Inspektor Maringer schrieb es der langen Zeit zu, die seine Kollegin nun schon auf den Beinen war, doch es entging ihm auch nicht, dass es ihr schwer fiel, der Ordensfrau ins Gesicht zu schauen. Die Polizistin wahrte zwar alle Formen der Höflichkeit, widmete ihre Aufmerksamkeit aber oft dem Metallkreuz und der Kerze auf dem Tisch.

„Mein Vater ist seit vierzig Jahren beim Roten Kreuz“, erklärte Schwester Maria Rosa schlicht. „Er hat immer von seinen Einsätzen erzählt, wir Kinder haben mehr Details mitbekommen, als uns lieb war. Wegen seiner Geschichten habe auch ich die Sanitäterprüfung abgelegt.“

„Ich verstehe“, nickte Maringer. „Eigentlich wäre es das schon. Gibt es noch eine Beobachtung, die Sie gemacht haben?“

„Nein, keine.“

Alle drei erhoben sich und gingen zur Tür. In der Eingangshalle berührte die Ordensschwester den Inspektor leicht am Arm und fragte: „Ist es Ihnen erlaubt mir zu sagen, wie alt er war?“

„Er war achtzehn."

Das Dejà-vú ihres Zögerns von vorhin währte nur für Sekunden. Der Klang in ihren Worten war frei von jeder Unsicherheit, als sie sagte: „Seine Seele ist vom Dunkel ins Licht gewandert. Unsere Gedanken begleiten ihn dort."

Maria Rosa entfernte sich leise, fast schwebend, und ein Bild drang in Maringers Kopf ein, noch ehe er zu irgendeiner Form der Gegenwehr bereit war: *Wie ein Engel.*

Die Beamten verließen das Kloster, ohne miteinander zu sprechen. Der Inspektor blickte zur Absturzstelle auf den Mönchsberg hinauf, die nun, da das Tageslicht sich beinahe durchgesetzt hatte, schon sehr gut sichtbar war. Carina hingegen starrte auf den Boden.

Im Toscaninihof, direkt vor jener Steintreppe, die entlang der Felsenreitschule auf den Berg führt, wurde Maringer angesichts der Sprachlosigkeit seiner sonst vor Worten meist übersprudelnden Kollegin stutzig. Er blieb stehen, sah sie an und fragte: „Was ist denn, Carina?"

„Ach, nichts", erwiderte sie einsilbig. Jetzt war ihre Müdigkeit überdeutlich, doch Maringer spürte, es ging noch um etwas anderes. Und er wusste auch, worum, zu fast hundert Prozent.

„Kommen Sie, ich merke doch, dass es irgendwo drückt", fuhr er deshalb fort. „Wir sind hier ganz inoffiziell, sogar die Bars haben noch zu." Er deutete auf ein kleines Lokal gegenüber der Treppe, dessen Außenmobiliar fein säuberlich gestapelt neben der Tür stand.

Carina lächelte schwach. „Und Sie lachen mich nicht aus, Chef?"

„Großes Pfadfinderehrenwort!", gelobte Maringer, die rechte Hand feierlich an die breite Brust schlagend.

Die junge Polizistin sah ihren Vorgesetzten eine Weile abschätzend an. Dann holte sie tief Luft – zeitgleich mit einem Windstoß, der für Maringer wunderbar dazupasste –, und legte los.

„Verraten Sie mir bitte, was die dort tut?! Ich meine, die Frau ist jung, schön, gescheit! Dabei untertreibe ich wahrscheinlich noch! In jeder Zeitschrift zwischen Scheibbs und Texas wäre sie das *Face of the Year*! Selbst in dieser schwarzen … Kluft sieht sie dermaßen gut aus, dass mich der Neid da drinnen nur so gepackt hat!" Ihre hilflos wirkende Geste in Richtung Kloster sagte noch viel mehr als dieser emotionale Ausbruch.

Es stimmte. Schwester Maria Rosa gehörte zu jener seltenen Sorte von Menschen, die durch ihr Aussehen jedes grobe Stück Leinen in ein Kleid von *Dolce & Gabbana* verwandeln konnten. Dennoch hielt es Maringer für wichtig, den zweifellos immensen Eindruck der Nonne auf Carina ins rechte Licht zu rücken.

Er hob begütigend die Hände und meinte: „Auch ich hatte Mühe, sie nicht mit offenem Mund anzustarren. Sie dürfen jedoch nicht übersehen, dass ein großer Teil ihrer Ausstrahlung in ihrem Leben als Geistliche begründet liegt. Sie versteht sich bestimmt als jemand, der seinen Platz gefunden hat. Erst dann kann man eine solche Gelassenheit verbreiten. Erstaunlich ist für mich aber, dass sie diese Reife trotz ihrer offensichtlichen Jugend schon erreicht hat."

Die junge Polizistin war noch nicht zufrieden.

„Ich behaupte ja nicht, dass die Wahrscheinlichkeit, Nonne oder Mönch zu werden, direkt proportional mit der eigenen Hässlichkeit steigt", schränkte sie ein. „Aber ich kann mir schlichtweg nicht vorstellen, dass eine junge Frau bewusst ihre Schönheit versteckt." Sie schüttelte ungläubig den Kopf. „Wir haben das dritte Jahrtausend, Chef! Keine Berufung kann so stark sein, das ist unmöglich!"

Maringer beschloss, noch einen Versuch zu machen; auch deshalb, weil es vielleicht notwendig war, das Objekt ihrer seltsamen Diskussion noch einmal aufzusuchen. Er wollte Carina einen Weg zeigen, die Sache aus einem anderen Winkel zu betrachten. Mittlerweile kannte er sie gut genug, um zu wissen, dass sie nicht nur selbstbezogen zu denken imstande war. Dennoch gehörte sie zu jenen jungen Leuten, für die Beachtung und Bewertung äußerlicher Schönheit eine große Rolle spielte. Auch sie war mehr als hübsch mit ihren roten Naturlocken, lebendigen blauen Augen und einer schlanken, durch viel Ausdauersport gut trainierten Figur. Mit Schwester Maria Rosa würde sie aber nie konkurrieren können. Von einer Sekunde auf die andere musste ihr das klar gewesen sein; Frauen haben ein sensibles Gespür für derartige Einschätzungen. Dass nun dieser Mensch bereit gewesen war, ein lebenslängliches Keuschheitsgelübde abzulegen, ging an diesem Morgen – besonders, wenn man ihre Müdigkeit berücksichtigte – weit über ihre Vorstellungskraft hinaus.

„Warum sind Sie Polizistin geworden?"

Carina schaute ihn an, als hätte der Inspektor sie gerade auf dem falschen Fuß erwischt. „Was hat denn das damit zu tun? Wollen Sie mich ablenken, Chef?"

„Ganz und gar nicht", beharrte er, „wissen Sie noch den Grund für Ihre Berufswahl?"

„Natürlich, es ist ja nicht so lange her. Mein Vater und auch dessen Bruder sind bei der Polizei. Als kleines Kind war ich fasziniert von seiner Uniform, später erkannte ich seine Arbeit als gut und richtig. Auch die körperliche Herausforderung war ein Punkt. Mein Vater hat sich natürlich über mein Interesse gefreut, und durch seine Unterstützung ist mir dic Entscheidung nicht sehr schwer gefallen."

„Also haben Sie sich an einem Vorbild orientiert, könnte man sagen."

Sie nickte.

„Und wenn es bei Schwester Maria Rosa ähnlich war? Wenn Sie von jemandem dermaßen fasziniert war, dass auch sie diese Richtung einschlagen wollte?"

„Aber die ... wie soll ich sagen ... *Verlockungen* unserer Zeit beginnen doch immer früher", zweifelte Carina auch diese These an. „Sogar Kinder werden heute schon umworben. Ein strahlendes Lächeln von ihr wird genügt haben, um ein Eis zu bekommen, wenn sie eines wollte, in der Schule die bessere Note. Ich sehe es direkt vor mir!"

„Zwei Dinge weiß ich jedenfalls", erwiderte Maringer in einem Ton, der seinen Wunsch, das Thema nun zu beenden, deutlich machte. „Außergewöhnliche Schönheit, wie wir sie eben gesehen haben, kann auch zur Last werden. Vor allem, wenn der Betreffende auch über ein hohes Maß an Intelligenz verfügt. Vielleicht wurde sie zu oft von Typen angebraten", – bei der Wortwahl ihres Vorgesetzten lachte die junge Polizistin hell auf – „die ihr intellektuell nicht das Wasser reichen konnten. Oder sie hat eine schwere menschliche Enttäuschung erlebt. Zudem bin ich überzeugt davon, dass es

Begegnungen und Erlebnisse gibt, die uns in der Entwicklung stärker beeinflussen als die eigene Familie. Maria Rosa kann Ihnen ohne Zweifel eine solche Geschichte erzählen. Sie wird es gerne und mit einer Begeisterung tun, die ihre Entscheidung klar und logisch erscheinen lässt. Eine Frage genügt, Carina. Ich gehe jede Wette mit Ihnen ein."

Maringer wandte sich ab und ging auf eine Tafel an der Steinmauer der Felsenreitschule zu, wo in Kurrentschrift *Clemens-Holzmeister-Stiege* zu lesen war. „Aber vorher betreiben wir noch ein wenig Morgensport." Er lächelte ihr aufmunternd zu. „Kommen Sie, körperliche Betätigung vertreibt trübe Gedanken. Der Mönchsberg wartet!"

„Auf mich wartet nur noch das Bett", jammerte Carina, trottete aber wie eine folgsame Hündin auf die steinerne Treppe zu.

Keine fünf Minuten später bereute der Inspektor seine Aufforderung, die wie ein Zitat aus einem Katalog für Aktivurlaube geklungen hatte. Er bezahlte diese Torheit mit heftigem Luftschnappen, weil er noch dazu versucht hatte, die Stufen in ähnlichem Tempo zu erklimmen wie seine Kollegin. Carina saß schon auf einer der beiden Bänke unter einer riesigen Linde, als auch er dort ankam. Mit einem lauten Ächzen ließ sich Maringer neben ihr nieder.

„Sie haben mich falsch verstanden", schnaufte er. „Als ich von *Morgensport* sprach, war damit moderate Bewegung an der frischen Luft gemeint. Kein Qualifikationsrennen für die nächste Stiegenlauf-Weltmeisterschaft."

„Wenn Sie spazieren gehen wollen, müssen Sie sich genauer ausdrücken, Chef", erwiderte die junge Polizistin. In scherzhaftem Ton fügte sie hinzu: „Ich halte das gewählte Tempo für durchaus moderat."

„Die heutige Generation kennt keinen Respekt mehr vor dem Alter, einfach unglaublich!"

„Sie müssen mehr trainieren, das ist alles", konterte Carina und blinzelte spitzbübisch zu ihm auf.

„Ganz schön frech sind Sie, das ist alles", beschied ihr Maringer, dessen Pulsschlag sich endlich verlangsamte.

„In Wahrheit behandle ich Sie mit ausgesprochener Vorsicht. Ich möchte ja, dass Sie mir noch eine Weile erhalten bleiben. Frechheit hätte bedeutet, Ihnen zu sagen, dass Sie endlich mit dem Training *anfangen* sollen." Sie holte ihren Notizblock aus der Tasche. „Und weil wir gerade dabei sind: Ich stelle sehr gerne einen Plan für Ihren körperlichen Aufbau zusammen."

„Also wollen Sie mich doch unter die Erde bringen", setzte Maringer trocken das heitere Geplänkel fort. „Aber ich warne Sie: Zum Nachfolger wird Präsident Strauß niemand Geringeren bestellen als Karl Ritzl. Und dann wird es viele *zwingende Umstände* bei der Arbeit geben."

„Überredet, Chef. Ich werde von jetzt an ganz brav sein", stimmte sie sofort zu und steckte das Büchlein wieder weg.

Der Inspektor stand auf und trat an die Mauer. Das Geländer bestand nur aus einer dünnen Eisenstange, die in die Brüstung einbetoniert war. Es reichte ihm gerade bis unter die Bauchmitte; für jemanden, der gewillt war, sich das Leben zu nehmen, stellte es kein Hindernis dar. Er stützte die Arme darauf und ließ seinen Blick über die Hausdächer und Kirchtürme der Salzburger Altstadt gleiten. Die Wolken hingen bedrohlich tief, doch der Regen hatte nicht wieder eingesetzt. Ihr Grau erweckte den Eindruck, als würde die Morgendämmerung heute länger als gewöhnlich dauern. Es bewirkte aber auch, dass die Kuppel des Doms, die Spitzen von Franziskanerkirche und von St. Peter ganz nahe heranrückten.

„Unheimlich schön, nicht?", vernahm er Carinas Stimme leise, beinahe ehrfurchtsvoll flüsternd, an seiner linken Seite.

Maringer nickte gedankenversunken. Die wundervolle Aussicht hatte für ihn viel mit einer liebevoll aufgestellten Spielzeugstadt gemein, bei deren Bau der Königssohn aus dem Land der Riesen all seine Poesie und Kunstfertigkeit eingesetzt hatte, um etwas ganz Außergewöhnliches zu schaffen: ein Juwel, das nur zu besonderen Anlässen aus der Schatzkammer geholt und den versammelten Untertanen voller Stolz präsentiert wurde. Irgendwie passte das Bild seiner Phantasie zu den Anschauungen gewisser Leute über diese Stadt. Doch Salzburg war mehr als bloß ein herausgeputzter Nabel der Kulturwelt für sechs Wochen im Sommer. Um das zu wissen, genügte es, an jener Stelle zu stehen – zumindest für diejenigen, deren Denken und Fühlen offen geblieben war für die Schönheit eines solchen Ortes.

Inspektor Maringer seufzte, als seine Augen nach unten wanderten, in den Klosterhof von St. Peter. Gerade hier, inmitten geistlicher Erhabenheit, trat das Hässliche so überdeutlich hervor, zog die Fratze des Endgültigen alles Schöne ins formlose Reich der Sinnlosigkeit. Jeder Unfall barg Tragik für die Beteiligten, doch der gewaltsame Tod vervielfachte den Schmerz. Und der Selbstmord eines jungen Menschen bedeutete die Höchststrafe – für seine unmittelbare Umgebung, für die Gesellschaft und ihren Auftrag in seiner ursprünglichen Lesart, der den Begriff *Menschlichkeit* auf dieser Welt umfasst.

Auch wenn seine Überlegungen nicht viel mit seriöser Polizeiarbeit zu tun hatten, gab der Inspektor dem Impuls einer Frage nach.

„Glauben Sie es?", murmelte er tonlos und ohne den Kopf dabei zu bewegen. „Glauben Sie, dass Aaron einfach einen Trainingslauf auf den Mönchsberg unternommen hat und dann mir nichts, dir nichts auf die Idee gekommen ist, sich hier hinunterzustürzen?"

Carina schüttelte nur den Kopf.

„Am Samstag ist noch ein Artikel über seine tolle Karriere in der Zeitung, und keine zwei Tage später ist er tot." Maringer drehte sich um und blickte auf die beiden Bänke. Dass er und seine Kollegin auf einer davon gesessen waren, konnte man deutlich erkennen, auch wenn der starke Wind das Holz nahezu gänzlich vom nächtlichen Regen getrocknet hatte. Auf dem Boden gab es keinerlei Spuren, nur einzelne Blätter lagen verstreut. Das Laub war grün, seine Herbstfärbung hatte noch nicht begonnen.

„Kommen Sie, Carina, gehen wir zum Auto zurück", entschied der Inspektor. „Was immer in der vergangenen Nacht hier passiert ist – die Ursache werden wir woanders finden."

Sie machten sich gemächlich an den Abstieg, diesmal nebeneinander, in einträchtigem Schweigen.

# Kapitel 4

Maringer brachte Carina Raichmann nachhause, ein kleines Zeichen der Dankbarkeit für ihre Ausdauer. Dann fuhr er ins Büro in der Hoffnung, Maria Gerst schon vorzufinden, seine zierliche, stets streng alle Regeln beachtende Sekretärin. Obwohl es einiges an ihr auszusetzen gab, etwa ihr nervendes Beharren darauf, Maringer solle sein Diensthandy ständig bei sich tragen und auch noch darauf achten, dass es *eingeschaltet* war, wusste er doch um ihren Wert für die Abteilung – vor allem, was die Beschaffung jeder nur erdenklichen Information anging, die auf amtlichem, behördlichem oder sonst irgendeinem offiziellen Weg zu kriegen war.

Der Inspektor hatte Glück: Maria Gerst war bereits mit ihrer ewig gleichen ersten Tätigkeit des Tages beschäftigt, dem Gießen der Vorzimmerpflanzen.

„Guten Morgen, Inspektor", begrüßte sie ihn höflich wie stets und warf ihm dabei nur einen flüchtigen Blick zu. Dieser genügte jedoch, um die Kanne mit entkalktem Wasser ruckartig in eine Halteposition zu bringen.

„Aber wie sehen Sie denn aus?", fragte sie erstaunt und schaute ihren Vorgesetzten groß an. So unordentlich angezogen hatte sie ihn noch nie erlebt: keine Krawatte, das Hemd vom Wochenende (das sah sie am schmutzigen Kragen), die Füße steckten in ausgetretenen *Ecco*-Walkern, noch dazu ohne Socken.

Ihre beinahe schockiert klingende Bemerkung löste in Maringer eine seltsame Assoziation aus – nicht mit seiner Kleidung, sondern vielmehr mit etwas, das ihm fehlte: ein ordentliches Frühstück. Seit Carina ihn aus seinem Traum geklingelt hatte (dort war eine Orangen-Trüffel-Torte vorgekommen, daran erinnerte er sich genau), waren immerhin schon mehr als zweieinhalb Stunden vergangen. Es wird Zeit, diesen Mangel auszugleichen, dachte er bei sich und antwortete freundlich: „Wie sehe ich denn aus, Frau Gerst?"

„Ziemlich zerzaust, wenn Sie diese Formulierung gestatten",

erwiderte sie, „als ob Sie überhaupt nicht geschlafen haben." Ein kurzes Räuspern folgte. „Oder Sie haben die Nacht außer Haus verbracht und sind heute Morgen überhastet aufgebrochen."

Komisch, dachte der Inspektor, so habe ich sie ja noch nie reden hören. Ob sie etwa um ihn besorgt war? Dass Gerst sein Leben als Junggeselle missbilligte, wusste er, auch wenn sie es nie zur Sprache gebracht hatte. Doch ihre Augen hatten die sonst übliche Schärfe verloren, und auf einmal war der Inspektor irgendwie gerührt. Er erkannte in ihrem spontanen Ausbruch das hohe Maß an persönlicher Wertschätzung, welches sie für ihren Vorgesetzten hegte.

„Nur der zweite Teil stimmt", gab er grinsend zurück. „Ich komme gerade von einem Einsatzort, zu dem ich um fünf Uhr gerufen wurde. Da blieb mir nicht viel Zeit, um für das dem Hofzeremoniell entsprechende Erscheinungsbild zu sorgen."

„Verzeihen Sie, Inspektor. Das war ungebührlich von mir." Die Sekretärin merkte, dass sie rot wurde, und wandte sich rasch wieder dem Ficus Benjamin zu, der zuletzt an der Reihe gewesen war.

„Schon gut." Maringer tat den vermeintlichen Fauxpas, der ihn noch dazu erheitert hatte, mit einer Handbewegung ab. „Ich bin froh, Sie in Amt und Würden zu sehen. Ich brauche ein paar Informationen, so schnell es geht."

Gerst beendete die Pflanzenpflege, setzte sich, griff nach Block und Bleistift. Im nächsten Moment war sie wieder ganz sie selbst.

„Worum geht es?"

„Als Erstes muss ich wissen, wo die Familie von Aaron Schörflinger lebt und wie viele Leute das sind."

Gerst nickte wissend, gab jedoch keinen Kommentar ab. Die Nachricht vom Tod des Jugendlichen hatte also bereits die Runde gemacht.

„Dann machen Sie bitte noch den Präsidenten des Salzburger Volleyballklubs für mich ausfindig und melden mich am Nachmittag zu einem Gespräch an."

„Sie meinen Volley Salzburg? Die in der Bundesliga spielen?"

„Genau", erwiderte Maringer, gelinde überrascht. „Kennen Sie sich etwa dabei aus?"

„Nur so am Rande", antwortete die Sekretärin nach der entsprechenden Notiz. „Mein Patenkind spielt dort in der ersten Jugendmannschaft. Sonst noch etwas?"

„Nein, das wäre alles. Ich fahre jetzt in meine Wohnung zu einer heißen Tasse Tee und einer noch heißeren Dusche." Maringer wollte schon gehen, dann fiel ihm ein, wie er sich vielleicht einen Weg ersparen konnte. „Rufen Sie mich an, wenn Sie die Adresse haben?"

„Natürlich, Inspektor. Auf Ihrer Privatnummer?"

„Nein, benutzen Sie lieber das Mobiltelefon, vielleicht bin ich schon unterwegs." Er blieb stehen, klopfte auf seine Manteltasche, aber erfolglos. „Ich habe es … –"

„In Ihrem Schreibtisch." Gerst konnte es nicht lassen, bedeutungsvoll zu blinzeln. Vermutlich hatte sie gerade ihre humorigen zehn Minuten. „Zweite Lade. Aber keine Angst, ich sorge immer dafür, dass es aufgeladen ist."

„Sie sind mein guter Hausgeist", machte er das fällige Kompliment und ging in sein Büro, um den ihm wahrlich verhassten Gegenstand an sich zu nehmen.

„Ich hoffe nur, die Betonung liegt auf gut, nicht auf Geist", murmelte sie laut genug, damit Maringer es auch sicher mitbekam, und griff nach ihrem Telefon.

Unter der Dusche achtete er für Minuten auf nichts anderes als das Prasseln des Wassers in seinem Nacken. Erst danach ließ er zu, dass der Name jenes Mannes wieder nach oben kam, dem er die wichtigste Rolle im Drama um Aarons Tod beimaß; zumindest was brauchbares Hintergrundwissen über die Persönlichkeit des Opfers betraf. Franz Rothbauer würde einige überzeugende Antworten geben müssen. Der Inspektor hatte darauf verzichtet, die Schule, an der er unterrichtete, von Maria Gerst ausfindig machen zu lassen. Es erschien ihm einfacher, beim Besuch von Aarons Familie danach zu fragen und dann gleich – vielleicht überraschend, vielleicht aber auch erwartet – dort aufzutauchen.

Maringer fragte sich, was der Lehrer zur Existenz des Zettels in der Tasche des Opfers zu sagen hatte. Würde er eine plausible Erklärung liefern? Wie sehr machte ihn der Selbstmord wirklich betroffen? Der Inspektor ermahnte sich, Aarons Probleme, die Rothbauer am Samstag nur angedeutet hatte, genauestens zu hinterfragen.

Das Pfeifen des Wasserkessels riss ihn aus seinen Gedanken. Er nahm mehr von seiner bevorzugten Schwarzteemischung als gewöhnlich, um die sich ankündigende Schläfrigkeit gleich im Keim zu ersticken, füllte sie in einen Beutel und goss den Tee auf. Während dieser zog, ging Maringer ins Badezimmer zurück und rasierte sich gründlich. Als er in den Spiegel sah, erkannte er in seinem Gesicht ganz deutlich den Unwillen, die Offensichtlichkeiten des Falles zur Kenntnis zu nehmen. Er wollte das hoffnungsvolle junge Leben nicht auf diese Art beendet sehen und wusste gleichzeitig, welche furchtbar banalen Ursachen schon zu Selbstmorden und Selbstmordversuchen geführt hatten. Da waren Burschen, die einen Blechschaden an ihrem ersten Wagen nicht verwinden konnten; Mädchen, die sich so sehr in eine Liebschaft verrannten, dass sie nicht mehr zu sich selbst fanden, wenn ihre Gefühle unerwidert blieben; und Kinder, deren Seele durch die unvermutete Trennung ihrer Eltern mit einem Schlag verloren war.

War Aaron durch das Angebot des italienischen Klubs abgehoben, übergeschnappt? Hatte er sich unverwundbar gefühlt und deshalb Konfrontationen gesucht, wie es in den verschwommenen Andeutungen des Lehrers durchgeklungen war?

Der Inspektor setzte sich an seinen Esstisch und griff nach dem Buttermesser. Zuerst galt es, sich an die wenigen Fakten zu halten, und das schloss auch eine Obduktion mit ein. Er knüpfte keine besonderen Erwartungen daran, doch sie konnte helfen abzuklären, ob es in irgendeiner Form Fremdeinwirkung auf den Körper des Opfers gegeben hatte.

*Gut, dass Marianne heute Abend zurückkommt.* Dieser Gedanke half ihm, sein Frühstück doch noch mit Genuss zu verzehren.

Das Mobiltelefon läutete, als Maringer zum wiederholten Mal dabei war, den Artikel vom Wochenende zu studieren. Erneut irritierte ihn der aufgeweckte, intensive Blick von Aaron Schörflinger. Der

Inspektor mochte einfach nicht daran glauben, dass jemand, der sogar auf einem kleinen Zeitungsfoto profundes Selbstbewusstsein vermittelte, in einer plötzlichen Krise keine Lösungsstrategien mehr fand. Doch der kleine Polizist in seinem Kopf widersprach heftig. Jeder Mensch trug die Gefahr in sich, durch einen Schock alle Rationalität und Vernunft fahren zu lassen. Keine Berufsgruppe wusste das besser als die Kriminalisten. Maringer schlug still einen Kompromiss vor. Wenn es schon Selbstmord war, gab es dafür einen Grund. Irgendwie musste es möglich sein, ihn ans Licht zu bringen.

Mit dem Drücken der Empfangstaste an dem Gerät, das nicht einmal die Hälfte seiner Handfläche bedeckte, brachte Inspektor Maringer den River-Kwai-Marsch zu einem guten Ende und meldete sich.

„Die Familie Schörflinger wohnt in Liefering, in der Peilsteinerstraße 7", berichtete Maria Gerst in nüchternem Tonfall. „Mutter Brigitte, 36, die beiden Kinder Aaron, 18, und Rachel, 15 Jahre alt."

Seltsam, den Kindern solche Namen zu geben, dachte Maringer, aber vielleicht waren die damals gerade in Mode gewesen.

„Kein Vater?", fragte er.

Die Sekretärin verneinte. „Jedenfalls scheint im Meldeverzeichnis nichts davon auf. Entweder haben sich die Eltern getrennt, oder der Mann ist bereits gestorben."

„Dann mache ich mich jetzt auf den Weg dorthin. Vielen Dank, Frau Gerst."

„Einen Moment noch, Inspektor!", rief sie hastig. „Der Termin beim Präsidenten des Volleyballklubs … –"

„Ach ja, genau. Wann ist der?"

„Um 16 Uhr in der Sporthalle Alpenstraße. Um diese Zeit trainiert die Mannschaft dort. Heinrich Schwab heißt der Mann. Er wird Sie im Café neben dem Eingang erwarten."

„Wunderbar, nochmals danke." Wenn Maria Gerst einen Auftrag erhielt, führte sie ihn wirklich mit äußerster Präzision aus. Sie verkörperte einen Back Office Manager in Reinkultur, auch wenn sie noch nie etwas davon gehört haben dürfte. In Wahrheit waren nur die Begriffe geändert worden; nicht die Voraussetzungen, eine Tätigkeit ordentlich zu erledigen.

„Brauchen Sie noch etwas?"

„Nein, ich denke nicht." Maringer überlegte kurz. „Ich werde heute nicht mehr ins Büro kommen, Frau Gerst. Wenn etwas auftauchen sollte, melde ich mich zwischendurch."

„Dann einen schönen Tag."

Exakt um neun Uhr läutete er im dritten Stock des genannten Hauses. Kaum hatte er die Klingel losgelassen, wurde die Tür mit solcher Heftigkeit aufgerissen, dass der oberhalb des Spions befestigte Blumenkranz dagegen schlug. Strohteilchen und Blütenblätter von Trockenblumen rieselten zu Boden.

„Aaron, wie oft habe ich dir schon gesagt, du sollst deinen Schlüssel … –"

Die schneidende Stimme der Frau brach ab, als sie bemerkte, dass ein Fremder an der Treppe stand.

„Was wollen Sie?" Ihre Stimme klang fordernd und misstrauisch, doch Maringer erkannte sofort, dass die Arroganz nur als Maske diente, um etwas viel Gravierenderes zu kaschieren: Sorge und Angst vor einer schlimmen Nachricht. Er bedauerte es, genau deswegen gekommen zu sein.

„Brigitte Schörflinger?", fragte er und zog dabei gleichzeitig seinen Dienstausweis aus der Tasche. Diese einfache Armbewegung genügte, um ihre nur mühevoll aufrechterhaltene Fassade zu Fall zu bringen. Die Augen der kleinen, schlanken Frau – sie trug ausgewaschene Jeans und eine weiße Bluse, ihre Haare waren blondiert – weiteten sich vor Entsetzen, sie schlug die Hände vor den Mund.

„Was ist passiert, um Himmels willen?" Es war nicht mehr als ein Flüstern.

„Gestatten Sie, dass ich hereinkomme?"

Sie nickte kaum merklich und wandte sich um. Die Eingangstür führte in einen Gang, von dem links und rechs Türen in die einzelnen Zimmer führten. Er folgte ihr in die Küche, den ersten Raum auf der rechten Seite. Sie wies stumm auf einen Holzstuhl mit abgewetztem Stoffbezug vor dem kleinen Esstisch, doch der Inspektor blieb stehen. Ängstlich schaute sie ihm ins Gesicht.

„Ich bin Inspektor Raimund Maringer von der Salzburger Kriminalpolizei. Es tut mir sehr leid, Frau Schörflinger, aber wir haben heute Morgen Ihren Sohn tot aufgefunden."

In diesem Augenblick brach etwas in ihr.

„Nein … Aaron kann nicht … nein!", schluchzte sie ungläubig. Er bemerkte, die Frau war einem Kollaps gefährlich nahe. Behutsam nahm er sie an den Schultern und half ihr, sich an den Tisch zu setzen. Danach ließ er ihr noch ein Glas kaltes Leitungswasser ein und konnte schließlich nichts anderes tun, als ebenfalls Platz zu nehmen und sie weinen zu lassen.

Nach einer Weile wurde das Zittern ihres Körpers schwächer. Sie griff nach einer Packung Taschentücher und blickte zu ihm auf. In ihren Augen las Maringer unermesslichen Schmerz, aber auch etwas anderes, das er nicht deuten konnte. Schicksalsergebenheit? Oder Enttäuschung? Es war ihm unmöglich, es einzuordnen.

„Wo?"

„Im Innenhof des Klosters St. Peter", erklärte der Inspektor leise. „Er ist vom Mönchsberg gestürzt und hat sich das Genick gebrochen."

„Aber wie …" Sie schluckte ein paar Mal und atmete konzentriert, sichtlich darum bemüht, ihre Stimme wieder unter Kontrolle zu bringen. Als sie fortsetzte, gelang es ihr besser. „Wie kann denn das passieren? Ich meine, er war nicht ungeschickt oder unvorsichtig. Er war ein guter Sportler."

„Ja, ich weiß." Welchen Stolz musste diese Frau wohl beim Lesen des positiven Berichtes über ihren Sohn empfunden haben. Maringer fragte sich, um welches Maß ihre Verzweiflung nun noch gesteigert wurde. Trotzdem hatte er keine Wahl.

„Wann haben Sie ihn zum letzten Mal gesehen?"

„Gestern Mittag … wir haben zusammen gegessen … ich habe extra sein Lieblingsgericht gemacht, weil es der letzte Sonntag sein sollte … wie kann beim Laufen so ein Unfall passieren …"

Brigitte Schörflinger brach ab. Der Inspektor nutzte die letzte Gelegenheit, ehe ihre Kraft zu Ende war.

„Hatte er in letzter Zeit persönliche Probleme?"

„Sie vermuten, er hat sich etwas angetan? Aber doch nicht Aaron." Die Frau schüttelte ungläubig den Kopf. „Er hat ja ein gutes Angebot von diesem Sportverein, sogar seine Sachen sind schon gepackt."

„Wann sollte er nach Italien übersiedeln?"

„Am Mittwoch oder Donnerstag", erwiderte sie. Es war, als würde sie aus weiter Entfernung mit ihm sprechen. Ihre Augen blickten stumpf und leer, fixierten einen ungeahnten Punkt jenseits des in die Dachschräge gebauten Küchenfensters. Maringer hielt es für sinnlos, die Befragung weiter fortzusetzen. Er musste ohnehin auf das Obduktionsergebnis warten, besonders auf den toxikologischen Befund. Also spielte es keine Rolle, wenn er erst in den nächsten Tagen ausführlicher mit Brigitte Schörflinger sprach. Dann würde er auch persönliche Dinge besser bewerten können, die jetzt von der Trauer zugedeckt wurden. Eine Gelegenheit wollte der Inspektor aber noch wahrnehmen.

„Ist Ihre Tochter Rachel zu Hause?"

„Nein, sie kommt erst heute aus dem Urlaub zurück."

„War sie denn allein unterwegs?"

Die Frau war zu erschöpft, um die Kritik in seinen Worten zu hören. Sie seufzte nur und erwiderte: „Mit der Familie einer Schulfreundin. Sie waren am Wörthersee zelten."

*Wie blöd bist du denn?*, schalt sich Maringer stumm für seine Bemerkung. Er schob den Sessel zurück und stand auf.

„Ich werde Sie in den nächsten Tagen anrufen", sagte er. „Es gibt noch einige Dinge, die ich über Aaron wissen möchte. Wir müssen klären, wie der Vorfall tatsächlich geschehen ist. Und auch mit Rachel möchte ich mich unterhalten."

Sie brachte ihn zur Tür.

„Soll ich das Rote Kreuz informieren, dass es jemanden vorbeischickt?", bot Maringer an, doch die Frau verneinte.

„Ich rufe meine Schwester an, sie kann zu mir kommen. Dürfte ich Sie trotzdem um einen Gefallen bitten?"

„Natürlich." Ohne die tiefen Spuren von Trauer wirkte ihr Gesicht sehr jung, fiel ihm auf. Beinahe kindlich.

„Könnten Sie beim AMS in der Auerspergstraße Bescheid geben, dass ich heute und morgen nicht zur Arbeit komme?", bat sie. „Ich schaffe es jetzt nicht."

Maringer versprach es; dieser Vermerk auf seinem gedanklichen Notizblock erinnerte ihn im letzten Moment auch daran, eine wichtige Information einzuholen.

„Welches Gymnasium hat Aaron besucht?"

„Das BRG am Franz-Josef-Kai", gab sie abwesend zurück. „Vor dem Sommer hat er dort maturiert. Warum fragen Sie?"

„Wir müssen sein gesamtes Umfeld ausleuchten, mit wem er sich getroffen hat und so weiter. Da fällt auf die Schule natürlich besondere Aufmerksamkeit." Der Inspektor griff schon nach der Türschnalle, aber dann entschied er sich doch noch dafür, auf seinen Instinkt zu hören. Er tat es nur um ihrer Reaktion willen; die Antwort konnte Auswirkungen auf sein nächstes Gespräch haben, das vielleicht wichtigste.

„Sagt Ihnen der Name Franz Rothbauer etwas?"

Sie zögerte nicht. „Das ist einer von Aarons Lehrern gewesen. Ein sehr angenehmer, engagierter Mensch. Ich habe ihn bei der Maturafeier kennengelernt."

„Das wäre dann wirklich alles für heute", sagte Maringer abschließend. „Ich darf Ihnen nochmals mein Beileid aussprechen."

„Aaron hat sich nicht das Leben genommen. Er hatte weder einen Grund noch das Wesen dazu." Obwohl die Frau am Ende ihrer Kraft war, transportierte ihre Stimme noch eine Spur von Überzeugung.

„Ich weiß keinen Trost für Sie, Frau Schörflinger", erwiderte er darauf. „Aber ich verspreche Ihnen, alles zu tun, um die Wahrheit herauszufinden."

„Auf Wiedersehen, Inspektor Maringer."

In ihren letzten Worten und auch in der zögernden Art, wie sie seine dargebotene Hand ergriff, lag ein Hauch Dankbarkeit.

# Kapitel 5

Inspektor Maringer wunderte sich darüber, welche Ruhe in den Gängen der Schule herrschte, als er gegen 10 Uhr dort eintraf. Seinem Wissen zufolge war heute, am 8. September, der erste Tag des neuen Schuljahres. Offensichtlich liefen aber erst die Vorbereitungen, da kaum Schüler und nur wenige Lehrer zu sehen waren, und ihn befielen Zweifel, ob er Franz Rothbauer überhaupt antreffen würde.

Wenigstens seine Privatadresse wird man mir im Sekretariat geben, beschied sich Maringer. Wenn er gerade irgendwo unterwegs ist, habe ich eben Pech gehabt.

Er fand sich rasch zurecht und klopfte an die Vorzimmertür zur Direktion. Sogleich war von drinnen ein deutliches „Ja, bitte!" zu hören, und der Inspektor trat ein.

„Sie wünschen?", fragte ihn eine kleine, leicht mollige Frau mit rundem Gesicht und ebensolchen Brillen. Ihre Augen blickten ihm freundlich entgegen.

Der Inspektor stellte sich vor und nannte den Grund seines Besuches. „Wenn der Professor nicht da ist", fügte er gleich hinzu, „könnte ich dann seine Anschrift … –"

„Nein, nein, der ist schon da", unterbrach ihn die Sekretärin eifrig. „Er beaufsichtigt eine Prüfung. Moment mal" – ihr rechter Zeigefinger wanderte über einen Computerausdruck auf dem Schreibtisch – „in der 7c."

*Wiederholungsprüfungen, natürlich!*, schoss es ihm durch den Kopf. Das war der Grund für die laue Betriebsamkeit. Dunkel erinnerte er sich daran, dass in allen Höheren Schulen die erste Unterrichtswoche am Mittwoch begann. Doch da sich Maringer als Junggeselle seit seiner eigenen Schulzeit nicht mehr mit diesem Thema befasst hatte, hielt er die Verspätung, mit der es ihm wieder eingefallen war, für erträglich.

„Wo ist das?"

„Im zweiten Stock. Sie gehen nach der Stiege geradeaus, dann die dritte Tür rechts. Aber ich kann ihn auch ausrufen, wenn Ihnen das lieber ist."

„Nein, lassen Sie nur", winkte Maringer ab, „Bewegung tut mir ganz gut." Er lächelte, um seinen Witz deutlich zu machen. In Wahrheit dachte er nicht an seinen Bauchumfang, sondern an die langen Ohren, welche der Bürodame ohne Zweifel wachsen würden, wenn er sich hier mit dem Lehrer unterhielt. Ihre Freundlichkeit war offenkundig, aber ebenso ihre Neugier, seit sie einen Kriminalbeamten vor sich wusste. Der erste Gesichtsausdruck Rothbauers, den dieser vielleicht durch die überraschende Begegnung nicht unter Kontrolle halten konnte, war zu wichtig, als dass er durch die Gegenwart einer dritten Person gefährdet werden durfte. Jener Gedanke führte Maringer auch zu einer kleinen Änderung seines Vorhabens.

„Aber wenn der Professor gerade eine Prüfung abnimmt", meinte er zögernd, „kann ich da einfach so hineinplatzen?"

„Er nimmt sie nicht ab, er beaufsichtigt sie nur", erklärte die Sekretärin. „Ein Lehrer muss immer anwesend sein, aber wenn Sie ein wenig warten …" Plötzlich schob sie ihren Drehsessel zurück und stand auf. Zur roten, kurzärmeligen Bluse trug sie einen blauen Rock und weiße Gesundheits-Sandalen – eine recht farbenfrohe Kombination.

„Das haben wir gleich", meinte sie, sichtbar zufrieden mit ihrem Einfall, und verließ das Büro. Keine zwei Minuten später war sie wieder da, mit einem mindestens zwei Meter großen, ausgemergelt wirkenden Mann im Schlepptau, dessen nach oben gezwirbelte Schnurrbartenden bei jedem Schritt auf und ab wippten.

„Magister Knapp wird die Aufsicht der Prüflinge übernehmen, solange Ihr Gespräch dauert, Inspektor", erklärte sie, und ihre Augen leuchteten vor Freude über diese Idee. Die Begeisterung des zwangsverpflichteten Mannes hielt sich merkbar in Grenzen, doch Maringer war einverstanden.

„Worum geht es denn?", fragte der Lehrer, während sie nach oben gingen. „Hat einer der Schüler des Kollegen in den Ferien etwas angestellt?"

*Ein Zyniker würde dieser Betrachtungsweise wohl zustimmen,* erwiderte der Inspektor in Gedanken. In seiner Konzentration auf Franz Rothbauer und ihre Begegnung am vergangenen Samstag hatte er noch gar nicht überlegt, wie er den Tod von Aaron Schörflinger vorläufig offiziell darstellen sollte. Am besten beließ er es so lange wie möglich beim Augenscheinlichen. Jede andere Vermutung, die zu öffentlichen Spekulationen Anlass gab, würde seine Nachforschungen erschweren.

„Aaron Schörflinger ist heute Nacht vom Mönchsberg in den Klosterhof von St. Peter gestürzt", antwortete Maringer mit den Fakten. „Ich bin hier, um den Grund dafür herauszufinden."

Der Lehrer war auf den Stufen stehen geblieben und starrte ihn fassungslos an.

„Aber das ist ja der Volleyballspieler!", entfuhr es ihm. „Der soll einen tollen Vertrag bei einem ausländischen Klub unterschrieben haben!"

„Genau", bestätigte der Inspektor. Er war weitergegangen, und Knapp kam hastig hinterher. „Wissen Sie etwas über ihn? War er einer Ihrer Schüler?"

Der Angesprochene schüttelte den Kopf.

„Nein, war er nicht. Ich unterrichte Physik und Chemie, Aaron hat den musischen Zweig unserer Schule besucht."

„Wo liegen da die Schwerpunkte?"

„Wie der Name schon sagt, auf den Musen." Knapp versuchte über sein Wortspiel zu lächeln, doch es misslang. „Ein Instrument muss man spielen, es gibt auch Musiktheorie und Bildnerische Erziehung."

„Wissen Sie, welches Instrument Aaron gespielt hat?", fragte Maringer weiter, einfach um die Unterhaltung nicht abreißen zu lassen. Inzwischen hatten sie den zweiten Stock erreicht – wie er feststellte, das oberste Geschoss der Schule.

„Keine Ahnung. Aber er galt unter allen als ruhig und zuvorkommend.“ Der Nachsatz ließ den Inspektor aufhorchen. „Und als sehr intelligent.“

Der Lehrer blieb vor einer Tür stehen. Rechts daneben war in Augenhöhe ein Schild mit der Aufschrift *Raum II/12 – 7C* angebracht. Er öffnete sie und trat ein. Maringer zog es vor, draußen zu warten.

Rothbauer schien überrascht, ihn zu sehen, aber auf eine Art, die keinen Rückschluss auf seine gegenwärtigen Gedanken zuließ. Er empfing Maringer wie eine Person, die man zwar kennt, aber nicht erwartet hat. Der Inspektor sah kein Flackern im offenen Blick, kein Zittern verriet Unsicherheit, als er seine Hand zum Gruß ausstreckte.

„Ah, Inspektor!“ Seine Stimme hatte den gleichen, freundlichen Klang wie vor der Wallfahrtskirche in Maria Plain, die makellosen Zähne blitzten. „Mit Ihnen habe ich nicht so rasch wieder gerechnet. Was verschafft mir die Ehre?“

Er weiß es noch nicht, war Maringers erster Impuls. Seine Erfahrung sagte ihm jedoch, dass die Verstellungskunst von Menschen, die etwas zu verbergen hatten, nahezu unermesslich sein konnte. Und was bedeuteten die Worte „nicht so rasch wieder“?

„Guten Tag, Professor Rothbauer.“ Beim Schütteln der Hand stellte der Inspektor fest, wie weich sich die Haut des Mannes anfühlte, der, wie Maringer nun überzeugt war, den sechzigsten Geburtstag bereits hinter sich haben musste. „Können Sie sich denken, warum ich hier bin?“

„Aaron hat Sie kontaktiert, würde ich meinen“, erwiderte der adrett gekleidete Lehrer ohne Zögern. Er trug ein hellblaues Hemd, ein dunkel kariertes Sakko und eine dazu passende Fliege. Auch der Blauton der Leinenhose fügte sich gut in das Ensemble ein. Das Lochmuster der braunen Halbschuhe war zwar nicht mehr modern, drückte aber klassisch-konservative Eleganz aus.

„Sagen Sie das, weil Sie ihm dazu geraten haben?“

Er stellte diese Frage nicht, um den Zeitpunkt der Mitteilung von Aarons Tod hinauszuschieben, sondern weil Maringer eine bessere Einschätzung seines Gegenübers für wichtig hielt. Was war echt? Wie tief war die Verbindung der beiden gewesen, wo lagen die Berührungspunkte? Seit dem Auftauchen des Zettels mit seinem Namen war Maringer sicher, zwischen Schörflinger und Rothbauer hatte mehr existiert als eine – wenn auch außergewöhnliche – Beziehung von einem Lehrer zu seinem talentierten Schüler.

„Es kann keinen anderen Grund geben", war Rothbauer überzeugt. „Am Samstag waren Sie meinen Argumenten ja nicht besonders zugänglich."

Wovon redete er da bloß? Der Inspektor wunderte sich immer mehr. Bei ihrem kurzen Gespräch hatte der Mann keine Argumente vorgebracht, sondern nur Allgemeinplätze von irgendwelchen Problemen, die Aaron angeblich hatte. Sein Vortrag hatte von Jähzorn und Streitsucht gehandelt, war jedoch ohne Inhalt und präzise Angaben geblieben.

Aber jetzt gab es wirklich ein gravierendes Problem. Es wurde eindeutig Zeit, auf den Punkt zu kommen.

„Können wir irgendwo hingehen, wo wir allein sind, Professor?"

„Natürlich, gleich die Nebenklasse hier ist leer." Rothbauer stand mit zwei Schritten am entsprechenden Eingang, zog einen Schlüssel hervor und sperrte auf. „Kommen Sie."

Maringer wartete nur, bis die Tür ins Schloss gefallen war. Rothbauer hatte sich ihm noch gar nicht wieder zugewandt, als er sagte: „Aaron Schörflinger ist tot, Professor. Er ist vom Mönchsberg gestürzt." Und er fügte hinzu: „Es tut mir sehr leid."

Mitten in der Bewegung erstarrte der weiß umkränzte Kopf des Mannes, seine schmalen Schultern sackten herab. Wie in Zeitlupe drehte er sich um. In seinen Augen stand blankes Entsetzen.

„Aber das ... das ist unmöglich!" Er schaute am Inspektor vorbei, hin zur Tafel, die ihm aber nicht antwortete. Sie war blank geputzt von jedem Wort, alles auf ihr war gelöscht worden. *Eine besonders grausame Analogie zu Aaron,* dachte Maringer.

Rothbauer ging mit unsicheren Schritten zum Lehrertisch, setzte sich, barg das Gesicht in beiden Händen. Eine ganze Weile saß er so da. Er schien zu weinen, doch Maringer vermutete eher ein stummes Ringen um Selbstbeherrschung. Erst nach knapp zwei Minuten konnte er diesen Kampf für sich entscheiden.

„Nehmen Sie sich einen Stuhl, bitte, Inspektor", sagte er leise und deutete mit einer fahrigen Armbewegung zur ersten Bankreihe. „Was möchten Sie wissen?"

Maringer griff nach einem Sessel und setzte sich zu Rothbauer. Es war unbequem, doch wenn er beide Hände auf seine Knie stützte, ging es halbwegs.

„Die Sache mit dem Zettel interessiert mich nicht nur aus beruflichen Gründen, wie Sie verstehen werden", begann er. „Es ist mir absolut schleierhaft, wie Sie mich als Ratgeber nennen konnten. Bis vor zwei Tagen habe ich weder von Ihnen noch von Aaron etwas gewusst."

„Eine unabhängige, nicht voreingenommene Instanz schien mir als möglicher Ausweg", antwortete der Lehrer tonlos. „Seit Aaron das Offert von dem italienischen Volleyballklub erhalten hatte, war er nur mehr von gut meinenden *Freunden* umgeben." In der Art, wie Rothbauer das Wort betonte, lag purer Zynismus. „Sie wissen, dass er davorstand, Karriere zu machen?"

Maringer nickte. „Aus der Zeitung, ja."

„Diese plötzliche Perspektive hat ihn völlig verändert. Er wurde orientierungslos, unsicher. Nach der ersten Euphorie befielen ihn massive Zweifel, ob es auch der richtige Weg für ihn ist."

„Aber im Bericht der *SN* wurde er als ehrgeizig und nervenstark bezeichnet", warf Maringer ein. „Das deckt sich nicht besonders mit Ihrer Beschreibung eines ängstlichen Zauderers."

„Was wissen schon Sportreporter!", erregte sich der Lehrer unerwartet heftig. „Die interessieren sich doch nur für Ergebnisse. Wenn auf der Jagd nach dem ewigen *Schneller, Höher, Weiter* ein Mensch auf der Strecke bleibt, kümmern sie sich einen Dreck darum!"

Dass Rothbauer nicht zum Stammtisch ging, um die Aufstellung für das nächste Länderspiel zu diskutieren, hatte Maringer schon nach ihrer ersten Begegnung gewusst. Sein offener Hass auf alles, was mit Leistungssport in Verbindung stand, überraschte ihn dennoch. Er hätte ihn eher den Menschen mit dem Motto *leben und leben lassen* zugerechnet. Doch das war nicht das Thema.

„Warum haben Sie ihm meinen Namen gegeben?", bohrte der Inspektor nach. „Und vor allem wann?"

„Das bedarf einer längeren Erklärung", erwiderte Rothbauer. Unablässig verschränkte und löste er seine Finger, konnte sie nicht still halten. „Damit Sie verstehen, warum ich mir Sorgen um Aaron gemacht habe."

„Deshalb bin ich gekommen", meinte Maringer nur und drehte seine Handflächen zustimmend nach außen. „Sie haben meine ungeteilte Aufmerksamkeit, Professor."

„Ich kann es noch immer nicht glauben", murmelte Rothbauer. Dann schüttelte er den Kopf, setzte sich auf seinem Stuhl zurecht und erwiderte ruhig den Blick des Inspektors. Fehlt nur noch, dass er aufspringt und einen Vortrag über Goethes *Faust* startet, dachte Maringer ironisch, doch seine Konzentration wuchs.

„Aaron war nie aufsässig in der Zeit, die er an unserer Schule verbracht hat", hob der Lehrer an. „Während der acht Jahre haben ihn alle hier als ruhigen, interessierten jungen Menschen erlebt, der sich ohne große Schwierigkeiten vom Kind durch die Pubertät zum Mann entwickelt hat. Bei seinem familiären Hintergrund ist das nicht selbstverständlich."

„Was meinen Sie damit?", fragte der Inspektor dazwischen.

„Seine Eltern haben sich getrennt, als Aaron noch klein war. Die Mutter hat ihre zwei Kinder praktisch ohne fremde Hilfe großgezogen."

„Kennen Sie den Grund für die Trennung?"

Rothbauer verneinte. „Darüber hat er nie gesprochen. Ich bin nicht einmal sicher, ob er es selbst genau weiß – verzeihen Sie – *wusste*. Erstaunlich ist aber, dass er trotz des Fehlens einer männlichen Identifikationsfigur so starkes Selbstbewusstsein entwickelt hat."

„Das kann er sich doch über seinen Sport geholt haben, oder nicht?"

„Dem simplen Vorgang, einen Ball über ein Netz zu schlagen und nur darauf achten zu müssen, dass er in der eigenen Spielhälfte nicht auf den Boden fällt, messe ich keine so große Bedeutung bei." Der Ton des Lehrers war deutlich abwertend; Maringer notierte diese Missbilligung auf seinem gedanklichen Notizblock. „Weil man sich dabei alle Gelenke ruiniert, ist die Sache gerade in der Wachstumsphase auch noch extrem gefährlich."

„Sie halten nicht viel von Sport, wie ich höre", stellte der Inspektor fest. „Aber sein Erfolg ist doch auch für Sie unbestreitbar."

„Sie meinen dieses ominöse Angebot von den Italienern? Dazu komme ich gleich."

Irrte Maringer, oder war auch der Begriff *Italiener* für Rothbauer grundsätzlich negativ? Die da so offen gehegten Abneigungen wiesen ein interessantes Spektrum auf. Oder spielte er nur mit Klischees, etwa auf die Art *Ich hasse Sport, also hasse ich auch die Ausländer, weil sie gut darin sind*? Wie es auch war, die Suche nach einem klaren Persönlichkeitsbild des Mannes, der offenbar genau gewusst hatte, was gut und schlecht für seinen Lieblingsschüler war, dürfte sich langwierig gestalten. Zudem barg jenes mit unreflektierten Vorurteilen vermischte Verhalten für den Inspektor die Gefahr, daraus selbst allzu klar scheinende Schlussfolgerungen zu ziehen. Bei Franz Rothbauer hieß es Obacht geben, nach allen Himmelsrichtungen.

„Erzählen Sie weiter, Professor."

„Dass Aaron sich so gut entwickelt hat, ist der Mutter zu danken", folgte sofort eine Erklärung, die nichts mit Volleyball zu tun hatte. „Sie ist eine sehr beeindruckende Frau."

„Kennen Sie sie näher?"

„Durch die Abschlussfeier", schränkte der Lehrer ein. „Aber bei manchen Menschen genügen wenige Minuten, um sie richtig einzuschätzen." Er sah kurz auf seine Hände, die nun in ruhiger Verschränkung auf dem Katheder lagen, und setzte hinzu: „Natürlich hat Aaron selbst immer wieder von ihr erzählt. Nur Gutes, wie ich betonen möchte."

Endlich ein Punkt, in dem Maringer zustimmen konnte – auch er hatte vor Brigitte Schörflinger sofort Respekt gewonnen. Er ging einen Schritt weiter.

„Wie hat sich das gute Verhältnis zwischen Ihnen und Aaron entwickelt?“

„Wissen Sie, wenn man einander über acht Jahre beinahe täglich begegnet, lernt man den anderen schon ein wenig kennen. Das gilt für Lehrer wie Schüler gleichermaßen, wird aber meist nur von den Lehrern bewusst wahrgenommen.“ Er schaute zum Fenster, und ein tiefer – echter? – Seufzer entrang sich seiner Brust. „Bei Aaron war das anders.“

„Inwiefern?“

„Er betrachtete mich mit ähnlichem Interesse wie ich ihn.“ Sein Stolz war unüberhörbar. „Natürlich durch seine jungen Augen, wenn Sie dieses Bild gestatten.“

Was hatte Aaron in dem Lehrer gesehen? Einen Vater, den er nie hatte? Die Klärung dieses Punktes schien Maringer extrem wichtig. Er startete einen Versuchsballon.

„Das müssen Sie mir genauer erklären. Meine Schulzeit ist schon länger her. Ich kann mich erinnern, dass ich meine Lehrer akzeptiert habe. Ein paar von ihnen habe ich vielleicht gemocht, aber keiner hat mich wirklich interessiert.“

„Verzeihen Sie, Inspektor, aber Sie dürften eben ein durchschnittlicher Jugendlicher gewesen sein“, erwiderte Rothbauer und schaffte es, dabei völlig emotionslos zu klingen. Er hatte eine für ihn feststehende Tatsache nur laut ausgesprochen. „Aaron war es nicht.“

*Erstaunlich! Er sagt mir auf den Kopf zu, dass ich während der Schulzeit ein Trottel war und breitet auch noch sein Glück darüber aus, Aaron unterrichtet zu haben und nicht mich. Das muss ja wirklich ein Wunderknabe gewesen sein!* Maringer ließ diesen gedanklichen Sarkasmus sofort zu, damit sein Ärger nicht nach oben kam.

„Was war also der Auslöser für Ihr freundschaftliches Verhältnis zu Aaron Schörflinger?“ Die Nennung des gesamten Namens wie auch der um einen Grad bestimmtere Tonfall sollten Rothbauer in Erinnerung rufen, wem er gegenüber saß. Reaktionen – so der Inspektor überhaupt welche erwartet hatte – blieben aus.

„Ich habe sein Lieblingsfach unterrichtet, ganz einfach“, erwiderte Rothbauer ungerührt.

„Leibesübungen?“ Nur eine aufgelegte Retourkutsche, aber Maringer konnte sich nicht verkneifen, sie anzubringen. Daraufhin zeigte der Lehrer jedoch ungeahnte Emotionalität.

„Wie ich es verabscheue, dass Aarons ganzes Leben einzig an diesem unbedeutenden Volleyball gemessen wird!“, ereiferte er sich und hatte sichtbar Mühe, sitzen zu bleiben. „Er war viel mehr als das! Ein vielseitig interessierter und talentierter junger Mann, dem von unlauteren Versprechungen einer Hochleistungsgesellschaft dermaßen der Kopf verdreht wurde, dass er daran zerbrochen ist!“ Er kam zunehmend in Rage, seine Blicke versuchten sich in Maringers Kopf zu bohren. „Niemand hat sich für die Persönlichkeit Aarons interessiert. Für seine Sensibilität, seinen Drang, das Bild hinter der oberflächlichen Fassade zu erkennen. Alles, was die Leute von ihm wussten, war seine Fähigkeit, einen Ball beim Sprungservice auf beinahe 200 km/h zu beschleunigen. Dabei trug er wichtigere Dinge in sich als diese rohen Kraftausbrüche, glauben Sie mir das, Inspektor!“

„Schon gut, ich habe verstanden.“ Maringer hob begütigend die Hände. „Was war sein liebstes Fach in der Schule?“

Rothbauer brauchte eine Weile. „Bildnerische Erziehung“, sagte er schließlich, als seine Hände wieder ruhig auf der Tischplatte lagen. „Der Zeichenunterricht war seine wahre Passion.“

Maringer sah keinen Grund, seine Überraschung zu verbergen.

„Aber sind diese beiden Dinge – ich meine Sport und Zeichnen – nicht ziemlich weit voneinander entfernt?“

„Hören Sie, ich weiß, er war ein guter Sportler. Es liegt mir auch fern, diese Eigenschaft an ihm zu negieren oder herunterzumachen … –“

Am liebsten hätte Maringer laut aufgelacht, doch er wartete mit ausdrucksloser Miene darauf, was jetzt wohl kam.

„… aber man hat schon öfter gesehen, dass besonders begabte Menschen auf mehreren Gebieten außergewöhnliche Leistungen vollbringen können. Es gibt zum Beispiel drei ungarische Schwestern, die spielen Weltklasseschach, waren aber auch in der obersten Tischtennisliga engagiert. Und Leonardo da Vinci war nicht nur Maler, er war auch Erfinder, Philosoph, Mystiker.“

„Und bei Aaron war es ähnlich?"

Der Lehrer nickte.

„Wie hoch haben Sie sein künstlerisches Talent eingeschätzt?"

„Er trug das Beste in sich, was mir in meinen 35 Jahren Unterrichtstätigkeit auf diesem Gebiet begegnet ist", fiel die Antwort mehr als eindeutig aus. „Vor allem seine Fähigkeit zur perspektivischen Umsetzung war einmalig. Er erkannte das Motiv und konnte es anschließend in hoher Qualität zu Papier bringen."

Den Inspektor begann ein Wort ganz leise im hintersten Winkel seiner Intuition zu kitzeln: Eifersucht.

„Wäre er gut genug gewesen, um damit Erfolg zu haben?"

„Gut genug jedenfalls, um die Aufnahmeprüfung für die Akademie zu bestehen. Ich weiß, was Sie jetzt fragen wollen, Inspektor, und ich gebe es auch gleich zu: Ja, ich habe Aaron geraten, den Versuch zu machen."

Die Sache begann endlich Gestalt anzunehmen. Maringer wunderte sich aber darüber, wie Rothbauer durch seine Offenheit sehenden Auges ein Motiv zu zimmern begann.

„Hat er darauf reagiert?"

„Er hat versprochen, es sich zu überlegen", erwiderte der Lehrer. „Seine Begeisterung an der Sache selbst war immens."

„Und wofür hat er sich entschieden?" Der Inspektor hielt diese Frage für rein rhetorisch, denn wie die Sache ausgegangen war, hatte er in der Zeitung gelesen. Um so mehr erstaunte ihn Rothbauers Antwort.

„Ich weiß es nicht. Aaron kam nicht mehr dazu, es mir zu sagen."

„Aber laut dem Artikel in den *Salzburger Nachrichten* hatte er sich schon mit dem italienischen Klub geeinigt", warf Maringer ein. „Oder sollte der Verfasser ein wenig vorschnell gewesen sein?" *Oder können Sie einfach nicht zugeben, gegen etwas so Verabscheuungswürdiges wie Sport verloren zu haben?* Er setzte es nur in Gedanken hinzu, doch die Theorie verfestigte sich in seinem Kopf wie Betonpfeiler für eine Brücke.

„Bei unserer letzten Begegnung hat er nichts davon erzählt." Rothbauer zuckte mit den Schultern. „Eine Entscheidung, die einen so großen Erfolg für Aaron bedeutet, hätte er sicherlich nicht verheimlicht."

„Wann haben Sie ihn zum letzten Mal gesehen?"

„Gestern Abend war er bei mir, so gegen sechs."

„Aus welchem Grund? Haben Sie ihn eingeladen?"

„Keine dieser Fragen ist richtig formuliert, Inspektor", gab der Lehrer zurück. Seine Worte klangen müde und überheblich zugleich. „Wie ich schon sagte, Aaron und ich waren auf freundschaftliche Weise miteinander verbunden. Er hat mich fast jeden Sonntag besucht, wenn er in Salzburg war."

Bedeutend öfter als nur hin und wieder auf einen Kaffee. „Worüber haben Sie bei diesen Treffen geredet?", fragte Maringer weiter. Die Unterhaltung wandelte sich immer mehr zu einem Verhör, was ihm jedoch gar nicht unrecht war. Er wusste schon seit langem, die Grenze des Erträglichen liegt in solchen Situationen bei jedem Menschen auf einem anderen Niveau. Genauso kannte er die verschiedenen Anzeichen, wenn jemand nahe herankam. Franz Rothbauer hatte noch Reserven. Es würde für das Vorankommen der Ermittlungen unerlässlich sein zu erfahren, wie er sich an und jenseits seiner Grenze verhielt.

„Die meiste Zeit über Malerei, selbstverständlich." *Dumme Frage!*, stand in den Augen des Lehrers überdeutlich geschrieben. „Aber auch über Politik, Musik und andere Dinge."

„Und gestern?"

„Da war Aaron sehr kurz angebunden, wie überhaupt in den letzten Wochen. Er sagte, er sei gerade auf einer Trainingseinheit, wollte nur Hallo sagen. Dann hat er sich auch gleich wieder verabschiedet."

„Aber den Zettel mit meinem Namen haben Sie ihm da gegeben."

Nach einigem Zögern: „Nun ... ja."

„Warum?"

„Seine Einsilbigkeit machte mir Sorgen, Inspektor. Ich vermutete Probleme, über die er nicht reden wollte, vielleicht, weil er sich schämte. Junge Leute können leicht in Blödheiten geraten, davor war auch Aaron nicht geschützt."

Also doch ein normaler Mensch, dachte Maringer höchst unpassend.

„Aber warum gerade ich?", hakte er nach. „Jugendfürsorge, Krisenintervention – alles wäre zielführender gewesen."

„Wo findet man denn seine Ideen, wenn man sie schnell braucht? Bei den naheliegenden Dingen." Die Anspannung in Rothbauers Stimme war merklich gestiegen, reichte schon nahe an Gereiztheit. „Am Samstag habe ich Sie vor dieser Kirche zufällig erkannt und angesprochen. Am Sonntag war ihr Name der erste, der mir in aller Eile in den Sinn gekommen ist. Für mich ist das ein logischer Vorgang."

„Was haben Sie Aaron dazu gesagt?"

„Dass er sich an Sie wenden kann, wenn er es für richtig hält. Sie sind ein ... ein Bekannter bei der Polizei."

Der Inspektor seufzte und rieb sich den Nacken. Vom langen Sitzen in dieser unbequemen Haltung tat sein Rücken weh. Auch Kopfschmerzen malträtierten ihn. Er hatte nicht die geringste Ahnung, was er von dieser Geschichte halten sollte, die ihm da aufgetischt wurde. Aber gut, die Möglichkeit bestand durchaus, dass der Lehrer ihm die Wahrheit sagte. Maringer ließ es dabei bewenden.

„Wo wohnen Sie, Professor?"

„In der Clemens-Krauss-Straße", antwortete Rothbauer. „Das ist in der Nähe des Volksgartens, im Stadtteil Aigen."

„Sind Sie verheiratet?"

„Nein, ich lebe allein."

„Gut, das wäre alles für heute." Maringer stand auf. „Sollten Sie in der Sache noch etwas zu sagen haben, rufen Sie mich bitte an." Er griff in die linke Anzugtasche und reichte eine Visitenkarte über den Tisch. „Ich danke Ihnen, dass Sie mir so lange zur Verfügung gestanden sind."

„Keine Ursache, Inspektor", erwiderte der Lehrer und erhob sich ebenfalls. Sie reichten einander die Hand. „Was werden Sie unternehmen, um den Tod von Aaron aufzuklären?"

„Ich werde mit seinen Freunden und Bekannten sprechen, die

letzten Monate rekonstruieren. Am wichtigsten ist für mich vorderhand die Klärung des Absturzes."

Sie verließen das Klassenzimmer. Auf dem Weg zur Treppe blieb Maringer noch einmal stehen.

„Zwei Kleinigkeiten, Professor. Wie war Aaron gestern angezogen, als er zu Ihnen kam?"

„Er trug einen blauen Trainingsanzug", erwiderte Rothbauer, ohne zu überlegen.

„Und wie war er unterwegs? Zu Fuß?"

„Nein, mit seinem Fahrrad."

Wenigstens ein neuer Anhaltspunkt, dachte der Inspektor, als er das Schulgebäude verließ und über den Parkplatz zu seinem Wagen ging.

# Kapitel 6

Er brauchte frische Luft. Das stickige Klassenzimmer und das von Widersprüchen durchzogene Verhalten Franz Rothbauers drängten den Inspektor dazu, seine Mittagspause außer Haus zu verbringen – im wahrsten Sinne, nicht auf die von Maria Gerst angedeutete Art. Genug Stoff zum Nachdenken hatte sich angestaut, und er wollte das Ventil langsam öffnen, um alles in geordneter Bahn fließen zu lassen.

Noch ehe Maringer den Schlüssel ins Zündschloss seines Volvo gesteckt hatte, entschied er sich dafür, nach Maria Plain zu fahren. Er war in der Nähe, würde Ruhe und Aussicht genießen und gestand sich auch die Reminiszenz an den Hauptdarsteller seiner Überlegungen ein.

Auf dem Weg dorthin kaufte er bei einem Imbissstand zwei Hot Dogs und eine Dose Bier. Dieses Menü stammte wohl nicht aus dem Handbuch eines Ernährungsberaters, doch Maringer hatte einen vollen Kopf und einen leeren Magen – um beides musste er sich in geeigneter Weise kümmern.

Einem Hinweisschild gehorchend, parkte er seinen Wagen vor dem Gasthof unterhalb der Kirche und ging das letzte Stück hinauf, sein Lunch-Paket in der rechten Hand. Oben folgte er dem Kiesweg, vorbei an der mannshohen Mauer, die das Kloster teilweise umgab, und wählte schließlich die Bank unter der großen Eiche, die mitten auf der Wiese stand.

Vor zwei Tagen war die Marienkirche im Vordergrund seines Interesses gestanden und auch – ungewollt – Franz Rothbauer. Nun widmete sich Maringer in erster Linie und ausgiebig der Umgebung des Plainberges. Ein kleiner Nadelwald am unteren Rand der abschüssigen Wiese verdeckte viel von der Stadt; dennoch boten die Festung Hohensalzburg und die Gipfel der umliegenden Berge eine sehenswerte Kulisse. Der Himmel hatte aufgeklart, die Sonne stellte ihre Beharrlichkeit im Zentrum des Lebens leuchtend zur Schau.

Einzig der auffrischende Wind ließ erkennen, dass es mit den extrem heißen Sommertagen in diesem Jahr wohl endgültig vorbei war.

Maringer ließ die bei Dosenverschlüssen gebotene Vorsicht walten und genoss den kühlen Eröffnungsschluck. Danach stellte er das Bier sachte neben sich auf die Bank und wickelte einen Hot Dog (den mit scharfem Senf) aus der Verpackung. Sein erster Bissen zeitigte die gleiche Wirkung wie das Getränk – er tat einfach gut, auf den Geschmacksnerven wie auf der Seele. Lange weilte diese simple Kombination von Weißbrot, Frankfurter und Senf nicht unter den Lebenden. Nach vollbrachter Tat lehnte sich der Inspektor mit einem Seufzer der Erleichterung zurück und streckte den Rücken.

Eine laut tratschende Gruppe Wanderer, durchwegs Senioren, kam den Weg von Bergheim herauf. Einige trugen Wanderstöcke von der Art, wie sie seit einigen Jahren in Mode waren. Maringer, der den Sinn von Steighilfen bei Fortbewegung in der Ebene nicht ergründen konnte, hielt dieses Produkt für einen ausgezeichneten Marketing-Gag der Sportartikelindustrie. Gute Werbung und die Meinung von ein paar einflussreichen Leuten – oder von solchen, die sich dafür hielten –, und schon glaubte alle Welt, etwas haben zu müssen, das noch Monate zuvor niemandem gefehlt hatte.

Das Auftauchen der eifrigen Freizeitsportler fortgeschrittenen Alters, die inzwischen im Inneren des Gotteshauses verschwunden waren, bewirkte auch die Rückkehr von Franz Rothbauer vor das geistige Auge des Inspektors. Dieser hatte ihn am Samstag in ähnlicher Adjustierung angesprochen, mit einer Geschichte, die bis vor sieben Stunden nicht von Bedeutung gewesen war.

Nach einer Weile griff Maringer zum zweiten Hot Dog. Diesem widmete er sich mit der konzentrierten Hingabe eines Genießers anstatt der Gier eines Mannes, der am Verhungern war.

Wohin er das Bild auch drehte und wendete, das er von dem Lehrer während ihrer langen Unterhaltung gewonnen hatte, er wurde nicht schlau daraus. Zuerst rief sich der Inspektor gewisse Phrasen von Rothbauer ins Gedächtnis, doch nichts fiel aus der Norm. Außer vielleicht sein Hass auf den Leistungssport und alle, die in irgendeiner Weise damit zu tun hatten.

Also der methodische Zugang. Außer Frage stand der Vertrag mit dem italienischen Volleyballverein. Ob schon unterschrieben oder nicht, spielte vorerst keine Rolle. Damit war der Weg, den Aaron Schörflinger hatte einschlagen wollen, klar abgesteckt. Weiters sah Maringer die Freundschaft zwischen dem Lehrer und dem Jugendlichen als fundiert an. Rothbauer hatte ihm Dinge erzählt, die einen tiefer gehenden Umgang mit Aaron voraussetzten. Was dessen Affinität zur Bildenden Kunst betraf, war der Inspektor nicht mehr so sicher. Aber dies würde sich durch einen weiteren Besuch in der Peilsteinerstraße verifizieren lassen. Hatte Brigitte Schörflingers Sohn wirklich so leidenschaftlich gerne gemalt, wie es von Rothbauer dargestellt worden war, konnte die Mutter das wohl bestätigen. Und auch an Bildern dürfte es nicht fehlen. Auf diesen Aspekt von Aarons Persönlichkeit war der Inspektor bereits neugierig.

Er trank den letzten Schluck Bier und verstaute die Dose im Papiersack, der den beiden Hot Dogs als Herberge gedient hatte. Da nun eines der wichtigsten Grundbedürfnisse auf den unteren Stufen der Maslowschen Pyramide befriedigt war, gestatte Maringer seinen Gehirnzellen, sich aus der Wirklichkeit zu stehlen und einen ersten Testflug im Reich der haltlosen Vermutungen zu unternehmen.

Konnte Aarons Entscheidung für den Sport dazu geführt haben, dass Rothbauer – nach Eigendefinition dessen bester Freund und Mentor – ihm schaden wollte? Wenn ja, wie war das abgelaufen? Aaron war über zwei Meter groß und durchtrainiert, der Lehrer erreichte bei großzügiger Schätzung vielleicht 1,70 und hatte zudem den Höhepunkt seiner körperlichen Leistungsfähigkeit schon überschritten. Selbst wenn es ihm gelungen wäre, den Jugendlichen auf irgendeine Art zu betäuben, bliebe dann noch immer das Problem der Verbringung des Körpers an den Tatort, wie es im Polizeijargon so wunderbar deutsch hieß. Rothbauer war gewiss nicht in der Lage, ein Gewicht von hundert Kilo oder mehr über die Clemens-Holzmeister-Stiege auf den Mönchsberg zu tragen. Natürlich konnte er einen PKW und die Zufahrt über den Müllner Hügel genommen haben. Doch dann gab es noch immer das letzte, für Fahrzeuge unzugängliche Wegstück und die Mauer samt Geländer, die für das Vortäuschen eines Sturzes auch noch zu überwinden gewesen wäre.

Also war dieser Hergang praktisch auszuschließen; es sei denn, Rothbauer hätte geeignete Leute zur Verfügung gehabt. Dagegen sprach jedoch der Eindruck, welchen der Inspektor bei der Unterhaltung gewonnen hatte. Der Lehrer mochte zwar leicht in Wut geraten, wenn ihm etwas gegen den Strich ging. Das Engagieren von abgebrühten Verbrechern, die ihm halfen, einen Mord zu begehen, erforderte ein weit höheres Aggressionsniveau. Viel eher erschien es möglich, dass er ein eigenbrötlerischer Einzelgänger war, der seine Zuneigung für andere Menschen ganz auf seinen Lieblingsschüler konzentriert hatte und die übrige Gesellschaft als solche bis auf die wenigen erzwungenen Berührungspunkte mied. Einsamkeit aber – und damit driftete Maringers Denken wieder in die entgegengesetzte Richtung – rief oft seltsame Dinge hervor. Sie konnte Ansichten über Gerechtigkeit und Selbstwert ebenso stark verändern wie die Achtung vor dem freien Entscheidungswillen des Anderen. Was hatte sich Rothbauer für Aarons Zukunft abseits des Leistungssports erhofft? Wie weit war er bereit zu gehen, damit sich diese Hoffnung auch erfüllte? War Hass auf die rohen Kraftausbrüche im Volleyball, wie er es formuliert hatte, Motiv genug, einen Menschen zu verletzen oder gar zu töten, den man so sehr mochte und daher unbedingt auf den richtigen Weg führen wollte?

Maringer unterbrach den Kreis, in dem sich diese Überlegungen immer schneller drehten, indem er das Bild des Lehrers bewusst zur Seite schob und zugleich für später archivierte. Auf welche Art auch immer Franz Rothbauer mit dem Fall zu tun hatte, er war noch nicht aus dem Spiel.

Immer größer wurde für den Inspektor auch die Bedeutung einer Obduktion von Aarons Leichnam. Jetzt ging es nicht mehr bloß darum, ob ihm ein Sedativum verabreicht worden war. Interessant war zudem die Frage, ob sich der Zustand des Körpers während des Sturzes bestimmen ließ. Maringer konnte sich durchaus vorstellen, dass ein Aufprall bei Bewusstlosigkeit andere Folgen hatte, als wenn das Opfer bei Sinnen war. Möglicherweise war es zu einer heftigen Adrenalinausschüttung gekommen, vielleicht auch zu einer Lähmung durch den Schock.

Das Schlagen der Glocke ließ Maringer hochfahren. Schon zwei Uhr! Dabei war ihm, als hätte er sich eben erst auf die Bank gesetzt. Er gestattete sich noch einen letzten, intensiven Rundumblick von Bergheim bis zum mit Schnee bedeckten Tennengebirge. Dann erhob er sich ächzend und wanderte mit gemächlichen Schritten an der Kirche vorbei, hinunter zu seinem Auto.

Die Leuchtdiode am oberen Rand seines Mobiltelefons blinkte energisch, als wollte sie sich beklagen, dass er einfach ohne dieses Symbol technologischer Errungenschaften unseres Zeitalters, wie Maringer einmal in einer Wochenzeitschrift gelesen hatte, unterwegs gewesen war. Zur Strafe hatte er einen Anruf versäumt, wie ihm die Anzeige auf dem Display vorwurfsvoll mitteilte. Er drückte eine Taste. Die Nummer seines Büros erschien, mit Maria Gersts Durchwahl am Ende. Pflichtschuldigst rief er zurück.

„Ich versuche schon seit über einer Stunde, Sie zu erreichen, Inspektor."

Natürlich… Eine andere Begrüßung hätte in der Tat einem Wunder geglichen.

„Auch Ihnen einen angenehmen Mittag, Frau Gerst", erwiderte Maringer nicht nur gleichmütig, sondern betont fröhlich. „Ich war gerade außer Haus." Diese wunderbar altmodische Phrase gefiel ihm. „Was gibt es?"

„Für genau diesen Zweck wurden Handys erfunden", dozierte sie. „Darum nennt man sie auch *mobil.*"

*Aber ich bin nicht mobil genug mir zu merken, dass ich meines einstecken muss, um es griffbereit zu haben,* dachte der Inspektor und verspürte dabei nicht einmal einen Anflug von schlechtem Gewissen. Viel mehr drängte sich ihm der Vergleich mit Don Quixote auf: Seine Windmühlen waren diese kleinen, blinkenden, vibrierenden und piepsenden Gegenstände; der Preis, um den es ging, war das

Gängelband ständiger Erreichbarkeit. Und wie so viele einsame Helden, die auf verlorenem Posten standen, war Maringer überzeugt davon, den Kampf des Gerechten zu führen.

Ihre kleine Zurechtweisung ließ die Sekretärin nahtlos in die Information übergehen, der das Gespräch galt: „Herr Schwab vom Volleyballverein lässt fragen, ob Sie schon eine Stunde früher Zeit haben. Er hat berufsbedingt einen kurzfristigen Abendtermin einschieben müssen."

Der Inspektor überschlug im Kopf rasch, ob er die geplante Erledigung samt zweier Fahrten quer durch das Stadtgebiet in weniger als sechzig Minuten unterbringen konnte. Er entschied sich für eine optimistische Einschätzung der Verkehrslage und stimmte zu.

„Sagen Sie dem Herrn aber, dass er auf mich warten soll, wenn es ein paar Minuten später wird", fügte er noch an. „Und dass ich vor dem Training mit den Spielern reden will. Der Ort ist gleich geblieben?"

Maria Gerst bejahte und verabschiedete sich.

Als er das Pathologische Institut betrat, war es fünf vor halb drei. Glücklicherweise kannte sich Maringer schon ein wenig aus, und so fand er schnell das Zimmer des Dienst habenden Arztes.

„Aber wir haben noch nicht einmal die schriftliche Anordnung für die Durchführung einer Autopsie da", erwiderte Dr. Johann Struber, ein untersetzter, kräftiger Mann in den Fünfzigern mit schwarzen Haaren und Vollbart, nachdem der Inspektor den Grund für sein Kommen erläutert hatte. „Der Leichnam befindet sich noch im Landeskrankenhaus."

„Morgen liegt sie auf Ihrem Schreibtisch", erwiderte Maringer und schluckte dabei den auf sich selbst bezogenen Ärger hinunter, am Vormittag im Büro nicht daran gedacht zu haben. „Die Durchführung ist enorm wichtig."

„Es war doch ein Suizid, oder?"

„Augenscheinlich ja, doch die Umstände lassen Zweifel aufkommen." Der Inspektor machte einen Schritt auf Struber zu. „Bitte, Doktor, ich wäre nicht persönlich hergefahren … –"

„Schon gut, ich habe verstanden", unterbrach ihn der Arzt. „Ich werde sofort die Überführung veranlassen." Er griff zum Telefon, zog dann aber die Hand zurück. „Gibt es irgendwelche Besonderheiten, auf die wir achten sollen?"

„Zwei." Maringer nickte. „Ich muss wissen, ob dem Opfer Schlaf- oder Betäubungsmittel verabreicht wurden, wenn ja, Art und Dosis. Bedeutend ist auch, ob er bei dem Sturz bei Bewusstsein oder ohnmächtig war. Kann man das feststellen?"

„Kann man", bestätigte Struber. „Die toxikologische Untersuchung wird bis Donnerstag Abend dauern. Sollen wir Sie schon vorher informieren, wenn wir Zwischenergebnisse haben?"

Maringer schüttelte den Kopf. „Die sorgfältige Überprüfung ist wichtiger. Wenn der Bericht fertig ist, faxen Sie ihn an mein Büro."

„Wir arbeiten immer sorgfältig, Inspektor", erwiderte der Pathologe ein wenig brüsk. „Sonst noch etwas?"

„Nein, danke, das wäre alles." Er wandte sich zur Tür, hielt aber in der Bewegung inne. „Ach ja, hinterlassen Sie Dr. Ortlieb bitte eine Nachricht, dass sie mich im Büro anrufen soll. Sie kommt doch morgen wieder zur Arbeit, soviel ich weiß?"

„Sie kommt." Struber drückte eine Taste am Kurzwahlspeicher seines Telefons und beachtete Maringer nicht mehr. So beschränkte sich dieser auf einen stummen Gruß – *Und tschüss!* oder etwas Ähnliches in der zackigen Art seines Gegenübers.

Die digitale Zeitanzeige im Volvo gab die Dauer seiner Unterredung mit zehn Minuten an. Das könnte sich ausgehen, dachte Inspektor Maringer zuversichtlich und startete den Wagen. Auf Ö1 wurde wieder einmal über die tiefgreifenden Brüche in der heimischen Gesellschaft diskutiert. Das erlebe ich intensiver, als es ein Experte jemals erklären kann, dachte er ironisch und schaltete auf Bayern 4 um.

Debussy, Daniel Barenboim mit der Münchener Philharmonie … Die Nähe zu Deutschland hatte auch ihre guten Seiten.

# Kapitel 7

Die sterile Plastikeinrichtung im *Café Trops* bei der Sporthalle Alpenstraße wirkte nicht gerade heimelig. Maringer hielt sich nach mehr als sechs Monaten in Salzburg schon für einen ambitionierten Amateur auf diesem Gebiet. Er wusste, welche Atmosphäre in einem Lokal herrschen sollte, damit er sich wohlfühlte. Das *Trops* erfüllte die Kriterien in keiner Weise. Zu eng aneinander gereihte Tische, schwächlich aussehende Sessel mit knapp bemessenen Rückenlehnen. Der Weg vom Eingang in den hinteren Bereich, wo er den einzig anwesenden Gast entdeckte, erwies sich für den Inspektor als Hindernislauf zwischen Theke, erschreckend leerer Kuchenvitrine und völlig verkehrt positioniertem Weinflaschenständer.

Der Mann erhob sich und ging dem Inspektor entgegen. Er war groß und schlank, mit länglichem Gesicht und tief liegenden, graugrünen Augen. Seine legere Kleidung bestand aus einem hellblauen Sportsakko, weißem T-Shirt, Jeans und Turnschuhen.

„Guten Tag, Inspektor Maringer."

Die Trauer in dieser knappen Begrüßung, gesprochen von einem Bass, wie ihn Maringer selten gehört hatte, verdrängte sofort die angenehme Leichtigkeit des Klavierkonzertes auf der Herfahrt. Der Inspektor erwiderte den Händedruck, und sie setzten sich an einen Ecktisch.

„Ich darf Ihnen mein Beileid aussprechen, Herr Schwab", begann Maringer die Unterhaltung. „Vielen Dank, dass Sie so kurzfristig Zeit für mich haben."

„Falls ich Sie durch die Vorverlegung in Schwierigkeiten gebracht habe, entschuldige ich mich", erwiderte dieser. „Heute Abend gibt es eine Feier in meinem Betrieb, da muss ich anwesend sein. Daran hatte ich im Schock über Aarons Tod nicht mehr gedacht."

Maringer tat es mit einer kurzen Handbewegung ab.

„Die Polizei ist flexibler, als man landläufig glaubt", meinte er.

„Jedenfalls behaupte ich das in der Öffentlichkeit, wenn die Sprache darauf kommt."

Die Kellnerin, eine hübsche junge Frau mit blondem Pferdeschwanz und erfrischend wenig Make-up im Gesicht, trat an den Tisch, und sie bestellten Kaffee. Seine Lust auf eine Schokoladentorte, die auf der Tageskarte am Eingang angepriesen wurde, kämpfte Maringer erfolgreich nieder.

„Wie kann ich Ihnen helfen, Inspektor?"

„Erzählen Sie mir von Aaron, ganz allgemein. Was für ein Typ war er? Und, wenn Sie es wissen, welche Menschen waren ihm besonders wichtig?"

Der Kaffee wurde gebracht. Schwab rührte länger als notwendig in seiner Tasse. Dann hob er den Blick und antwortete: „Eigentlich war nichts Besonderes an ihm. Verstehen Sie mich nicht falsch, ich meine das als Kompliment. Aaron hatte eine natürliche Art, war beliebt und konnte gut mit Leuten umgehen. Im Verein" – er machte eine Geste in Richtung Sporthalle – „sind alle fassungslos, dass es ihn nicht mehr geben soll."

„Weil Sie gerade davon sprechen", hakte Maringer ein. „Wie ist er zum Volleyball gekommen? Hat er schon lange gespielt?"

„Wissen Sie, einen Teil unseres Erfolges verdanken wir unserer intensiven Nachwuchsarbeit", erwiderte Schwab, und seine Stimme wurde eine Spur lebendiger. „Wir gehen schon seit Jahren in die Schulen, veranstalten dort Showtrainings und spielen dann mit den Kindern, um zu sehen, wer Interesse und Talent hat. So haben wir Aaron entdeckt. Und auch er uns, denn von da an war der Klub ein Teil seines Lebens."

„Wie alt war Aaron damals?"

„Knapp elf."

„Und seine Begabung ist den Trainern gleich aufgefallen?"

„Das nicht, nein. Am Anfang haben wir sogar überlegt, ob wir ihn überhaupt aufnehmen sollen." Die Erinnerung ließ ihn lächeln. „Aaron war relativ klein und schien daher nicht wirklich gut geeignet. Aber er war begeistert, hatte Freude an der körperlichen Betätigung und ist rasch durch gutes Spielverständnis aufgefallen. Leute, die andere mitziehen können, sind immer gefragt, schon bei den Kindern."

Schwab nahm einen Schluck aus dem beigestellten Wasserglas, eine Tradition der bekannten Kaffeehäuser, die angenehmerweise in den übrigen Lokalen Nachahmung zu finden begann. Auch in Salzburg, wusste Maringer, gingen die Zeiten des schamlosen Nepps schön langsam zu Ende. Ausnahmen bestätigten zwar die Regel – etwa in der Festspielzeit. Es wurde aber mit jeder Saison ein wenig besser.

„In der Pubertät geschah dann ein kleines Wunder", setzte der hagere Mann fort. „Neben seiner frühen inneren Reife machte Aaron einen gewaltigen Wachstumsschub. Manchmal hatte der Hausarzt Bedenken, weil es so schnell ging. Aber das Training half ihm, den gesamten Körperbau in geeigneter Form zu unterstützen. Noch vor seinem achtzehnten Geburtstag war er zwei Meter groß und damit prädestiniert für diesen Sport."

Maringer war eine Formulierung merkwürdig erschienen; er griff sie auf. „Die innere Reife, von der Sie sprachen… Ist die bei pubertierenden Jugendlichen heute nicht eher ungewöhnlich? Worauf führen Sie sie bei Aaron zurück?"

„Man sollte das nicht verallgemeinern, Inspektor", meinte Schwab. „Aber besondere Umstände spielen sicher eine Rolle. Bei Aaron war es wohl das Aufwachsen ohne Vater. Er hat früh Verantwortung für sich und seine Schwester übernommen, die ihm immer sehr am Herzen lag."

„Kennen Sie sie persönlich?"

„Nein, leider nicht." Schwab zuckte mit den Schultern. „Sie ist manchmal zu den Spielen mitgekommen. Ich hatte sogar den Eindruck, dass sie einiges versteht, aber wir haben keine Damenmannschaft."

*Macht nichts, Rachel steht sowieso auf meiner Liste,* dachte Maringer und ging zum nächsten Punkt über. „Hatte er spezielle Freunde im Verein?"

Der Blick, den Schwab ihm zuwarf, war von Nachsicht über das Unverständnis seines Gegenübers geprägt. Er sagte: „Eine Mannschaft muss in ihrer Gesamtheit harmonieren, sonst kann sie keinen Erfolg haben. Was das Persönliche betrifft, erwähnte ich schon, dass Aaron bei allen beliebt war." Nach einer kurzen Pause folgte dann doch der Nachsatz: „Wenn Sie einen Namen hören wollen, würde ich wahrscheinlich Matthias Eippeldauer nennen."

„Ist er heute beim Training dabei?"

„Nein, er…" Schwab zögerte. „Matthias spielt nicht mehr. Er hatte vor zwei Jahren einen schweren Mopedunfall und sitzt seither im Rollstuhl."

*Die haben ja wirklich Pech mit ihren Leuten,* durchfuhr es Maringer, und er fragte: „Die beiden sind trotzdem in Verbindung geblieben?"

„Mehr als das", kam die überzeugte Antwort. „Aaron hat sich wie keiner von den Spielern um Matthias gekümmert. Vor allem, was die psychische Verarbeitung des Unglücks betraf. Dass er seinen Lebensmut wieder gewonnen hat, ist zu einem großen Teil Aarons Verdienst." Schwab seufzte. „Wenn dich das Schicksal vom Sportler zum Krüppel degradiert, musst du einiges an Kraft aufbringen, um das zu akzeptieren."

„Da kann ich nur zustimmen", nickte der Inspektor. „Ich möchte mich dennoch mit ihm unterhalten. Wo finde ich ihn?"

„Ich gebe die Adresse an Ihr Büro durch."

Maringer leerte seine Melange-Tasse und kam in die – um nichts weniger tragische – Gegenwart zurück. „Der Vertrag mit den Italienern, wie ist der zustande gekommen?"

„Genau so, wie es am Samstag in der Zeitung stand", erwiderte Schwab. „Haben Sie den Artikel gelesen?"

„Ja, habe ich." Erneut blitzte das Foto in seinem Kopf auf: Aarons strahlende Augen, das konzentrierte Interesse darin.

„Für den österreichischen Volleyballsport war es eine Sensation. Aaron hatte sich dieses Engagement hart erarbeitet. Alles wäre in seiner Karriere möglich gewesen, auch am Beach war er hervorragend."

„Damit kann man Geld verdienen?", wunderte sich der Inspektor.

„Manchmal mehr als mit dem Spiel in der Halle", bestätigte Schwab und lächelte über das Staunen des Polizisten. „Es gibt spezielle Profiturnier-Serien, bei denen die Sieger ordentlich abcashen. Die Topleute in Amerika oder Brasilien sind Volkshelden."

„Und Italien?"

„Auch dort ist Volleyball eine Massensportart. Die Klubs werden von internationalen Firmen gesponsert, Bologna zum Beispiel von Benetton. In der Liga sind internationale Spitzenspieler am Werk."

„Aaron wäre dort erfolgreich gewesen?"

„Das ist nicht gesagt, aber schon das Angebot eines Profivertrages bedeutete einen großen Vertrauensvorschuss. Die Italiener schauen sich sehr genau an, wen sie nehmen. Aaron hätte seine Fähigkeiten natürlich erst beweisen müssen, und auch ein Scheitern war einkalkuliert." Er trank den letzten Schluck Wasser und stellte das Glas so heftig auf das kleine Tablett zurück, dass das Kaffeegeschirr klirrte. „Alles nur noch graue Theorie." Seine Traurigkeit und Enttäuschung waren beinahe mit Händen zu greifen. „Sinnloses Gerede um eine Zukunft, die es nicht geben wird."

Maringer hielt den geeigneten Moment für gekommen.

„Wie ist es passiert, Herr Schwab? Was war Ihr erster Gedanke, als Sie von Aarons Tod erfuhren?"

„Ein Unfall, es kann nichts anderes gewesen sein. Ich zerbreche mir dauernd den Kopf, aber ich habe nicht die geringste Idee, wie das zugegangen sein soll."

„Und Selbstmord? Eine Kurzschlusshandlung?"

Schwab rieb sich die Schläfen, als hätte er Schmerzen. „Ich kannte Aaron fast acht Jahre lang, Inspektor. Nach meiner Einschätzung war er persönlich so stark gefestigt, dass das nicht infrage kommt. Die auslösende Situation müsste gravierend gewesen sein, etwa der Verlust eines geliebten Menschen. Ich weiß, wovon ich rede. Aber jetzt wird es langsam Zeit für mich."

Er zog seine Brieftasche hervor und rief nach der Rechnung.

„Eine letzte Frage", beeilte sich Maringer. „Wussten Sie, dass sich Aaron für Malerei interessiert hat?"

„Nein, das ist mir neu. Wollen Sie jetzt mit den Spielern sprechen, Inspektor?“

Er entschied sich dagegen. Für den heutigen Tag hatte er genug Informationen, sein Kopf war gerammelt voll.

„Ein anderes Mal gerne. Wann ist das nächste Spiel?“

„Kommenden Samstag, um 19 Uhr in dieser Halle. Möchten Sie zusehen?“

„Es würde mich interessieren“, meinte Maringer. „Ich habe noch nie ein Volleyballspiel live erlebt.“

„Das sollten Sie nachholen. Der Unterschied zum Fernsehen ist riesengroß.“

Sie verließen gemeinsam das Lokal. Vor den drei Stufen zum Parkplatz erkundigte sich Schwab noch nach dem Termin für das Begräbnis.

„Nicht vor nächsten Montag“, gab Maringer, die Autopsie bedenkend, Auskunft.

In Mariannes Wohnung meldete sich nur der Anrufbeantworter. Der Inspektor ertrug die Einsamkeit seiner kleinen Dienstwohnung heute nicht. Er schlug die Zeitung auf, doch das Kinoprogramm verhieß nichts, was ihm zusagte. Das Wetter bot ohnehin Alternativen; noch immer war es wolkenlos und spätsommerlich mild.

Er aß im *Café Classic* zu Abend und widmete sich aufmerksam dem Kommen und Gehen des internationalen Publikums, das sich vor oder nach der Besichtigung von Mozarts Wohnhaus dort einfand. Das war eine wirksame Methode, Probleme loszulassen, das eigene Denken nach außen zu kehren. Danach ging er im Mirabellgarten spazieren, bis es dunkel war.

# Kapitel 8

Noch ehe der Inspektor am nächsten Morgen seine Jacke an den altmodischen Kleiderständer hinter der Bürotür gehängt hatte, läutete das Telefon auf seinem Schreibtisch. Erst ordnete er den frühen Anruf der Pünktlichkeit Marianne Ortliebs zu, dann dem Eifer von Carina Raichmann, die heute wieder Dienst hatte und wohl schon auf die Ergebnisse des gestrigen Tages neugierig war.

Die Stimme am anderen Ende der Leitung war jedoch fremd für Maringer, zumindest einige Sekunden lang. Vor allem deshalb, weil sie erschöpft klang und brüchig vor Sorge.

„Sie können heute nicht mit Rachel sprechen, Inspektor. Ich musste sie ins Krankenhaus bringen."

„Frau Schörflinger, sind Sie es?" Er stellte die Frage, obwohl er bereits sicher war.

„Entschuldigung, ich habe mich gar nicht vorgestellt…" Ihre Worte waren nur mit großer Konzentration zu verstehen.

„Das macht nichts", beruhigte Maringer sie rasch und ermahnte sich, deutlich zu sprechen. „Können Sie mir erzählen, was passiert ist?"

„Als Rachel nach Hause kam, wollte ich ihr nicht gleich sagen, was mit Aaron…" Die Frau atmete tief, kämpfte darum, beherrscht zu bleiben. „Sie hat aber sofort bemerkt, dass etwas nicht stimmt… Im Verstellen bin ich nämlich nicht besonders gut, wissen Sie…"

„Was geschah dann weiter?"

„Ich habe sie in den Arm genommen und es ihr so behutsam wie möglich beigebracht. Da hat sie plötzlich zu schreien begonnen, mich weggestoßen und ist aus der Wohnung gerannt."

„Sind sie Ihrer Tochter gefolgt?" Noch hatte Maringer kaum etwas erfahren; im Moment ging es nur darum, Brigitte Schörflinger reden zu lassen. Schon der Anruf – auch wenn er folgerichtig war – musste sie große Überwindung gekostet haben.

„Es wäre meine Pflicht als Mutter gewesen, ich weiß, Inspektor.

Aber ich habe es nicht geschafft." Maringer hörte in ihrer Stimme, wie sie sich selbst verurteilte. Dabei konnte er sich kaum jemanden vorstellen, der in dieser Situation so viel Kraft aufbringen konnte – nach dem wahrscheinlichen Selbstmord des eigenen Kindes.

Nach einer langen Pause sprach Brigitte Schörflinger weiter. „Ich habe bei all ihren Freundinnen angerufen, doch sie war nirgends. Als ich schon die Polizei verständigen wollte, ist sie wieder heimgekommen. Völlig verstört und mit verquollenen Augen. Als ich sie fragte, wo sie war, bekam sie einen heftigen Weinkrampf. Da habe ich sie wieder umarmt und gespürt, dass sie hohes Fieber hatte. Darauf bin ich sofort ins LKH mit ihr."

„Alles, was Sie getan haben, war in Ordnung, Frau Schörflinger, glauben Sie mir", erwiderte Maringer überzeugt, als ihr Redefluss abgebrochen war. „Was haben die Ärzte festgestellt?"

„Einen Schock und Überanstrengung", antwortete sie, nun schon merklich ruhiger. „Rachel muss einige Stunden durch die Stadt gelaufen sein, ihre Kleidung war vom Schweiß ganz durchnässt."

„Wie lange wird man sie im Spital behalten?"

„Zwei Tage, wurde mir gesagt. Gestern hat sie nur ein fiebersenkendes Mittel bekommen und etwas zum Einschlafen." Sie zögerte ein wenig, doch dann ließ sie das Gefühl zu. „Mein Gott, sie hat so hilflos und klein gewirkt in dem riesigen Krankenhausbett, meine Rachel. Wie ein siebenjähriges Kind. Dabei ist sie genau so stark wie ihr Bruder …" Maringer hörte, wie Brigitte Schörflinger die Hand über das Sprechteil des Hörers legte. Doch auch diesmal behielt sie die Kontrolle. „Entschuldigen Sie, Inspektor, aber ich muss wieder ins Krankenhaus", setzte sie fort. „Wenn es noch etwas gibt, ich bin am Nachmittag zu Hause. Ich habe mir Pflegeurlaub genommen."

Maringer kam nicht umhin, die Frau im Stillen zu bewundern. Und er verspürte drängender als zuvor den Wunsch, die Geschehnisse rund um den Tod ihres Sohnes aufzuklären. Er beendete das Gespräch, indem er noch gute Besserung für Rachel wünschte und versprach, sich später mit ihr zu unterhalten.

Kaum hatte er den Hörer aufgelegt, läutete es wieder; diesmal der erwartete Anruf aus der Gerichtsmedizin. Nach einer herzlichen Begrüßung erkundigte sich Maringer: „Was gibt es Neues bei den Kärntner Pathologen?"

„Frag mich lieber, was es Neues aus Amerika gibt, Raimund."

Meinte sie das ernst? Ihre Stimme klang jedenfalls ganz danach.

„Also, ich frage dich", erwiderte er gehorsam.

„Viele innovative Arbeitsmethoden und Forschungsansätze." Die Botschaft war durchaus positiv, trotzdem kam sie enttäuscht in den Ohren des Inspektors an. Sogleich erfuhr er den Grund dafür. „Aber keinen davon wird man uns hier bezahlen."

„Wollen die Amis jetzt schon vor dem Tod obduzieren, um an eindeutige Beweise und Geständnisse zu kommen?", machte der Inspektor einen makabren Scherz, der Marianne aber nicht gefiel.

„Sehr witzig, Raimund", schalt sie ihn ohne jede Spur von Heiterkeit. „Ich meinte nur die technischen Analysemöglichkeiten, die hätte ich schon gerne."

„Entschuldige, Marianne", gab er sich zerknirscht. „Ich hatte nur gerade ein ungutes Gespräch, mir war nach ein bisschen Ablenkung zumute, nichts weiter."

„Ist der neue Fall so speziell, den du uns gestern übergeben hast?" Die Pathologin zeigte sofort Mitgefühl, was er mit Freude registrierte. „Sieht aber gar nicht danach aus, wenn ich ehrlich bin."

Das Arbeitstempo, das sie vorlegte, beeindruckte Maringer immens. Dass er die nächste Frage dennoch stellte, geschah aus dem Wissen um jene Gewohnheit, mit der die meisten anderen Leute ans tägliche Werk gingen.

„Hattest du schon Zeit, dir den Leichnam von Aaron Schörflinger anzuschauen?" Sein Erstaunen ließ sich nicht ganz aus den Worten bannen.

„Ich bin Frühaufsteherin, Raimund, ich beginne immer um halb sieben. Habe ich dir das noch nicht erzählt?", setzte sie kokett hinzu. „Irgendwie kennen wir einander noch nicht gut genug." Marianne lachte; die erste positive Emotion für Maringer, seit er gestern von Carina Raichmann auch zum Frühaufsteher gemacht worden war – in seinem Fall aber eher unfreiwillig.

„Jetzt im Ernst. Hans – Dr. Struber – hat mir nicht nur aufgeschrieben, dass ich dich anrufen soll, sondern auch, dass du persönlich da warst, um Dampf in der Sache zu machen. Es hat ihm nicht gerade gefallen."

„Das habe ich bemerkt", bestätigte Maringer ironisch und rief sich die kurz angebundene Art von Mariannes Stellvertreter ins Gedächtnis. „Aber auch er war nicht besonders … – "

„Schon gut, ich weiß, was du meinst", unterbrach sie ihn ruhig. „Hans ist kein einfacher Mensch, aber er erledigt seine Arbeit ordentlich. Und ich war eine ganze Woche weg, da hatte er einigen Stress am Hals."

„Was passiert, wenn du auf Urlaub bist?", konnte sich Maringer nicht verkneifen. Die Runde ging jedoch eindeutig an Marianne, denn sie erwiderte ohne zu zögern: „Wie schreibt man das denn? Kannst du es mir bitte buchstabieren?"

Nun war es der Inspektor, der lachen musste. „Auch für mich ein Fremdwort, aber ich werde nachschauen und dir eine Mail schicken."

„Eine *was*?", fragte sie verdutzt.

„Da staunst du, liebe Marianne, nicht wahr?" Der Inspektor war stolz wie ein kleines Kind, das seinen Namen zum ersten Mal richtig geschrieben hat und dafür ein Eis bekommt. „Auch ich bin ab jetzt von der modernen Kommunikationstechnik nicht mehr ausgeschlossen."

„Wie kam es denn zu dieser *revolutionären* Entwicklung?"

An der humorvollen Art, wie sie das Wort betonte, erkannte Maringer ihre Vertrautheit. Bei einem gemeinsamen Konzertbesuch in Großgmain hatten sie beide unbewusst begonnen, ihren Kontakt zu vertiefen, und heute schätzte Maringer diese Beziehung als erste Freundschaft, die sein neues Leben in Salzburg bereicherte. Er war sehr froh darüber.

„Carina Raichmann, meine Expertin in Computerfragen, hat mir Unterricht gegeben. Kurz bevor sie entnervt aufgeben wollte, habe ich die wichtigsten Dinge offenbar doch noch kapiert. Jedenfalls ist bisher weder das Gerät explodiert noch der Bildschirm implodiert."

„Ich bin wirklich beeindruckt, Raimund", hörte er die Pathologin sagen und spürte, dass sie es auch so meinte. „Das müssen wir irgendwann einmal feiern."

„Sehr gerne", erwiderte er und wechselte dann doch das Thema – ihm war, als käme er von einem Kurzurlaub zurück. „Aber erst nachdem wir wissen, warum Aaron Schörflinger gestorben ist."

„Auf den ersten Blick ist nichts Außergewöhnliches zu sehen", wurde sie sogleich wieder sachlich. „Glatter Bruch der obersten zwei Halswirbel."

„Keine anderen Verletzungen?"

„Ich habe mir heute erst einmal die tödliche Fraktur genauer angesehen, doch ich kann es mir kaum vorstellen", erwiderte sie. „Der junge Mann war groß und gut trainiert. Um ihn bewusstlos zu schlagen und dann vom Mönchsberg zu stoßen, wären mindestens zwei kräftige Personen notwendig gewesen. Außerdem wären dir Verletzungen an Kopf und Gesicht sicher schon am Tatort aufgefallen. Da ist nichts, Raimund, so leid es mir tut."

Das hatte der Inspektor ohnehin erwartet. Jede Spekulation in eine andere Richtung kam einer Tatsachenverweigerung gleich. Körperlich fitte Personen wurden zwar auch ermordet, aber nicht auf diese Weise. Seine Überzeugung, Aaron Schörflinger hatte sich nicht das Leben genommen, blieb jedoch standhaft. Jetzt sah Maringer nur noch eine Möglichkeit, diese mit einem Beweis zu untermauern.

„Und die toxikologische Untersuchung?"

„Die kann noch etwas ergeben, natürlich", bestätigte Marianne. Der Klang ihrer Stimme ließ dabei keinerlei Tendenz erkennen. „Du musst dich aber bis übermorgen gedulden. Das geht nicht schneller."

„Schon gut. Ich weiß, ihr arbeitet gewissenhaft." Es war durchaus so gemeint, auch wenn sie seine Enttäuschung vermutlich hören konnte. „Du rufst mich an, wenn du ein Ergebnis hast?"

„Versprochen."

Der Tag hatte regnerisch und kühl begonnen. Maringer stand am Fenster, ließ seinen Blick der Salzach nach Süden folgen. Die Sommersaison war zu Ende, was er am deutlichsten dadurch feststellte, dass die prägenden Farben des Stadtbildes wieder eintöniger wurden. Touristen kleideten sich meist in bunter, fröhlicher Auffälligkeit; besonders jene aus Übersee und Italien, wo die Stadt Salzburg einen beinahe magischen Ruf genoss. Nach ihrer Abreise kehrte nicht nur behäbige Ruhe – manche nannten es zynisch das provinzielle Kleinbürgertum – in die Altstadt zurück, sondern auch die gedeckteren Töne stiller Spaziergänger. Zu diesen zählte sich auch der Inspektor, und er tat es mit Vorfreude auf seine nächste Wanderung zwischen Ferdinand-Hanusch-Platz und Kaigasse. Oder auf den Mönchsberg.

Dieser Gedanke wischte in Sekundenbruchteilen alles Schöne zur Seite. Das Antlitz des toten Jugendlichen tauchte vor ihm auf, wie es auf dem Asphalt des Klosterhofes lag und das jähe Ende eines gerade erst begonnenen Weges verdeutlichte. Möglicherweise, gestand sich der Inspektor ein, sträubte er sich nur deshalb so sehr gegen einen Selbstmord, weil er die Sinnlosigkeit dahinter nicht akzeptieren wollte: Ein junger Mensch, dem ein großartiges Angebot gemacht worden war, der verschiedenste Talente in sich vereinte, es auch verstand, mit ihnen umzugehen. Und plötzlich stürzt er sich in den Tod, von einem Tag auf den anderen? Zwar hatte Franz Rothbauer, Aarons väterlicher Lehrer-Freund, den Maringer noch immer nicht einzuordnen wusste, von Verhaltensänderungen während des Sommers gesprochen, war jedoch nicht näher darauf eingegangen. Rothbauer war dem Inspektor mehr als suspekt. Sein Hass auf den Sport und seine Meinung, nur er hätte Aaron wirklich gekannt, wirkten anmaßend, sogar gefährlich. Wie weit wäre er wohl gegangen, um seine Vorstellungen von der – seiner Überzeugung nach – einzig wahren Begabung seines Schülers durchzusetzen? Maringer spürte deutlich, Rothbauer hatte ihm noch nicht alles gesagt. Er würde ihn weiter beobachten und dabei seine Präsenz auch deutlich machen.

Der Inspektor wandte sich in seinen Überlegungen den anderen Leuten aus Aarons Kreis zu, denen er bisher begegnet war. Hier gab es keine Auffälligkeiten. Seine Mutter Brigitte kämpfte darum, den Rest ihrer Familie, die unter ihren Händen zerbrochen war, irgendwie zusammenzuhalten – ein Bemühen, das angesichts der Reaktion von Rachel auf das Unglück ihres Bruders äußerst schwierig, wenn nicht sogar aussichtslos schien.

Im Volleyballklub herrschte, den plausiblen Aussagen von Präsident Schwab zufolge, nur große Bestürzung und Trauer. Die Mannschaft war vom Verlust eines besonderen Spielers und Freundes getroffen worden, der es geschafft hatte, wie man landläufig sagte. Viele seiner Kameraden dürften Aaron bewundert, ihm nachgeeifert haben. Wenn dieser auch noch in der Lage war, einem durch Unfall querschnittgelähmten Freund neuen Lebensmut zu geben, der niemals mehr einen Aufschlag machen würde, musste er wirklich ein außergewöhnlicher Mensch gewesen sein.

Maringer trat vom Fenster weg, verspürte den Drang nach konkreter Tätigkeit. Der von Heinrich Schwab genannte Name gab ihm auch gleich die Gelegenheit dazu. Er ging ins Vorzimmer zu Maria Gerst, seiner getreuen Unterstützerin.

„Der Präsident des Volleyballvereins hat mir versprochen, eine Adresse ins Büro zu faxen. Ist sie gekommen?"

„Heute Morgen, Inspektor", bestätigte die Sekretärin. „Sie liegt in der Tagesmappe auf ihrem Schreibtisch."

„Ah, ja." Durch die beiden Telefongespräche gleich nach seinem Eintreffen hatte er noch gar nicht die Zeit gefunden, hineinzusehen. „Danke, Frau Gerst." Maringer wandte sich wieder zu seiner Bürotür, blieb dann aber stehen. „Finden Sie doch bitte heraus, in welchem Zimmer des LKH Rachel Schörflinger untergebracht ist. Sie wurde gestern Abend eingeliefert. Und könnten Sie Carina Raichmann zu mir schicken?"

Ihr Notizblock wurde in Windeseile mit perfekten Kurzschriftzeichen gefüllt. Maringer, der sich stets fragte, ob es sich dabei wirklich um eine menschliche Erfindung handelte – er hatte immer wieder geheime Codes einer außerirdischen Intelligenz vor Augen –, bewunderte jedes Mal von neuem die Geschwindigkeit, welche die zierliche Frau dabei vorlegte.

„Ich gebe Ihnen Bescheid, Inspektor", antwortete sie und war auch schon fertig. „Sonst noch etwas?"

„Vorläufig nicht, vielen Dank." Er ging in sein Büro zurück, setzte sich ordentlich in seinem Schreibtischsessel zurecht und schaltete den Computer ein.

„Sind Sie schon wieder beim Üben, Chef?"

Die Fröhlichkeit der jungen Polizistin leuchtete wie ein unvermuteter Sonnenstrahl durch den grauen Morgen. Wie ein Wirbelwind kam sie um den Schreibtisch und schaute Maringer interessiert über die Schulter.

„In der Tat, Carina, in der Tat", bestätigte der Inspektor, ohne den Blick vom Bildschirm zu nehmen. „Ich hätte ohnehin gleich eine Frage zur Materie. Aber erst einmal: Guten Morgen."

„Gleichfalls", erwiderte sie. „Wo liegt das Problem?"

„Ich bin gerade dabei, Dr. Ortlieb eine Mail zu schicken. Können Sie mir erklären, was *Signatur einfügen* bedeutet?" Er zeigte auf ein rechteckiges Feld in der Mitte des oberen Bildrandes.

„Damit können Sie jede Nachricht quasi unterschreiben, ohne immer wieder Ihren Namen tippen zu müssen." Aus Carinas Mund klang es wie das Einfachste in der ganzen, weiten Welt der Computergeheimnisse. „Es ist für längere Namen, Adressen, Telefonnummern und so weiter geeignet, die man bei Standardmails mitschickt."

„Also können es auch Abteilungsleiter bei der Polizei verwenden?"

Sie erkannte den ironischen Unterton in der Stimme ihres Vorgesetzten und antwortete daher: „Für die wurde diese Funktion eigentlich eingebaut."

„Weil wir so leicht unsere Namen vergessen, meinen Sie?"

„Nein, damit die nachgereihten Kräfte daran erinnert werden, wer das Sagen hat." Carina lachte hell auf. „Apropos, im Treppenhaus bin ich Inspektor Ritzl begegnet. Er möchte wissen, ob Sie in Ihrem *Selbstmord-Fall*" – ansatzlos ahmte sie die Stimme von Maringers Stellvertreter nach – „schon etwas herausgefunden haben."

„Der soll sich um seine Dämmerungseinbrecher kümmern!", brauste Maringer auf, lächelte aber gleich wieder verschmitzt, als er fortfuhr: „Das hat er sicher nur deshalb gesagt, weil er bei seinem eigenen Fall nicht weiterkommt. Stimmen Sie mir zu, *Frau Kollegin*?“ Beistand heischend blickte er zu ihr auf.

„Das werde ich schön bleiben lassen“, erwiderte sie trocken, auch deshalb, weil er sie wieder Frau Kollegin genannt hatte, was Carina gar nicht gefiel. „Sie sind zwar sein Vorgesetzter, aber er ist gleichzeitig *meiner*.“

„Aber wenigstens im Geiste stimmen Sie mir zu?“, bohrte er nach.

„Im Geiste finde ich, Sie könnten nicht Unrecht haben, Chef.“ Mit einer Kopfbewegung wies Carina zum Bildschirm. „Welche Signatur wollen Sie haben? Mit allem Drum und Dran?“

„Das wäre fein, ja“, nickte der Inspektor und erhob sich, damit sie seinen Platz einnehmen konnte.

„Ist in Kürze erledigt.“ Sie ließ den Mauszeiger derart schnell über den Bildschirm huschen, dass Maringers Augen Mühe hatten, ihm zu folgen. Nach gerade zwei Minuten war der Spuk vorbei, und sie sagte: „Wenn Sie jetzt ein Mail schreiben, klicken Sie am Ende einfach auf diesen Button … sehen Sie, hier … und schwupps haben Sie Ihren Absender eingefügt.“

„Ihre Fähigkeiten faszinieren mich laufend neu, Frau …“ – heftiges Räuspern unterhalb des leuchtend roten Haarschopfs – „… Carina.“ Im letzten Moment hatte er noch die Kurve gekriegt. „Können wir wieder die Plätze tauschen? Es wird jetzt wieder amtlich, sozusagen tagesaktuell.“

„Aaron Schörflinger?“, fragte sie nur und ließ sich auf einem Besuchersessel vor dem Schreibtisch nieder.

„Leider nichts Neues, Ritzl wird sich freuen“, musste Maringer zugeben. „Gestern bin ich – nach unserer Unterhaltung mit Schwester Maria Rosa, die Sie so verwirrt hat …“

Trotz des bedeutungsvollen Blicks, welchen er ihr zuwarf, überging Carina die Spitze mit einer Nonchalance, als wäre sie gar nicht persönlich dabei gewesen.

„Ich habe drei verschiedene Leute aus seinem Umfeld getroffen: seine Mutter, jenen Lehrer, der mich am Samstag in Maria Plain angesprochen hat, und noch den Präsidenten von Volley Salzburg. Keiner konnte mir einen Hinweis auf ein Selbstmordmotiv geben, nicht den geringsten. Nur das Gespräch mit dem Lehrer war interessant, wenn auch höchst seltsam."

„Inwiefern?"

Maringer fasste seine Unterhaltung mit Franz Rothbauer kurz zusammen. Abschließend sagte er: „Der Mann hatte erheblichen Einfluss auf Aaron. Wir müssen herausfinden, auf welche Weise sich sein Schüler den Sommer über verändert hat. Zum Schlechten, wie Rothbauer nicht oft genug betonen konnte."

„Und wer wird uns das sagen?", fragte Carina zweifelnd. „Wenn junge Männer negative Erlebnisse haben, neigen nur die wenigsten dazu, sie auszuplaudern."

„Vielleicht hat er Matthias Eippeldauer davon erzählt. Der war angeblich sein bester Freund."

Der Inspektor sprach noch über die wichtigsten Erkenntnisse aus den anderen Unterhaltungen, die er geführt hatte, und kam zuletzt auf Rachel Schörflingers Schock beim Erfahren der Todesnachricht, der zu ihrer Einlieferung ins LKH geführt hatte.

„Fahren Sie ins Krankenhaus, Carina. Von der Mutter weiß ich, dass man das Mädchen während der Nacht ruhiggestellt hat. Es müsste ihr inzwischen besser gehen."

„Und worüber soll ich mit ihr reden?"

„Über allgemeine Dinge", erwiderte Maringer. „Vielleicht fängt sie selbst an. Der extremen Reaktion nach zu schließen, ist sie ihrem Bruder sehr nahe gestanden. Möglicherweise wusste sie besser über ihn Bescheid als ihre Mutter." Er überlegte. „Sie könnten zum Beispiel fragen, ob Rachel weiß, warum sie und Aaron alttestamentarische jüdische Namen von ihren Eltern bekommen haben."

„Interessanter Vorschlag. Soll ich mich gleich auf den Weg machen?" Carina war trotz der Leichtigkeit ihres Wesens an konzentriertem Eifer kaum zu übertreffen. Zum wiederholten Male schätzte sich der Inspektor glücklich, mit ihr zu arbeiten.

„Nein, erst nach der Mittagspause", entschied er. „Am Vormittag wird vermutlich die Mutter bei ihr sein, das könnte die ganze

Mühe zunichte machen." Der Gedanke an Brigitte Schörflinger ließ Maringer eine rasche Änderung seines Planes vornehmen. „Wir machen Folgendes: Jetzt fahren wir gemeinsam zu Matthias Eippeldauer, falls er zu Hause ist. Die Wohnung liegt... Moment..." Er öffnete die rote Flügelmappe auf seinem Schreibtisch. Ganz oben fand er die handschriftliche Notiz von Maria Gerst. „... in der Sparkassenstraße. Wissen Sie, wo wir da hin müssen?"

„Nach Lehen", nickte die Polizistin. „Es ist eine schmale Seitengasse der Ignaz-Harrer-Straße."

„Dann ist es von dort nicht mehr weit zur Wohnung der Schörflingers, sehr gut." Maringer stellte zufrieden fest, dass sich die Anordnung der einzelnen Stadtteile zueinander auch in seinem Kopf langsam zu einem Bild formte, auch wenn es noch sehr grobkörnig war. „Nach dem Gespräch mit Aarons Freund gehen wir gemeinsam eine Kleinigkeit essen. Dann besuchen Sie Rachel, und ich fahre zu ihrer Mutter. So verhindern wir auch gleich, dass sie unvermutet im Krankenhaus auftaucht. Wenn danach genug Zeit bleibt, treffen wir uns hier und stimmen die Informationen gegenseitig ab."

„Guter Plan", stimmte Carina zu und stand auf. „Ich warte unten im Wagen – das heißt, wenn es Ihnen recht ist, mit mir zu fahren, Chef."

„Das ist mir immer recht." Maringer griff schon nach dem Telefon, um die auf dem Zettel vermerkte Nummer zu wählen, sagte aber noch: „Fragen Sie Frau Gerst nach Rachels Zimmernummer im LKH. Sie müsste sie inzwischen herausgefunden haben."

Kaum hatte er zu Ende gesprochen, war die junge Polizistin schon aus der Tür und verschwunden.

# Kapitel 9

Matthias Eippeldauer wohnte in einem großen, hellrot verputzten Mehrparteienhaus direkt an der Ignaz-Harrer-Straße, einer der Hauptverkehrsadern der Stadt. Inspektor Maringer ordnete diesen Baustil den Sechzigerjahren zu, in dem man, wie er wusste, viele Wohnblöcke errichtet hatte, um den nötigen Raum für die schnell anwachsende Salzburger Bevölkerung zu schaffen.

Der Eingang war von der Sparkassenstraße durch einen Innenhof erreichbar. Dort befanden sich auch Garagen und die Stiege zum Fahrradkeller. An den gut dreißig Türglocken samt Namensschildern stand der gesuchte Schriftzug zweimal.

„Sieht aus, als wäre bei denen ein Familientreffen leicht zu organisieren." Carinas gute Laune brachte immer wieder spitzbübische Ironie hervor; wohl auch deshalb, weil sie gerne mit Maringer unterwegs war.

„Spielen Sie Glücksfee", sagte er. „Welchen Knopf probieren wir zuerst?"

„Inne-anne-u, und raus bist du." Sie betätigte zweimal kurz die untere Klingel und begann zu lachen. „Sehen Sie, Chef? Alles, was man in der Kindheit getrieben hat, kann im späteren Berufsleben einmal nützlich sein."

„Ich werde daran denken", griff der Inspektor ihre Heiterkeit auf. „Nur leider ist diese Zeit bei mir schon derart lange her, dass ich mich gar nicht daran erinnern kann, was ich alles getrieben habe."

„*So schlimm* war es, Chef?", konterte Carina mit der ihr eigenen Schlagfertigkeit. „Dass Sie alles verdrängen mussten?"

Maringer hatte schon die passende Antwort auf der Zunge – eine Verteidigungsrede der Marke *bravstes Kind der Welt* –, als es in der Gegensprechanlage knackte.

„Wer ist da?" Die weibliche Stimme klang durchdringend schrill. Dieser Eindruck mochte aber durch die Technik des Gerätes entstehen, das durchaus erneuerungsbedürftig war, wie der Inspektor fand.

„Carina Raichmann und Raimund Maringer von der Salzburger Polizei“, sprach er überdeutlich ins Mikrofon. „Wir möchten gerne mit Matthias Eippeldauer sprechen.“

„Kommen Sie herauf, mein Sohn erwartet Sie schon“, lautete die Antwort. „Es ist die Wohnung gleich rechts vom Lift, dritter Stock.“

Der Türsummer ertönte, und sie betraten das Gebäude. An der linken Seite war eine lange Reihe von Briefkästen montiert, nach rechts führte eine weitere Tür ins Stiegenhaus und zum Aufzug.

„Haben Sie Lust, Chef?“, fragte die Polizistin mit schelmischem Unterton in der Stimme. Plötzlich machte sie aus dem Stand eine Anlaufbewegung in Richtung Treppe, und Maringer glaubte schon, neuerlich zu einem Wettrennen vergattert zu werden. Ihr Tempo gestern auf der Clemens-Holzmeister-Stiege war ihm noch in furchtbarer Erinnerung. Carina aber stieß sich spielerisch von der ersten Stufe ab und federte zurück.

„Schon gut“, lachte sie. „Ich wollte Ihnen nur einen kleinen Schreck einjagen. Wir können uns auch gerne kalorienschonend hinaufbefördern lassen.“

*Kleiner Schreck trifft es nicht wirklich,* dachte Maringer, doch er spürte Erleichterung, als sie sich gehorsam zu ihm an die Aufzugtür stellte, wo in altmodischen Lettern *Kone-Sowitsch* zu lesen war. Der Inspektor wusste nicht, ob diese Firma überhaupt noch existierte.

Oben angekommen, löste sich das Rätsel um die zwei gleich lautenden Namensschilder rasch auf. Das Ehepaar Eippeldauer bewohnte eine der drei Wohnungen je Stockwerk; ihr Sohn Matthias, der den beiden Beamten vom Treppenaufgang entgegensah, eine weitere.

„Freut mich, Sie kennenzulernen.“

Er reichte ihnen beiden die Hand – der Polizistin ein wenig länger, als es üblich war –, sein Händedruck war kräftig. Obwohl er vor ihnen saß, fiel Maringer die außergewöhnliche Körpergröße des jungen Mannes auf. Er würde mich wohl um einen Kopf überragen, dachte der Inspektor, während sie ins Innere der Wohnung folgten. Alle Räume wiesen die der Behinderung entsprechenden Adaptierungen auf. Breitere Türen, Haltegriffe und eine auf tieferem Niveau gestaltete Einbauküche waren auf den ersten Blick zu erkennen. Im Wohnzimmer, das Eippeldauer mit sicheren Bewegungen ansteuerte, stand eine aparte Sitzgruppe. Er stoppte vor der Couch, stemmte sich hoch, und schon war der Platz gewechselt. Die Bewegungen vermittelten eine Selbstverständlichkeit, als wäre er schon sein ganzes Leben lang damit vertraut gewesen.

Carina setzte sich zu ihm auf die Couch, der Inspektor in den Sessel gegenüber. Er sah in Eippeldauers Blick Trauer über den Verlust seines Freundes, doch darunter lag aufmerksame Intelligenz. Sein schwarzes Haar war zu einem praktischen Bürstenschnitt geschoren, was die kantige Gesichtsform unterstrich wie auch die überzeugende Willenskraft seiner Ausstrahlung.

„Erzählen Sie uns von Aaron Schörflinger", begann Maringer ohne Umschweife, weil er spürte, hier war der direkte Weg gefragt und auch geschätzt.

„Er war der Beste, der mir je begegnet ist." Er sagte es mit aller Bestimmtheit, seine Stimme zitterte nicht dabei. „Der beste Spieler und der beste Freund."

So genau Maringer auch hinhörte – er konnte keine Spur von Wehmut ausmachen. Diese lag einzig in Eippeldauers dunkelbraunen Augen. Seine Kollegin empfand wohl ähnlich, denn sie sagte: „Ohne Ihre Anteilnahme bezweifeln zu wollen, aber das klingt für mich doch sehr sachlich."

Eippeldauer nickte. Bei seiner Antwort wurden seine Lippen sogar von einem Lächeln umspielt, nicht nur eine Andeutung stark.

„Ich bin ein sachlicher Mensch, Frau …"

„Carina Raichmann."

„Carina, ein schöner Name", sagte er völlig ruhig, eigentlich mehr zu sich selbst. „Hat die gleiche Vokalfolge wie Matthias, merken Sie?" Er wartete auf ihre Zustimmung, ehe er fortsetzte. „Diese Einstellung hatte ich schon immer. Auch als Kind, wo sie eigentlich unnatürlich war. Jedenfalls hat sie mir nach dem Unfall geholfen weiterzuleben. Sie und Aaron."

„Was ist Ihnen passiert?“ Maringers Interesse an dem Jugendlichen wuchs merklich. Er spürte eine innere Kraft, die nicht scheuen würde, diese sehr persönliche Frage zu beantworten, auch wenn sie nicht mit dem Fall in Verbindung stand. Doch nicht nur die Geschichte interessierte ihn. Er wollte eine Vermutung bestätigt sehen, welche er bezüglich Aaron Schörflingers Persönlichkeit hegte.

„Vor zwei Jahren hatte ich meinen Moped-Führerschein noch nicht lange“, begann Eippeldauer zu erzählen. Er schaute dabei nicht zu Boden oder an einen imaginären Punkt, sondern erwiderte den Blick des Inspektors ohne Unsicherheit. „Ich war gerade auf dem Weg zum Training im Universitätssportzentrum Rif. Sie wissen, wo das ist?“

Beide nickten gleichzeitig.

„Kurz vor Anif bin ich auf der linken Spur gefahren. Plötzlich hat eine alte Frau ihr Rad über die Fahrbahn geschoben. Ich konnte weder bremsen noch ausweichen, weil auch auf der rechten Seite alles zu war. Die Frau starb beim Zusammenstoß, ich habe mir drei Wirbel gebrochen und bin seither von der Hüfte abwärts gelähmt.“

*Mein Gott, er redet, als würde er die Chronikseite einer Zeitung zitieren,* fuhr es Maringer durch den Kopf. Und doch gewann er nie den Eindruck von Teilnahmslosigkeit, was auf eine Verdrängung des Erlebten hätte hindeuten können. Sein ganzes Wesen verdiente nur jene Bezeichnung, die sie schon diskutiert hatten: Es war durch und durch sachlich.

„In welcher Rehabilitationsanstalt sind Sie gewesen?“, fragte Carina. Auch ihr war eine gewisse Faszination für das Verhalten Eippeldauers deutlich anzumerken.

„Zuerst in Toblbad. Auf meinen eigenen Wunsch bin ich dann nach Bad Häring in Tirol gewechselt. Auch deshalb, weil ich von dort öfter nach Hause durfte und kein ganzes Schuljahr verlieren wollte.“

„Und, haben Sie es geschafft?“ Der Inspektor kannte die Antwort längst; seine Worte glichen fast schon floskelhafter Rhetorik.

„Mit Hängen und Würgen, aber es ist sich gerade noch ausgegangen.“

„Was machen Sie jetzt?“, fragte er weiter.

„Ich bereite mich auf das Studium vor, Jus und Informatik.“

„Berufswünsche?“

„Irgendetwas, das sich mit den rechtlichen Aspekten des Internets beschäftigt“, erwiderte Eippeldauer. „Dieses Gebiet interessiert mich schon lange, und ich glaube auch, dass es in Zukunft sehr bedeutsam sein wird.“

Der Inspektor warf Carina einen Blick zu. Sie verstand die Geste und wechselte das Thema.

„Sie haben Aaron Schörflinger als *den Besten* bezeichnet. Wenn Sie eine Eigenschaft besonders hervorheben müssten, welche wäre das?“

„Er war absolut schwindelfrei.“ Die Worte kamen ganz ohne Nachdenken oder Zögern, als hätte er die Frage im Vorhinein gekannt. Maringer war jedoch – wie die junge Polizistin – nicht nur von der Geschwindigkeit irritiert.

„Ich verstehe nicht ganz, was Sie damit meinen“, bekannte er. „Noch nie habe ich gehört, dass jemand einen anderen Menschen durch das Attribut *schwindelfrei* besonders gelobt hätte.“

„Es klingt ein wenig seltsam, das gebe ich schon zu“, erwiderte Eippeldauer. „Ich werde es Ihnen erklären.“ Dann drehte er seinen Kopf nach links und fügte hinzu: „Aber Sie haben mich um eine spontane Meinungsäußerung gebeten, nicht wahr, Carina?“

Die Selbstverständlichkeit, mit welcher er sie beim Vornamen nannte, musste unwidersprochen bleiben, so leicht und doch bestimmt kam sie geflogen. Maringer schaffte es zwar, sich zu räuspern, doch Eippeldauer redete einfach weiter – auf seine unbeirrte, beeindruckende Weise.

„Aaron spielte in unserer Mannschaft direkt am Netz, das heißt, er musste gegnerische Angriffe abblocken und die eigenen zu Punkten verwerten. Seine Sprungkraft war gut, doch das wirklich Besondere lag darin, dass er ein Timing hatte wie kein anderer. Er traf den Ball, wenn er ordentlich angespielt wurde, fast immer auf den Punkt genau und mit großer Wucht. Manchmal hatten wir das Gefühl, er könnte in der Luft schweben, so lange hielt er sich oben. Das meinte ich mit dem Begriff *schwindelfrei*. Als er mich mit viel Überredungskunst dazu gebracht hatte, wieder zu einem Spiel zu kommen, merkte ich gleich, dass er diese Fähigkeit noch weiter ausgebaut hatte. Seine Körperbeherrschung war schlicht perfekt. Ich bin sicher, er wäre von heute auf morgen in der Lage gewesen, über ein Hochseil zu gehen."

„Jetzt übertreiben Sie aber, Matthias." Es gab nur diese Möglichkeit, sich mit ihm auf eine Stufe zu stellen. Carina wusste das, also spielte sie mit.

Er schaute sie offen an, runzelte die Stirn und erwiderte: „Können Sie mir verraten, welchem Toten Übertreibungen nutzen sollen? Ich weiß schon, dass es im Volksmund heißt, der Mensch sei schlechter als sein Nachruf, aber ich bereite hier keine Begräbnisrede vor. Sie wollen wissen, wie ich Aaron eingeschätzt habe, und das erfahren Sie von mir."

„Dass er ein außergewöhnlicher Sportler war, haben uns jetzt schon mehrere Seiten bestätigt." Inspektor Maringer hielt es wieder für notwendig, die Richtung zu ändern. „Selbst sein Zeichenlehrer Franz Rothbauer musste das zugeben. Aber was wir eigentlich ... –"

„Rothbauer, ich kann den Namen nicht mehr hören!"

Plötzlich schwang in seiner Stimme unvermuteter, jugendlicher Zorn mit. Maringer, der den Namen nur so nebenbei erwähnt hatte, ging sofort darauf ein.

„Haben Sie ihn einmal kennengelernt?"

„Nein, und ich habe es auch in Zukunft nicht vor." Klarer konnte eine Stellungnahme kaum ausfallen.

„Aber Sie wissen über seine Freundschaft mit Aaron Bescheid?", unterstützte Carina sogleich ihren Vorgesetzten.

„Natürlich, er hat oft davon gesprochen." Eippeldauer hatte die bisher gezeigte Ruhe schon wieder zurückgewonnen. Verbunden mit seinem enormen Selbstbewusstsein machte diese Beherrschtheit das Gespräch für die beiden Polizisten zu einem eindrucksvollen Erlebnis.

„Auch über sein Zeichentalent und die Pläne, die Rothbauer in diesem Zusammenhang wälzte?" Maringer vertiefte das Thema in der Hoffnung, mehr Licht auf das verworrene Bild zu bringen, welches der Lehrer von sich selbst vermittelt hatte.

„Von Plänen weiß ich nichts", entgegnete der junge Mann. „Ich weiß nur, dass Aaron gern gezeichnet hat und auf diese Weise Rothbauer schätzen lernte. Er hat ihn mir gegenüber aber auch als eigenbrötlerisch und selbstbezogen geschildert."

„Suchte er nach einem Vaterersatz?", brachte Carina eine andere Betrachtungsweise vor, erntete jedoch nur Kopfschütteln.

„Damit hat Aaron schon vor ein paar Jahren aufgehört. Er war gefestigt, eine spezielle Identifikationsfigur hatte er nicht mehr nötig."

„Rothbauer wollte, dass Aaron die Aufnahmeprüfung auf der Kunsthochschule ablegt", sprach nun der Inspektor weiter. „Was halten Sie davon?"

Diese Frage ließ den querschnittgelähmten Mann laut auflachen.

„Aaron ein Maler? Das kann ich mir beim besten Willen nicht vorstellen!" Er schaute nach oben und führte mit den Händen einen imaginären Aufschlag aus. „Seit ich ihn kenne, hatte er nur Volleyball im Kopf, nichts anderes!"

„Jedenfalls war der Lehrer von seinen Fähigkeiten überzeugt."

„Hören Sie, Inspektor, ich weiß, dass Aaron auf diesem Gebiet talentiert war. Er hat mir sogar ein Bild geschickt, das während seines Urlaubs entstanden ist. Ich kann es Ihnen zeigen, es ist wirklich gelungen."

„Wenn es keine großen Umstände macht …"

Die Reaktion des jungen Mannes auf diese Worte zeigte Maringer, dass er soeben einem tief verwurzelten Klischee gefolgt war. Anstatt zu antworten, katapultierte sich Eippeldauer geradezu von der Couch in seinen Rollstuhl, verließ das Wohnzimmer und war in weniger als einer Minute wieder zurück. Diesmal verzichtete er auf das Schauspiel des Sitzplatzwechsels, was der Inspektor beinahe bedauerte.

„Das Umständliche an einer Behinderung sind die Zweifel der Leute", lautete sein knapper, doch eindeutiger Kommentar. Er reichte Maringer einen DIN-A4-großen Zeichenbogen. „Das kam vor wenigen Tagen, als Aaron schon wieder in Österreich war. Bei der Geschwindigkeit, die die Post da unten vorlegt, hätte er mir das Bild auch persönlich geben können."

Die Arbeit war als Aquarell ausgeführt und zeigte einen großen Platz mit einer Kirche im Hintergrund. Hauptmotiv war jedoch eine Säule, auf deren Spitze ein Löwe aus Stein saß, der in seiner Pranke ein offenes Buch hielt und dem Betrachter entgegenlachte. Maringer musste zweimal hinschauen, um es glauben zu können.

„Ich weiß, wo das ist", sagte Carina plötzlich, und der Inspektor schaute sie erstaunt an. Sie fuhr fort: „Der Hauptplatz von Feltre, nicht wahr?"

Auch Eippeldauer war überrascht.

„Stimmt genau", bestätigte er. „Aaron hat dort zwei Wochen lang einen Intensivsprachkurs besucht, um sich auf seinen künftigen Lebensmittelpunkt vorzubereiten."

Das Wort hatte für Maringer angesichts der Umstände weit mehr als nur einen zynischen Beigeschmack. Weil er jedoch wusste, es war nicht so gemeint, behielt er diesen Gedanken für sich. Er wollte mehr erfahren, also sagte er: „Feltre liegt also in Italien. Wo genau?"

„Am Fuß der Bellunesischen Dolomiten", antwortete Carina. „Ziemlich genau auf halbem Weg zwischen Cortina d'Ampezzo und Venedig. Ich war in meinem heurigen Sommerurlaub auch dort, Chef."

„Haben Sie denn Italienisch gelernt?", fragte der Inspektor und unterließ es, die Brauen hochzuziehen. An seiner Kollegin überraschte ihn nichts mehr.

Sie nickte. „Eigentlich nur, um einer Freundin von mir einen Gefallen zu tun. Die wollte unbedingt hin, und weil auch ich kein Strandfreak bin, habe ich mich ihr zuliebe in den Anfängerkurs eingeschrieben. Aber es hat wirklich Spaß gemacht."

Maringer schaute wieder zu ihrem Gastgeber und bemerkte im Bruchteil einer Sekunde, wie schwer es diesem fiel, seinen Blick von der jungen Polizistin zu nehmen. Insgeheim musste der Inspektor lächeln. Schon seit Beginn des Gesprächs waren Flirtsignale unterwegs, und auch jetzt ergriff Eippeldauer die Gelegenheit, Carina direkt anzusprechen.

„Aaron war fasziniert und hat viel davon erzählt", bestätigte er. „*Klein-Venedig* hat er die Stadt sogar genannt. Und die Schule soll eine der besten … –"

„Haben Sie Aaron nach seiner Rückkehr noch einmal gesehen?" Beinahe empfand der Inspektor schlechtes Gewissen dabei, ihn unterbrechen zu müssen. Seine offensichtliche Sympathie für die junge Frau konnte er ihm nicht verdenken. Doch sie waren aus einem anderen Grund hier.

Eippeldauer reagierte in keiner Weise unwillig. „Nein, leider nicht", antwortete er. „Wir wollten uns noch treffen, doch Aaron fand keine Zeit mehr."

Mit einem Mal traf ihn die Endgültigkeit, die er soeben in Worte gefasst hatte. Eippeldauer schloss die Augen und fuhr sich mit der linken Hand über die Stirn. Leise setzte er fort: „Wir haben nur zweimal telefoniert, bevor es passiert ist."

„Hey, Matthias, das ist in Ordnung." Sie sagte es sanft, fast zärtlich, und so brachte er ein scheues Lächeln zustande.

„Ich weiß schon, danke."

„Wann war er in Feltre?", fragte Carina weiter. Der Inspektor lobte stumm ihr Gespür für den passenden Ton zur passenden Zeit. In ihrem Alter hatte er noch nicht gewusst, wie unbezahlbar dieses Geschick bei der Polizeiarbeit war.

„Die letzten zwei Augustwochen", erwiderte Eippeldauer.

„Dann habe ich ihn ja gerade verpasst", stellte sie fest, ohne den weichen Klang aus ihrer Stimme zu nehmen. „Ich war genau beim Kurs davor."

„Hatten Sie auch Signorina Ilena als Lehrerin, Carina?"

„Nein, die Anfänger waren Dottore Gianluca zugeteilt."

„Den hat Aaron nicht erwähnt, aber von Ilena war er total begeistert." Er sah versonnen zum Fenster, vor dem sich dunkelgraue Wolken drängten; vielleicht in der Erinnerung an ein schönes Gespräch, vielleicht aber auch als erstes Zugeständnis an einen zerbrochenen Traum, der so abrupt beendet worden war – sei es der eigene oder jener von Aaron Schörflinger.

Eippeldauers Gedanken waren jetzt ganz bei seinem verstorbenen Freund und den letzten Worten, die sie miteinander gewechselt hatten. Inspektor Maringer erkannte den zentralen Punkt, an dem sie nun standen und beschloss, das Risiko einer Suggestivfrage einzugehen. Auch auf die Gefahr hin, dadurch den persönlichen, fast schon intimen Charakter zu zerstören, den ihre Unterhaltung in den letzten Minuten angenommen hatte.

„Franz Rothbauer hat enttäuschende Veränderungen in Bezug auf Aarons Verhalten während des Sommers angedeutet", sagte er. „Können Sie dieser Einschätzung zustimmen? Ist zum Beispiel seine Art zu reden irgendwie anders geworden?"

„Keine Spur!", erwiderte Eippeldauer. „Mehr als zuvor betonte Aaron, wie sehr er sich über das Engagement bei Bologna freue. Und darauf, in Italien leben zu können. Schon immer war es sein absolutes Lieblingsland." Er drehte das Bild, welches er noch immer in der Hand hielt, auf die Rückseite und fügte hinzu: „Schauen Sie mal, was er mir als Widmung geschrieben hat."

Die beiden Beamten beugten sich vor, und Carina las: „Für Matthias, meinen Freund vom ersten Aufschlag bis zum letzten Block. Aaron."

„Nicht sehr poetisch, schon klar", meinte Eippeldauer fast verlegen. „Doch es ist eine schöne Metapher für unseren Sport. Und für das Leben allgemein."

Maringer drehte das Blatt wieder um.

„Warum lacht der Löwe?", fragte er. Eine banale Floskel, die seinen plötzlich hochsteigenden Frust über eine Geschichte, die keinen Anfang zu haben schien, nicht milderte.

„Ich weiß es nicht, Inspektor", antwortete der junge Mann im Rollstuhl und wurde beim Betrachten des Bildes trotz seiner Größe zu einem Häufchen Elend. „Das gehört zu den vielen Dingen, über die ich mit Aaron noch reden wollte."

„Möchten Sie es wissen, Chef?"

„Was?", brummte Maringer, ganz damit beschäftigt, seinen Missmut über den Hof des Wohnhauses zu schleppen. Das Loch in seinem Magen – es war schon knapp nach halb eins – trug das Übrige zu seiner schlechten Laune bei.

„Warum der Löwe lacht."

„Hm?" Er hatte nicht die geringste Ahnung, wovon Carina da redete.

„Na, Sie haben Matthias nach der Bedeutung der Statue auf dem Bild gefragt."

*Aber nur, weil mir nichts anderes mehr eingefallen ist,* wollte Maringer sagen, doch diese Beichte hielt er für übertrieben. Angebracht schien ihm eher, seine Griesgrämigkeit zu pflegen, also schnauzte er: „Nennen sich von nun an alle beim Vornamen, oder was?"

Carina gab auf.

„Mein Gott, Sie haben genau gesehen, was los war. Noch fünf Minuten, und er hätte sich rettungslos in mich verknallt." Sie blieb an der Fahrertür stehen und schaute ihren Vorgesetzten über das Dach des Autos an. „Was hätte ich denn machen sollen?"

„Vielleicht weniger flirten?" Er konnte es einfach nicht lassen.

„Okay, ich sehe schon, was mit Ihnen los ist." Sie trommelte ein paarmal auf das Blech und funkelte mit ihren blauen Augen. „Nicht weit von hier ist ein neues italienisches Lokal. Die haben die besten *Calamari alla Barese* in ganz Salzburg. Und wenn Sie danach auch noch muffig sind, nehme ich den Bus zum Krankenhaus."

Die Aussicht auf zart gebratenen Tintenfisch in Weißweinsauce ließ Maringer die zynische Antwort hinunterschlucken. Gehorsam folgte er der Anweisung seiner Kollegin und sagte nichts mehr, bis sie sich in der *Trattoria Italia* – diese lag ganz in der Nähe der Abzweigung nach Maria Plain – an einen Tisch gesetzt und zwei Frascati bestellt hatten.

# Kapitel 10

Als die kleine, freundliche Besitzerin des Lokals den Espresso servierte, hatte sich Maringers Laune wieder auf dem üblichen Standard *gutmütige Gelassenheit* eingependelt. Sie hatten während des Essens kaum miteinander geredet, waren beide mit ihren eigenen Gedanken beschäftigt gewesen. Vornehmlich aber mit der Befriedigung des *wunderbarsten Grundbedürfnisses der Menschheit,* wie der Inspektor es nannte.

Er löffelte Zucker in die Tasse, die gerade einem Fingerhut Platz bot, und sagte: „Ein wirklich gemütliches Lokal. Sie haben gute Ideen."

Sie lächelte, erfreut über seine Zustimmung. „Danke ergebenst."

„Welche Idee haben Sie betreffend Eippeldauers Aussagen?"

„Er konnte uns kaum weiterhelfen", meinte Carina und führte ihren Kaffee an die Lippen. „Höchstens dadurch, dass er Ihr Misstrauen gegenüber diesem Lehrer bestätigt hat. *Eigenbrötlerisch und selbstbezogen* waren doch sehr deutliche Worte. Finden Sie nicht, Chef?"

Maringer nickte, brachte aber sogleich seine Zweifel vor.

„In erster Linie hat Rothbauer in Aaron ein besonderes Talent gesehen. Es ist für mich in keiner Weise denkbar, dass er es zerstören wollte. Von der physischen Unterlegenheit einmal abgesehen."

„Im Affekt sind Menschen zu Leistungen fähig, die die Grenzen ihrer normalen Möglichkeiten bei weitem sprengen können", warf sie ein.

„Das hieße aber, die zwei wären in Streit geraten. Und dann hätte sich Aaron entsprechend gewehrt und die Oberhand behalten." Maringer schüttelte den Kopf. „Erinnern Sie sich doch daran, wie Sie ihn gefunden haben. Keine Wunden oder Spuren einer Auseinandersetzung, nur das gebrochene Genick."

„Wir haben also weder einen Tatverdächtigen noch ein Motiv. Wonach suchen wir eigentlich noch?"

„Nach Hinweisen, die die Selbstmordtheorie entkräften oder erhärten können."

„Und wo finden wir die?"

„Wenn ich das wüsste, würde ich jetzt die Rechnung übernehmen."

Noch ehe die junge Polizistin gegen diese scheinheilige Antwort protestieren konnte, grinste er und meinte: „Aber ich mach's trotzdem, als kleine Entschuldigung für meinen Grant von vorhin."

Carina bekundete ihre Dankbarkeit wie ein artiges Schulmädchen.

„Dafür gebe ich Ihnen die Information, auf die Sie schon die längste Zeit versessen sind, Chef."

Er schaute sie nur fragend an, und sie setzte fort: „Der Löwe von Feltre ist gewissermaßen ein kleiner Bruder des venezianischen Löwen. Er lachte immer in Zeiten des Friedens. Herrschte Krieg, tat er es nicht. Dann war auch das Buch geschlossen, das er in der Pranke hält."

„Haben Sie das alles im Kurs gelernt?", erkundigte sich der Inspektor mit ehrlichem Interesse.

„Nein, während einer Stadtführung. Der Leiter der Schule erläutert die Sehenswürdigkeiten derart witzig und gestenreich, dass man auch ohne Italienischkenntnisse das Wichtigste mitbekommt." Sie trank den letzten Rest Kaffee, während Maringer bezahlte, und fügte noch hinzu: „Es ist wirklich ein wunderbarer Ort, dieses Feltre. Kein Tourismus, nette Menschen, unberührte Natur. Im Norden grenzt sogar ein Nationalpark an, die Bellunesischen Dolomiten."

Auf dem Weg zum Parkplatz meinte der Inspektor beinahe philosophisch: „Was Sie erzählen, klingt nicht sehr nach einer Gegend, wo sich schlechte Charaktere entwickeln."

„Ist es auch nicht", bestätigte sie. „Natürlich hängt es auch von den Leuten ab, die einem unterkommen, aber selbst in der Schule herrschte ein familiäres Klima, trotz vierzig Kursteilnehmern aus vier Kontinenten. Das Ganze ist mit einer Herzlichkeit organisiert, dass einige schon fünfmal, ja sogar zehnmal dort waren."

„Also wieder eine Sackgasse", seufzte Maringer und stieg auf der Beifahrerseite in den Wagen. Wenn sich aus dem nun bevorstehenden Gespräch mit Brigitte Schörflinger nichts ergab – er glaubte eigentlich nicht daran –, blieb ihm nur noch eine Hoffnung: Personen ausfindig zu machen, die mit Aaron in Italien waren und vielleicht berichten konnten, was dort geschen war. Immer stärker erschien dem Inspektor der Auslandsaufenthalt des jungen Mannes als entscheidender Zeitraum.

Oder war alles Unsinn? Faselte Franz Rothbauer von einer Persönlichkeitsveränderung, die es gar nicht gegeben hatte? Der Inspektor versuchte, sich genau an die Worte des Lehrers zu erinnern. Wie oft waren sie einander seit Aarons Heimkehr überhaupt begegnet? Maringer hatte nur ein Treffen im Gedächtnis. Falls das stimmte, reichte eine kurze Unterhaltung aus, um sich einer gefassten Meinung sicher zu sein? Wenn er nur besser über Aaron Bescheid wüsste …

„Machen wir wie besprochen weiter, Chef?"

Carinas helle Stimme schnitt ein Loch in die verschlungenen Gedankengänge des Inspektors. Für einen Moment schaute er verwirrt drein und sagte dann: „Ja, Sie bringen mich jetzt in die Peilsteinerstraße und fahren anschließend ins Krankenhaus. Haben Sie eine Kleinigkeit besorgt?"

„Das mache ich noch unterwegs."

„Ihr Gespräch wird vermutlich nicht so lange dauern wie meines. Wenn Sie fertig sind, rufen Sie mich auf dem Mobiltelefon an. Es kann sein, dass ich Sie bei Frau Schörflinger brauche."

„Zumindest als Taxi zurück ins Büro", erwiderte sie keck und ließ ihre Augen auf jene so unnachahmliche Art aufblitzen, die Maringer stets aufs Neue faszinierte. Seine Antwort auf diese Frechheit der Frau Kollegin verlor sich irgendwo zwischen dem Brummen seiner Stimme und dem Aufheulen des starken Dieselmotors.

„Sie sind es, Inspektor … Bitte kommen Sie herein."

Aus erschöpften Augen schaute Brigitte Schörflinger ihn an, ihr Händedruck war kaum mehr als eine verwaschene Erfüllung der Höflichkeit. Maringer konnte nicht ausmachen, ob sein Besuch ihr willkommen oder unangenehm war; sie nahm ihn einfach hin. Wie schon gestern führte sie ihn nach rechts in die kleine Küche. Unschlüssig blieb sie stehen und fragte: „Gibt es etwas Neues?"

„Nein, noch nicht. Ich wollte mich nur mit Ihnen unterhalten und danach Aarons Zimmer sehen." Der Inspektor wünschte sich, mehr Aufmunterung in seine Stimme legen zu können, doch da war nichts, was diesem Ansinnen Hoffnung verliehen hätte.

„Bitte nehmen Sie Platz. Darf ich Ihnen einen Kaffee machen?"

„Wasser wäre mir lieber", erwiderte Maringer.

Die Frau, heute in einem kurzärmeligen, grünen Hauskleid und Gesundheitspantoffeln, drehte den Hahn auf und wartete ein wenig, bis das warme Wasser in der Leitung abgeflossen war. Dann füllte sie ein großes Glas, stellte es vor Maringer auf den Tisch und setzte sich ebenfalls.

Er trank einen Schluck und begann mit dem Naheliegendsten.

„Wie geht es Rachel?"

„Viel besser, danke. Sie erholt sich rasch. Morgen Vormittag darf sie heim."

Der Inspektor überlegte, sie von Carinas Besuch im Krankenhaus zu informieren, verschob es aber auf später. Womöglich würde die Frau unwirsch reagieren und das Gespräch sofort beenden. Stattdessen sagte er: „Ich komme gerade aus der Sparkassenstraße, wo Matthias Eippeldauer wohnt. Haben Sie ihn einmal kennengelernt?"

Sie nickte. „Matthias war seit vielen Jahren Aarons bester Freund. Der Unfall war für uns ein schwerer Schock."

„Seine Lebenseinstellung hat mich wirklich beeindruckt.", fuhr Maringer fort. „Er betonte, wie sehr Aaron ihm dabei geholfen hat, die neuen Umstände zu akzeptieren."

Er hatte etwas Positives sagen wollen, auch um sein Engagement in der Sache zu unterstreichen. Als er die Tränen in Brigitte Schörflingers Augen sah, musste er eingestehen, dass ein guter Vorsatz nicht immer ausreichte, um ebensolche Handlungen folgen zu lassen.

Mit einem zerdrückten weißen Stofftaschentuch fuhr sich die Frau übers Gesicht. Als sie sprechen wollte, reagierten die Stimmbänder erst beim zweiten Versuch und nach heftigem Räuspern.

„Sie haben keine Kinder, nicht wahr, Inspektor?"

Er schüttelte den Kopf, seine Antwort klang deutlich schuldbewusst. „Es tut mir leid, Frau Schörflinger, ich wollte nicht ... –"

„Schon in Ordnung", unterbrach sie ihn leise. „Sie haben es nicht böse gemeint."

*Deine Gedankenlosigkeit reicht aber!,* schalt sich Maringer. Ihm war jedoch klar, das Offensichtliche würde ihr noch größere Schmerzen bereiten, sollte er nicht bald irgendeinen Ansatz finden, der auf etwas anderes als Suizid hindeutete. Also ging der Inspektor wieder zu den Grundregeln seiner Profession über.

„Ich muss zugeben, wir sind ziemlich ratlos", begann er. „Alle Leute, mit denen wir gesprochen haben, vermittelten uns nur das beste Bild von Ihrem Sohn. Er war beliebt, umgänglich und verfolgte ehrgeizig seine Pläne. Es scheint also weder ein Motiv für einen Selbstmord zu geben noch jemanden, der ihm schaden wollte."

Er machte eine Pause, wartete auf Einwand oder Bestätigung. Brigitte Schörflinger sah ihn aber nur wortlos an, das weiße Taschentuch fest in der linken Hand.

„Von Matthias wissen wir, dass Aaron in der Nähe von Venedig einen Sprachkurs absolviert hat", setzte Maringer fort. „Hat er nach seiner Rückkehr erzählt, wie es dort war?"

„Er war kaum zu bremsen in seiner Begeisterung, sprach von den schönsten zwei Wochen, die er jemals im Ausland verbracht hat." Ein schwaches, wehmütiges Lächeln huschte über das Gesicht der Frau. „Wenn ich daran denke, wie sehr er schon von der Maturareise nach Korfu angetan war, will das etwas heißen."

*Verdammt, wo ist der schlechte Charakter?,* fluchte der Inspektor still und verbarg seinen Missmut hinter einem Schluck Wasser. Ist dieser Rothbauer verrückt, oder habe ich etwas gehört, was er gar nicht gesagt hat? Entschlossen schob er das Bild des Lehrers in seinem Kopf beiseite und fragte weiter: „Wie hat sein Tagesablauf in Italien ausgesehen? Wissen Sie davon?"

„Nur ungefähr", erwiderte die Frau. „Am Vormittag war Unterricht, der Nachmittag stand zur freien Verfügung, oder es wurden Ausflüge gemacht."

„Hat Aaron daran teilgenommen?"

„Nur einmal, bei der Führung durch eine Sektkellerei. Ansonsten hat er trainiert und auch viel gezeichnet. Die Altstadt ist voll von Motiven, sagte er."

Durch ihre Worte war Franz Rothbauer schlagartig wieder präsent. Diesmal ließ Maringer ihn auch bleiben; der Frage nach den Vermutungen des Lehrers war ohnehin nicht auszuweichen, wie sinnlos sie auch schien.

„Welchen Stellenwert hatte das Zeichnen Ihrer Meinung nach in Aarons Leben?"

„Er hat sich schon als kleines Kind gerne mit Farben beschäftigt", gab sie zur Antwort. „Doch die Ernsthaftigkeit mit der Malerei hat im Gymnasium begonnen, sicher durch die Bekanntschaft mit seinem Professor."

Maringer spürte den geeigneten Moment näher kommen, wartete aber noch zu.

„Wie würden Sie Aarons Verbindung zu seinem Lehrer beschreiben?"

Brigitte Schörflinger stützte das Kinn in die Hände und schaute zum Fenster. Nach einer Weile sagte sie: „Aaron hat ihn immer nur erwähnt, wenn es ums Zeichnen ging. Er hat ihn geschätzt, weil Rothbauer offenbar von seinem Talent auf diesem Gebiet begeistert war. Mehr gab es aber nicht."

Vielleicht doch, dachte Maringer, und fragte: „Wissen Sie, dass Aaron Franz Rothbauer regelmäßig zu Hause besucht hat?"

„Nein, das ist mir neu", zeigte sie sich verwundert. „Woher haben Sie das?"

„Von Rothbauer selbst."

Sie zuckte mit den Schultern. „Ich hatte keinen Grund, Aaron jedes Mal zu fragen, wohin er geht. Er war immer verlässlich. Wenn ihn etwas bedrückt hat und er darüber reden wollte, ist er von selbst gekommen."

Nun war es so weit. Inspektor Maringer hasste sich einen Moment lang für diese Erkenntnis; umso mehr, weil er gerade die Antwort auf seine Frage bekommen hatte. Trotzdem musste er sie stellen.

„Da ist etwas, das mir keine Ruhe lässt, Frau Schörflinger", begann er so vorsichtig wie möglich. „Meine nächste Frage mag komisch, sogar absurd für Sie klingen. Ich möchte Sie dennoch bitten, erst darüber nachzudenken, ehe Sie antworten."

Ihre Augen verengten sich; ob aus Konzentration oder aus Furcht, was nun auf sie zukam, wusste der Inspektor nicht zu deuten.

„Was möchten Sie wissen?" Sie klang ruhig und gefasst, ihre Stimme zitterte nicht.

„Bei meinem Gespräch mit Professor Rothbauer deutete er an, Aaron hätte sich seit seiner Zeit in Italien negativ verändert. Damit begründete er abweisendes Verhalten ihm gegenüber und sieht die Ursache dafür in einem Erlebnis während dieser zwei Wochen. Ist Ihnen irgendetwas aufgefallen, das in diese Richtung gehen könnte?"

„Da brauche ich keine Sekunde zu überlegen, Inspektor Maringer", erwiderte sie forsch und legte – ein auffälliger Kontrast zu ihrer bisherigen, verkrampften Haltung – beide Hände flach auf den Tisch. „Aaron war nicht verändert, als er heimkam. Im Gegenteil, er schien noch mehr Kraft zu haben, noch mehr Begeisterung für das Leben, das in Bologna auf ihn wartete. Glauben Sie mir, eine Mutter hat besondere Sensoren für das Befinden ihrer Kinder. Gerade wenn ein neuer Lebensabschnitt auf sie zukommt, der sie unsicher macht und an der Richtigkeit der Entscheidung zweifeln lässt." Sie schüttelte energisch den Kopf. „Wie kommt Rothbauer bloß auf diesen Unsinn?"

Maringer zögerte mit seiner Antwort, dachte daran, schon zwei Tage vor Aarons Tod mit dem Lehrer gesprochen zu haben. Je deutlicher dessen Theorie von den Personen aus Aarons Umgebung als falsch bewertet wurde, umso seltsamer schien das Beharren des Mannes auf dieser Sichtweise. Noch immer wehrte sich der Inspektor gegen eine direkte Verwicklung Rothbauers in den Fall, doch langsam gab er einer Möglichkeit Raum, die er bisher nicht einmal als unwahrscheinlichste aller Varianten einbezogen hatte. In seiner Berufslaufbahn war es bisher ein- oder zweimal vorgekommen, dass der Täter versucht hatte, schon vor dem Verbrechen für ein entsprechendes Alibi zu sorgen. Gebuchte Flugtickets und kleine fingierte Unfälle waren leicht zu durchschauen. Doch bei einer Sache wäre die Überführung des Schuldigen beinahe gescheitert, weil die von allen Seiten bescheinigte gute Beziehung zwischen ihm und seinem Opfer keine Zweifel an seiner Integrität hatte aufkommen lassen. Noch dazu war kein Motiv erkennbar gewesen. Erst durch die Entdeckung eines als verloren gemeldeten Dokumentes konnte Maringer damals eine lückenlose Beweiskette aufbauen, die schließlich zu einem Geständnis führte.

Aber der distinguierte Professor Rothbauer ein Mörder? Und wie um alles in der Welt sollte es abgelaufen sein? Später, ermahnte sich der Inspektor streng, *Frau Schörflinger wartet noch immer...*

„Nach allem, was ich bisher weiß, kann ich es mir auch kaum vorstellen“, ließ er seine Zweifel durchklingen, gab sich sonst aber zurückhaltend. „Dennoch muss ich dieser Aussage Beachtung schenken, das werden Sie verstehen. Der Professor dürfte immerhin zu den nahen Bekannten Aarons gehört haben.“

„Noch einmal, das ist völlig aus der Luft gegriffen.“

Die Klarheit in ihren Worten verlieh der Frau eine Stärke, zu der sie vor einer halben Stunde nicht fähig gewesen war. Maringer sah sich eindeutig auf dem Holzweg, was seine Ahnungen Rothbauer betreffend noch schwerer wiegen ließ.

„Ich habe Sie verstanden, vielen Dank“, erwiderte er und stand auf. „Könnte ich jetzt Aarons Zimmer sehen?“

„Am Ende des Ganges, die linke Tür“, gab Brigitte Schörflinger zurück. Nach einer kurzen Pause fragte sie: „Wollen Sie mich dabeihaben? Ich meine, wenn es nicht notwendig ist... Eigentlich würde ich gerne etwas für Rachel vorbereiten.“

„Ich komme schon zurecht“, meinte Maringer, der ihr diese Ausrede gerne zugestand. „Wenn ich etwas brauche, rufe ich einfach.“

Auf dem kurzen Weg in den rückwärtigen Teil der Wohnung

läutete sein Mobiltelefon. Er sah Carina am Display aufleuchten – natürlich hatte sie die Nummer in seinen Apparat eingegeben – und registrierte zufrieden ihr perfektes, wenn auch zufälliges Timing.

„Ich bin fertig hier, Chef", sagte sie ohne Umschweife, nachdem er sich gemeldet hatte. „Soll ich Sie abholen?"

„Ja, aber warten Sie nicht im Wagen", wies Maringer die junge Polizistin gleich an. „Ich möchte, dass Sie Aarons Mutter kennenlernen. Die Wohnung liegt im dritten Stock, Haus Nummer sieben."

„Dauert ungefähr 10 Minuten."

Das schmale Zimmer von Aaron Schörflinger sah aus wie zahllose andere, die von Jugendlichen bewohnt werden: Bett, Schreibtisch und Kleiderschrank, dazu eine kleine HiFi-Anlage samt CDs und Schallplatten, ein paar Bücher. Die gelb-orange Blümchentapete stammte wohl noch aus einer Zeit, in der man den Sohn noch nicht nach seinen diesbezüglichen Wünschen gefragt hat, dachte Maringer in einem Anfall von Ironie. Sie überfiel in stets, wenn er in seiner Arbeit auf der Stelle trat, und er auf eine besondere Idee oder einen Zufall hoffen musste, um diesen Zustand zu beenden.

Auf dem Schreibtisch lag eine große, unbeschriftete Mappe aus weißem Karton. Der Inspektor schlug sie auf und fand ein gutes Dutzend Zeichnungen im DIN-A4-Format, manche auch größer. Wiederholt kam das Motiv des Löwen zum Vorschein, das er schon bei Matthias Eippeldauer gesehen hatte. Das unterste Blatt ließ Maringer erstaunt innehalten. Es war das in Aquarell ausgeführte Porträt eines alten Mannes, bei dem Aaron alle Einzelheiten perfekt gelungen waren. Das volle, weiße Haar, die tief durchfurchte, von jahrelanger Sonneneinwirkung ledrige Haut. Augen auf einem Bild Lebendigkeit zu verleihen, sei die wahre Kunst des Malers, hatte Maringer einmal gehört. Wenn das der Wahrheit entsprach, so war Aaron zumindest auf dem Weg dorthin gewesen. In den Augen des abgebildeten Mannes sah der Inspektor zugleich juvenile Lebensfreude und die Weisheit des Alters. Sie hatten keinen Blick in eine imaginäre Ferne notwendig, um Visionen vorzutäuschen. Da war Offenheit, die gerade deshalb Vertrauen schuf, weil sie nicht darum heischte.

Er suchte nach einer Signatur, fand aber keine. Maringer drehte das Blatt um und entdeckte am oberen Rand einen winzigen Schriftzug.

*Siamo fratelli.*[2] *Z.L.*

Er kannte weder die Bedeutung der beiden Wörter noch jene der Initialen. Rasch legte er das Bild zurück und ging mit der kompletten Mappe wieder in die Küche, wo Brigitte Schörflinger offensichtlich ein Tiramisu zubereitete. Beim Anblick von Mascarpone, Eiern, Biskotten und Kakaopulver beschwerte sich der Magen des Inspektors sogleich darüber, dass er heute Mittag vergeblich auf ein Dessert gewartet hatte. Dieses sekundenlange Betrachten der Zutaten blieb der Frau nicht verborgen, und sie meinte lächelnd: „Wenn Sie ein Stück möchten, müssen Sie bis zum Abend dableiben."

„Sie haben mich entlarvt", gestand Maringer. „Hätte ich gewusst, dass Sie einen meiner absoluten Favoriten in petto haben, wäre ich später gekommen. Mein Pech."

Er trat an den Tisch und öffnete die Zeichenmappe. Noch ehe er das Porträt herausholen konnte, läutete es an der Tür.

„Wer kann das sein?", wunderte sich Brigitte Schörflinger, und er sagte: „Eine Kollegin. Darf ich öffnen?"

Sie nickte und wandte sich wieder ihrer Tätigkeit zu. Der Inspektor ging zur Tür und bedeutete Carina Raichmann gleich mit einer Handbewegung, vorerst im Stiegenhaus zu bleiben, damit sie ungestört waren.

„Haben Sie mit ihr reden können?"

„Etwa eine Viertelstunde, dann hat mich die Schwester verscheucht", antwortete sie. „Rachel dürfte im Wesen ihrem Bruder sehr ähnlich sein. Aufgeweckt, neugierig, sportlich begabt. Auf ihre Frage, wer ich sei, wusste ich gleich, dass sie eine Lüge bemerken würde."

„Und wie hat sie reagiert?"

„Am Beginn abweisend. Als ich ihr erklärte, mein Boss habe mich geschickt um zu kontrollieren, ob sie auch gut untergebracht

2 Wir sind Brüder.

sei, lachte sie auf einmal und sagte: „Klingt ganz nach meiner Mutter!“ Danach hat sich ein recht lockeres Gespräch entwickelt. Sie fühlt sich kerngesund und ist angefressen, dass sie noch bis morgen im Krankenhaus bleiben muss. Übrigens spielt auch sie Volleyball, in der Schulmannschaft.“

„Wie sieht sie den Tod ihres Bruders?“, kam der Inspektor auf den Punkt, doch ohne große Hoffnungen. Carinas Antwort entsprach auch ziemlich dem, was er erwartete.

„Sie kann keinen Grund nennen, hat immer nur wortlos den Kopf geschüttelt und gegen die Trauer gekämpft.“ Selbst das Antlitz der jungen Polizistin konnte sich verdüstern, etwas völlig Neues für Maringer. Sie setzte fort: „Als ich sie dann zum Weinen ermutigte – *Tränen, die du heut' vergießt, dein Lachen morgen schon vergisst,* wie meine Großmutter immer gesagt hat –, kam immer wieder nur der Satz „Er wird mir so fehlen, was mache ich ohne ihn …“ Etwas später bin ich zum Gehen aufgefordert worden, damit sich das Mädchen ausruhen konnte.“

„Und Ihr persönlicher Eindruck?“, fragte Maringer zum Schluss.

„Sie ist stark, wird darüber hinwegkommen.“

„Gut, gehen wir hinein. Ich habe etwas Interessantes gefunden.“

Er drückte die Tür, die nur angelehnt war, nach innen und betrat mit Carina die Küche, wo er sie mit Brigitte Schörflinger bekannt machte.

„Ich darf Ihnen mein Beileid aussprechen“, sagte die junge Polizistin und streckte ihr die Hand hin. Die Geste fand nur zögernde Erwiderung.

„Meine Kollegin hat Ihre Tochter im Spital besucht“, sagte ihr der Inspektor, um später nicht darauf zu vergessen – sonst konnte er sich womöglich Probleme einhandeln.

„Aus welchem Grund?“ Ihre Stimme bekam sofort einen argwöhnischen Unterton, doch Carina entspannte die Situation, indem sie voll ehrlicher Bewunderung antwortete: „Wir wollten nur schauen, wie es Ihrer Tochter geht. Sie können stolz auf sie sein, Frau Schörflinger. Rachel geht erwachsener mit dem Verlust von Aaron um als viele Altersgenossen, die mit einem solchen Schock konfrontiert sind.“

Die Frau nickte, trocknete sich die Hände mit einem Geschirrtuch und forderte die beiden Beamten auf, sich an den Tisch zu setzen.

„Aaron und Rachel hätten Zwillinge sein können“, sagte sie leise. „Fast überall eifert das Mädchen ihrem großen Bruder nach. Sie hatten auch kaum Streit, was eigentlich unüblich ist, wenn man Altersunterschied und Pubertät hernimmt. Na ja“ – sie rieb die Handflächen aneinander und schaute aus dem Fenster –, „das besondere, wie soll ich sagen, Verhältnis zu ihrem Vater wird auch eine Rolle spielen. Die zwei haben immer zusammengehalten.“

Maringer hatte schon nach dem Mann fragen wollen. Dass sie selbst dieses Thema aufgriff, deutete er als ihre Bereitschaft, darüber zu sprechen.

„Wie sollen wir das verstehen?“, fragte er deshalb nur, ohne durch eine direktere Formulierung gleich die Richtung seines Interesses preiszugeben.

„Die Geschichte hört sich furchtbar kitschig an“, begann Brigitte Schörflinger. „Doch manchmal läuft das Leben wie die Handlung eines Tschick-Heftes ab.“ Sie lächelte verlegen. „Sam hätte mich jetzt wohl verbessert und „Drei-Groschen-Roman, my Dear“ eingeworfen.“

„Ist Sam der Vater Ihrer Kinder?“, erkundigte sich Carina.

„Sam Arcomb, ja“, bestätigte sie. „Er war als amerikanischer Soldat in der Nähe von München stationiert. Wir haben uns auf dem Oktoberfest kennengelernt. Das ist jetzt bald zwanzig Jahre her.“

„Erzählen Sie weiter“, bat Maringer.

„Da gibt es nicht mehr viel. Sam ist ein guter Mensch, aber eben auch Teil der US-Armee. Und ich war damals zu jung, um wirklich abschätzen zu können, was der Tag seiner Versetzung für mich bedeuten würde. Als es nach knapp sechs Jahren und zwei Kindern soweit war, habe ich es nicht über mich gebracht, ihm mit Sack und Pack auf einen Luftwaffenstützpunkt irgendwo in die tiefste Provinz von Arkansas zu folgen. Ich wollte heim nach Österreich. Es war für ihn so schwer wie für mich, doch er hat mich verstanden." Sie stand auf. „Warten Sie einen Moment, ich kann Ihnen ein Foto zeigen."

Mit raschen Schritten verließ sie die Küche und kam bald mit einem kleinen Bilderrahmen in der Hand zurück. Das hagere Gesicht eines jungen Mannes in Galauniform war darauf zu sehen. Unter den kurz geschorenen, schwarzen Haaren sah der Inspektor intelligente Augen und ein gutmütiges Lächeln.

„Sam hat meine Entscheidung akzeptiert und eine großzügige Regelung getroffen. Obwohl wir nicht verheiratet waren, zahlt er einen höheren Betrag für die Kinder, als das Gesetz ihm vorschreibt, bis zum Ende ihrer Ausbildung." Sie lächelte, wohl über ein Bild ihrer Erinnerung. „Und so pünktlich, wie er immer vom Dienst nach Hause gekommen ist, kommt jetzt der monatliche Scheck, sei es aus Wyoming oder aus Florida."

„Stehen Sie sonst noch in Kontakt mit ihm?", wollte Maringer wissen, und die Frau nickte.

„Zweimal im Jahr, jeweils zum Geburtstag der Kinder, ruft er bei uns an. Meinerseits den Kontakt herzustellen ist beinahe unmöglich, weil ich nie weiß, wo er sich gerade aufhält." Wieder folgte ein Blick zum Fenster, offenbar immer, wenn sie fürchten musste, Tränen könnten ihr in die Augen treten. „Jetzt werde ich Sam wohl irgendwie auftreiben müssen …"

„Die Namen Rachel und Aaron …" Carina unternahm einen Versuch, den Vorhang der Trauer beiseite zu schieben. „Sie sind sehr schön, aber für unser Verständnis doch ziemlich ungewöhnlich."

Die Frau ging darauf ein, dankbar für jede Ablenkung vom Schicksal ihres Sohnes.

„Sam – er heißt ja eigentlich Samuel – war nicht gläubig, aber sehr an alttestamentarischer Geschichte interessiert. In Amerika sind solche Namen üblicher als bei uns. Als die Kinder in die Schule kamen, hat das noch Aufsehen erregt, und sie wurden manchmal als jüdisch verspottet, doch der Rummel legte sich bald. Beide haben ihre Vornamen immer mit Stolz getragen. Und heute wimmelt es überall nur so vor lauter Kevins, Nikolas und Nadines."

Ihre letzten Worte ließen den Inspektor wieder an die Schrift auf der Rückseite des Bildes denken. Er schlug die Zeichenmappe auf und bemerkte wie Brigitte Schörflinger nicht die vor Überraschung geweiteten Augen Carinas.

„Können Sie mit dem Gesicht etwas anfangen?"

Sie betrachtete es aufmerksam, schüttelte dann aber den Kopf. „Nie gesehen."

„Aaron hat es nie im Speziellen erwähnt?", hakte Maringer nach.

„Tut mir leid, nein. Daran würde ich mich erinnern."

„Wie ist es mit den Initialen Z.L.?", fragte er weiter, ohne aber das Blatt umzudrehen.

Wieder verneinte die Frau. „Ich kenne niemanden, dessen Name mit diesen Buchstaben anfängt."

Enttäuscht registrierte der Inspektor die Wahrheit in ihren Worten. Er hatte gehofft, durch diesen Zufallstreffer ein wenig jene zwei Wochen zu erhellen, die der junge Mann in Italien verbracht hatte. Da kam er auf eine andere Idee und fragte: „Können Sie mir Namen von Leuten sagen, die gemeinsam mit Aaron diesen Sprachkurs besucht haben?"

„Dazu muss ich seine Sachen durchsehen", erwiderte Brigitte Schörflinger, durch das schon lange Gespräch einsilbiger geworden. „Ich werde es heute Abend machen. Oder morgen, bevor ich Rachel abhole. Ich rufe Sie im Büro an. Ist Ihnen das recht?"

„Natürlich." Maringer klappte die Kartonmappe zu und erhob sich. Carina tat es ihm gleich.

„Vielen Dank, dass Sie sich für uns Zeit genommen haben, Frau Schörflinger." Er wies auf die Bilder. „Darf ich die mitnehmen?"

„Wenn Sie sie brauchen, ich habe nichts dagegen."

Sie waren bereits an der Tür, da fragte der Inspektor: „Wie würden Sie die Wertigkeit zwischen Sport und Zeichnen für Aaron beschreiben?"

„Die Malerei war sein Hobby." Sie sagte es geradeheraus. „Aber Volleyball war sein ganzes Leben."

Im Wagen hatte Carina endlich Gelegenheit, es zu sagen.

„Ich kenne das Gesicht auf dem Bild, Chef."

Der Inspektor schaute sie mit großem Erstaunen an.

„Ist nicht wahr!" Für mehr als drei Wörter ließ die Überraschung keinen Platz. „Wer soll es denn sein?"

„An den Namen kann ich mich nicht erinnern", antwortete sie. „Fahren wir ins Büro zurück, ich muss telefonieren."

„Dann los." Maringer schob den Verschluss des Sicherheitsgurtes in die Halterung. „Langsam werden Sie mir unheimlich, Frau Kollegin."

# Kapitel 11

Auf dem Weg zur Polizeidirektion am Rudolfsplatz redete sie wie ein Wasserfall.

„Während meiner zwei Wochen in Feltre hat es im Foyer einer Schule eine Ausstellung gegeben. Der Künstler war ein Freund des Mannes, bei dem wir gewohnt haben. Ich bin mir sicher, dass dort ein Bild mit dem gleichen Gesicht zu sehen war. Hundertprozentig!"

Carina musste scharf bremsen, weil vor ihnen ein Wagen mit Tamsweger Kennzeichen bei Gelb nicht mehr über die Kreuzung nach der Bahnunterführung in der Gaswerkgasse gefahren war. Sie fluchte herzhaft und nahm den Gang heraus.

„Immer mit der Ruhe, Carina", mahnte der Inspektor. „Sie müssen wegen einer Porträtmalerei nicht gleich auf die andere Seite des Gesetzes wechseln."

Die Polizistin murmelte nur etwas von „Landeiern". Dann gab die Ampel ihre Fahrbahn frei, sie überquerten den Müllner Hügel.

„Leider weiß ich nicht mehr, wie er geheißen hat, und ob dieses Bild von ihm selbst ist", fuhr sie fort. „Aber ich werde bei meiner Gastfamilie anrufen. – Verdammt, seit wann gibt es in Salzburg so viele Fußgänger?"

Das war eine berechtigte Frage, die sich Maringer schon des Öfteren gestellt hatte – meist in Momenten, in denen ganze Schwärme von Touristen über die Straße liefen, ohne auch nur für Sekunden an die Existenz von elektronischen Verkehrsregelanlagen zu denken. Daher unterließ er eine weitere Ermahnung und sagte stattdessen: „Ihnen ist schon klar, dass die Entstehung des Bildes ganz banale Gründe haben kann? Möglicherweise hat Aaron das Bild einfach als gutes Motiv betrachtet und nachgezeichnet."

„Sicher, Chef", gab Carina zu. „Aber wie kommen Sie dann auf die Initialen Z.L.? Auf dem Bild habe ich sie nicht gesehen."

*Es entgeht ihr nicht die geringste Kleinigkeit, wirklich erstaunlich,* konstatierte der Inspektor in Gedanken. Er antwortete: „Sie stehen auf der Rückseite." Dass sich dort noch zwei Wörter in – wie er vermutete – italienischer Sprache befanden, ließ er aus. Es widerstrebte ihm, sich durch eine falsche Aussprache zu blamieren. Außerdem spielte es keine Rolle, ob er jetzt oder in einer Viertelstunde erfuhr, was *Siamo fratelli* auf Deutsch bedeutete.

„Wen wollen Sie denn anrufen?", fragte Maringer neugierig.

„Primo, den Besitzer der Ferienwohnung in Feltre", erwiderte Carina, ehe sie am Rudolfskai auf die linke, schnellere Spur wechselte. „Das Problem ist nur, er spricht kein Wort Deutsch oder Englisch, und ich bin in seiner Sprache blutige Anfängerin. Zur Not bliebe aber immer noch Gianluca."

„Wer ist das?"

„Mein Lehrer aus der Schule, auch Matthias Eippeldauer hat ihn kurz erwähnt." Sie stoppte den Wagen an der letzten Kreuzung vor dem Polizeigebäude, das schon halb links vor ihnen lag. „Wenn ich mich recht erinnere, ist er für die deutschen Werbeprospekte der Schule zuständig. Er kennt sich also aus."

„Was erhoffen wir uns eigentlich?" Die Zweifel des Inspektors waren noch viel größer, als es der Klang seiner Stimme erahnen ließ. Noch immer enttäuscht von den ergebnislosen Gesprächen des heutigen Tages, hielt er es für angebracht, den zwar ansteckenden, aber doch auf wackeligen Beinen stehenden Enthusiasmus seiner Kollegin ein wenig zu bremsen.

„Eine Meinung zu Aaron Schörflingers Persönlichkeit", schlug sie vor. „Vielleicht hat er den Maler getroffen, mit ihm geredet, was weiß ich." Carina parkte den Wagen auf dem freien Platz vor dem Gebäude. „Sie sind es doch, der diesem komischen Lehrer nicht traut, Chef. Jetzt haben wir vielleicht die Chance, seiner Aussage vom schlechten Charakter Aarons auf den Grund zu gehen."

„Sie haben recht, versuchen wir es", stimmte Maringer zu, blieb aber skeptisch. „Sonst bleibt uns nur mehr der toxikologische Befund aus der Gerichtsmedizin."

Er stieg aus. Carina sperrte den Wagen ab und warf ihm den Schlüssel so zielgenau entgegen, dass er keinerlei Mühe hatte, ihn aufzufangen.

„Ich muss noch schnell meinen Terminkalender holen, wegen der Telefonnummer“, sagte sie. „Bis gleich, in Ihrem Büro.“ Und schon war sie fort.

Der Inspektor ging gemächlich in Richtung Eingang, grüßte die Dienst habenden Beamten und machte, ehe er den Weg in den ersten Stock antrat, noch einen Zwischenstopp beim Kaffeeautomaten.

Auf seinem Schreibtisch lag eine Nachricht von Maria Gerst, die heute früher gegangen war.

*Anruf Professor Rothbauer um 15:15 Uhr, er wollte Sie dringend sprechen. Bitte rufen Sie ihn ab 17 Uhr zurück – M. G.* Eine Nummer war angeführt.

Will der Herr Lehrer nun vielleicht doch deutlicher werden, dachte Maringer zynisch und klemmte den Zettel unter das Telefon. Dann öffnete er die Zeichenmappe und betrachtete aufmerksam das von Aaron Schörflinger gefertigte Porträt.

Wirklich eindrucksvoll. Die Linien des Gesichts waren mit größter Genauigkeit ausgeführt, ebenso das struppige, weiße Haar und der ausgefranste Hemdkragen, bei dem der oberste Knopf fehlte. Besonders geprägt war das Antlitz des Alten jedoch von seinen Augen, in deren leicht abgewandtem Blick zugleich namenlose Sehnsucht und Verstehen lesbar waren. Maringer hatte nicht die geringste Ahnung, wie es einem Künstler gelingen konnte, derart lebendige und intensive Gefühle auf nur zwei Dimensionen zu verwirklichen.

Eines musste der Inspektor Franz Rothbauer zugestehen: In seiner hohen Meinung von den Fähigkeiten Aarons hatte er nicht übertrieben, was die Malerei betraf. Dieses Urteil war offensichtlich klarer und fundierter gewesen, als es Maringer auf Grund der arroganten Art des Mannes – und auch der übrigen Befragungen – hatte glauben wollen.

Er schaute auf die Uhr. Knapp vor vier, noch eine Stunde, ehe er sich bei Rothbauer melden konnte. Der Inspektor betrachtete die übrigen Bilder. Zum großen Teil waren es Motive von alten Bauwerken, manche im arabischen, andere im venezianischen Stil. Eine

Bleistiftskizze zeigte den Innenhof eines Klosters mit imposanten Laubengängen und einem Brunnen; vielleicht hatte sie Aaron zur späteren Ausarbeitung vorgesehen. Ein paar Landschaftsbilder gab es noch, manche davon waren unvollendet geblieben.

Maringer hatte alles auf seinem Schreibtisch ausgebreitet, mit dem Porträt des weißhaarigen Mannes im Zentrum. Ohne bestimmte Absicht oder Konzentration ließ er seinen Blick von einem Blatt zum nächsten gleiten, nur darauf bedacht, ein plötzliches Gefühl aufzuschnappen, eine neue Idee.

Womöglich war in Italien doch etwas geschehen. Die große Anzahl der Bilder legte den Schluss nahe, dass der Jugendliche sich neben dem Sprachunterricht einzig dem Malen und Zeichnen gewidmet hatte – für jemanden, der angeblich genau unterschied zwischen seinem Hobby und seinem Lebensinhalt Volleyball, ein zumindest fragwürdiges Verhalten. Das steigerte Maringers Verwirrung noch mehr, denn es passte überhaupt nicht zu den Beschreibungen Rothbauers von Aarons Benehmen in den letzten Tagen. Es klang paradox: Der junge Mann war genau der Tätigkeit nachgegangen, die seinem Lehrer so am Herzen lag, und danach sollte er sich ihm gegenüber auf einmal feindselig gezeigt haben?

Der Inspektor notierte neben der Nummer eine Frage, die er seinerseits stellen wollte, wenn er mit Rothbauer telefonierte. Weiters nahm er sich vor, die Qualität von Aarons Bildern einer zweiten, völlig neutralen Beurteilung zu unterziehen. Woher diese kommen sollte, wusste er noch nicht, aber er kannte jemanden, der zumindest als Vermittler geeignet war.

Ein Klopfen an der Bürotür, Carina kam herein. Sie hatte nicht nur Terminkalender und Notizbuch geholt, sondern sich auch umgezogen. Das rote Haar fiel ihr nun offen über die Schultern, sie trug ein blaues Polo-Shirt, dazu Jeans und Turnschuhe.

Hätte ich einen Sohn, sie wäre meine erste Wahl als Schwiegertochter, dachte Maringer in einem kurzen Anfall von Kishon'schem Humor. Er bedeutete ihr, näher zu kommen und wies auf die Bilder. Die Polizistin pfiff durch die Zähne.

„Der war ja wirklich gut drauf", meinte sie anerkennend und betrachtete die einzelnen Arbeiten.

„Das kann man sagen", pflichtete der Inspektor ihr bei, drehte das genau vor ihm liegende Porträt um und setzte fort: „Bevor Sie in Italien anrufen, möchte ich wissen, was diese beiden Wörter bedeuten."

Er hielt den Bogen so, dass Carina ohne Probleme lesen konnte. Es dauerte keine Sekunde.

„*Siamo fratelli* heißt, *Wir sind Brüder.*" Sie besah sich auch noch die beiden Buchstaben genau. „*Z.L.* – nach diesen Initialen haben Sie also Frau Schörflinger gefragt."

Maringer nickte. „Leider erfolglos, wie Sie gehört haben. Es sieht so aus, als kämen ständig neue Rätsel hinzu, aber keine Antworten."

„Könnten sie mit dem Mann auf dem Bild in Verbindung stehen?"

„Natürlich *könnten* sie das, Carina." Der Inspektor warf seine Hände in einer Geste der Hilflosigkeit in die Höhe. „Es könnte aber auch eine völlig belanglose Notiz sein, die nichts zu bedeuten hat. Oder vielleicht hat Aaron selbst sie geschrieben, wer weiß das schon. Wir suchen eine Nadel im Heuhaufen, doch kein Mensch kann uns sagen, ob sie überhaupt existiert."

Wieder lag Missmut wie ein dunkler Schleier über seinen Worten. Maringer kannte auch den Grund, wollte ihn aber vor seiner Kollegin nicht nennen. Alle Zeichen in dem Fall deuteten auf Suizid hin, auf die sinnlose Selbstauslöschung eines Lebens, die jeder Ursache entbehrte, jedes Motivs. Aaron Schörflinger hatte sich wohlgefühlt in Italien; die große Anzahl der Malereien, die ihm während des nur zweiwöchigen Aufenthaltes dort gelungen war, sprachen deutlich dafür. Außerdem hatte er es geschafft, seine sportlichen Fähigkeiten so zu entwickeln, dass er sie als Beruf ausüben konnte. Und dennoch war er, wie es derzeit aussah, wenige Tage vor Erfüllung dieses Traumes, dem so viele junge Leute in der heutigen Zeit nachjagen, auf den Mönchsberg gestiegen und hatte sich in die Tiefe gestürzt.

„Wir müssen es trotzdem probieren, Chef", erwiderte Carina aufmunternd und fügte mit einem Lächeln hinzu: „*Der Weg ist das Ziel* – diesen Spruch habe ich früher immer für absoluten Schwachsinn gehalten. Erst bei der Polizei habe ich verstanden, was damit in Wirklichkeit gemeint ist. Wir gehen vom Ende – dem Verbrechen – aus und folgen dem Weg zurück in der Hoffnung, einen Anfang zu finden. Oft ist dort nur ein winziger Punkt, manchmal gar nichts. Aber wir sind den Weg gegangen und haben dabei gelernt."

„Eine schöne Philosophie", antwortete Maringer so knapp wie unwillig. „Je länger ich mich mit ihr beschäftige, desto enttäuschter werde ich." Er schüttelte den Kopf. „Aber wir sind da, um unsere Arbeit zu tun."

„Und weil es sonst besser kann", ergänzte sie mit einem schelmischen Grinsen.

„Genau." Er schob ihr das Telefon entgegen und lehnte sich in seinem Stuhl zurück. „Ich bin ganz Ohr."

Die junge Polizistin blätterte in ihrem Filofax, griff nach dem Hörer und tippte eine lange Folge von Zahlen in das Gerät ein. Nach wenigen Augenblicken erhellten sich ihre konzentrierten Gesichtszüge.

„Ciao, Primo, Carina parla! Di Salisburgo, sì! Senti, Primo …"[3]

Der Rest war für den Inspektor nur noch eine schnelle Abfolge von Vokalen, abgehackt oder langgezogen, und er beschloss, sich wieder den Bildern zu widmen, ehe ihm schwindlig wurde. Hin und wieder sah er Carina etwas aufschreiben; offenbar hatte sie noch nicht den Faden verloren. Er legte die einzelnen Blätter in die Mappe zurück und wartete. Da nickte sie ihm auf einmal zu und ließ den Kugelschreiber aufs Papier fallen.

„Allora ci vediamo, Primo. Mille grazie! Ciao!"[4]

Sie legte den Hörer auf und machte dabei einen sehr zufriedenen Eindruck. Der Inspektor war schon neugierig auf den Inhalt der Unterredung, vergaß dabei aber nicht, das fällige Lob anzubringen.

---

3 „Hallo, Primo, Carina spricht! Aus Salzburg, ja! Hör zu, Primo …"

4 „Also, wir sehen uns, Primo, vielen Dank! Tschüss!"

„Geben Sie zu, Sie konnten schon vor dem Sommer Italienisch!" Er lachte gutmütig. „So wie Sie geredet haben, musste ich befürchten, die Stadt Salzburg sei endgültig von den Römern erobert worden."

„Ich war vom Gymnasium ein bisschen vorgebildet", erwiderte sie, „aber das ist schon Jahre her. Und als ich den Einstufungstest gesehen habe, den in der Schule in Feltre alle am ersten Tag machen müssen, wusste ich gleich, dass ich zu den Anfängern gehöre."

„Mich haben Sie auf jeden Fall schwer beeindruckt", antwortete Maringer. Nach einer kurzen Pause klopfte er auf die geschlossene Zeichenmappe und setzte fort: „Also, was haben Sie von diesem Herrn Primo erfahren?"

„Das ist sein Vorname, Chef!" Carina lachte über den nun wieder aufgeflammten Eifer ihres Vorgesetzten. „Eigentlich nicht viel. Sein Freund, der die Ausstellung organisiert hat, heißt Alessandro Gemmari. Von ihm waren auch die meisten Bilder. Primo hat mir seine Nummer gegeben. Ihm selbst sagen die Anfangsbuchstaben Z und L nichts. An das gezeigte Porträtbild kann er sich aber erinnern."

„Dann rufen wir doch gleich diesen Gemmari an", schlug Maringer vor, doch sie schüttelte den Kopf.

„Er malt im Freien und ist tagsüber meistens unterwegs. Außerdem hat er in einem fürchterlichen regionalen Veneto-Dialekt geredet, wenn mich meine Erinnerung an den Ausstellungsbesuch nicht komplett im Stich lässt. Aber ich weiß schon, was ich da mache."

Carina kritzelte eine weitere Notiz in ihren Kalender, danach erwiderte sie den fragenden Blick des Inspektors. Sie sagte: „Am Abend werde ich Gianluca anrufen, seine Handynummer habe ich nicht dabei. Das ist jener Lehrer an der Schule in Feltre, der sehr gut Deutsch spricht. Sagte ich das bereits? Naja, egal. Ich werde ihn jedenfalls bitten, sich mit Gemmari in Verbindung zu setzen. Er kann ihn alles fragen, was wir wissen müssen, über den Mann auf dem Bild, vielleicht auch über Aaron. Es wäre doch möglich, dass sich die beiden unterhalten haben."

Der Inspektor hielt mit seiner Begeisterung nicht hinter dem Berg. „Sie sind wirklich einmalig, Carina!"

Sie winkte verlegen ab, doch die Freude über seine Worte war ihr deutlich anzusehen.

„Morgen wissen wir mehr", sagte sie nur und stand auf. „Brauchen Sie mich noch?"

„Nein, Sie können gehen. Vielen Dank."

„Es macht Spaß, wenn die Dinge laufen."

Sie war schon fast aus der Tür, da rief Maringer sie noch einmal zurück.

„Sollten sich wichtige Neuigkeiten ergeben – meine Privatnummer haben Sie noch?"

„Steht alles da drin", antwortete Carina und winkte mit ihrem Adressbuch. „Bis morgen, Chef."

Die Tür fiel ins Schloss, er sah auf die Uhr. Kurz vor fünf, also war nun die Zeit für sein Telefongespräch gekommen. Der Inspektor griff nach dem Zettel mit Maria Gersts kleiner, gestochener Handschrift.

Zum Glück muss ich nicht italienisch reden, dachte er noch, holte sich mit der 0 eine Amtsleitung und wählte.

„Können Sie morgen zu mir in die Schule kommen, Inspektor? Es hat sich etwas getan."

Er sagte es ohne besondere Emotion in der Stimme; Maringer hatte einen Moment lang den Eindruck, ein vergessener Regenschirm wäre der Anlass für dieses Gespräch. Der zweite Gedanke führte zu Rothbauers Profession. Vielleicht hatte er seine Worte vorbereitet und auch die Art, wie er sie vermitteln wollte. Da der Inspektor bei seinem ersten Anruf nicht im Büro gewesen war, hätte er genug Zeit dazu gehabt. Doch alles blieb graue Theorie, ehe Maringer wusste, was der Lehrer ihm zu sagen hatte.

„Worum geht es, Professor?"

„Sie suchen noch immer nach einem Motiv für Aarons Freitod, nehme ich an", erwiderte der Lehrer. „Es wäre möglich, dass ich Ihnen dabei helfen kann."

„Werden Sie deutlicher." Der Ton des Inspektors legte an Schärfe zu; er hasste es, wenn ihm Informationen nur häppchenweise zugeworfen wurden – wie bei einer jungen Katze, damit sie in eine bestimmte Richtung lief.

„Ich möchte das nicht am Telefon besprechen." Rothbauer schien völlig ungerührt. „Morgen habe ich von 9:45 Uhr bis 10:35 Uhr eine Freistunde. Ich erwarte Sie im Sekretariat."

*Der redet doch wirklich mit mir, als ob ich einer seiner Schüler wäre!*

„Es wäre mir lieber, wenn wir uns sofort treffen." Maringer erhöhte weiter den Druck. „Auch von unserer Seite gibt es neue Erkenntnisse in der Sache."

„Nein!" Erstmals wurde die Eintönigkeit von Rothbauers Stimmlage von unvermuteter Hast durchbrochen. Der Inspektor hörte im Hintergrund ein leises Rascheln, dann sprach der Lehrer weiter. „Ich habe heute noch einen wichtigen Termin, den ich nicht verschieben kann. Sind Sie mit meinem Vorschlag einverstanden?"

Es blieb nicht viel übrig als zuzustimmen. Eine Vorladung konnte Maringer kaum begründen, denn Rothbauer war kein Verdächtiger, nicht einmal Zeuge.

„In Ordnung, ich komme morgen zu Ihnen." Der Inspektor wollte sich schon verabschieden, da fiel sein Blick auf die Notiz, welche er selbst Rothbauers Nummer beigefügt hatte. „Eine Bitte noch, Professor: Sie haben sicher Bilder, die Aaron gemalt hat. Könnten Sie mir ein paar davon zeigen?"

„Aber wozu?" Der Lehrer klang überrascht.

„Wissen Sie, ich bin ein absoluter Laie, was die Malerei betrifft." Er sah sich durch die offene Arroganz Rothbauers zu dieser Ausrede genötigt. „Vielleicht sind Sie in der Lage, das außergewöhnliche Talent Aarons mit entsprechenden Beispielen zu erklären?"

„Wenn Sie möchten, kann ich durchaus ... –"

„Es dient sozusagen dem Gesamtbild seiner Persönlichkeit." Maringer schnitt ihm absichtlich das Wort ab und fühlte sich nicht einmal schlecht dabei. „Dann also bis morgen Vormittag, Professor Rothbauer." Und schon hatte er aufgelegt.

Müde massierte sich der Inspektor den Nacken. Er hörte fernen Donner und schaute aus dem offenen Fenster. Flussaufwärts braute sich neuerlich ein Gewitter zusammen. Meteorologisch war Salzburg in der Tat eine besondere Stadt. Selbst wenn es den ganzen Tag über trüb gewesen war, konnte die Wetterlage dennoch umschlagen: von schlecht auf schlechter.

*Was kann sich nur so plötzlich ergeben haben, dass er mich sehen will?*

Mit einem Ruck stand Maringer auf. Die Frage war heute nicht mehr zufriedenstellend zu beantworten. Wenn er recht überlegte, hatten sie doch einige Fortschritte gemacht. Erstens war Aaron Schörflingers gute psychische und physische Verfassung – auch nach seinem Aufenthalt in Italien – durch das Gespräch mit Matthias Eipeldauer bestätigt. Da sein bester Freund keine Veränderung in der Art des jungen Mannes bemerkt hatte, schien die entgegengesetzte Einschätzung von Franz Rothbauer in diesem Punkt äußerst zweifelhaft.

Zweitens hatten sie mit dem Porträtbild des alten Mannes und den Vermerken auf der Rückseite vielleicht eine Spur zu Aarons Zeit in Feltre gefunden. Der Inspektor blickte von oben auf die geschlossene Zeichenmappe. Seine an Rothbauer gerichtete Bitte, von Aaron gemalte Bilder zu sehen, hatte einen anderen Hintergrund als den am Telefon genannten. Deshalb entschied er gegen seinen ursprünglichen Plan und würde die Mappe morgen nicht in die Schule mitnehmen.

Die dunkle Wolkenbank kam bedrohlich rasch näher, und Maringer beeilte sich, den Parkplatz zu erreichen. Er musste noch einkaufen und einige Kleidungsstücke aus der Reinigung holen. Mit raschen Bewegungen schloss er das Fenster, fuhr in sein Jackett und marschierte durch das Vorzimmer zum Treppenhaus.

Die Wurstverkäuferin im Lebensmittelmarkt an der Alpenstraße war gut gelaunt wie selten, und so konnte der Inspektor nicht widerstehen. Eingedenk des heutigen Mittagessens nahm er 200 Gramm *Prosciutto di San Daniele,* dazu frischen Liptauer, Gemüse und französisches Weißbrot. Das alles trug er wie einen kostbaren Schatz vor sich her und erreichte seine Wohnung im letzten Moment, ehe das Unwetter losbrach.

Als die kalte Platte angerichtet auf dem Tisch stand und ein *Chardonnay* vom steirischen Weingut Kapper geöffnet war, begann Maringer jenes Ritual, das ihn die oft bedrückende Schwere seiner Arbeit in wenigen Momenten vergessen ließ: Er stellte sich vor seine CD-Sammlung und ließ die Augen langsam über die vielen Titel schweifen. Die Spanne, bis er etwas Passendes fand, war für ihn ein exaktes Barometer seines Gemütszustandes – je schneller, desto besser.

An diesem Abend dauerte es zu seiner Freude keine fünf Sekunden, ehe er mit dem rechten Zeigefinger eine Plastikhülle aus der Reihe zog: die Cello-Suiten von Johannes Brahms, genial interpretiert von Yo Yo Ma, begleiteten ihn durch eine Zeit genussvoller Ruhe.

# Kapitel 12

Der nächste Arbeitstag begann für Inspektor Maringer mit schlechten Nachrichten: Carina Raichmann hatte ihren Lehrer Gianluca gestern Abend nicht erreicht, und auch Brigitte Schörflinger wusste keine Namen von Leuten, mit denen sich ihr Sohn in Feltre angefreundet haben könnte.

Zum Glück ist Präsident Strauß auf einer Schottland-Rundreise, dachte Maringer, der nicht recht wusste, womit er sich bis halb zehn beschäftigen sollte. Wenn ihm zu Ohren käme, dass ich mich seit drei Tagen mit einem lückenlosen Selbstmord herumschlage, würde er mich wohl auf der Stelle Ritzls Sonderkommission zur Aufklärung der Dämmerungseinbrüche zuteilen.

Er stand am Fenster und ließ wie so oft seinen Blick dem silbrigen Band der Salzach folgen. Widerwillig dachte er an die Schlussfolgerung, die Aarons Tod nach heutigem Stand der Dinge nahelegte. Es blieb nichts als eine Kurzschlusshandlung, in krassem Widerspruch zu seinem Wesen. Als hätte er unbedingt das Gegenteil von dem darstellen wollen, was er war. Dieses Zerrbild der – geglaubten – Wirklichkeit hinterließ bei den Angehörigen und Freunden nicht nur Trauer über den Verlust, sondern auch bohrende Fragen nach eigenen Fehlern. Der Schmerz mochte sich irgendwann durch die rasche Abfolge von Verpflichtungen und Alltäglichkeiten zurückziehen. Die Schuldgefühle aber würden bleiben, bei manchen ein Leben lang.

Natürlich gab es auch für eine scheinbar grundlose Überreaktion bestimmte Ursachen. Dem objektiven Betrachter erschienen sie manchmal verschwindend klein: die Zurückweisung durch ein Mädchen, ein selbst verschuldeter Autounfall mit dem ersten eigenen Wagen. Doch das passte ebensowenig ins Bild. Von einer Verliebtheit hatte Brigitte Schörflinger nichts erzählt, weder vor noch während des Sprachkurses. Die finanzielle Situation der Familie schätzte Maringer trotz der Unterstützung durch den Vater der Kinder als nicht so rosig ein. Aaron würde demnach kaum ein eigenes Auto besessen haben. Zudem gab es dafür keinerlei Notwendigkeit in einer Stadt, in der die öffentlichen Verkehrsmittel halbwegs funktionierten und das Radwegenetz sehr gut ausgebaut war. Und von Franz Rothbauer wusste der Inspektor: Aaron hatte meist das Rad benutzt.

*Mein Gott, darauf habe ich bisher komplett vergessen!*

Es mochte belanglos sein, doch er wollte sofort Klarheit schaffen. Der Inspektor setzte sich an den Schreibtisch, nahm den Telefonhörer zur Hand und wählte.

„Ich bin's noch einmal, Frau Schörflinger. Mir ist gerade etwas Wichtiges eingefallen. Können Sie mir sagen, ob Aaron am Sonntag Abend sein Fahrrad benutzt hat?"

„Nein", klang es knapp aus dem Lautsprecher. „Das Rad steht im Keller."

„Wie ist er dann auf den Mönchsberg gekommen?"

„Wenn er allein war, zu Fuß", erwiderte sie. „Aaron ist viel gelaufen, die Strecke auf den Berg gehörte zu seinem Training."

„Auch nachts?", wunderte sich Maringer, doch sie bejahte.

„Gerade im Sommer ist es um diese Zeit kühler. Außerdem sind kaum Leute unterwegs. Die Obdachlosen und Punker oben kannten ihn schon, da gab es keine Probleme."

*Mögliche Zeugen,* dachte Maringer und machte eine Notiz zu dieser beiläufigen Bemerkung. Er sagte: „Die Obduktion wird morgen abgeschlossen sein, es fehlt nur noch das toxikologische Gutachten. Am Nachmittag können Sie den Leichnam abholen."

„Wäre es möglich, Inspektor…" Auf einmal klang sie wieder zögerlich und leise. Nach drei Tagen waren diese Dinge noch viel zu unmittelbar, zehrten alle Kraft auf. „Ich habe Sam noch nicht erreicht… Können Sie ihn noch länger dabehalten?"

„Machen Sie sich keine Gedanken, Frau Schörflinger", erwiderte der Inspektor behutsam. „Ich werde alles veranlassen. Geben Sie mir einfach Bescheid, wann Sie den Begräbnistermin ansetzen wollen."

„Ich danke Ihnen", antwortete sie beinahe flüsternd und legte auf.

Wieder nur leere Kilometer, dachte er enttäuscht, doch das stimmte nicht ganz. Als er nach einem Blick auf die Uhr feststellte, dass er sich nun auf den Weg in die Schule machen musste, fiel dem Inspektor ein, was Rothbauer am Montag zu ihm gesagt hatte. Aaron war mit dem Rad zu ihm gekommen, „gegen sechs“. Das bedeutete, dass er danach noch zu Hause gewesen sein musste, um es in den Keller zu stellen.

Es wurde Zeit, die Befragungen auf die anderen Hausbewohner in der Peilsteinerstraße auszudehnen. Maringer musste die letzte Person finden, der Aaron vor seinem Tod begegnet war.

Das geschäftige, wuselige Treiben des ersten echten Schultages im Gymnasium am Franz-Josef-Kai traf den Inspektor ein wenig unvorbereitet. Im Vergleich dazu hatte dort vorgestern gespenstische Ruhe geherrscht. Offensichtlich hatte er die große Pause erwischt, denn der Platz vor dem Gebäude war mit Schülern, die in Gruppen beieinanderstanden und rauchten, geradezu überfüllt. Auf dem Weg von seinem Wagen zum Eingang befahl Maringer dem kleinen Polizisten in seinem Kopf, nicht hinzusehen. Wie viele von denen noch keine sechzehn Jahre alt waren, gehörte eindeutig nicht zu seinen unmittelbaren Aufgaben.

Die Begrüßung der Sekretärin war um einiges kühler als vor zwei Tagen.

„Professor Rothbauer kommt gleich“, sagte sie nur und schaute dann sofort wieder auf ihren Computerbildschirm. Maringer bedankte sich und studierte ein paar Plakate, die an eine große Pinnwand rechts von der Tür geheftet waren. Da ging es um Schüleraustausch, Nachhilfeunterricht und diverse Freigegenstände, die in diesem Jahr angeboten wurden.

Exakt mit dem Läuten einer schrillen Glocke öffnete sich die Tür zum Sekretariat, und Rothbauer kam herein. Seine Kleidung war von der gleichen unaufgeregten Eleganz wie zuletzt: dunkelbraune Anzugkombination, dazu ein schwarzes Hemd mit dünnen Längsstreifen und offenem Kragen. Er schüttelte dem Inspektor wortlos die Hand, wandte sich nur kurz an die Sekretärin.

„Frau Sigrist, ich bin in der nächsten Stunde für niemanden zu sprechen. Der Direktor ist davon informiert."

„In Ordnung, Professor."

„Folgen Sie mir, Inspektor Maringer", sagte der Lehrer nun und war schon an der Tür.

„Wo unterhalten wir uns?" Eine Gewohnheitsfrage, ob nun fehl am Platz oder nicht.

„In meinem Reich." Rothbauer zwinkerte der Bürodame zu, die nun doch nicht anders konnte, als den Polizeibeamten wie einen Alien anzustarren. „Im zweiten Stock befindet sich unser Zeichensaal. Dort kann ich Ihrem gestern geäußerten Wunsch besser entsprechen. Ich habe schon alles vorbereitet."

Maringer fand noch Zeit für einen Gruß und musste sich dann beeilen, um den kleinen, drahtigen Mann noch vor dem Treppenaufgang einzuholen.

Sie traten in einen großen, vom Sonnenlicht des Vormittages durchfluteten Raum. Die gesamte Rückwand wurde von Holzkästen eingenommen, die bis an die Decke reichten. An der Längsseite, den Fenstern gegenüber, hingen etwa fünfzehn Bilder – Maringer erkannte den Stil Aaron Schörflingers sofort. Aufmerksam betrachtete er eines nach dem anderen. Die meisten hatten Motive aus der Salzburger Altstadt zum Inhalt. Es waren auch zwei Landschaften darunter, bei denen dem Inspektor keine Zuordnung gelang. Den Entstehungsort des ersten Bildes in der Reihe kannte er jedoch genau: Die Anordnung von Dächern, die Spitzen der Klosterkirche von St. Peter, der Franziskaner- und der Kollegienkirche sowie der Kapuzinerberg im Hintergrund ließen nur einen Schluss zu. Maringer blieb davor stehen und musste sich zusammenreißen, damit er keinen Seufzer hören ließ.

„Eindrucksvoll, nicht wahr?"

Rothbauer hatte leise gesprochen, doch der Ton ernster Bewunderung war nicht zu überhören.

„Tatsächlich", stimmte der Inspektor zu. „Wie alt sind diese Bilder?"

„Viele stammen aus dem Unterricht während des letzten Jahres. Ein paar davon hat er auch mitgebracht. Die dürften zu Hause oder vor Ort entstanden sein."

Maringer griff den Gedanken auf. Er wies auf die Arbeit vor sich und fragte: „Wie ist es möglich, eine derartige Genauigkeit zu erreichen, wenn man nicht ständig vor Ort malt?"

„Entweder mit Hilfe einer guten Skizze oder durch ein photographisches Gedächtnis", antwortete Rothbauer. „Aaron war sehr gut darin, einmal Gesehenes zu einem späteren Zeitpunkt künstlerisch umzusetzen. Es ist wie bei einem Schriftsteller, der aus dem Gedächtnis eine erlebte Szene detailgetreu niederschreiben kann. Das Vorgehen eines Malers ist durchaus vergleichbar."

„Ich verstehe, Professor." Maringer nickte. Noch immer standen sie vor dem Bild, das den Titel *Blick vom Mönchsberg* hätte tragen können.

„Wann hat Aaron das gemalt?", wollte der Inspektor wissen.

„Vergangenen Juni. Es war seine Abschlussarbeit."

„Warum hat er die Bilder nicht mit nach Hause genommen?"

„Ich hatte sie noch dabehalten, um sie in den Sommermonaten zu katalogisieren", erklärte der Lehrer ohne Umschweife.

„Ist so etwas denn üblich?", wunderte sich Maringer.

„Natürlich geschah das in erster Linie aus persönlichem Interesse", gab er zu. „Ich wollte mir einfach die Möglichkeit nicht entgehen lassen, Aarons Entwicklung in Technik, Ausdruck und Motivwahl während der vier Jahre, in denen er bei mir im Unterricht war, auf wissenschaftliche Weise zu dokumentieren. Ich hätte ihm die Bilder schon zurückgegeben, doch dazu kam es nicht mehr."

Rothbauer ging zum Lehrertisch und öffnete eine darauf liegende Aktenmappe. Er holte ein zusammengefaltetes Blatt Papier heraus und sagte: „Aber jetzt weiß ich, wer die Bilder bekommen soll."

„Wer denn?" Maringer trat hinzu. „Was ist das?"

„Lesen Sie selbst", erwiderte er nur und hielt ihm das Blatt entgegen. Es war der Ausdruck einer E-Mail, datiert mit Sonntag Nachmittag. Die beiden Adressen – a.schoerflinger@hotmail.com als

Absender und franz.rothbauer@aon.at als Empfänger – speicherte der Inspektor sofort in seinem Gedächtnis ab.

Die Schrift war klein, er musste die Augen zusammenkneifen. Doch dieses Problem löste sich mehr und mehr in neblige Bedeutungslosigkeit auf, je länger er die Zeilen studierte.

*Sehr geehrter Herr Professor,*

*es ist komisch, wie schnell manche Dinge sich ändern können. Vor drei Wochen war ich noch vollkommen sicher, auf dem richtigen Weg zu sein, einem spannenden Weg, wo viele neue Abenteuer auf mich warten. Doch die zwei Wochen in Italien haben alles umgeworfen, und jetzt sehe ich keine Ziele mehr, kann nicht unterscheiden, was richtig und was falsch ist.*

*Eigentlich wollte ich mich nur mit der Sprache meiner zukünftigen Heimat beschäftigen und nebenbei ein bisschen trainieren, aber dann habe ich jemanden kennengelernt. Einen alten Mann, der früher einmal, so sagt er jedenfalls, ein ambitionierter Maler gewesen ist, ein hoffnungsvolles Nachwuchstalent – genau das, wofür auch Sie mich halten. Eine Arbeit von ihm war bei einer Ausstellung zu sehen. Nur eine, aber die war so toll, dass ich sie einfach nachzeichnen musste. Ein Selbstporträt, perfekt in Tiefe und Ausdruck. Ich habe es auch wirklich gut hingekriegt.*

*Weil der Organisator der Ausstellung mit ihm befreundet ist, konnte ich ihn treffen. Wir haben uns fast jeden Tag gesehen, sind spazieren gegangen, haben über Malerei geredet. Natürlich hat mich irgendwann die Lust gepackt, und ich durfte in seinem Atelier arbeiten, das er in einem alten Bauernhaus eingerichtet hat.*

*Zuerst war es schön, bei ihm zu malen, doch als er mir seine eigenen Bilder gezeigt hat, es müssen mehr als tausend sein, ist mir klar geworden, dass ich bei weitem nicht so talentiert bin, wie Sie mir immer gesagt haben. Das Wort geht mir nicht mehr aus den Ohren, das er verwendet hat: Natur-Dilettantismus. Ich weiß nicht, ob er es wirklich so negativ gemeint hat, wie es sich anhörte, er konnte nur gebrochen Deutsch, und mein Italienisch ist noch nicht berauschend. Aber seiner Ansicht konnte ich kaum widersprechen. Gegen diese ausgefeilte Technik, sein Wissen über Aufbau von Optik und Räumlichkeit, bin ich ein Dilettant.*

*Ich werde das Gefühl nicht los, zwei Menschen enttäuscht zu haben: Sie, Herr Professor, am meisten aber mich selbst. Ich hielt mich durch meine Freude am Malen für etwas Besseres als einen dumpfen Sportler, der nur wegen guter körperlicher Voraussetzungen in der Lage ist, Profi zu werden.*

*Ist da wirklich nicht mehr? Was geschieht, wenn ich mich verletze? Habe ich dann nichts, was mir Halt gibt? Und die wichtigste Frage: Ist Italien, die Wiege der Kunst, das richtige Land für mich, wenn meine einzige Begabung in einer Sporthalle zu Hause ist? Über so viele Dinge muss ich nachdenken, und so wenig Zeit bleibt mir bis Donnerstag, da werde ich schon in Bologna erwartet.*

*Ich habe Ihnen geschrieben, weil ich es kaum schaffen werde, Sie persönlich darauf anzusprechen. Vielleicht später, irgendwann.*

*Es tut mir leid, Sie enttäuscht zu haben. Die Bilder brauchen Sie mir nicht zu schicken, geben Sie sie einfach meiner Schwester Rachel.*

*Aaron Schörflinger*

Der Inspektor blickte auf die Zeilen und versuchte instinktiv, sich gegen die Zusammenhänge zu wehren, welche seine Gedanken bereits zu ziehen begannen. Er wollte nur die Wörter wirken lassen – sie sollten für sich selbst sprechen, ganz unabhängig von den Dingen, die er bisher erfahren hatte.

Zweifel und Unsicherheit quollen aus dem Text hervor wie schmutziges Wasser aus einem überlaufenden Kanal. Da sprach ein verstörter Mensch, den man offensichtlich mit brutalen Mitteln auf den Boden der Tatsachen zurückgeholt hatte. Es war selbst für Maringer verlockend zu glauben, dies hatte irgendwann passieren müssen – durch einen objektiven Experten, der nicht geblendet war von jahrelanger Bekanntschaft und persönlicher Eitelkeit. Inwieweit das Urteil stimmte, konnte der Inspektor nicht verifizieren. Auch er fand Aarons Bilder durchaus gelungen, aber seine Augen waren nun einmal die eines – bestenfalls – interessierten Amateurs. Dass die Begegnung Aarons mit dem Maler in eine entscheidende und hochsensible Lebensphase des jungen Mannes gefallen war, konnte man, je nach Vorliebe, mit Pech oder Schicksal benennen.

„Was halten Sie davon?", fragte Rothbauer, der die ganze Zeit über nur regungslos dagesessen war und auf seine Hände geblickt hatte.

„Wann haben Sie das bekommen, Professor?" Maringer hielt es nicht für klug, eine Meinung abzugeben, ehe er sich genau überlegt hatte, wie diese neue Entwicklung zu bewerten war.

„Gestern Nachmittag war ich nach längerer Zeit wieder online. Besonders viel kann ich mit meinem Computer nicht anfangen", antwortete der Lehrer. „Ich habe Sie auch sofort angerufen, aber nicht erreicht. Am Abend musste ich dann zum Arzt."

„Was war Ihre erste Empfindung, als Sie die Mail gelesen haben?"

„Absoluter Schwachsinn!" Die Worte brachen aus ihm hervor, in lautem, erregtem Zorn. „Wenn ich nur wüsste, wer dieser sogenannte Maler ist! Damit ich ihm klarmachen könnte, was er da angerichtet hat! Dilettantismus, dass ich nicht lache!" Er verstummte, bedeckte das Gesicht mit den Händen, atmete schwer. Als er Maringer wieder anblickte, war alle Lebendigkeit verschwunden, die bisher stets aus seinen Augen geleuchtet hatte. Er sagte leise: „Vielleicht trage auch ich Schuld. Es kann sein, dass ich ein bisschen zu euphorisch war in meinem Urteil. Aber Sie müssen mir trotzdem glauben, Inspektor. Aaron *hat* ausgezeichnet gemalt, und er *war* sehr talentiert. Wenn ich nur geahnt hätte, dass ihn abschätzige Bemerkungen so aus der Bahn werfen …"

Das war in der Tat ein unerwarteter Knick im Persönlichkeitsbild des jungen Mannes. Maringer musste hier zustimmen. Es hatte keinen Hinweis auf Labilität gegeben, weder von der Familie noch von seinen Freunden und Bekannten. Zielstrebig, ehrgeizig, selbstbewusst – diese Schlagworte waren in allen Gesprächen gefallen. Da nahm sich das nun vorliegende Indiz, ein negatives Urteil über sein

Hobby habe zum Selbstmord geführt, wirklich mehr als sonderbar aus.

Doch was schwarz auf weiß zu lesen stand, konnte zumindest einer Überprüfung unterzogen werden. Maringer faltete das Blatt zusammen und stand auf.

„Vielen Dank, dass Sie mich so schnell informiert haben, Professor. Das hier wirft wirklich ein völlig neues Licht auf die Sache."

„Was … was werden Sie jetzt machen?"

Maringer bemerkte das Zögern in seiner Stimme, überlagert vom Schmerz einer vielleicht mitverschuldeten Endgültigkeit. Er konnte sich vorstellen, was die letzten Zeilen seines Lieblingsschülers für Rothbauer bedeuteten, und so antwortete er: „Ich muss die Mail von meinen Leuten auswerten lassen und Brigitte Schörflinger zeigen, auch wenn das schwer für sie wird."

„Es ist notwendig, sie versteht es sicher", erwiderte der Lehrer lethargisch. Er schien um Jahre gealtert, wirkte kraftlos und müde. Beim Aufstehen verzog er das Gesicht, als würde sein Körper die Arbeit nicht mehr ertragen. „Kann ich sonst noch etwas für Sie tun?"

„Das können Sie", nickte der Inspektor. „Ich möchte gerne diese Bilder mitnehmen." Er wies mit einer knappen Handbewegung nach rechts.

„Zu welchem Zweck?"

Der Hinweis, dies ginge ihn nichts an, war mehr als angebracht, doch Maringer sagte es trotzdem.

„Wir haben jetzt zwei Meinungen über Aarons künstlerische Qualitäten, Ihre und die des italienischen Malers. Eigene Vorlieben mögen dabei eine Rolle spielen, doch es wundert mich, dass die Urteile von zwei Experten so weit auseinanderliegen. Ich werde mich um eine dritte Einschätzung bemühen, die möglichst objektiv ist."

Der kleine Mann streckte sich, um die einzelnen Blätter zu lösen, die er mit Klammern an einer Wandschiene befestigt hatte.

„Wenn Sie wollen, kann ich Ihnen gerne jemanden vermitteln."

„Nein, danke", lehnte Maringer das Angebot ab. „Ich kenne selbst die geeignete Person."

„So, da sind sie." Rothbauer trat wieder an den Lehrertisch und gab ihm den gesamten Stoß.

„Hätten Sie vielleicht eine Mappe oder ein großes Kuvert für mich?" bat der Inspektor. „Der Wind ist heute sehr stark, und bis ich zu meinem Auto komme ..."

„Natürlich, warten Sie einen Moment", erwiderte Rothbauer. Er ging – nun wieder mit erstaunlich raschen Schritten, die kleine Streckungsübung von vorhin hatte wohl Wunder gewirkt – durch den Raum an die Hochschränke, tat einen sicheren Griff und kam mit einer Zeichenmappe zum Inspektor zurück. Dessen Bitte hatte sich bezahlt gemacht, nicht nur des Windes wegen, der in der Tat beträchtlich war. Die Mappe entsprach exakt jener, die er in Aarons Zimmer gefunden hatte, mit dem Porträt des alten Mannes als oberstem Inhalt. Der gleiche weiße Karton, die gleiche Größe. Und der Gedanke an jenes Gesicht ließ in Maringer eine Erkenntnis aufblitzen, die neuerlich alles umwarf, zum zweiten Mal innerhalb einer halben Stunde. Jetzt wusste er, dass sein Verzicht, die anderen Bilder von Aaron zu diesem Gespräch mitzubringen, möglicherweise von unschätzbarem Wert für die Ermittlungen sein konnte.

Die beiden Männer gingen nebeneinander zur Tür des Zeichensaales. Bevor Rothbauer öffnete, fragte er: „Wie groß ist meine Schuld an Aarons Tod, Inspektor Maringer?"

Vor einer Minute hätte der Angesprochene noch schlechtes Gewissen hinter der leisen Stimme vermutet. Nun war es berechnende Zurückhaltung.

„Das müssen Sie für sich entscheiden, Professor", gab er zur Antwort und fügte ohne Pause hinzu: „Es wäre mir recht, wenn ich irgendwann erfahren könnte, zu welchem Schluss Sie gekommen sind."

Maringer verzichtete auf den eigentlich üblichen Händedruck und verließ das Schulgebäude.

In seinem Volvo warf er die Mappe auf den Beifahrersitz und massierte sich die Schläfen. Nichts durfte übereilt werden – eine Mahnung, die er immer wieder an seine Kollegen richtete, galt nun vor allem für ihn selbst. Doch die Idee von vorhin ließ ihn nicht mehr los.

Irgendetwas an dem Brief war faul. Diese Überzeugung hatte Maringer nicht aus den Zeilen gewonnen, auch nicht durch das Gespräch mit dem Lehrer.

Sie entstammte einer Frage, die ihm Franz Rothbauer *nicht* gestellt hatte.

# Kapitel 13

Endlich spürte Inspektor Maringer eine Spannung in sich hochsteigen, die er bisher in diesem Fall vermisst hatte. Sie verschaffte ihm den längst notwendigen positiven Energieschub, trieb ihn aber auch zur Eile. Für welchen Tag hatte Marianne Ortlieb ihm den Obduktionsbericht versprochen, für heute oder morgen? Egal, er musste ohnehin mit ihr reden. Zuerst fuhr er jedoch nach Liefering in der Hoffnung, Brigitte Schörflinger war noch nicht ins Krankenhaus unterwegs, um ihre Tochter abzuholen. Unterwegs brach Maringer das Gesetz: Er fischte das Mobiltelefon aus der Tasche und rief im Büro an.

„Hat die Kollegin Raichmann heute Nachmittag Dienst, Frau Gerst?", fragte er seine Sekretärin. Erst hatte er die Polizistin gleich in die Peilsteinerstraße bestellen wollen, doch dann erkannte er den frühen Abend als bessere Tageszeit, um die Hausbewohner nach Aaron zu befragen. Seine Anwesenheit war dabei nicht erforderlich.

„So ist es, Inspektor", lautete die knappe Antwort.

„Richten Sie ihr aus, sie soll um vier Uhr in mein Büro kommen." Nach einer großzügig angelegten Kopfrechnung, die Anzahl der Wohnungen betreffend, setzte Maringer fort. „Es wird so um die drei Stunden dauern."

„Sonst noch etwas?"

„Ja, ich muss mich dringend mit Dr. Ortlieb treffen. Rufen Sie bei ihr an und vereinbaren Sie ein Mittagessen um halb eins im üblichen Lokal."

„Und wenn Sie keine Zeit hat?", klang es betont sachlich aus dem Lautsprecher.

„Dann bitten Sie um einen Gegenvorschlag und melden sich bei mir." Maringer überlegte, doch es fiel ihm nichts mehr ein. „Das ist vorläufig alles. Danke, Frau Gerst."

Er drückte die *Ende*-Taste und legte das Telefon auf die weiße Zeichenmappe, die Gedanken schon bei der Frage, ob es sinnvoll war, Brigitte Schörflinger gleich mit dem Mail zu konfrontieren. Nach einigem Hin und Her – der übliche Stau auf der Ignaz-Harrer-Straße ließ genug Zeit dafür – hielt er es für unvermeidlich, auch wenn es ihr nicht leicht fallen würde. Ihre Einschätzung darüber, was ihr Sohn offensichtlich kurz vor seinem Tod geschrieben hatte, war zu wichtig, als dass er große Rücksichten nehmen konnte. Weiters musste er überprüfen, ob … –

Sein plötzliches Bremsmanöver, eher durch den Instinkt des langjährigen Autofahrers eingeleitet als durch eine bewusste Reaktion, kam in letzter Sekunde. Es geschah vor einer Kreuzung, ausgelöst durch einen blitzblauen Fiat Multipla, dessen Fahrer bereits das grüne Blinken der Ampel als ultimative Aufforderung zum Stehenbleiben betrachtet hatte. Maringers Mobiltelefon wurde von der Fliehkraft gegen das Handschuhfach geschleudert und kam im Fußraum zu liegen. Er fluchte über den unbedarften Lenker vor seiner Nase, mehr aber über seine eigene Gedankenlosigkeit. Hätte er das kleine Ding ins Fach unter dem Autoradio gelegt, wäre nichts passiert.

*Ich werde wohl in eine Freisprechanlage investieren müssen,* überlegte der Inspektor zerknirscht und stellte fest, dass auch die Zeichenmappe vom Beifahrersitz gerutscht war. Wenigstens hatte sie sich nicht geöffnet.

Vor dem Wohnhaus fand Maringer einen schattigen Parkplatz, was seinen Ärger ein wenig milderte. Sein Handy war durch den Aufprall unbeschadet geblieben, wie er nach Drücken einiger Tasten zufrieden registrierte.

Erst wollte er die Bilder mitnehmen, dann entschied er sich ein zweites Mal dagegen. Der Inspektor suchte nach der richtigen Klingel links neben dem Eingang, doch ehe er sie drücken konnte, wurde die Tür geöffnet.

„Genau zu Ihnen möchte ich, Frau Schörflinger", sagte er zu der blonden Frau, die ihn überrascht ansah. In der linken Hand hielt sie eine mittelgroße rotweiße Sporttasche, in der rechten einen Autoschlüssel.

„Ich muss Rachel aus dem Krankenhaus holen, Inspektor", erwiderte sie, blieb jedoch in der Tür stehen. „Haben wir nicht vor ein paar Stunden miteinander telefoniert?"

„Das haben wir", bestätigte der Inspektor und nickte. „Doch jetzt gibt es eine neue Entwicklung. Ich muss Sie bitten, noch einmal mit mir nach oben zu gehen."

„Aber Rachel wartet auf mich!"

„Es dauert höchstens zehn Minuten", erwiderte er und hob begütigend die Hand. „Bitte, es ist wirklich wichtig."

Brigitte Schörflinger zuckte mit den Schultern und trat zur Seite, damit er ins Stiegenhaus gelangen konnte.

„Sie sind der Polizist, ich die einfache Hausfrau", meinte sie nur lakonisch. „Die Rollen sind also klar verteilt. Kommen Sie, Inspektor."

Sie saßen am Küchentisch, vor Maringer stand ein Glas Leitungswasser. Aufmerksam betrachtete er ihr Gesicht, als sie das E-Mail las. Dabei erlebte er eine Überraschung: Statt der erwarteten Traurigkeit über Aarons Worte trat mit Fortdauer der Sekunden zunehmende Verwirrung in ihre Züge. Schließlich schüttelte sie den Kopf, hielt dem Inspektor das Blatt entgegen und sagte: „Was da steht, ist blanker Unsinn. Aaron hat sich nach seiner Rückkehr aus Italien ganz anders verhalten."

Die Überzeugung in ihrer Stimme ließ keinen Zweifel aufkommen. Wiewohl Brigitte Schörflinger vom Tod ihres Sohnes stark getroffen worden war, hörte Maringer keine Verweigerung der Realität heraus. Auch nicht den Versuch, Aaron in einem besseren Licht erscheinen zu lassen.

„Auch ich kann mir keinen Reim darauf machen", bestätigte er, „nach allem, was ich von Ihnen und seinen Freunden über Ihren Sohn gehört habe. Trotzdem, das Mail ist ein Indiz für… nun ja, für unsere bisherige Theorie über den Hergang."

„Inspektor Maringer, ich habe Ihnen schon einmal gesagt, dass ein Selbstmord von Aaron für mich nicht infrage kommt", erwiderte die Frau. Ihre Augen hielten seinem Blick in einer Art kämpferischer Ruhe stand. „Außerdem haben Sie seine Bilder gesehen, die er in

Italien gemalt hat. Wie ich ihn kenne, hätte er eher den Pinsel für immer weggelegt, als sich das negative Urteil dieses Mannes so zu Herzen zu nehmen."

„Sie haben sich deutlich ausgedrückt, Frau Schörflinger, ich verstehe." Maringer addierte ihre Worte zu seiner persönlichen Einschätzung und sah seinen Vorbehalt stetig wachsen, was den Brief betraf. Verdachtsmomente stellten sich jedoch erst durch stichhaltige Beweise als richtig heraus, und so behielt er diesen in Gegenwart von Aarons Mutter für sich. Stattdessen sagte er: „Können Sie mir einen anderen Brief zeigen, den Aaron geschrieben hat? Oder vielleicht ein Schulheft?"

„Ich denke, er hat nach der Matura alles weggegeben ... nein, warten Sie! Da gibt es doch etwas!"

Sie stand rasch auf und verließ den Raum. Nach drei Minuten kam sie zurück und hatte einige linierte, eng beschriebene Bogen Papier in der Hand, die am linken Rand zusammengeheftet waren.

„Das ist Aarons Maturaarbeit in Deutsch. Sie war so gut, dass ihm sein Lehrer eine Kopie gegeben hat. Normalerweise ist das nicht üblich."

Da die Prüfung handschriftlich abgelegt worden war, konnte sie nur zum stilistischen Vergleich dienen. Dafür war keine Zeit, und der Inspektor besaß auch nicht die nötigen Fachkenntnisse. Trotzdem bedankte er sich; der kleinste Hinweis mochte hilfreich sein.

„Glauben Sie etwa, jemand könnte die Mail manipuliert haben?", fragte sie.

„Wir dürfen nichts außer Acht lassen", erwiderte Maringer.

„Aber aus welchem Grund? Es gibt niemanden, der Aaron schaden wollte."

Es widerstrebte ihm, seine Zweifel an der Redlichkeit Franz Rothbauers darzulegen. Es war nur eine diffuse Ahnung, die er nicht richtig benennen konnte. Außerdem traute er dem Lehrer den Mord nicht zu, weder physisch noch menschlich – auch wenn ihn eine möglicherweise inszenierte E-Mail nun zum ersten Verdächtigen stempelte. Also antwortete er nur: „Aarons Zeit in Italien liegt noch immer im Dunkeln, Frau Schörflinger. Wir sind zwar dabei,

Kontakte zu knüpfen, doch bis jetzt ohne Ergebnis. Bevor wir nicht wissen, was sich dort tatsächlich abgespielt hat, sind alle Schlussfolgerungen sinnlos."

„Jedenfalls war er bei seiner Rückkehr ausgeglichen und fröhlich", beharrte sie. „Auch wenn ich mich wiederhole, Inspektor: Da gibt es kein Geheimnis. Aaron war immer offen zu mir, er hätte mir davon erzählt."

„Wenn wir aber davon ausgehen, dass er selbst die Mail geschrieben hat" – irgendetwas drängte ihn, noch einmal davon zu sprechen –, „wie lautet in diesem Fall ihr Urteil?"

Brigitte Schörflinger griff erneut nach dem einzelnen Blatt und studierte es.

„Je länger ich darüber nachdenke, desto unwahrscheinlicher scheint mir, dass es so ist", meinte sie schließlich. „Doch ich muss auch zugeben, dass ich an der Wortwahl durchaus meinen Sohn erkennen kann."

„Also, für den Fall? Nur angenommen?", stellte Maringer seine Frage ein zweites Mal.

„Dann muss er wirklich etwas Gravierendes erlebt haben", gab sie zu, um jedoch sofort einzuschränken: „Trotzdem, es führt nicht gleich jede tiefe Enttäuschung zum Selbstmord."

„Natürlich nicht, Frau Schörflinger, Sie haben recht", stimmte der Inspektor zu und stand auf. „Jetzt möchte ich Sie jedoch nicht länger aufhalten. Rachel wartet." Er zeigte auf die Maturaarbeit. „Kann ich das mitnehmen? Unsere Spezialisten sollen einen Blick darauf werfen."

Sie schob die Blätter über den Tisch. „Wenn Sie es für nützlich halten, nur zu."

Sie gingen gemeinsam nach unten. Auf dem Parkplatz reichte Inspektor Maringer der Frau die Hand und sagte: „Vielen Dank, dass Sie sich die Zeit genommen haben. Grüßen Sie Rachel von mir. Ich freue mich schon darauf, sie kennenzulernen."

„Wenn Sie das nächste Mal vor einem Besuch anrufen könnten, wäre es mir lieber, Inspektor", lautete ihre Antwort.

„Eigentlich tue ich das", sagte er, ohne sich rechtfertigen zu wollen. „Nur heute war es leider nicht möglich. Auf Wiedersehen." Er wandte sich ab, doch dann fiel ihm etwas ein. „Verzeihen Sie, eine letzte Frage noch: Hat der PC in Aarons Zimmer Internetanschluss?"

Sie schüttelte den Kopf.

„Der war alt, den konnten wir nicht mehr aufrüsten. Erst zu Rachels Geburtstag im November wollten Aaron und ich einen neuen kaufen."

„Wo hat er dann seine Mails geschrieben?"

„In der Schule oder bei Freunden, manchmal auch in Internetcafés."

„Alles klar. Ich danke Ihnen vielmals."

Brigitte Schörflinger nickte nur, ging zu einem alten Mazda 121 und fuhr davon.

Die Uhr im Wagen des Inspektors zeigte kurz vor halb zwölf. Seine Sekretärin hatte sich nicht gemeldet. Sohin sah er das gemeinsame Mittagessen mit Marianne als bestätigt an. Der erste Lichtblick des heutigen Tages, freute sich Maringer. Er würde ein bisschen zu früh in der Alpenstraße sein, aber dadurch hatte er auch Gelegenheit, die überraschenden Entwicklungen des Vormittages gründlich zu überdenken. Wieder kam ihm jene Frage in den Sinn, die sich aus Aarons E-Mail beinahe zwangsläufig ergab, besonders für Franz Rothbauer. Und trotzdem hatte er diese nicht gestellt. Auf die Meinung der Pathologin zu dieser Sache war er schon neugierig.

Die Terrasse des Fischlokals *Pier 17* war noch völlig leer. Maringer konnte sich den besten Tisch aussuchen, im Schatten eines riesigen Kastanienbaumes, der bis über das vierstöckige Gebäude ragte, das neben einem Einkaufszentrum auch Wohnungen und Büros beherbergte. Gleich nachdem ihm der Kellner einen halben Liter eisgekühltes Mineralwasser gebracht hatte, las er die angeblich von Aaron Schörflinger stammende E-Mail noch einmal, mit höchster Konzentration, Zeile für Zeile. Der Inspektor suchte nach Ungereimtheiten im Ausdruck, nach auffälligen Änderungen im Satzbau und in der thematischen Reihenfolge. Doch der Text schien wie aus einem Guss, als hätte sein Verfasser ihn ohne Unterbrechung geschrieben. Auch die Sprache war adäquat für einen Achtzehnjährigen. Knapp und präzise vermittelte er anfängliche Freude, danach Zweifel und schlussendlich die große Enttäuschung, doch nicht jenem Bild zu entsprechen, das ihm durch den Spiegel eines anderen vorgehalten worden war.

Der Inspektor dachte an die Freunde von Aaron Schörflinger, mit denen er bisher gesprochen hatte. Er war überzeugt, sowohl Matthias Eippeldauer als auch Heinrich Schwab würden das Mail auf gleiche Weise einschätzen wie Aarons Mutter. *Ich habe vergessen, Brigitte Schörflinger nach weiteren Namen aus dem Bekanntenkreis ihres Sohnes zu fragen,* fiel ihm ein. *Schön langsam werde ich anfangen müssen, mir ein paar Dinge aufzuschreiben.*

Maringer seufzte, doch er wusste auch, dass diese Information ohnehin nicht viel gebracht hätte. Das Herbstsemester hatte für die Studenten noch nicht begonnen. Wahrscheinlich waren viele von Aarons Klassenkollegen noch irgendwo in der Welt unterwegs. Oder überhaupt schon in eine andere Stadt gezogen, um diesen neuen Lebensabschnitt in neuer Umgebung anzutreten. Nach der Maturafeier waren die jungen Leute sicher auseinandergestoben wie verblühter Löwenzahn, den der Wind in alle Winkel der Welt verblasen kann – bisweilen dorthin, wo man nicht damit rechnet.

Es blieben also auf der einen Seite zwei Indizien für Selbstmord – die Absturzstelle und der Brief – sowie auf der anderen Seite die Vorgeschichte des Opfers und alle Aussagen, die gegen diese Version sprachen. Ein Verbrechen war weit und breit nicht in Sicht, wie hoch der Inspektor auch auf den Berg der halben Vermutungen und zweitklassigen Hinweise hinaufstieg.

Je länger sein Denken den Fall in losen Ellipsen umkreiste, desto klarer wurde ihm die Bedeutung der zwei italienischen Wochen, wie Maringer es ein wenig salopp formulierte. Von dort stammten die wenigen Fakten, die er bisher als überprüft ansehen konnte. Die Existenz des alten Malers war eine Tatsache, ebenso dass Aaron seinerseits viel Zeit in künstlerische Tätigkeiten investiert hatte. Aus der Erwähnung der hervorragenden Deutschmatura schloss der Inspektor auf eine hervorragende Sprachbegabung des jungen Mannes. Also dürfte er außerhalb des Unterrichts genug Zeit für andere Dinge gehabt haben. Deshalb gab es nun zwei Zeichenmappen; Maringer würde sie mit *Schule* und *Ferien* beschriften. Was er selbst jeweils darin gesehen hatte, ließ seine Vermutung, mit dem Brief würde irgendetwas nicht stimmen, immer deutlicher anklopfen. Und dann gab es ja noch die Frage, die nicht gekommen war. Wo … –

„Ich sehe dich im Schatten mit deinem Lieblingsgetränk, also bist du glücklich und zufrieden."

Er vernahm die Stimme hinter seinem Rücken, doch ehe sich Maringer umdrehen konnte, stand Dr. Marianne Ortlieb schon an seiner Seite und klopfte ihm lachend auf die Schulter.

„Grüß dich, Raimund. Was verschafft mir die unerwartete Ehre deiner Einladung zum Mittagessen?"

Er stand auf, erwiderte ihren Gruß, und sie küssten einander auf beide Wangen. Irgendwann hatten sie dieses Gesellschaftsritual übernommen, das dem Inspektor bis vor kurzem als affektiert und unehrlich erschienen war. Er hatte jedoch feststellen müssen, Herzlichkeit konnte ohnehin nicht an der Art der Begrüßung gemessen werden, sondern nur daran, wie sie praktiziert wurde. Die zarte Berührung von Mariannes Lippen auf seiner Haut fand er … na ja, zumindest anregend.

Marianne öffnete den Knopf ihrer Kostümjacke und setzte sich. Der braun karierte Stoff gehörte eigentlich schon mehr in den Herbst, wirkte aber sehr elegant, durch den passenden Rock und die dunkelbraunen Pumps. Um den Kragen der weißen Bluse lag eine schmale Perlenkette, die Maringer schon kannte – es war jene für den Wochentagsgebrauch, wenn die Pathologin einen Termin außer Haus hatte.

„Wirst du mir heute auf den Pfad eines Mittags-Sushi folgen?", fragte sie und lächelte ihn dabei schelmisch an. Maringer verzog nicht mehr das Gesicht, wie er es früher öfter getan hatte. Da er sich durch das Lösen seines letzten Falles zu diesem – für ihn äußerst gewagten – Geschmacksexperiment verpflichtet hatte und auch zu seinem Wort gestanden war, kannte er mittlerweile die Wirkung von kaltem Reis und glitschigem, rohem Fisch auf seinen Gaumen. Er war nicht daran gestorben, doch dieses Gericht der traditionellen japanischen Küche würde wohl nie den harten Aufnahmekriterien in die Liste seiner absoluten Lieblingsspeisen (davon gab es nicht wenige!) entsprechen können. Also lehnte er ab, kam aber nicht umhin, das mit einer Ausrede zu tun.

„Bist du nicht die vehementeste Verfechterin von warmen Speisen im Sommer?", neckte Maringer sie und lächelte zurück. „Ich erinnere mich an literweise heiße Suppe und ähnliche Folterwerkzeuge."

„Du hättest Scheidungsanwalt werden sollen", erwiderte Marianne schlagfertig, „spezialisiert darauf, der gegnerischen Partei das Wort im Mund umzudrehen. Ich sprach von der Schädlichkeit *kalter* Getränke im Sommer, nicht von der Nützlichkeit warmer Speisen."

„Trotzdem mag ich deinen Kühlschrankreis nicht", insistierte er und winkte den Kellner herbei. „Wir möchten gerne bestellen."

„Hey!", rief die Pathologin belustigt. „Ich habe noch gar nicht in die Karte geschaut!"

„Wozu auch? Du nimmst doch ohnehin immer das Gleiche", sagte Maringer mit Unschuldsmiene. An den Angestellten des Lokals gewandt, fragte er: „Was wäre heute besonders empfehlenswert?"

„Eine Paella nach Art des Hauses, mit frischen Meeresfrüchten", lautete die Antwort des hoch aufgeschossenen jungen Mannes mit millimeterkurzem Bürstenschnitt.

„Warmer Reis!", rief der Inspektor seinem Gegenüber erfreut zu. „Das wäre doch auch für dich einmal etwas anderes, was meinst du?"

„Zwei Portionen bitte", sagte Marianne nur und reichte beide Speisekarten über den Tisch. „Dazu für mich eine Kanne Grünen Tee."

„Sehr gern." Der Kellner machte eine Notiz und entfernte sich mit langen Schritten.

„Was ist denn los mit dir?", fragte Marianne staunend. Ihre

Augen hinter der modernen Designerbrille schienen größer als gewöhnlich. „Ich kann mich nicht erinnern, dich jemals so aufgekratzt gesehen zu haben."

„Seit heute Vormittag ist Bewegung in den Selbstmord-Fall gekommen", erläuterte er den Grund für seine plötzliche Heiterkeit und zwinkerte ihr dabei fröhlich zu. „Ich weiß zwar nicht, in welche Richtung es laufen wird, aber zumindest läuft es."

„Dabei habe ich den Obduktionsbericht noch gar nicht fertig", meinte sie. „Das wird bis morgen dauern. Aber erzähl: Was hat sich plötzlich ergeben?"

„Dieser Lehrer des Opfers, Franz Rothbauer, hat mich heute angelogen. Und er hat mir eine E-Mail von Aaron gezeigt, die aller Wahrscheinlichkeit nach gefälscht ist."

„Kannst du es beweisen?"

„Nein." Der Inspektor schüttelte den Kopf. „Aber mein Gefühl sagt mir zu deutlich, dass ich richtig liege. Natürlich werde ich die Mail an die Kriminaltechniker weitergeben, doch es gibt noch ein anderes Indiz. Und um das zu überprüfen, brauche ich deine Hilfe."

„Ich bin zu jeder Schandtat bereit." Aus Mariannes Stimme sprach konzentriertes Interesse. „Was kann ich tun?"

„Ich muss ein wenig ausholen, damit du die Zusammenhänge verstehst", begann er und berichtete von Aaron Schörflinger, bis das Essen serviert wurde. Als er zu den beiden Zeichenmappen kam – deren Titel *Schule* und *Ferien* hatte der Inspektor schon ganz in seinen Sprachgebrauch integriert –, wurde die Pathologin hellhörig.

„Du willst also die in Italien entstandenen Bilder mit den anderen vergleichen lassen? Um zu klären, ob die Enttäuschung in dem Brief einen plausiblen Hintergrund hat?"

„Nicht deswegen", widersprach Maringer. „Ich bin schon einen Schritt weiter. Aus der *Ferien*-Mappe habe ich mir nur eine Arbeit genauer angeschaut, eben dieses Porträt, das Aaron selbst erwähnt hat. Es ist nicht nur gut, Marianne, es ist eindrucksvoll. Für sein Alter geradezu brillant."

„Aber wenn du schon weißt, dass die Arbeiten besser geworden sind, warum dann überhaupt ein Vergleich?"

„Weil mich interessiert, *in welcher Form* sie besser geworden sind." Maringers Augen glänzten vor Begeisterung über seine Idee. „Ich muss wissen, wie sich sein Stil entwickelt und was er bei dem alten Mann gelernt hat. Das könnte bei der Suche nach ihm hilfreich sein."

Das Essen wurde gebracht, und er lehnte sich zurück, um dem Kellner das Servieren zu erleichtern. Als sie wieder allein waren, setzte er fort: „Du bist doch sehr interessiert an Kunst und Kultur. Kennst du eine geeignete Person, die sich die Bilder anschauen würde? Sie müsste auch in der Lage sein, mir die Unterschiede in verständlichen Worten zu erklären."

„In den Galerien der Stadt gibt es ein paar Experten, aber keiner davon würde sich gerne damit abgeben", meinte Marianne. „Außer du verpflichtest sie als Polizeibeamter dazu, doch auch dann würde es dir nicht viel nützen. Die meisten von denen fühlen sich als Vertreter einer Kulturmetropole nur den großen, bekannten Künstlern verpflichtet. Ihr Urteil würde wahrscheinlich zwischen *schlecht* und *schlechter* pendeln." Sie lud ein wenig von der safrangelben Speise auf ihre Gabel und kostete. „Mmmh, herrlich", schwärmte sie. „Du hast einen guten Riecher gehabt, Raimund. Buchstäblich."

„Die Behörde dankt", erwiderte er pflichtschuldigst und widmete sich nun auch seinem Teller. Die Paella schmeckte hervorragend und war zudem äußerst appetitlich angerichtet. Halbierte Kirschtomaten sowie Streifen von grünem und gelbem Paprika bildeten die Verzierung am Rand des Reishügels, in dessen Mitte Muscheln, Scampi und andere Meerestiere kunstvoll drapiert waren. Die farbenfrohe Komposition ließ den Genuss für die Geschmacksnerven auch zu einem Fest für die Augen werden.

„Aber du glaubst immer noch an Selbstmord, oder?", fragte die Pathologin, nachdem sie ihren Teller so gründlich geleert hatte, als gäbe es dafür einen Nachschlag.

Maringer nickte. „Aber nicht aus Frust über den zerstörten Traum von einer Malerkarriere. Das ist es nämlich, was Rothbauer mir weismachen wollte." Er legte das Besteck aus der Hand und fuhr sich mit der Serviette langsam über den Mund. „Völliger Schwachsinn, wenn du mich fragst. Aaron war Spitzensportler, er hatte bereits einen Vertrag bei einem Profiverein in der Tasche. Da soll er sich das Leben nehmen, nur weil er nicht so gut malt, wie sein Lehrer gesagt hat? So etwas macht kein Mensch."

Der Kellner räumte den Tisch ab, und sie bestellten noch zwei Espressos.

„Was war der tatsächliche Auslöser, deiner Meinung nach?"

„Keine Ahnung", musste der Inspektor zugeben. „Aber irgendwas ist in Italien passiert, wovon ich noch nichts weiß."

„Was hält Präsident Strauß von der Sache?"

„Der ist in Schottland auf Urlaub. Ehrlich gesagt kommt mir das im Moment nicht ungelegen. Er wäre wohl kaum begeistert, dass ich mich mit einem lückenlosen Selbstmord so lange beschäftige."

„Warum tust du es, Raimund?" Sie schaute ihm in die Augen; offen und voll Zuneigung, wie er feststellte.

„Weil in der Sache nichts stimmig ist", gab Maringer zurück. „Bevor ich nicht mit Sicherheit sagen kann, es war kein Mord, muss ich mich damit auseinandersetzen."

„Dass es einen einfacheren Weg gibt, ist dir aber klar."

„Natürlich, Marianne." Von der Leichtigkeit, mit der sie ihn durchschaute, am falschen Fuß erwischt, schaute er in seinen Kaffee. „Selbstmord, aus einem unkontrollierbaren Gefühlsausbruch heraus, vielleicht Versagensangst." Als er den Kopf wieder hob, war sein Blick ernst geworden, zum ersten Mal in dieser gemeinsamen Mittagsstunde. „Es tut mir leid, aber ich kann diesen Weg nicht gehen."

„Deshalb mag ich dich so gern", sagte sie und fuhr mit ihren langen Fingern sanft über seinen linken Handrücken. „Du gibst dich nicht mit geglätteten Oberflächen zufrieden, wenn du darunter noch etwas anderes vermutest. Auch dann nicht, wenn es bedeutet, diese Flächen mühevoll abkratzen zu müssen. Diese Eigenschaft ist selten geworden."

„Hör auf, mich zu loben", wehrte er ab. Doch in seinem Gesicht war zu lesen, wie sehr er sich über ihre Worte freute.

Sie bezahlten und gingen gemeinsam zum Stiegenhaus, das in die Tiefgarage führte. Maringer, der noch eine Nachspeise hätte vertragen können, aber zugleich wusste, die Pathologin hatte einen viel weiteren Weg zu ihrem Arbeitsplatz als er selbst, sagte auf dem Weg nach unten: „Übrigens, ich habe vergangenen Samstag eine wunderbare Konditorei entdeckt. Die Torten sind einmalig, und ich habe gelesen, dass sogar das Eis noch selbst produziert wird."

„Das klingt ganz nach deinem Geschmack", meinte Marianne lachend. „Wo denn?"

„Den Namen hatte ich eben noch ... Moment." Der Inspektor kramte seine Karte hervor und steckte sie in den Parkscheinautomaten. Als er nach Kleingeld suchte, um den ausgewiesenen Betrag zu begleichen, fiel es ihm ein. „Schweiger, genau. Das Café Schweiger an der Kreuzung, wo man nach Maria Plain hinauffährt."

„Ja, das kenne ich, dort ist es wirklich fein. Gleich daneben gibt es ein Restaurant, wo wir auch einmal ... –" Marianne wollte ebenfalls ihre Karte entwerten lassen, doch mitten in der Bewegung blieb ihre Hand in der Luft stehen. „Hoppla! Schweiger sagst du! Klar, das ist es!" Darauf begann sie eilig in ihrer Handtasche zu graben. Bald kam ein kleines Adressbuch zum Vorschein.

„Hm?", machte der Inspektor nur und zog erstaunt die Augenbrauen hoch. Er schaute interessiert zu, wie sie in dem Büchlein blätterte und schließlich fündig wurde.

„Ich kenne doch jemanden, der dir bei den Bildern helfen könnte", erklärte Marianne den Grund für ihren plötzlichen Aktivitätsanfall. „Mehr noch, die Dame wird sehr erfreut darüber sein, wenn du sie besuchst."

Jetzt war auch Maringer neugierig geworden. „Wen meinst du?"

„Die Freundin einer Freundin. Wir treffen uns hin und wieder zum Ratschen." Sie lachte hell auf. „Das hört sich jetzt sicher furchtbar nach alten Klatschtanten für dich an. Ist es wahrscheinlich auch, aber Lilo ist eine wirklich interessante Person."

„Wie heißt die Dame?", fragte er nach in der Annahme, nicht richtig verstanden zu haben.

„Liselotte Czernin, aber ihre Freunde nennen sie Lilo. Sie ist Akademische Malerin und Restauratorin." Marianne tippte dem Inspektor mit dem Zeigefinger auf die Brust. „Eigentlich hast du mich auf sie gebracht. Unsere Treffen finden nämlich immer beim Schweiger statt. Leider sind sie so selten, dass ich vorhin nicht daran gedacht habe."

„Glaubst du, sie hat kurzfristig Zeit?", fragte er weiter und war in Gedanken schon dabei, seinen Plan für den Nachmittag umzustellen.

„Ich denke schon, sie ist bereits pensioniert. Trotzdem werde ich sie vorher anrufen und dir Bescheid geben."

Inzwischen waren sie beim roten Audi A3 der Pathologin angekommen. Wie selbstverständlich hatte Maringer sie begleitet.

„Ich danke dir, Marianne", sagte er und widerstand dem Impuls, die Arme um ihre Schultern zu legen. Stattdessen wiederholten sie ihre Begrüßung, das gegenseitige leichte Berühren der Wangen. „Mit dir zu reden ist schön wie mit niemandem sonst", sagte Maringer noch.

„Ich rufe dich im Büro an, sobald ich mit Lilo geredet habe", erwiderte sie leise. Er sah in ihren grauen Augen ein kurzes Blitzen, konnte sich später jedoch nicht mehr daran erinnern.

# Kapitel 14

Knapp vor vier trat Carina Raichmann ins Büro des Inspektors, wie immer die Polizeikappe unter dem rechten Arm und – auch wie immer – ein fröhliches Lachen im Gesicht.

„Spezialauftrag, Carina", sagte Maringer nach der Begrüßung. „Aber vorher erzähle ich Ihnen, was sich heute schon Bedeutendes getan hat." Er wies auf einen Stuhl vor seinem Schreibtisch, und die junge Frau setzte sich.

„Franz Rothbauer hat mir heute eine E-Mail gezeigt, die angeblich von Aaron stammt", begann er seinen Bericht. „Doch ich bin sicher, dass der werte Herr Professor da irgendwie manipuliert hat. Ich weiß nur noch nicht wie und warum."

Maringer reichte ihr das Blatt über den Tisch. Als Carina gelesen hatte, meinte sie wie selbstverständlich: „Klar ist da was faul. Der Name fehlt nämlich."

„Welcher Name? Was meinen Sie?", fragte er überrascht.

„Na, hier schreibt er doch von dem Selbstporträt des Malers, das wir schon kennen", erklärte sie. „Und dass er ihn getroffen hat und bei ihm malen durfte. Trotzdem erwähnt er nie seinen Namen. Komisch, oder?"

„Sie sind wirklich gut." Der Inspektor nickte anerkennend. „Daran habe ich gar nicht gedacht. Jetzt haben wir schon zwei Indizien, dass der Brief eine Fälschung ist."

„Zwei?", erwiderte sie und sah auf das Blatt in ihrer Hand. „Habe ich etwas übersehen?"

„Nein, das können Sie nicht wissen. Aber es hat ebenfalls mit dem Bild von dem alten Mann zu tun. Ich habe mit Rothbauer lang und breit über die Mail gesprochen, doch er hat niemals nach dem Porträt gefragt, von dem Aaron da schreibt." Maringer trommelte mit den Fingern auf die Schreibtischunterlage. „Wenn er wirklich so interessiert ist an der künstlerischen Entwicklung seines Schülers, müsste er sich doch nach einer Arbeit erkundigen, die der junge Mann als besonders gelungen erachtet, finden Sie nicht?"

„Überhaupt sind die Bilder wirklich schön, die Sie mir gezeigt haben, Chef", sponn Carina den Gedanken weiter. Der Inspektor hob aber mahnend die Hand.

„Hier dürfen wir keine voreiligen Schlüsse ziehen", sagte er. „Wir können nicht sagen, von welchem Standpunkt der Mann in Italien bei seiner Beurteilung ausgegangen ist. Aber es gibt eine Möglichkeit, die Qualität von Aarons Malerei ziemlich objektiv bewerten zu lassen."

Er berichtete ihr vom Mittagessen mit Marianne Ortlieb und seiner Idee, Aarons Schulbilder mit den später entstandenen vergleichen zu lassen. Den Termin dafür hatte er bereits.

Die Pathologin hatte ihn wie versprochen angerufen. „Heute Abend um 19 Uhr."

Die Adresse war ihm ungefähr bekannt. Mariannes Warnung am Ende ihrer Unterhaltung klang dagegen eher ungewöhnlich. „Nimm dich vor dem Hund in Acht, Raimund! Ein preisgekrönter Spaniel, aber furchtbar schlecht erzogen."

„Muss ich ihm einen großen Knochen als Friedensgabe mitbringen?", antwortete Maringer lachend, doch sie verneinte.

„Behalt lieber deinen Teller im Auge, wenn er in der Nähe ist."

„Ich werde daran denken."

„Und was ist mein Spezialauftrag?", wollte Carina wissen. „Soll ich Ihnen die Bilder einzeln ins Licht halten?"

„Wäre nett, aber das bezahlt Vater Staat leider nicht", gab der Inspektor den Scherz zurück. „Mir ist noch eine Ungereimtheit aufgefallen, was den vergangenen Sonntag betrifft. Aaron war gegen sechs Uhr am Abend bei Franz Rothbauer, dessen Worten zufolge mit dem Fahrrad. Brigitte Schörflinger sagte mir aber, das Rad steht im Keller, wie üblich."

„Das bedeutet, er muss auf den Mönchsberg gegangen sein",

schloss Carina sofort. „Und er war nach dem Besuch beim Professor noch einmal zu Hause."

„Richtig", bestätigte Maringer. „Wir haben auch kein Rad gefunden, wenn Sie sich erinnern. Das gibt uns ein paar Hinweise über den vermutlichen Zeitablauf."

„Was soll ich also tun?"

„Reden Sie mit den Leuten im Wohnhaus. Vor allem mit den jungen, die ebenfalls Räder im Keller haben", wies er sie an. „Vielleicht hat irgendwer Aaron gesehen, als er seines eingestellt hat. Oder sogar mit ihm gesprochen."

„Ganz offiziell?"

Der Inspektor nickte. „Bis jetzt ist die Ursache für seinen Sturz noch immer ungeklärt. Erkundigen Sie sich auch allgemein nach Aaron und der Familie Schörflinger." Nach einer Pause lächelte er und fügte hinzu: „Wenn Sie einem besonders sportlichen Typen begegnen, können Sie ja fragen, wie lange man von Liefering bis auf den Mönchsberg braucht. Im Dauerlauf, versteht sich. Soviel ich mich erinnere, ist das genau Ihr Fachgebiet."

„Es sollte auch Ihr Fachgebiet werden, Chef", erwiderte Carina nicht ohne Schalk in der Stimme. „Da fällt mir ein, was den versprochenen Trainingsplan betrifft … –"

„…, vertagen wir das Gespräch auf später", unterbrach Maringer gekonnt. „Sie können gerne in die Peilsteinerstraße joggen, wenn Sie möchten. Ich lasse mir lieber von netten alten Damen einen Tee servieren und plaudere dabei ein bisschen über die schönen Künste."

„Machen wir einen Kompromiss, Chef." Carina blinzelte ihn vielsagend aus ihren blauen Augen an – ein untrügliches Zeichen für eine besonders spitze Bemerkung. „Ich nehme den Bus und verzichte während der Fahrt auf einen Sitzplatz. Sie verzichten dafür auf das Teegebäck. Deal?"

„Sollten Sie nicht längst unterwegs sein, Frau Kollegin?" Auch Maringer hatte Pfeile im Köcher: Über diese Anrede ärgerte sie sich noch immer.

„Schon gut, ich spiele Kugel und verrolle mich", gab sie vorerst klein bei und grinste.

„Morgen um acht treffen wir uns wieder hier zum gegenseitigen Austausch“, meinte er an der Bürotür. Da brach die Polizistin unvermittelt in schallendes Lachen aus.

„Was ist daran so lustig?“, fragte Maringer verdutzt.

„*Gegenseitiger Austausch* klingt nach einem Selbstfindungsseminar, bei dem jeder von seinen schlimmsten Weihnachten erzählen muss.“ Sie konnte nur mit Mühe sprechen, so sehr erheiterte sie seine Ausdrucksweise.

„Besprechung morgen um acht! Jetzt aber raus mit Ihnen!“ Er schob sie beinahe ins Vorzimmer, um nicht selbst loszulachen. *Zum Glück ist Frau Gerst heute schon gegangen,* dachte er und ließ die Tür ins Schloss fallen.

Pünktlich um 19 Uhr stand Inspektor Maringer vor einem grünen Gartentor am nördlichen Stadtrand von Salzburg. Er war nach Hause gefahren, um zu duschen und sich umzuziehen, hatte sich aber nicht so recht für einen Anzug entscheiden können. Wie erscheint man bei einer Akademischen Malerin zu einem inoffiziellen Gespräch? Schließlich hatte er, auch als Zugeständnis an die zurückgekehrte Spätsommerhitze, ein dunkles Hemd mit offenem Kragen sowie eine schwarze Hose gewählt. Alles Weitere würde wohl nicht so schwierig werden.

Doch vor dem niedrigen Holztor, die beiden Zeichenmappen *Schule* und *Ferien* unter dem linken Arm, war sich Maringer seiner Sache nicht mehr so sicher. Er fand zwar ein kunstvoll bemaltes Namensschild, auf welchem der preisgekrönte Spaniel zu sehen war, jedoch keine Klingel. Für einen lauten Ruf schien ihm die Distanz bis zum Haus zu groß und unangebracht, auch wenn das Grundstück am Ende einer Sackgasse lag.

Als nach fünf Minuten noch immer kein Mensch zu sehen war, drückte Maringer die Klinke nach unten. Das Tor ließ sich lautlos öffnen. *Warum einfach, wenn es kompliziert auch geht,* seufzte er in Gedanken über seine verquere Methodik. Er schritt vorsichtig über einen schmalen Pfad, der durch hohe Gräser, Sträucher und ihm völlig unbekannte Blumen führte. Vor den Stufen zum Eingang blieb er abrupt stehen.

„Prinzi! Wirst du wohl brav sein, du Schlingel!"

Die Stimme war hoch und überschlug sich beinahe vor Anstrengung, doch gegen das heisere Gekläffe, das trotz geschlossener Tür in beängstigender Lautstärke zu Maringer drang, konnte sie kaum etwas ausrichten. Er dachte an Mariannes Worte über das Haustier, schloss seinen Griff um die Bilder ein wenig fester und machte die letzten Schritte.

Neben dem Eingang gab es eine altmodische Zugglocke. Bevor der Inspektor diese aber betätigen konnte, wurde von innen geöffnet. Im nächsten Augenblick schoss etwas Braunweißes mit langen Haaren – mehr konnten seine Augen bei der Geschwindigkeit nicht wahrnehmen – unter ohrenbetäubendem Bellen auf ihn zu. Unwillkürlich nahm Maringer beide Arme ein bisschen höher – zum Schutz der Bilder, aber zu einem guten Teil auch aus Angst um seine Finger. Diese war jedoch unbegründet. Offensichtlich fand der Hund nur seine Hosenbeine und (frisch geputzten) Schuhe interessant.

„Prinzi! Wirst du hergehen, Schlingel!" Diese Worte verhallten so wirkungslos wie der Appell jedes neu gewählten UN-Generalsekretärs für Frieden in der Welt. Also richtete die große, korpulente Frau in der Tür ihre nächsten Worte direkt an den Inspektor. „Keine Angst, er tut Ihnen nichts. Er ist nur neugierig."

Der Inspektor versuchte daran zu glauben und streckte ihr über den Hund hinweg die rechte Hand entgegen. „Ich bin Raimund Maringer. Freut mich, Sie kennenzulernen, Frau Professor Czernin."

„Ach, lassen Sie das Professor weg. Kommen Sie herein." Und ohne Pause: „Prinzi, wenn du nicht gleich brav bist, kommst du ins Kammerl!"

Diesmal gehorchte der Hund, doch für den Inspektor lag die Vermutung nahe, Prinzi war eher daran gelegen, seiner Besitzerin nach drinnen zu folgen als brav zu sein. Wie auch immer, Maringer hatte nun Gelegenheit, sein Dasein als menschliche Statue zu beenden.

Im Inneren des alten Hauses herrschte grandiose Unordnung.

Zudem war es, bedingt durch kleine Fenster, ungewöhnlich dunkel. Sie kamen durch eine beinahe antiquarisch anmutende Küche und erreichten schließlich ein Esszimmer mit massiven Möbeln. Wandschrank und Kommode strotzten nur so vor Bildern in allen Größen und Formen. Dazu gab es Figuren, bemalte Teller und andere Ziergegenstände. Maringer betrachtete den – wie er es nannte – Krimskrams und wunderte sich, dass in diesem durchaus sympathischen Chaos die Sessel noch nicht als Stellflächen Verwendung gefunden hatten. Er setzte sich auf das eines jeden Museums würdige Stück mit geschnitzten Armlehnen, wählte jedoch die vordere Kante, um fürs Aufstehen später nicht zu viel Schwung zu benötigen. Prinzi wich nicht von seiner Seite, hechelte und blickte erwartungsvoll zu ihm auf.

„Sie mögen doch einen Tee, Inspektor?“, fragte Liselotte Czernin und hantierte bereits am gemauerten Küchenherd. „Grünen oder schwarzen?“

„Grünen, wenn es keine Umstände macht“, antwortete Maringer.

„Und eine Mehlspeise dazu?“

Einen Moment lang dachte er an die Unterhaltung mit Carina am Nachmittag, doch am Ende hielt er es für schiere Unhöflichkeit, das Angebot auszuschlagen.

„Sehr gerne.“ Wie leicht ihm diese Worte gefallen waren, musste Frau Kollegin ja nicht unbedingt erfahren.

Als alles auf dem Tisch stand und auch Prinzi mit seinem Abendessen beschäftigt war, ließ sich die Malerin mit einem leisen Ächzen auf der Eckbank nieder. Er schätzte sie auf ungefähr siebzig, vielleicht älter. Sie trug ein weites, ärmelloses Hauskleid, und Maringer empfand es neuerlich als ungerecht, dass der weibliche Teil der Menschheit auf dem Gebiet der Sommerbekleidung dermaßen bevorzugt wurde. Besonders die Zwänge des Business-Looks schrien geradezu nach einem europaweiten Volksbegehren.

„Wie kann ich Ihnen helfen?“, begann Lilo und beendete so sein stummes Streben nach wahrer Gleichberechtigung.

„Was hat Marianne erzählt, als sie bei Ihnen anrief?“, stellte er eine Gegenfrage. „Nur um zu vermeiden, dass ich mich wiederhole.“

„Sie sagte, es käme ein Polizist zu mir, der in Sachen Kunstverständnis etwas Nachhilfe benötigt."

„Nett von ihr", brummte der Inspektor und räusperte sich. Die Gelegenheit für eine passende Retourkutsche erwartete er bereits mit Vorfreude. „Also, ich habe hier Bilder von einem Maturanten. Jene in der Mappe *Schule* hat er im Lauf des letzten Schuljahres gemalt." Er sagte dies durch und durch sachlich, obwohl er schon liebend gerne von der verführerisch aussehenden Süßspeise gekostet hätte. Doch seine guten Umgangsformen behielten die Oberhand, und so setzte er fort: „Die anderen Arbeiten sind während eines Aufenthaltes in Italien entstanden, wo der junge Mann vermutlich Unterricht bei einem Ihrer Berufskollegen hatte. Was mich nun interessiert, sind die Unterschiede zwischen den beiden ... Sammlungen, wenn Sie so wollen."

Sogleich griff Lilo nach dem oberen der beiden weißen Kartonumschläge. Sie warf einen Blick hinein und schaute dann wieder auf Maringer, der beinahe regungslos dasaß.

„Probieren Sie doch meine Schnitten, während ich hier ein bisschen schmökere. Falls Sie einen Nachschlag wollen, es sind noch genug da." Ihre Stimme war gutmütig – wenn sie nicht gerade versuchte, ihren Hund zu bändigen –, ebenso ihre Augen. „Und lassen Sie den Tee nicht kalt werden."

Schon beim ersten Bissen merkte der Inspektor, dass Liselotte Czernin nicht nur auf dem Gebiet der Malerei Expertenschaft bewies. Die Süßspeise war von einer Qualität, wie es sie kaum zu kaufen gab. Das Biskuit war traumhaft locker, das gebackene Schneeklar hatte die genau richtige Steifigkeit. Auch der Tee war auf die Sekunde abgegossen, er schmeckte mild und aromatisch.

„Wirklich hervorragend, Ihre Bischofschnitte!", tat Maringer sein Lob entsprechend begeistert kund.

„Kardinalschnitte", verbesserte sie ihn mit einem kehligen Lachen.

„Oh, Verzeihung." Die Dessertgabel blieb auf halbem Weg zum Mund stehen. Das war wohl ein bisschen zu viel Euphorie gewesen.

„Macht nichts. Hauptsache, sie mundet", erwiderte Lilo mit Blick über ihre Halbbrille hinweg. „Wie gesagt, Sie können gerne noch ein zweites Stück haben. Ich trage meine Kardinäle nur portionsweise auf, weil sie im Kühlschrank besser frisch bleiben."

Wieder folgte ein kurzes Lachen, dann öffnete sie die Mappe *Ferien.* Als sie das nachgezeichnete Selbstporträt des alten Mannes erblickte, stieß die Malerin einen erstaunten Pfiff aus.

„Wirklich beeindruckend", meinte sie. „Ein Porträt war bei den ersten Bildern nicht dabei."

„Es ist auch das einzige", antwortete Maringer. Er legte die kleine Gabel auf den Teller und schob diesen ein wenig von sich. Es war nicht mehr als eine Geste, um des Anstands willen.

„Wollen Sie noch eine Schnitte?"

„Nein, danke." Auch wenn es ihm schwerfiel.

„Dann darf ich abräumen, damit wir ein bisschen mehr Platz haben?"

Alle kulinarischen Geister in ihm wollten energisch den Kopf schütteln und die Kardinäle aus ihrem kalten Gefängnis befreien. Trotzdem nickte Maringer. Wären sie in voller Schönheit vor ihm gestanden, hätte er dies wohl kaum fertig gebracht.

Als der runde Tisch leer war, legte Lilo das Porträt in die Mitte, um etwas mehr Distanz zu schaffen.

„Dieses Bild sticht heraus, aber es wirkt auch wie ein Fremdkörper", sagte sie nach einer Minute stummen Betrachtens. „Man könnte auch denken, es stammt von einer anderen Person."

„Es ist die Nachzeichnung eines Selbstporträts", erklärte der Inspektor. „Vielleicht liegt darin der Grund für Ihren Eindruck."

„Schon möglich", gab sie zurück und legte weitere Bilder auf. Drei Schulbilder auf der linken Seite, drei Ferienbilder rechts. Eine Weile besah sie sich alles genau, wechselte dabei immer wieder Position und Blickwinkel. Maringer vermutete, dies tat ihrem gebeugten Rücken nicht besonders gut. Er sah aber auch die Intensität und Konzentration, mit der die Frau ans Werk ging, also verzichtete er auf eine Bemerkung. Sie zu beobachen, hatte etwas Faszinierendes an sich.

Einige Wirbel knackten, als Lilo sich wieder aufrichtete, und ihr Ächzen war im Vergleich zu vorhin deutlich lauter geworden. Aber ihre kleinen Augen blitzten fröhlich, als sie sagte: „Die Sache ist eindeutig."

„Inwiefern?" Der Inspektor fragte, obwohl er es bereits wusste. „Wie lautet Ihr Urteil?"

„Die Bilder vom Sommer sind besser. Mindestens um eine Klasse, eher noch um zwei."

„Können Sie mir das erklären?"

„Die Anordnungen fallen besonders auf. Es gibt keine leeren Flecken auf den neueren Arbeiten."

„Ist das ein Fachbegriff?" Maringer bemühte sich, doch er konnte nicht folgen. „Ich meine, ich sehe keine Stellen, an denen das Papier ... –"

„Nicht weiße Flächen", unterbrach ihn die Malerin. „Ich sagte *leere Flecken.* Das sind kleine Ausschnitte, die keine Funktion haben und dadurch unausgefüllt wirken." Sie wies auf ein Bild der linken Reihe, eine Darstellung vom Leopoldskroner Weiher mit dem Schloss im Hintergrund. „Beginnen wir mit dem hier: Ihr Maturant hat zwar sehr schön die Stimmung rund um den See eingefangen, doch auf dem Wasser selbst fehlt etwas. Die Fläche ist konturlos. Entweder hätte er Tiere und ein paar Pflanzen dazu zeichnen müssen, oder dem Wasser verschiedene Färbungen geben. Die Andeutung von Wind wäre auch möglich gewesen."

Lilo verstummte und wandte sich dem Ausschnitt einer italienischen Landschaft zu, der daneben lag. Der Inspektor sah ein Tal mit einer kleinen Ortschaft in der Mitte, die umgebenden Berge waren von Mischwald bedeckt.

„Das ist ein gutes Beispiel für seine Fortschritte in puncto Perspektive. Der Wald ist stimmig, ebenso die Entfernungen der Häuser und der Wechsel zwischen Himmel und Wolken. Wirklich gekonnt." Sie schaute Maringer über ihre Brille an. „Ich wette, dass sich am unteren Talende ebenfalls ein Berg befindet, wo er gestanden ist."

„Man kann also sagen, seine Entwicklung war beträchtlich?", erkundigte der Inspektor sich.

Aus Lilos zustimmender Geste sprach große Überzeugung. „Ein direkter Vergleich noch, da wird es am deutlichsten."

Mit raschen Bewegungen nahm sie die Arbeiten vom Tisch. Nur das Selbstporträt, jenes vom Inspektor *Blick vom Mönchsberg* betitelte Bild und die Darstellung eines verfallenen Landhauses blieben zurück.

„Waren Sie in letzter Zeit einmal auf dem Mönchsberg?", fragte Lilo.

„Ja", antwortete er knapp. Die Erinnerung war nicht angenehm, weder an den kraftraubenden Treppenlauf noch an den Grund dafür.

„Dann schauen Sie das Bild genau an. Was fällt Ihnen auf?"

„Ehrlich gesagt…", murmelte der Inspektor nach einer Weile und wollte seine Suche schon mit dem Hinweis abbrechen, er lebe erst seit einem halben Jahr in Salzburg. Aber dann sah er es: Eine Kleinigkeit, und er freute sich, dahintergekommen zu sein. „Das Verhältnis stimmt nicht", sagte er. „Die Gassen sind zu schmal im Vergleich zu den Gebäuden."

„Absolut richtig", pflichtete die Malerin ihm bei. „Hingegen ist bei der alten Villa alles perfekt gelungen. Sehen Sie die einzelnen Fenster und Balkone? Die Verkleinerung von Vordergrund zu Hintergrund hat er fast maßstabsgetreu hinbekommen. Dazu Risse in der Mauer, fehlende Scheiben, kaputte Läden – alles ist da, exakt und mit selbstbewusstem Strich ausgeführt."

„Was ist Ihre abschließende Meinung, Frau Czernin?" fragte Maringer.

„Dass er sich verbessert hat, Ihr Maturant, ist eindeutig", antwortete sie. „Aber seine Bilder zeigen noch mehr. Ich bin absolut sicher, er hat während der Zeit in Italien einen Lehrer gehabt. Einen sehr guten noch dazu."

Ihre Worte brachten den Inspektor auf das zentrale Bild der Sammlung zurück. Er zeigte auf das Selbstporträt und wagte einen Schuss ins Blaue: „Haben Sie eine Ahnung davon, wer das sein könnte?"

Sie schüttelte den Kopf. „Ich habe schon darüber nachgedacht, doch das Gesicht ist mir völlig unbekannt. Wissen Sie es?"

„Vermutlich der Lehrer, den Sie erwähnten." Maringer sah keinen Grund, es zu verschweigen. „Und die Initialen *Z. L.*? Können Sie damit etwas anfangen?"

„Tut mir leid, nein."

Es war ohnehin nur ein Versuch gewesen. Der Inspektor war schon im Begriff aufzustehen, da erinnerte er sich noch an eine Frage, die er schon den ganzen Abend über hatte stellen wollen. Erst jetzt, am Ende des Gesprächs, fand er die Gelegenheit dazu.

„Ich will nicht neunmalklug erscheinen, aber Sie haben nie gefragt, welchen Hintergrund mein Besuch hat", meinte er. „Hat Marianne Sie doch informiert, oder ist es Ihnen gleichgültig?"

„Marianne hat kein Wort gesagt. Nur, dass Sie bei ein paar Bildern Hilfe brauchen", antwortete Lilo. „Sie sind Kriminalist, Herr Maringer. Die Sache dürfte also nicht besonders angenehm sein."

„Mir liegt nur daran, Sie nicht im Unklaren zu lassen, wo Sie mir so geholfen haben."

„Ich will es gar nicht wissen", erwiderte sie und hob abwehrend die Hände. „Ich besitze keinen Fernseher, und an der Zeitung interessieren mich nur die Kulturseiten und das Radioprogramm." Sie nahm die letzten Bilder vom Tisch und legte sie in die jeweils richtige Mappe zurück. „Erzählungen von Verbrechen verursachen mir höchstens schlechte Träume. Also bitte ich Sie, nach Möglichkeit darauf zu verzichten."

„Wie Sie wünschen", erwiderte der Inspektor, obwohl ihre Reaktion auf den gewaltsamen Tod des Urhebers der Bilder für ihn sehr interessant gewesen wäre. „Nur eines noch: Kennen Sie Franz Rothbauer?"

„Selbstverständlich", bestätigte sie. „Der unterrichtet am Franz-Josef-Kai. Jedenfalls hat er das bis zu meiner Pensionierung gemacht."

„Er tut es immer noch. Sind Sie ihm einmal begegnet?"

„Wir haben zusammen an ein paar Fachtagungen teilgenommen. Auch ich war lange an einem Gymnasium beschäftigt."

„Welchen Eindruck hatten Sie von ihm?", fragte Maringer weiter.

„Es ist schon lange her, doch ich denke, er muss ein recht umgänglicher Kerl gewesen sein", antwortete Lilo sinnend. „Ungute Leute streiche ich meist restlos aus meinem Gedächtnis."

„Ich danke Ihnen vielmals."

Jetzt hatte er alles Notwendige erfahren. Er griff nach den beiden Zeichenmappen, doch die Frau legte ihren rechten Arm darauf und sagte: „Ich habe in Ihren Augen gesehen, dass Sie noch eine Kardinalschnitte haben möchten."

Da ließ Maringer die Mappen los und ergab sich in sein – nicht allzu schweres – Schicksal.

# Kapitel 15

Am nächsten Morgen traf der Inspektor im Stiegenhaus auf Karl Ritzl, seinen Stellvertreter. Maringer wollte es auch diesmal bei einem sachlichen Gruß belassen, doch der hagere Polizist strebte direkt auf ihn zu, als er ihn bemerkte. Er war bester Laune, bei Ritzl eine absolute Seltenheit.

„Tolle Neuigkeiten, Inspektor!“, begann er. „Gestern hat die Dämmerungsbande wieder zugeschlagen … –“

*Wirklich toll!*, dachte Maringer zynisch. Sein Gesicht blieb jedoch völlig regungslos.

„… und zum ersten Mal hat jemand die Einbrecher gesehen! Jetzt können wir endlich Phantombilder anfertigen lassen.“

Obwohl er sich fragte, wie groß der unmittelbare Beitrag Ritzls zu diesem Erfolg gewesen sein mochte, antwortete der Inspektor: „Ich gratuliere Ihnen. Hat man sonst etwas gefunden? Zurückgelassenes Werkzeug vielleicht?“

„Nur ein Stemmeisen, nichts Brauchbares. Aber mit den Bildern können wir unsere Kartei durchforsten und den Täterkreis einschränken. Bald schnappen wir uns die Burschen, ich bin zuversichtlich.“

„Viel Glück weiterhin.“ Maringer wollte sich verabschieden – es war bereits kurz vor acht Uhr –, aber Ritzl schien neuerdings wohl Freude an Konversation mit seinem Vorgesetzten gefunden zu haben.

„Und wie sieht es bei Ihnen aus?“, fragte er. „Wie wurde der Selbstmord des Sportlers in seinem Verein beurteilt?“

„Es ist noch immer nicht klar, ob tatsächlich ein Suizid vorliegt.“ Der Inspektor sah Ritzls Augenbrauen in die Höhe wandern, und so ging er daran, die Unterhaltung, zu der er weder Lust noch Zeit hatte, ans Ende zu führen. „Entschuldigen Sie, Herr Kollege, aber ich werde schon erwartet. Wir können die Fälle gerne beim Mittagessen … –“

„Ich werde den ganzen Tag unterwegs sein“, wehrte der andere ab. „Vielleicht am Freitag oder nächste Woche.“

„Also dann“, antwortete Maringer nur, doch Ritzl war immer noch nicht fertig.

„Darf ich Ihnen trotzdem eine Frage stellen?“

„Inspektor, ich habe es wirklich eilig.“

„Wenn er nicht selbst gesprungen ist, muss ihn jemand hinuntergestoßen haben. Verraten Sie mir, wie das bei einem austrainierten Spitzensportler gehen soll?“

„Kann ich noch nicht sagen.“ *Carina wird mir ‘was erzählen, wenn ich sie so lange warten lasse,* dachte Maringer. Er hielt es aber dennoch für notwendig, anzufügen: „Es ist wie bei Ihren Dämmerungseinbrechern. Wenn es jemand getan hat, wird er einen Fehler machen, früher oder später.“

„Ja, wenn.“

„Einen schönen Tag, Herr Kollege.“

Die letzte Treppenflucht zu seinem Büro legte der Inspektor fast im Laufschritt zurück – ein unfreiwilliges Training, ganz ohne Gedanken an jene drei Kardinalschnitten, die er gestern Abend verzehrt hatte.

Im Vorzimmer herrschte traute Zweisamkeit. Da standen Kaffeetassen auf dem Schreibtisch, dazu ein Marillenkuchen, allem Anschein nach hausgemacht. Beide Damen, die da wie Lieblingsnachbarinnen saßen, schätzte Maringer außerordentlich, doch war ihm die Situation fremd. Die Sekretärin lachte, wie er es noch nie gehört hatte – offenbar hatte Carina gerade einen guten Witz erzählt.

*Wie soll man abnehmen, wenn man von Mehlspeisen umzingelt ist?,* dachte der Inspektor missmutig und spürte auf einmal Ärger in sich aufsteigen, Ritzl vorhin nicht rascher abgewimmelt zu haben.

„Guten Morgen, Inspektor!“, sagte Maria Gerst heiter und wischte sich mit dem kleinen Finger einen Biskuitkrümel aus dem Mundwinkel. „Ich hatte gerade Kaffee gemacht, als Fräulein Raichmann zu Ihnen wollte. So hat sich dieser kleine Plausch ergeben.“ Schnell ließ sie den letzten goldgelben Bissen verschwinden und fügte hinzu, was Maringer befürchtet hatte: „Wollen Sie ein Stück? Die Marillen sind heuer so saftig wie … –"

„Ab zum Rapport, Carina!" Es entsprach überhaupt nicht seiner Art, jemandem derart schroff ins Wort zu fallen, doch diesmal konnte er nicht anders. Erst Ritzl und dann auch noch Obstschnitten zum Frühstück! Der eine wollte ihn beruflich *vor*führen, die anderen kulinarisch *ver*führen! Da half nur der Rückzug in die eigenen vier Wände, selbst wenn es nur die seines Büros waren. Er stapfte an den beiden Frauen vorbei, den Blick starr nach vorne gerichtet, ließ die Tür offen. Die Polizistin zuckte nur verwundert mit den Schultern und tat wie geheißen.

„Gestern keinen Erfolg gehabt, Chef?", fragte sie auch gleich, als sie vor Maringers Schreibtisch Platz genommen hatte. Dieser ordnete mit übertriebener Genauigkeit diverse Dienstutensilien und griff schließlich nach einem leeren Blatt Papier samt Kugelschreiber. Erst danach setzte er sich ebenfalls.

„Im Gegenteil, dreimal zuviel Erfolg", antwortete er, nun schon weniger grantig. „Zweierlei sollte man zu Dienstbeginn von mir fernhalten, Carina: Mehlspeisen und Inspektor Ritzl."

„Ah, ich verstehe." Die junge Frau lächelte wissend. „Sie haben also meine Warnung bezüglich der Bewirtung bei Frau Czernin in den Wind geschlagen?"

„Sie wäre tödlich beleidigt gewesen, hätte ich nichts angerührt", rechtfertigte sich der Inspektor. „Außerdem waren ihre Kardinalschnitten … nun ja, nicht zu verachten."

„Da freue ich mich schon auf unseren nächsten Mönchsberggang", gab Carina wenig diplomatisch zurück. Doch sogleich verschwand die Ironie aus ihrer Stimme, als sie fortsetzte: „Und was war mit Ritzl?"

„Der hat mir großspurig unter die Nase gerieben, dass er drauf und dran ist, die Dämmerungseinbrecher zu schnappen", kam die Antwort eher gebrummt als gesprochen. „Die sind noch so dämlich und laufen ihm direkt in die Arme."

„Gönnen Sie ihm den Erfolg nicht?", fragte die Polizistin erstaunt. „Das wäre mir neu."

Maringer verneinte. „Das spielt keine Rolle. Er hält unsere Beschäftigung mit Aaron Schörflinger für reine Zeitverschwendung. Wahrscheinlich denkt er, ich mache aus einem klaren Selbstmord einen unklaren Mord."

„Und Ihre Reaktion?"

„Ich habe ihm ein Gespräch über beide Fälle angeboten, doch das wollte er nicht." Der Inspektor seufzte, wohl aus Befürchtung, die Einschätzung seines Stellvertreters könnte mehr als nur ein Körnchen Wahrheit in sich tragen. Dann schüttelte er den Gedanken ab und sagte: „Lassen wir das, Ritzl ist nicht unser Problem. Zurück zu gestern."

„Gute Idee", stimmte Carina zu, „was hat die Expertin zu den Bildern gesagt?"

„Was wir erwartet haben. Sie sah sofort, dass die in Italien entstandenen Bilder besser sind. Mehr noch, sie ist überzeugt davon, dass Aaron dort einen Lehrer gehabt haben muss."

„Den Mann auf dem Porträt?"

„Möglich, aber den kannte sie nicht."

„Ich habe seinen Namen erfahren, Chef", sagte die Polizistin so ansatzlos, als hätte sie nur darum gebeten, das Fenster öffnen zu dürfen. „Die Initialen auf der Rückseite des Blattes sind tatsächlich seine."

„Wunderbar!", lobte Maringer. „Also haben Sie diesen Gianfranco erreicht?"

„Gianluca, Chef!" Sie lachte. „Ja, wir haben lange telefoniert. Er hat mehr erzählt, als ich wissen wollte." Carina wandte den Kopf zum Fenster und fügte sinnend hinzu: „Mir ist schon in Feltre aufgefallen, dass er sich ein bisschen in mich verliebt hat."

*Wer könnte ihm das verdenken,* dachte der Inspektor, sagte aber nichts.

„Jedenfalls, Z. L. steht für Zaco Lenta", berichtete sie weiter. „Der Gestalter jener Ausstellung hat bestätigt, dass das Selbstporträt von ihm stammt."

„Und?" Maringer wartete gespannt auf die Details. „Lassen Sie sich nicht alles aus der Nase ziehen!"

„Leider ist da nicht viel mehr. Laut Alessandro Gemmari – dem Kurator – lebt Lenta sehr zurückgezogen in einem alten Bauernhaus am Rand eines Dorfes in der Nähe von Feltre. Er verlässt das Dorf nur äußerst selten und hat das Bild erst nach langem Drängen zur Verfügung gestellt."

„Konnte sich Gemmari an Aaron erinnern?"

Diesmal nickte sie. „Er weiß, dass sich die beiden kennengelernt haben. Mit Aaron hat Gemmari nur ein bisschen Konversation gemacht über den Kurs in der Sprachschule, mehr nicht." Carina machte eine Pause, dann fragte sie: „Hätte ich Gianluca von seinem Tod erzählen sollen?"

„Das bringt kaum etwas", meinte Maringer. „In der Schule würde man es registrieren, doch Lenta erfährt wohl nicht davon, so wie Sie ihn schildern. Außerdem: Was hätten Sie auf Fragen nach der Ursache gesagt? Ein Selbstmord ist furchtbar, kommt aber vor. Und einen Mord können wir nicht beweisen."

„Auch wieder wahr."

„Wie hat der Lehrer Aarons Verhalten während des Unterrichts beschrieben?", griff er einen anderen Aspekt auf.

„Er hat nie gefehlt, zeigte sich ehrgeizig und interessiert", erwiderte Carina. „Nur am Nachmittagsprogramm, das aus Besichtigungen und Ausflügen besteht, hat er nicht teilgenommen."

*Das deckt sich nun wieder mit dem Brief,* dachte der Inspektor, wobei ihm auch einfiel, er hatte sich noch nicht um die Hilfe eines Sachverständigen gekümmert. Er schrieb *Textvergleich!!!* auf das noch leere Blatt vor sich und widmete seine Aufmerksamkeit wieder der Polizistin.

„Keine Auffälligkeit? Streit mit anderen Kursteilnehmern?", fragte er.

„Nein, nichts", antwortete sie. „Aaron hat während der zwei Wochen in einer WG mit drei bayrischen Jugendlichen gewohnt. Gianluca meint, sie hätten sich ausgezeichnet verstanden."

„Burschen oder Mädchen?"

„Das habe ich nicht gefragt", gab sie zögernd zu. „Aber ich kann gerne … –"

„Schon gut“, winkte Maringer ab. „Wie ich Aaron einschätze, wäre er mit einer unglücklichen Verliebtheit sicher anders umgegangen, als sich deshalb vom Mönchsberg zu stürzen. Und seine Mutter hat auch gesagt, er sei immer offen gewesen und habe keinerlei Geheimnisse vor ihr gehabt.“

Carina blies mit hörbarer Enttäuschung Luft aus.

„Das heißt, wir sind keinen Schritt weitergekommen“, meinte sie, die Stirn kraus gezogen. „Auch meine Gespräche in dem Wohnhaus haben nicht den geringsten Hinweis gebracht.“

„Auch nicht, was Aarons Fahrrad betrifft?“, hakte der Inspektor trotzdem nach. Wie erwartet schüttelte sie den Kopf.

„Es ist ein 08/15-Mountainbike, das zwischen lauter anderen 08/15-Rädern steht, ohne besondere Farbe oder aufwendige Ausstattung.“ Carina nahm ihre Polizeikappe, die sie bisher auf den Oberschenkeln balanciert hatte, in beide Hände und betrachtete sie gedankenverloren. „Das Bike ist im Keller, doch sein Fehlen würde niemandem auffallen.“

„Und die Gespräche?“

„Das Übliche, Chef“, hörte er sie sagen, noch immer mit ihrer Kappe beschäftigt. „Alle haben ihn gemocht, alle sind bestürzt über seinen Tod, keiner kann sich einen Grund dafür vorstellen.“

Maringer dachte nach. Sein Blick fiel auf die zuvor gemachte Notiz, die ihn an die E-Mail erinnern sollte. Er bezweifelte noch immer deren Echtheit, auch wenn sich einige darin gemachte Andeutungen als wahr herausstellen sollten. Der junge Mann hatte einen Zeichenlehrer gehabt, darauf war von Liselotte Czernin mit aller Deutlichkeit hingewiesen worden. Dass er die Nachmittage in Feltre nicht mit den anderen Schülern verbracht hatte, war nun auch bestätigt. *Irgendwie ungewöhnlich,* überlegte der Inspektor und sagte zu seinem Gegenüber: „Sie waren doch auch vor ein paar Wochen in dieser Schule, Carina. Wie ist das Flair dort? Kommen die Schüler nur aus Deutschland und Österreich?“

„Ganz im Gegenteil“, meinte sie. „Die Leute kommen von überall her. In meinem Kurs waren sogar Teilnehmer aus Japan und Russland.“

„Wie ist das möglich?“, wunderte sich Maringer. „Haben Sie mir nicht erzählt, der Reiz liegt darin, dass es sich um eine kleine Privatschule in einer kleinen Stadt handelt?“

„Schon richtig“, stimmte die Polizistin zu. „Aber die Mundpropaganda funktioniert ausgezeichnet. Ich bin ja auch nur durch den Tipp einer Freundin aufmerksam geworden. Laut Statistik – das erzählt Dottore Gianni am Beginn eines Kurses immer besonders stolz – kommt über die Hälfte der Teilnehmer aufgrund des guten Rufes der Schule nach Feltre. Sprachinstitute gibt es in Italien wie Sand an der Adria, Chef. Für den Dottore und seine Leute spricht, dass beinahe vierzig Prozent seiner Kunden *Wiederholungstäter* sind, wie der Direktor selbst es ausdrückt.“

„Und wie sind die Altersgruppen verteilt? Nur junge Leute oder eher gemischt?“

„Gianluca meint, es ist ganz unterschiedlich. In den Sommermonaten sind Schüler und Studenten natürlich in der Mehrheit, weil sie Ferien haben und den Kurs oft für ihren regulären Unterricht brauchen.“

Carinas Worte hatten seinen gedanklichen Ansatz von vorhin nun so weit verdichtet, dass der Inspektor ihn vorbrachte: „Finden Sie das nicht seltsam? Da ist ein junger, aufgeweckter Mensch mitten unter einer Gruppe von Altersgenossen, die ihn schon durch ihre verschiedene Herkunft interessieren müssten. Dazu kommt das höhere Bildungsniveau der Leute – einen teuren Italienischkurs tut man sich nur an, wenn man erstens wirklich mehr über das Land und seine Kultur erfahren möchte und zweitens bereit ist, seine Urlaubszeit mit Lernen zu verbringen.“ Maringer stand auf, trat ans Fenster. Eine Weile betrachtete er den Fluss und den regen Vormittagsverkehr auf den Brücken. „Und trotz dieser positiven Voraussetzungen für neue Bekanntschaften schottet er sich ab, verbringt die freien Stunden immer getrennt von den anderen. Welchen Schluss können wir daraus ziehen?“

„Dass ihn die Begegnung mit Zaco Lenta wirklich sehr stark beeinflusst hat“, führte die Polizistin seine Gedanken punktgenau zu Ende.

„So ist es." Er nickte, noch immer am Fenster stehend. „Wir haben also doch einen Schritt gemacht. Bis gestern war Franz Rothbauer die einzige undurchsichtige Figur in diesem Spiel – der Joker, wenn Sie wollen. Nun kommt der Maler dazu, von dem wir nicht mehr wissen als seinen Namen, und dass er zurückgezogen in einem Bauernhaus lebt."

„Soll ich noch einmal mit Gianluca reden?", bot sie an. „Oder doch gleich mit diesem Gemmari, damit er den Alten auftreibt?"

„Das wäre der direkte Weg, er könnte sich aber aus zwei Gründen als kontraproduktiv herausstellen. Sie können nicht sicher sein, Lenta richtig zu verstehen, falls er die Gegend wirklich nie verlassen hat und nur Dialekt spricht."

„Aber Gianluca versteht ihn, der stammt doch von dort", warf die Polizistin ein. „Er ist bestimmt gerne bereit … –"

„Problem Nummer zwei löst das aber nicht", unterbrach Maringer. „Was wollen Sie Lenta sagen? Wenn wir uns an die Fakten halten – und Aarons Mail gehört nun einmal dazu –, hat er mit seiner negativen Aussage einen jungen Menschen in den Selbstmord getrieben."

Der Inspektor trat an den Schreibtisch und blickte eine Weile auf das bedrückend leere Blatt auf der Unterlage, ehe er sich wieder setzte.

„Aber Sie und ich sind doch überzeugt, dass dieses Ding ein Fake ist", gab Carina zu bedenken, doch Maringer ließ das nicht gelten.

„Wir wissen es noch nicht mit Sicherheit. So oder so, irgendeine Begründung für unsere Fragen müssten wir nennen. Um den vermuteten Suizid kommen wir also nicht herum. Wie reagiert der Mann darauf? Er streitet alles ab. Noch einfacher, er legt den Hörer auf, und wir haben nichts erreicht."

„Okay, das sehe ich ein", stimmte sie zu. „Aber gehen wir einmal davon aus, dass Rothbauer das Schreiben irgendwie manipuliert hat: aus welchem Grund? Das will mir überhaupt nicht in den Kopf."

„Vielleicht ein Ablenkungsmanöver", mutmaßte der Inspektor. „Könnte sein, dass er tiefer in die Sache verstrickt ist, als wir bis jetzt glauben."

„Mit so einem Vorgehen macht er sich doch erst recht verdächtig!“, reagierte die Polizistin emotional. „Hätte er nichts erzählt, sozusagen still getrauert, wäre doch nie auch nur der Gedanke an Unregelmäßigkeiten aufgekommen! Kann man sich so blöd anstellen?“

„Einen Beweggrund hat er jedenfalls“, schloss Maringer. Er hielt das zusammengefaltete Papier ins Tageslicht, als könnte er dadurch sein Geheimnis ergründen. „Ich werde ihn damit konfrontieren, sobald ich weiß, wer das geschrieben hat.“ Sein Blick fiel auf den Kalender, wo er unter dem heutigen Datum das Wort *Obduktion!* eingetragen hatte. *Möglicherweise ist Marianne schon fertig,* überlegte er und meinte: „Das toxikologische Gutachten der Gerichtsmedizin sollte bis heute vorliegen. Wenn die was gefunden haben, können alle unsere Theorien Makulatur sein. Also sollten wir … –“

Der plötzliche Klingelton kündigte ein internes Gespräch an. Maringer sah den Namen am Display und nahm ab.

„Was gibt es, Frau Gerst?“

„Entschuldigen Sie, wenn ich störe, Inspektor.“ Ihre Stimme hatte wieder zur gewohnten Sachlichkeit zurückgefunden, was er, eingedenk ihres hellen Lachens von vorhin, nun doch ein wenig bedauerte. „Dr. Ortlieb ist am Telefon. Sie meint, es sei dringend.“

„Sie kann Gedanken lesen …“, murmelte er und hoffte, dies war am anderen Ende der Leitung wie auch jenseits des Schreibtisches ungehört geblieben. Dann sagte er lauter: „Verbinden Sie mich“, und wartete auf das Knacken. „Grüß dich, Marianne.“

„Guten Morgen, Raimund. Die Untersuchung am Leichnam ist nun abgeschlossen.“

*Ich mag es nicht, wenn sie so professionell mit mir redet,* ging es Maringer durch den Kopf. *Das bedeutet meistens schlechte Nachrichten.*

„Und das Ergebnis?“, fragte er und suchte gleichzeitig nach der Taste, die den Lautsprecher aktivierte. Natürlich war es Carina, die ihn zuerst drückte.

„Er hatte nichts im Blut“, hörten sie nun gemeinsam die Pathologin antworten, „keinen Alkohol, keine Drogen oder sonstige Gifte. Ich vermute sogar, dass er niemals geraucht hat, so sauber sind seine inneren Organe."

„Er war Leistungssportler", kommentierte Maringer logisch, war aber dennoch enttäuscht. Auch die Polizistin nahm die Neuigkeit mit einem Schulterzucken zur Kenntnis.

„Trotzdem solltest du dir etwas ansehen", redete Marianne weiter. Der Inspektor wurde hellhörig.

„Was meinst du?"

„Am Telefon ist es schwierig zu erklären. Nur eine Kleinigkeit, aber sie könnte wichtig sein. Wann kommst du her?"

„Am besten sofort", gab er zurück, obwohl ihn die Aussicht auf eine nochmalige Begutachtung von Aarons Leiche absolut nicht begeisterte.

„Ich erwarte dich in meinem Büro", sagte sie noch. „Bis gleich."

„Ja, bis gleich."

Bei den letzten Worten war Maringer schon aufgestanden. Er drückte den Hörer auf die Halterung, griff nach Jackett und Autoschlüssel.

„Was könnte sie meinen?", fragte Carina, und erhob sich ebenfalls.

„Keine Ahnung, aber ich bin schon neugierig."

„Soll ich Sie begleiten?"

„Nein. Sie müssen einen Sachverständigen auftreiben, der die Texte vom Stil her miteinander vergleicht. Hier." Der Inspektor gab ihr die gefaltete Mail und fand auch Aaron Schörflingers Deutsch-Maturaarbeit. „Drängen Sie auf schnellstmögliche Ergebnisse! Am Nachmittag … –"

„Habe ich frei, Chef."

„Schon wieder?", rief er mit so übertriebenem Entsetzen, dass der Witz deutlich wurde. „Erlaubt es Ihre kostbare Freizeit, mich abends zu Hause anzurufen?"

„Ich werde sehen, was sich machen lässt." Carina lachte. „Also, wir hören uns."

„Eine Frage noch."

„Ja?" Sie sah ihn erwartungsvoll an.

„Warum darf Frau Gerst Sie ungestraft *Fräulein* nennen?" Die Geste, mit der Maringer in Richtung Vorzimmer wies, war eines Komödiendarstellers würdig. „Käme das von mir, wäre Vierteilen in Ihren Augen wohl eine zu milde Strafe."

„Aus dem Mund einer Dame klingt es anders", erwiderte sie und blinzelte den Inspektor mit ihren langen Wimpern an. „Da bin ich viel toleranter."

„Ich verstehe es trotzdem nicht", gestand er.

„Das Leben wäre kaum halb so spannend, wenn jeder jeden verstehen könnte, Chef." Sie öffnete die Bürotür. „Die Geheimnisse des weiblichen Universums sind unergründlicher als die sieben Meere."

„Und was ist mit den Männern?", fragte Maringer noch, aber sie war schon verschwunden. Er glaubte, ein leises „Tschüss, Maria!" zu hören und wunderte sich umso mehr. Nichts schien ihm unwahrscheinlicher als eine Freundschaft zwischen seiner gestrengen Sekretärin und der Lockerheit in Person, Carina Raichmann.

Der Inspektor lächelte noch über diese sonderbare Kombination, als er bereits auf dem Weg ins Gerichtsmedizinische Institut war.

# Kapitel 16

Der weiß gekachelte Raum wirkte bedrückend auf den Inspektor. Er konnte kaum begreifen, warum gerade Marianne Ortlieb, die er besonders wegen ihrer herzlichen und positiven Ausstrahlung schätzte, diese Beruf gewählt hatte. Da es keine Fenster gab, wurden Becken, Seziertische und sonstige Einrichtungen aus rostfreiem Stahl von leistungsstarken Halogenstrahlern in grelles Licht getaucht, das nicht wärmte.

„Wie schon gesagt, er war völlig gesund", erklärte die Pathologin. Sie standen an einem der Tische, auf dem sich die Konturen eines menschlichen Körpers unter einem Tuch abzeichneten. „Keine geschädigten Organe. Keine Stoffe im Blut, die auf eine Betäubung oder Vergiftung hinweisen."

„Aber du hast trotzdem etwas gefunden", konstatierte Maringer – ein Versuch, sein Unwohlsein wegzureden. Anders als an einem Tatort, wo er die notwendige Arbeit emotionslos und ohne viel Aufhebens erledigen konnte und auch kein Problem mit den sterblichen Überresten von Opfern hatte, vermied er Besuche in den Sezierräumen der Gerichtsmedizin, wann immer es ging. Er war bei Gott nicht zart besaitet, aber die schroffe Degradierung eines Menschen zum bloßen Untersuchungsgegenstand, die an diesem Ort praktiziert wird wie nirgendwo sonst, traf ihn jedes Mal neu.

„Es sind zwei Dinge", setzte sie fort, „eines logisch, das andere unerwartet. Aber sie könnten durchaus miteinander zu tun haben."

„Du sprichst in Rätseln, Marianne." Der Inspektor trat von einem Fuß auf den anderen. „Und ich weiß noch immer nicht, warum ich unbedingt selbst herkommen musste. Was mag es schon geben, das man nicht in einen Bericht schreiben kann?"

„Das hier", erwiderte sie ansatzlos und schlug das Tuch am oberen Ende zurück. Aaron Schörflingers Gesicht kam zum Vorschein, bleich und mit starren Zügen, als würde er stumm gegen einen inneren Zorn ankämpfen. Ansonsten stach nur das Ebenmaß des jungen Antlitzes hervor. Maringer fand nichts Auffälliges.

„Die Wunde an der rechten Stirnseite“, kam Marianne ihm zu Hilfe.

„Was ist damit?“ Er konnte nicht ganz folgen, beugte sich trotzdem gehorsam über den Kopf des Toten. „Wenn jemand aus großer Höhe abstürzt, sind solche Verletzungen doch normal, oder?“

„Eigentlich schon“, pflichtete sie ihm bei. „Er hat auch die üblichen Knochenbrüche und inneren Verletzungen. Nur stammt diese Wunde nicht vom Aufprall.“

Maringer blickte erstaunt zu ihr auf.

„Wie meinst du das?“

„Aus den Frakturen der Halswirbelsäule sowie den Platzwunden am Hinterkopf können wir ziemlich genau rekonstruieren, wo und in welchem Winkel der Kopf auf den Boden geschlagen ist.“ Die Sachlichkeit in Mariannes Stimme beeindruckte Maringer ebenso, wie sie ihn irritierte. „Der Hals des Opfers wurde mit großer Kraft von hinten nach vorne gedrückt, nicht umgekehrt. Willst du es sehen?“

Er schüttelte den Kopf. „Ich habe vollstes Vertrauen in deine Beweisführung.“

„Es steht ohnehin alles im Bericht“, meinte die Pathologin nachsichtig und ohne Anspielung auf seine fehlende Begeisterung für Details. „Die Frage aber ist nun, woher die Stirnwunde kommt. Schau noch einmal hin.“

Der Inspektor unterdrückte einen Seufzer und kam der Aufforderung nach. Er sah die ausgefransten Ränder einer Abschürfung, wie sie nach leichtem Kontakt mit Asphalt oder einem Steinboden entstehen konnte. In der Mitte, wo das gestockte Blut zu Schorf geworden war, fand er zwei unterschiedlich große schwarze Punkte. Da wusste er, worauf die Pathologin anspielte.

„Die Wunde ist nicht gereinigt worden.“

„Korrekt.“ Die Augen der Frau wurden hinter der Designerbrille eine Spur größer. „Wenn sie aber nicht vom Sturz selbst stammt, … –“

„… ist sie kurze Zeit vorher entstanden“, führte Maringer den

Satz zu Ende. „Also wurde er doch außer Gefecht gesetzt. Mit einem Stein?“

„Durchaus möglich.“ Marianne deckte den gesamten Körper wieder zu und streifte die Gummihandschuhe ab. „Aber ich muss dich gleich wieder einbremsen. Der Schlag war nicht hart genug, um ihn zu betäuben.“

Der Inspektor ließ einen Seufzer der Enttäuschung hören. „Woran siehst du das? An der Größe der Verletzung?“

„Auch, aber wir wissen zudem, dass er während des Sturzes bei Bewusstsein war. Vielleicht hat er sogar noch ein, zwei Minuten gelebt.“

„Wie kann man das erkennen?“ Einmal mehr wunderte sich der Inspektor darüber, welche Geheimnisse die Wissenschaft einem Leichnam zu entlocken vermochte. Für ihn war es wie der Blick in die magische Kugel eines Zauberers oder – ein wenig sachlicher – das Auffinden der Blackbox nach einem Flugzeugabsturz.

„Komm, gehen wir in mein Büro hinauf“, schlug sie vor und lächelte über seine sofort sichtbare Dankbarkeit.

Verglichen mit dem Obduktionsraum wirkte der nüchterne Verwaltungstrakt des Instituts auf Maringer wie eine Wellness-Oase. Mit großer Erleichterung ließ er sich in einem Besuchersessel vor dem Schreibtisch der Pathologin nieder. Vor ihm lag ein Kuvert mit der Aufschrift *Fall 231/m/03 – Aaron Schörflinger.*

„Möchtest du ein Glas Wasser?“, fragte Marianne fürsorglich, doch er lehnte ab. Die neue Möglichkeit, dass der Jugendliche doch auf irgendeine Art angegriffen worden sein könnte, füllte sein Denken bereits vollkommen aus. Die Umstände waren zwar seltsam, aber der Inspektor hatte nun endlich ein Indiz, das auf etwas anderes hinwies als auf Selbstmord. Die Erleichterung, die er dabei empfand, galt vor allem Brigitte Schörflinger und ihrer Tochter Rachel.

Marianne setzte sich ihm gegenüber.

„Eines musst du mir erklären, bevor ich dir meine Theorie weiter erläutere“, begann sie. „Ich kann nicht glauben, dass du diese Kopfverletzung nicht gesehen hast. Ein früherer Fingerzeig bezüglich ihrer Bedeutung hätte durchaus hilfreich sein können."

„Ich habe sie gesehen", rechtfertigte er sich. „Als ich in den St.-Peter-Bezirk kam, hatte Dr. Sämisch die Todesursache jedoch schon festgestellt und die Abschürfung nicht weiter erwähnt. Als wir dann eher durch Zufall klären konnten, wer er war, ist alles andere zwangsweise in den Hintergrund gerückt."

„Schon gut", meinte Marianne. „Ich dachte nur, es gäbe eine entsprechende Notiz oder zumindest eine Bemerkung des Notarztes, von der ich nichts weiß."

„Aber könnte die Schramme nicht doch beim Absturz entstanden sein? Etwa durch eine ..." – Maringer überlegte, doch es fiel ihm kein besseres Wort ein – „... Kollision mit dem Berg?"

Die Geste, mit der die Pathologin verneinte, war überzeugend. „Ich weiß zwar nicht, wo genau ihr ihn gefunden habt, aber sein sonst völlig heil gebliebenes Gesicht spricht dagegen. Es hätte mehrere blutende Stellen darin gegeben, vielleicht auch einen Bruch des Nasenbeins." Sie drehte das Kuvert mit dem Obduktionsbericht in ihren langen Fingern – eine ruhige, elegante Bewegung, der Maringers Augen unbewusst folgten. „Man könnte natürlich die Wand unterhalb der Absturzstelle absuchen lassen, aber das lohnt sich nicht. Die beiden Steinkörner in seiner Stirn stammen nicht von dort, ich bin völlig sicher. Und auch nicht vom Asphaltboden des Klosterhofes."

„Vielleicht ist es ohnehin banaler", mutmaßte der Inspektor. „Wir gehen ja davon aus, dass Aaron am Sonntag Abend einen Trainingslauf gemacht hat. Kann sein, er ist ausgerutscht und hat sich den Kopf gestoßen; aber nur leicht, sodass er den Lauf nicht abbrechen musste und sein Programm wie üblich durchgezogen hat."

„Das herauszufinden, überlasse ich deinem Spürsinn", versetzte Marianne trocken. „Von mir kannst du noch erfahren, warum er bei vollem Bewusstsein war, als er abstürzte."

„Ich bin schon sehr gespannt." Maringer setzte sich in dem Sessel zurecht, um seine Aufmerksamkeit sichtbar zu machen.

„Im Grunde ist es einfach", erklärte sie. „Das Zauberwort heißt Adrenalin. Er hatte so viel davon im Körper, dass es kurz vor dem Aufprall zu einem massiven Schock gekommen sein muss. Die Ausschüttung dieses Stoffes schützt uns in Extremsituationen vor einem Kollaps. Sie tritt bei übermäßiger Anstrengung auf oder wenn wir uns plötzlichen Gefahren gegenübersehen."

„Bin ich bewusstlos oder tot, kratzt mich natürlich nichts mehr", kommentierte Maringer wenig gefühlvoll.

„Was wirst du jetzt tun?"

Der Inspektor dachte nach. Obwohl er sich über neue Puzzleteile in dem Fall freute, sah er auch die Probleme, die sich aus der Notwendigkeit ergaben, immer mehr Bereiche einbeziehen zu müssen. Er berichtete von der Untersuchung der E-Mail und von Carina Raichmanns Bemühen, Kontakte nach Italien zu knüpfen. Nun galt es auch, die letzten Lebensstunden des jungen Sportlers – etwa von sechs Uhr abends bis Mitternacht – so genau wie möglich zu rekonstruieren.

„Und wenn du nichts findest?"

Marianne sagte es nicht herausfordernd. Mittlerweile kannte sie den Anspruch, den er an seine Arbeit stellte; die Intensität, mit der er an die Aufgaben heranging. Ihren Worten war viel eher die Sorge zu entnehmen, Maringer würde es als persönliche Niederlage empfinden, sollte der Tod Aaron Schörflingers unaufgeklärt bleiben. Sie wusste, wie sehr es ihn belastete, wenn bei seiner Tätigkeit am Ende nichts anderes übrig war als Sinnlosigkeit.

„Das muss ich mir bis Montag überlegen", wich Maringer nicht ganz unerwartet einer direkten Antwort aus. „Da kommt Präsident Strauß vom Urlaub zurück. Ich bin sicher, er wird wissen wollen, warum mir so viel an einem simplen Selbstmord liegt. Dass Aaron vor einer großen Karriere stand, dürfte ihn nicht sonderlich beeindrucken."

Die Pathologin reichte ihm das Kuvert über den Schreibtisch und griff mit der anderen Hand nach seinem Unterarm.

„Ich will dir wirklich nicht ins Gewissen reden, Raimund", meinte sie vorsichtig, „aber gesteh dir zu, nicht alles wissen, nicht jedes Geheimnis lüften zu können. Du gibst immer dein Bestes. Wenn du diesmal keinen Erfolg hast, heißt das nicht, dass du gescheitert bist."

Für ihre moralische Unterstützung war er dankbar, doch er hörte auch die unterschwellige Warnung in ihren Worten: Er war dabei, sich in einem Labyrinth aus Vermutungen zu verlieren, an dem er selbst durch seine Weigerung, einen Suizid in Betracht zu ziehen, mitgebaut hatte.

„Diese Woche noch, Marianne." Er zog seinen Arm ein wenig zurück, damit ihre Hände einander berühren konnten. Wie selbstverständlich verschränkten sich die Fingerspitzen, und auf einmal spürte Maringer eine Verbundenheit, die er seit Beginn seines Lebens hier in Salzburg noch nie erlebt hatte. „Sobald ich weiß, ob die Mail von Aaron echt ist oder nicht, treffe ich eine Entscheidung."

„Du bist ein besonderer Mensch", sagte Marianne sanft und machte keine Anstalten, ihre Hand aus der seinen zu lösen. „Jeder andere Beamte hätte den Fall längst zu den Akten gelegt. Für mich bist du gar kein richtiger Polizist."

Er musste lächeln. „Was bin ich denn?"

„So etwas wie ein Entwicklungshelfer. Du hast jene im Blick, die von einem Verbrechen am meisten betroffen sind, aber kaum beachtet werden; die zurückbleiben und danach trachten müssen, eine leere Stelle auszufüllen, was vermutlich ein ganzes Leben lang nur schwer gelingen kann."

Ein solches Lob, merkwürdig in seiner Art und doch aus tiefster Überzeugung vorgebracht, machte den Inspektor derart verlegen, dass es ihm schwerfiel, den offen zärtlichen Blick der Pathologin zu erwidern. Er flüchtete sich in einen Scherz.

„Verrate nur Karl Ritzl nichts davon, denn sonst stellt er einen Antrag auf Unzurechnungsfähigkeit und lässt mich absetzen."

„Ritzl ist ein Idiot, und das weißt du." Marianne stand auf. „Er interessiert sich nur für seine Aufklärungsstatistik und wie oft sein Name in der Zeitung steht."

„Bei den Dämmerungseinbrechern scheint er jedenfalls Erfolg zu haben."

Der Inspektor verstaute den Obduktionsbericht in der Innentasche seines Jacketts, und sie gingen zur Tür.

„Auch du wirst ans Ziel kommen", sagte sie leise, doch gerade dadurch wirkte die Bestimmtheit ihres Tonfalls noch stärker. „Und nächste Woche nehmen wir uns einmal Zeit füreinander, ja?"

„Für ein Sushi-Essen?", meinte er neckend, aber sie ging nicht darauf ein.

„Was du willst." Ansatzlos legte sie die Arme um seine Schultern und drückte ihn an sich, ihre Wange an der seinen. Maringer, der mit dem zwischen ihnen üblichen Abschied gerechnet hatte, war so erstaunt, dass er ihre Geste beinahe reflexartig erwiderte und erst nach Sekunden spürte, wie sich die große Freude darüber in seinem Inneren warm ausbreitete.

Für das Mittagessen war es noch zu früh, also fuhr der Inspektor die kurze Strecke in die Peilsteinerstraße, um Rachel Schörflinger endlich persönlich kennenzulernen. Zu seiner Überraschung war weder sie noch ihre Mutter anwesend.

*Wann ist sie aus dem Krankenhaus entlassen worden?*, überlegte Maringer, als er unverrichteter Dinge die Treppe nach unten ging. *Erst gestern; und bereits einen Tag später sitzt sie wieder in der Schule? Noch dazu in der ersten Woche nach den Ferien, wo dort sowieso nichts passiert?* Es kam ihm seltsam vor, doch vielleicht gab es eine ganz einfache Erklärung, die ihm jetzt nicht einfiel. Er notierte in Gedanken einen Anruf für den Nachmittag.

Der Inspektor war unentschlossen wie selten, was er jetzt tun sollte. Ins Büro wollte er nicht, denn Carina Raichmann war bestimmt noch damit beschäftigt, einen Sachverständigen aufzutreiben. Danach hatte sie Dienstschluss für heute, und so konnte er sie nicht gleich von den durch die Autopsie gewonnenen Neuigkeiten in Kenntnis setzen. Für ihn selbst ergaben sich daraus keine unmittelbaren Tätigkeiten, und so hing er in der Luft.

*Ich könnte mich ja mit Ritzl hinter einer Hecke auf die Lauer legen*, dachte Maringer sarkastisch, als er seinen Wagen per Fernsteuerung öffnete. Die Uhr auf dem Armaturenbrett zeigte halb elf. Er wollte gerade den Schlüssel ins Zündschloss stecken und den Motor starten, um doch ins Büro zu fahren, als ein Sonnenstrahl durch das Fenster auf den Innenrückspiegel fiel und ihn blendete. Der Inspektor musste blinzeln und hatte dabei eine Idee, der er spontan folgte. Er griff nach dem Mobiltelefon, das er diesmal sicher im Fach unterhalb des Radios verstaut hatte, und wählte *Gerst* aus dem Namensspeicher.

„Kann man auf dem Mönchsberg irgendwo zu Mittag essen?", erkundigte er sich, nachdem die Sekretärin seine erste Frage, ob irgendein wichtiger Anruf eingegangen war, verneint hatte.

„In der Stadtalm, Inspektor", gab sie sogleich die erwünschte Auskunft. „Dort bekommt man gutbürgerliche Küche, die Preise sind angemessen und die Aussicht ist herrlich."

„Und wie finde ich mit dem Auto dort hin?" Er gab seiner innigen Hoffnung, nicht noch einmal die Clemens-Holzmeister-Stiege benutzen zu müssen, unverblümt Ausdruck und empfand auch kein schlechtes Gewissen, weil Carina nicht dabei war.

„Wo sind Sie gerade, Inspektor?" Maria Gersts sachliche Stimme ließ erkennen, dass sie gewillt war, seine Faulheit zu unterstützen. Maringer dankte dem Schicksal, nur mit einer Kollegin geschlagen zu sein, die ihm durch Trainings-, Diät- und sonstige Pläne auf die Nerven ging. Er nannte seinen Standort und erhielt sogleich eine detaillierte Routenbeschreibung von Liefering nach Mülln zur Augustinergasse.

„Eigentlich gilt für den Weg ein Fahrverbot, aber Sie dürfen ihn natürlich benutzen, Inspektor", beendete die Sekretärin ihre Erläuterungen. „Brauchen Sie sonst noch etwas?"

*Es hat doch seine Vorteile, die Staatsgewalt zu vertreten,* dachte Maringer zufrieden und sagte: „Nur eine Kleinigkeit: Suchen Sie mir bitte die Telefonnummer von Brigitte Schörflingers Dienstgeber heraus. Wenn ich mich richtig erinnere, ist sie beim Arbeitsmarktservice beschäftigt."

„Ich rufe Sie gleich zurück", erwiderte die Frau und beendete das Gespräch.

Der Morgen war wieder strahlend schön gewesen, doch mittlerweile hatte der Wind merklich aufgefrischt, und von Westen zogen dunkle Wolken heran. Maringer nahm zur Sicherheit Schirm und Staubmantel von der Rückbank des Volvo und ging den Weg in Richtung Stadtalm, wie Maria Gerst ihn beschrieben hatte. Bereits nach wenigen Schritten beglückwünschte er sich selbst zu dem Einfall, hier heraufzukommen. Seine Augen labten sich an dem üppigen Grün des dichten Laubwaldes, das erste Ansätze zu herbstlichen Verfärbungen zeigte. Die frische Luft wirkte in seiner Lunge so angenehm wie an Gesicht und Händen. Dass viele Bewohner Salzburgs sich um dieses einmalige Naherholungsgebiet mitten in der Stadt sorgten und nicht viel für seine Verbauung übrig hatten, konnte nicht verwundern.

Durch die Tür in einer Steinmauer, die der Inspektor einer alten Verteidigungs- oder Aussichtsanlage zuordnete, gelangte er zu dem von seiner Sekretärin empfohlenen Gasthaus. Etwa zehn Biertische standen samt Bänken und Sonnenschirmen entlang der hüfthohen Einfriedung, der Boden war mit feinem Kies bedeckt. Aus der geöffneten Lokaltür trat soeben ein junger breitschultriger Kellner, der in seiner linken Hand zwei Silbertabletts mit großen Kaffeetassen und in der rechten zwei kleine Teller mit einer Süßspeise hielt. Beides servierte er einem Paar reiferen Alters, das sich in stiller Eintracht dem herrlichen Panorama der Salzburger Altstadt widmete.

„Guten Tag, der Herr", grüßte der Kellner freundlich auf seinem Rückweg. „Darf ich Ihnen hier im Freien einen Platz anbieten?"

Maringer hatte schon eine Bank erspäht, die in der Sonne lag.

„Dort vorne wäre es mir recht."

„Sehr gerne. Möchten Sie einen Kaffee, oder darf ich die Karte bringen?"

„Ist die Küche denn schon geöffnet?", wunderte sich der Inspektor.

„Eigentlich ab elf Uhr", erwiderte der Angestellte und ließ ein breites Lächeln sehen. „Aber ich denke, das ist okay."

Überaus erfreut von so viel zuvorkommender Höflichkeit, die in der Salzburger Gastronomie nicht immer die Regel war, dauerte es nicht lange, bis Maringer sich für das Tagesmenü, bestehend aus Grießnockerlsuppe und Münchner Weißwurst mit Sauerkraut, entschieden hatte. Das Angebot einer Tageszeitung lehnte er ab. An einem so wunderbaren Ort schienen ihm Details über Streitereien in der Politik, Wirtschaftskrisen und die unerwartete Niederlage des hiesigen Fußballklubs entbehrlich. Der herrliche Blick in die an Kontrasten reiche Umgebung – Maria Plain in der Ferne, die zum Greifen nahen Spitzen von Peters- und Franziskanerkirche, das lebendige Treiben in den engen Gassen – genügte vollauf.

Während des Essens gelang es ihm ausgezeichnet, seine Gedanken von den Problemen des aktuellen Falles freizuhalten. Er freute sich über die weiche Kernigkeit des goldgelben Grießnockerls, hob seinen Blick zwischen den bewusst klein geschnittenen Weißwurststücken immer wieder, um ein besonderes Dach, den Schattenwurf eines Baumes oder die rasch ziehenden Wolken zu betrachten, und verlebte auf diese Weise eine der angenehmsten Mittagsstunden in der letzten Zeit. Der Inspektor beschloss, den schönen Moment auch noch mit einem Dessert zu krönen, und erinnerte sich an die zuvor direkt an seiner Nase vorbeigewanderten Teller. Er hatte eine solche Mehlspeise noch nie gesehen und erbat vom Kellner sogleich entsprechende Auskunft, als dieser zum Abservieren an den Tisch trat.

„Das sind Pofesen, eine Salzburger Spezialität“, erklärte der Mann bereitwillig. „Mit Powidl gefüllte Weißbrotscheiben, die in Eigelb gewendet und gebacken werden.“

*Eine wahre Kalorienbombe also,* dachte der Inspektor, *genau das Richtige für einen solchen Tag!*

„Ich bin ein neugieriger Mensch“, sagte er laut und gab so seiner bereits aufkommenden Vorfreude gekonnt einen Touch Entdeckergeist mit in den Kampf gegen die erhobenen Zeigefinger sämtlicher guten Vorsätze – egal, es bestand ohnehin nicht die Gefahr, seiner jungen Kollegin heute noch über den Weg zu laufen. „Bringen Sie mir eine Portion.“

„Sehr gerne. Kaffee dazu?“

„Eine Melange, ja.“

Er genoss die Nachspeise, schlürfte seinen Kaffee und war mit sich und der Welt zufrieden. Eigentlich wusste Maringer gar nicht genau, woher sein plötzliches Hochgefühl stammte, doch er kümmerte sich auch kaum darum. Nachdem er bezahlt hatte, machte er einen Verdauungsspaziergang und folgte dabei dem Weg zur Festung Hohensalzburg. Er hatte vor, bis zum oberen Ende der Clemens-Holzmeister-Stiege zu gehen und nach Hinweisen über die Verunreinigungen in Aaron Schörflingers Stirnwunde zu suchen. Doch bald bemerkte er auf einer abschüssigen Wiese, nicht weit vom Fußweg entfernt, eine kleine Gruppe Punker, die mit zwei riesigen Rottweilern im Gras saßen, rauchten und sich unterhielten.

*Wer treibt sich laut Carina hier herum?*, überlegte der Inspektor und war damit schlagartig wieder in seine Alltäglichkeit zurückgekehrt, *Sandler und Punks*… Rasch schätzte er die Wahrscheinlichkeit ab, ob die Nächte noch warm genug waren, und wagte dann den Versuch. Kaum hatte er einen Schritt in die Wiese gemacht, hoben die Rottweiler den Kopf und begannen zu knurren.

„Schöne Tiere", begann Maringer in betont lockerem Tonfall. „Habt ihr sie an der Leine?"

„Was willst'n du?", schnauzte ihn einer aus der Gruppe an, hob aber doch den Arm, um einen in seiner Hand liegenden braunen Lederriemen sichtbar zu machen. Durch die eigenwillige Frisur und Kleidung – besonders sein zur Hälfte kahl geschorener Kopf und die auf der anderen Seite verbliebenen giftgrün gefärbten Haare stachen hervor – war es dem Inspektor unmöglich, sein Alter zu schätzen. Alle trugen hoch gebundene, schwarze Militärstiefel und hautenge verwaschene Jeans, dazu schmuddelige Lederjacken und Handschuhe, die die Finger blank ließen.

„Mit euch reden", erwiderte er leichthin, „das heißt, falls mich eure beiden Freunde da am Leben lassen."

„Und warum sollten wir?", kam es ihm misstrauisch entgegen. Erst nach genauem Hinsehen konnte er die weibliche Stimme eindeutig mit ihrer Besitzerin in Zusammenhang bringen. Bis auf um eine Spur weichere Gesichtszüge unterschied sie sich in nichts von den anderen, war aber wohl die einzige Frau von insgesamt sechs Personen.

„Weil ihr mir vielleicht helfen könnt, einen Mord aufzuklären." Der Inspektor hatte seine Wortmelodie in keiner Weise verändert, doch als er seinen Ausweis zeigte, kam Bewegung in die Runde. Alle erhoben sich und starrten ihn finster an, hielten es aber nicht für notwendig, ihre Joints zu verstecken.

„Polizei, eh klar", schnaubte die Punkerin. „Willst du uns jetzt drankriegen, weil wir Gras rauchen?"

„Das geht mich nichts an, und ich habe auch nicht vor, euch zu verpfeifen." Maringer steckte die Plastikkarte wieder in den Anzug und hob begütigend die Hände. „Ich sagte schon, dass ihr mir vielleicht helfen könnt. Also?"

„Was möchten Sie wissen?"

Die förmliche Anrede kam unerwartet. Sie stammte von einem großgewachsenen schlaksigen Mann, der als Einziger nicht rauchte. Trotz seiner ebenfalls martialischen Aufmachung war das Markanteste an ihm der intelligente Gesichtsausdruck.

*Die Basis ist gelegt,* dachte der Inspektor zufrieden. „Zuerst einmal, ob ich näherkommen darf. In normaler Lautstärke redet es sich besser."

„Die Hunde tun Ihnen nichts", erwiderte der Große. Zugleich gab er ein Zeichen, worauf sich zwei aus der Gruppe mit den Rottweilern entfernten und wieder auf den Boden setzten. Maringer ging etwa zehn Schritte und stand schließlich vor den vier verbliebenen Punkern.

„Wart ihr in der Nacht von Sonntag auf Montag auch hier?", begann er ohne weitere Einleitung.

„Wir sind immer hier", antwortete die Frau und schaute dabei unsicher zu dem Großen. Ihre Stimme hatte den widerwilligen und aggressiven Ton behalten, aber dem augenscheinlichen Anführer musste sie sich unterordnen.

Maringer ließ sich nicht beirren, hielt mit den aufmerksamen Augen des Mannes Blickkontakt.

„Ein junger Sportler hat regelmäßig hier oben trainiert", setzte er fort. „Seine Mutter sagte mir, er sei euch öfter begegnet."

„Sie meinen Aaron, den Volleyballer", erwiderte der Große. „Was ist mit ihm?"

„Er ist in der Nacht zum Montag von oberhalb der Steinstufen in den Klosterhof gestürzt." Der Inspektor sah keinen Grund, es zu verschweigen. Er spürte, dass er sich bei seinem Gegenüber nur durch Offenheit Respekt verschaffen konnte. „Dabei hat Aaron einen Genickbruch erlitten."

Erstmals drangen bei der Punkerin so etwas wie Gefühle durch die Fassade der Ablehnung. Ihre Augen weiteten sich vor Entsetzen, sie ging einen Schritt auf Maringer zu und fragte leise: „Is' das wahr?"

„So leid es mir tut, es stimmt."

„Aber er war doch immer gut drauf…" Sie konnte ihre Bestürzung kaum kontrollieren. „Wir haben noch gelacht mit ihm über die öde Lampe an seinem Kopf."

Täuschte er sich, oder liefen tatsächlich Tränen über ihre Wangen? Bevor der Inspektor sicher war, wandte sie sich ab und ging zu den beiden, die sich um die Rottweiler kümmerten.

„Wovon spricht sie?", fragte Maringer den Großen, weitaus mehr überrascht von der unerwartet menschlichen Regung als von der aufgesetzten Arroganz vorhin.

„Aaron hat eine Stirnleuchte verwendet, er ist oft in der Nacht gelaufen." Auch er sprach nun eine Spur leiser, ließ aber sonst keine besondere Reaktion erkennen.

„Natürlich", kommentierte der Inspektor das Logische und nahm seine kurze Verwirrtheit als Mahnung, sich wieder besser zu konzentrieren. „Mir scheint, ihr seid gut mit ihm ausgekommen."

„Der war nicht so wie die meisten Leute."

Die beiden anderen Punker pflichteten durch überzeugtes Nicken bei – ihre erste Meinungsäußerung überhaupt, seit Maringer das Gespräch begonnen hatte, auch wenn sie nonverbal blieb.

„Weil er sich mit euch beschäftigt hat?"

„So in der Art." Reden blieb weiterhin dem Großen vorbehalten.

„Was ist nun mit letztem Sonntag? Hat ihn einer von euch hier gesehen?"

Statt zu antworten, machte der Mann trotz seiner gut zwei Meter eine ansatzlos geschmeidige Halbdrehung, wie sie der Inspektor ihm niemals zugetraut hätte, und rief mit volltönender Stimme, die eines geübten Sängers würdig war: „Rob, komm mal, dein Typ wird gebraucht!"

Sofort erhob sich der kleinere Punker mit der giftgrünen Halbfrisur, übergab die Hundeleine an die Frau – sie saß mit hängendem Kopf im Gras, wie Maringer bemerkte – und trottete zu ihnen.

„Am Sonntag hat es geregnet, aber ihr wart doch mit den Hunden unterwegs, oder?", fragte der Anführer.

„Nur kurz auf der Wiese, das Wetter hat uns verscheucht."

„Ist Aaron vorbeigekommen?"

„Ich weiß nicht …", erwiderte Rob zögernd, schaute auf die Spitzen seiner Springerstiefel.

„Was soll das heißen?", bohrte der andere nach. „Wenn du dich nicht mehr erinnern kannst, was letzten Sonntag los war, rauchst du zu viel schlechten Stoff."

„Es war dunkel, dazu der viele Wind", rechtfertigte sich Rob. „Irgendwas war, aber ich will auch nix Falsches sagen."

Er machte mit seinem Kopf eine deutliche Bewegung in Maringers Richtung. Dieser verstand: Die anderen hatten es durch die überraschende Entscheidung des Großen, sich nicht gegen die Polizei zu stellen, mit der Angst zu tun bekommen. Deshalb sagte er gutmütig: „Es gibt kein Richtig oder Falsch bei einer Beobachtung. Erzählen Sie einfach."

„Auf dem Weg zurück, bevor die Straße abschüssig wird, habe ich noch einmal zur Festung geschaut. Es ist einfach geil, wenn der Sturm durch die Bäume fährt. Und da waren zwei. Sie sind im Licht einer Laterne gestanden, haben sich unterhalten und sind dann zur Stiege gegangen."

*Ich muss mir unbedingt merken, dass bei manchen eine höfliche Anrede die Zunge schneller lockert als irgendwelche Drohungen,* dachte der Inspektor und fragte: „Könnte Aaron einer von denen gewesen sein?"

„Hey, es war stockfinster, und sie waren nicht in Küsschenreichweite, klar? Einer war nur sehr groß, darum hab' ich an Aaron gedacht."

„Und sonst noch was? Die Kleidung des anderen? Männlein, Weiblein?"

„Weiß nicht." Rob schüttelte entschieden den Kopf. „Kurze Haare jedenfalls. Und seine Jacke hatte 'ne Kapuze, weil die hat ihm der Wind mal runtergeweht. Ach ja, und er muss was in der Hand gehalten haben, denn der Lange hat sie ihm wieder festgebunden, ehe sie fort sind. Irgendwie so halt, weil im schwachen Licht hab' ich gesehen, wie er mit seinen Händen am Hals des anderen 'rumgemacht hat." Seine Bewegungen wurden unruhig, er konnte kaum noch stillstehen. „Sind Sie jetzt zufrieden?"

„Vollkommen. Danke."

Als hätte er ein entsprechendes Kommando erhalten, drehte Rob sich um und stapfte wieder zu seinen Hunden.

„Aaron ist vom Mönchsberg gestürzt, haben Sie gesagt." Der große Punker schaute Maringer nachdenklich an. Erneut beeindruckte den Inspektor die wache Intelligenz in seinen Augen. „Haben Sie eine Ahnung, wie das passiert sein soll?"

„Nicht die geringste", musste Maringer zugeben, „momentan sieht es so aus, als hätte er sich vorsätzlich … –"

„Selbstmord?! Das hätte er nie gemacht. Dafür war er nicht der Typ. Im Gegensatz zu uns" – der Große wies auf die Gruppe mit den Rottweilern – „gehörte Aaron zu den Siegern."

*Du auch, wenn du nur wolltest,* fuhr es dem Inspektor durch den Kopf. Er behielt sein Urteil für sich und sagte stattdessen: „Wenn wir davon ausgehen, dass Rob ihn wirklich gesehen hat: Könnten Sie sich vorstellen, wer die zweite Person war?"

„Keine Idee, leider. Ich bin der Sportskanone immer nur allein begegnet."

„Dann muss ich wohl weitersuchen", schloss Maringer resigniert. „Vielen Dank für eure Hilfe." Er drehte sich um und ging auf den asphaltierten Weg zurück.

„Man ist ja ein guter Staatsbürger, da tut man gern seine Pflicht." – die Stimme von einem, der bisher nichts gesagt hatte; sie klang zynisch und dumm. Nun wunderte sich der Inspektor noch mehr, wie jemand wie sein um eineinhalb Köpfe größeres Gegenüber sich für ein solches Leben hatte entscheiden können.

*Bei den Gesprächen der zwei Riesen wäre ich gerne Maus gewesen*, dachte er und stellte sich in einem lebendigen Bild Aaron und den Punker vor, wie sie über den Mönchsberg wanderten und dabei über Sport sprachen – sogar Malerei hielt er für möglich.

*Schon nach eins!* Inspektor Maringer entschied sich schweren Herzens gegen die Lust, seinen Spaziergang fortzusetzen. Einige Neuigkeiten hatte er doch erfahren, und es gab jemanden, mit dem er unbedingt sprechen wollte.

Auf dem kurzen Weg zu seinem Auto kam ihm ein eng umschlungenes Pärchen entgegen. Als dem Inspektor bewusst wurde, er wäre für die beiden nicht nur als Durchschnittstyp, sondern auch in der Verkleidung von Quasimodo oder Goliath absolut unsichtbar geblieben, fühlte er sich wieder in Marianne Ortliebs Büro zurückversetzt. Beinahe spürte er den Druck ihrer Hände und die angenehme Wärme ihres Körpers, als sie ihn umarmt hatte.

Was war das nur gewesen? Ausdruck ihrer Freude, weil er sich weigerte, einen eindeutigen Selbstmord als solchen zu archivieren? Oder doch mehr?

„Alles Unsinn", murmelte er und fischte umständlich den Autoschlüssel aus seiner Hosentasche, „ich bin zu alt für sowas."

# Kapitel 17

Die Anzeige seines Mobiltelefons blinkte; Maria Gerst hatte angerufen. Noch ehe Inspektor Maringer die *Wählen*-Taste drückte, gratulierte er sich dazu, das kleine Gerät wie so oft im Auto gelassen zu haben. Wer weiß, wie die Punker auf ein Läuten in seiner Hosentasche reagiert hätten – an die beiden ausgewachsenen Rottweiler gar nicht zu denken.

„Zu Mittag wurde ein Brief für Sie abgegeben", informierte ihn die Sekretärin so sachlich wie pflichtbewusst. „Laut Absender stammt er von Brigitte Schörflinger."

„Hat sie sich vorher gemeldet?", fragte Maringer, überrascht von dieser seltsamen Art der Kontaktaufnahme.

„Jedenfalls nicht bei mir."

Er griff nach seinem Notizbuch, wo er die Nummer des Arbeitsmarktservice Salzburg vermerkt hatte, und sagte: „Vielen Dank, Frau Gerst. Ich habe noch einen Besuch zu machen und werde in etwa einer Stunde im Büro sein."

Gab es bei Brigitte Schörflinger Neuigkeiten, die sie ihm nicht am Telefon mitteilen wollte? Warum hatte sie dann nicht um einen Besuch gebeten?

„Tut mir leid, aber die Kollegin ist nicht im Haus", wurde ihm bereits in der Telefonzentrale des AMS beschieden. „Sie hat sich für heute und morgen freigenommen."

„Dann ist ihr nächster regulärer Arbeitstag also der kommende Montag?", erkundigte sich Maringer und wurde auch gleich bestätigt.

„Ja, ab halb acht."

*Sie sind weggefahren…* Der Gedanke kam so instinktiv wie logisch. Trotzdem blieb das Vorgehen der Frau, deshalb einen Brief zu schreiben und ihn auch noch selbst zur Polizei zu bringen, für den Inspektor rätselhaft. Sie war durch nichts verpflichtet, ihn um

Erlaubnis zu fragen, selbst wenn sie mit ihrer Tochter ins Ausland wollte. Zudem hätte dafür ein kurzer Anruf genügt.

Irgendetwas drängte den Inspektor, sein Vorhaben zu ändern und gleich im Büro vorbeizuschauen. Während er aber den Zündschlüssel drehte, verband sich in seinem Kopf der Begriff *Ausland* mit dem Vater von Aaron und Rachel – ein Berufssoldat der US-Armee. Vielleicht war es Brigitte Schörflinger nun gelungen, Kontakt zu ihm aufzunehmen. Dass sie ihn persönlich vom Tod seines Sohnes unterrichten wollte, war nur zu verständlich.

*Darauf hätte ich früher kommen können,* grummelte der Inspektor kurz, wandte sich aber gleich den Beobachtungen des Punkers von vergangenem Sonntag zu. Natürlich konnte er nichts davon verifizieren. Möglicherweise hatte Rob – der Giftgrüne, wie Maringer ihn titulierte – nur gesehen, was er sehen wollte. Körpergrößen sind aus der Entfernung schwer abzuschätzen, noch dazu bei diffusem Licht. Die Anmerkung über die Kapuze war aber interessant. Und genau darum fuhr er anstatt nach Liefering, wie er es vor Maria Gersts Anruf geplant hatte, in den Stadtteil Aigen, zur Clemens-Krauss-Straße. Den Weg dorthin versüßte ihm – ein wenig makaber, aber es war so – ein musikalischer Nachruf auf den kürzlich verstorbenen Startenor Franco Corelli, den er besonders als Verdi-Interpreten in alten Aufnahmen sehr schätzte.

„Was verschafft mir die Ehre, Inspektor?"

Franz Rothbauer öffnete die Tür nach dem ersten Klingeln, noch eine Spur eleganter gekleidet als sonst: Dunkelblauer Zweireiher, weißes Hemd mit silbernen Manschettenknöpfen, dezent gemusterte Fliege. Offenbar war er soeben aus der Schule gekommen, denn Maringer hielt es für unwahrscheinlich, dass er sich in dieser Aufmachung zu Hause an den Mittagstisch setzte.

„Nur zwei Kleinigkeiten, Professor."

„Möchten Sie hereinkommen?" Der Lehrer trat beiseite, um seine Einladung zu verdeutlichen. „Auf einen Kaffee vielleicht?"

„Gerne."

Der Inspektor betrat eine schlichte, modern gestaltete Zwei-

Zimmer-Wohnung. Die Kombination aus Küche und Wohnzimmer strahlte helle Freundlichkeit aus, vor der ebenerdigen Terrasse lag ein kleines Gartenstück.

„Bitte nehmen Sie Platz." Rothbauer wies zu einem runden Eichentisch mit vier hochlehnigen Stühlen, auf dem ein Stapel Tageszeitungen lag. „Ich habe noch nicht gegessen, also könnten wir gerne … –"

„Kaffee genügt, danke", unterbrach Maringer, nicht nur wegen seiner kulinarischen Pause auf dem Mönchsberg. Er wollte die Höflichkeit wahren, aber auch nicht länger bleiben als notwendig.

„Wie Sie möchten."

Rothbauer füllte drei Löffel Kaffeepulver in einen Papierfilter und versorgte die Kaffeemaschine mit der entsprechenden Menge Wasser. Kaum hatte er eingeschaltet, war ein Blubbern zu hören, und bald zog angenehmer Duft durch den Raum. Mit routinierten Bewegungen deckte der Lehrer den Tisch, kleine dunkelblaue Kaffeetassen, die wohl nur für Besuche oder andere Ausnahmefälle Verwendung fanden.

„Zucker und Milch?"

„Beides, bitte." Er vergaß nicht hinzuzufügen: „Und ein großes Glas Leitungswasser, wenn es keine Umstände macht."

„Aber wie sollte es?"

Rothbauer goss den Kaffee langsam in eine Porzellankanne, stellte sie mit den restlichen Utensilien auf den Tisch und setzte sich dann dem Inspektor gegenüber.

„Was möchten Sie wissen?"

Maringer bediente sich, ehe er antwortete, nahm wenig Milch und reichlich Zucker (Carina hob warnend den Zeigefinger, aber glücklicherweise nur vor seinem inneren Auge) und trank danach noch einen Schluck aus dem Wasserglas.

„Als Aaron am Sonntag Abend zu Ihnen kam, Professor", sagte er schließlich, „haben Sie da eine Wunde an der Stirn über seinem linken Auge bemerkt?"

Rothbauer schüttelte den Kopf. „Aaron war auf keinen Fall verletzt. Voll Trainingseifer wie immer. Er blieb sogar an der Tür stehen, weil er keine Zeit verlieren wollte." Er führte seine Tasse an die Lippen, doch noch bevor er trank, fragte er: „Wie kommen Sie darauf? Hat es mit seinem Sturz vom Mönchsberg zu tun?"

„Möglich, aber die Zusammenhänge sind uns nicht klar." Der Inspektor stellte fest, mit welch konzentrierter Aufmerksamkeit ihm Rothbauer begegnete, keinerlei Unsicherheit erkennen ließ – und dass der Kaffee ausgezeichnet war. „Vom Aufprall stammt die Abschürfung jedenfalls nicht. Das konnte durch die Autopsie geklärt werden."

„Vielleicht ist er beim Laufen einfach gestolpert, hat das Training aber nicht abgebrochen", mutmaßte Rothbauer. „So etwas traue ich ihm durchaus zu."

„Kann sein. Nun weiß ich, er hat sich die Verletzung mit Sicherheit nach dem Besuch bei Ihnen zugezogen. Das ist auch schon viel wert."

„Hat die Pathologie sonst noch etwas herausgefunden?" Rothbauers Stimme verriet weniger sein Interesse an der Sache selbst als das Bemühen, die Unterhaltung weiterzuführen.

„Er hatte keine Giftstoffe im Körper, auch keine Drogen." Der Inspektor sah keinen Grund, es ihm nicht zu sagen. „Die Todesursache war ein Bruch zweier Halswirbel."

„Dann ist es also relativ schnell gegangen", erwiderte der kleine Mann und schaute mit leeren Augen ins Nichts. „Ein Glück im Unglück."

„Und Sie können sich noch immer keinen Grund vorstellen, warum Aaron Selbstmord begangen haben könnte?"

Rothbauer verschränkte die Finger ineinander, senkte kurz den Blick. Dann sagte er: „Daran hat sich nichts geändert, nein. Die E-Mail ist ein starker Hinweis auf eine Enttäuschung. Aber da ich nicht weiß, was in Italien passiert ist, kann ich seine Worte schwer einordnen."

Spontan entschloss sich Maringer, eine kleine Falle auszulegen.

„Etwas scheint mir seltsam an der Mail, Professor: Aaron erwähnt zwar einen Mann, den er kennengelernt und bei dem er auch gemalt hat. Trotzdem nennt er keinen Namen." Der Inspektor trank wieder etwas Kaffee, räusperte sich. „Sie sind doch so bewandert in Malerei. Kennen Sie niemanden aus dieser Gegend – Feltre heißt die Stadt, glaube ich –, auf den Aaron seine Zeilen gemünzt haben könnte? Ich meine, wenn mich ein Mensch sehr beeindruckt, und ich erzähle einem guten Freund davon, dann kommt wohl auch der Name vor."

Rothbauer war sichtlich geschmeichelt von der Bezeichnung „guter Freund", die Maringer wie selbstverständlich benutzt hatte, doch er blieb bei seiner ursprünglichen Sichtweise.

„Glauben Sie mir, Inspektor: Ich habe mir stundenlang den Kopf zerbrochen, wer es sein könnte." Er stellte die Tasse auf den kleinen Unterteller und klopfte mit den Fingern der rechten Hand leicht auf den Tisch. „Aber die Möglichkeiten sind nahezu grenzenlos. Neben den Italienern gibt es auch viele Maler, die vor Jahren in den Süden gegangen sind. Alle Nationalitäten Europas kommen dafür infrage, dazu jene aus Übersee. Es gibt niemanden, der sie alle kennt. Noch dazu ist nicht gesagt, dass sich jener Mann überhaupt einen Namen gemacht hat."

„Ich weiß, was Sie meinen", erwiderte Maringer.

„Möchten Sie noch Kaffee?"

„Nein, danke. Ich bin auch schon fast fertig." Er schob seinen Stuhl zurück und stand auf.

„Sie sprachen vorher aber von zwei Dingen, die Sie mich fragen möchten, Inspektor."

Manche Leute waren eine großartige Hilfe, ohne es zu wollen. Hätte Rothbauer mit dieser Bemerkung nicht seine Aufmerksamkeit demonstriert – der Inspektor wäre weggegangen, ohne sein zweites, wichtigeres Anliegen vorzubringen.

„Der Kaffee war ausgezeichnet, aber er schadet offensichtlich meinen Gehirnzellen", meinte er verlegen. „Ich wollte Sie bitten, mir ein Foto von Aarons Maturaklasse zu geben. Es sind doch sicher welche gemacht worden."

„Eine der Traditionen, die uns das Ministerium noch nicht weggespart hat", bestätigte Rothbauer. „Warten Sie bitte einen Moment."

Er verließ den Raum und kehrte innerhalb einer Minute mit einem dunkelblauen Billett in der Hand zurück. Auf der Vorderseite waren der Name der Schule sowie der Abschlussjahrgang in schnörkellosem Goldprägedruck vermerkt. Maringer öffnete das Billet und betrachtete das Bild eingehend: Etwa zwanzig junge, erwartungsvolle Menschen in Festtagskleidung blickten ihm entgegen. In ihren Gesichtern stand die Freude über das Erreichte ebenso wie das Wissen um die Freiheit, nun die Welt zu erobern.

Aaron war im Zentrum der Gruppe platziert worden. Der Fotograf hatte versucht, ihn trotz seiner Körpergröße so gut wie möglich unterzubringen. Er trug einen grauen Anzug mit rot-weiß gestreifter Krawatte. Sein Gesicht strahlte wie jenes seiner Mitschüler, doch der Inspektor vermutete, seine Gedanken waren an diesem Tag wohl schon andere gewesen – konkreter auf eine ihm bevorstehende Zukunft ausgerichtet.

„Hat es zu der Zeit, als das Foto gemacht wurde, schon Verhandlungen mit dem italienischen Verein gegeben?", fragte er.

„Darüber weiß ich nichts", lautete die Antwort. Hätte Rothbauer den Zusatz *und es ist mir auch egal* folgen lassen – Maringer wäre nicht überrascht gewesen. Der Lehrer ließ sich jedoch nicht zu neuerlichen Hasstiraden über Volleyball und Leistungssport hinreißen. Er blickte nur bekümmert auf das Bild und fügte hinzu: „Der Gedanke, dass sich ein so wunderbarer Geist innerhalb von Sekunden selbst auslöscht, ist ein unvorstellbarer Schmerz für mich."

„Auch mir fällt es schwer, Professor", bestätigte Maringer und fragte dann: „Kann ich das mitnehmen?"

„Darf ich fragen, aus welchem Grund?"

„Wissen Sie, ich habe mich noch gar nicht um Aarons Klassenkollegen gekümmert. Das Bild kann mir vielleicht bei dem einen oder anderen Gespräch eine Hilfe sein."

„Wenn Sie meinen." Rothbauer zuckte mit den Schultern. „Haben Sie mit Aarons Mutter schon über die Mail gesprochen?"

„Dazu war bis jetzt keine Gelegenheit", log der Inspektor. „Sie ist bis zum Wochenende nicht erreichbar. Wahrscheinlich trifft sie sich mit Aarons Vater irgendwo im Ausland."

„Ja, der stammt aus Amerika, soviel mir bekannt ist."

*Er ist wirklich gut informiert!,* staunte Maringer in Gedanken, während sie zur Wohnungstür gingen. Ein wenig kitzelte es ihn zu erfahren, wie genau der Lehrer über Aarons Familienverhältnisse Bescheid wusste. Das konnte Schlussfolgerungen auf die Enge ihrer Freundschaft zulassen. Gerade als er zu diesem Punkt eine Frage formulieren wollte, fiel sein Blick auf die Garderobe links vom Telefonkästchen und brachte eine Idee, der er augenblicklich nachgab.

„Eine persönliche Frage noch, Professor, wenn Sie gestatten", begann er und lächelte dabei verschmitzt. „Ich habe Sie am vergangenen Samstag in Maria Plain als passionierten Wanderer erlebt. Sind Sie eigentlich bei jedem Wetter unterwegs?"

„Wenn mir die Zeit bleibt, schon", antwortete Rothbauer ein wenig verdutzt. „Warum fragen Sie mich das?"

„Bitte lachen Sie jetzt nicht. Mir wurde von verschiedenen Seiten nahegelegt, mich um meine Figur zu bemühen." Maringer klopfte mit beiden Händen an seinen wohlgeformten Leib. „Ich bin gerade am Überlegen, wie ich mich ein wenig … aktiv betätigen könnte. Da scheint mir das Wandern für den Beginn recht adäquat, was meinen Sie?"

„Man ist an der frischen Luft, kann es mit interessanten Ausflügen verbinden." Rothbauer redete zwar, aber in seinem Gesicht wuchs die Ratlosigkeit. „Ehrlich gesagt, verstehe ich immer noch nicht ganz, wieso …-"

„Welche Bekleidung ist die richtige für den Herbst? Ich bin dermaßen unbedarft, dass ich befürchte, von einem Sportartikelverkäufer etwas aufgeschwatzt zu bekommen. Teuer, aber unpassend sozusagen."

Mit einer ungeahnt raschen Bewegung trat der Lehrer an die Garderobe und nahm eine rote Jacke mit grauen Seitenstreifen vom Haken.

„Natürlich hängt es davon ab, wieviel Geld Sie ausgeben möchten, Inspektor", sagte er. Es war unklar, ob er tatsächlich hilfsbereit sein oder nur endlich seine Ruhe haben wollte. „Aber was die Qualität betrifft, können Sie bei dieser Marke hier keinen Fehler machen."

Maringer griff nach dem dargebotenen Kleidungsstück und las *Northland* am Kragen und an den Klettverschlussmanschetten der Ärmel. Die Jacke war außergewöhnlich leicht, ihr Innenfutter bestand aus einem wabenartigen Kunststoff.

„Dadurch wird der Schweiß vom Körper weg transportiert", erklärte Rothbauer. „Außerdem ist man gut gegen den Wind geschützt. Darunter genügt normale Sportwäsche, etwa ein Shirt mit langen Ärmeln."

„Und wenn es regnet?"

„Die Kapuze hat einen Reißverschluss zum Abnehmen." Er demonstrierte die Funktionsweise. „Sehen Sie, hier. Das ist praktischer, als sie im Kragen unterzubringen, wie es von anderen Herstellern praktiziert wird."

„Sie sind ein echter Experte, Professor Rothbauer. *Northland*, ich werde es mir merken." Maringer reichte ihm die Hand. „Vielen Dank und auf Wiedersehen."

„Was werden Sie nun tun, Inspektor?"

Er hielt das blaue Billett hoch. „Mit ein paar Leuten reden. Und danach einen Bericht schreiben."

Der Brief lag auf seinem Schreibtisch. *An die Polizeidirektion, z.H. Inspektor Maringer* stand in kleiner, unsicherer Handschrift auf dem Umschlag. Er erwartete nichts Ungewöhnliches, weil ihm Brigitte Schörflingers Abwesenheit begründet erschien, und sah vorher noch die andere Post durch, ehe er das Kuvert öffnete. Ein gefaltetes Blatt in DIN-A5-Größe kam zum Vorschein, das wohl von einem Notizblock stammte. Er nahm es heraus und las.

*Sehr geehrter Inspektor,*
*gestern Nacht hatte meine Tochter Rachel einen schweren Erstickungsanfall, vermutlich eine schockartige Reaktion auf einen Traum. Der Arzt meinte, er könnte mit der unterbewussten Aufarbeitung von Aarons Tod zu tun haben, und empfahl mir dringend, ein paar Tage mit ihr wegzufahren. Ich schreibe Ihnen diese Zeilen, weil ich Sie im Büro nicht erreichen konnte und Ihre Dienststelle auf unserem Weg liegt.*
*Ich werde die Zeit bis Sonntag nützen, den Verantwortlichen beim*

*Volleyballklub in Bologna zu berichten, was passiert ist. Bis dahin erwarte ich auch Nachricht von Sam Arcomb, Aarons Vater.*
*B. Schörflinger*

*Es kann niemals bei nur einem Unglück bleiben,* seufzte Maringer still. Er schaute auf die Uhr: erst knapp nach drei, aber er hatte schon genug für heute. Außerdem würde er die jetzt eingesparte Arbeitszeit ohnehin für den abendlichen Kriegsrat mit Carina brauchen.

Die dunklen Wolkenbänke hatten sich verzogen, anstatt Regen zu bringen. Obwohl er schon die Mittagszeit im Freien verbracht hatte, sah der Inspektor das strahlende Spätsommerwetter gleichsam als Verbot an, nach Hause zu fahren. Also wanderte er gemächlich am nördlichen Salzach-Ufer ins Zentrum. An der Staatsbrücke entschied er sich für weniger Tourismus und wählte daher den Weg über das neu gestaltete Platzl – mit einem Springbrunnen, der ohne Vorwarnung Wasserfontänen aus dem Boden schießen ließ – in die Linzergasse. In einem Café unweit der Sebastianskirche, die sich hier unauffällig ins Salzburger Straßenbild einfügte, genehmigte er sich ein Bier. Danach stöberte er ein wenig im *Musikladen,* fand jedoch nichts Besonderes. Beim Durchsehen der Titel in den Klassik-Regalen fiel Maringer wieder Franco Corelli ein. Er würde sich wohl nach seiner Heimkehr eine Aufnahme von Verdis *Troubadour* zu Gemüte führen, quasi um den italienischen Startenor posthum zu ehren.

Nachdem er so auf beschauliche Art eineinhalb Stunden vertrödelt hatte, machte er kehrt, überquerte die Salzach und ging am Franz-Josef-Kai zur Karolinenbrücke zurück.

Pünktlich um sieben Uhr, nachdem er seinen allgemeinen Informationsbedarf via Radio gestillt hatte, läutete das Telefon. Maringer stellte die Verbindung her.

„Guten Abend, Chef. Raichmann spricht."

„Dass Sie so spät noch im Dienst sind, erstaunt mich!"

„Sehr komisch, aber Ihr angegrauter Witz dürfte das einzig Heitere bleiben. Ich habe eine gute und eine schlechte Nachricht, was die Mail angeht."

„Sie können doch noch kein Ergebnis haben, Carina."

„Nein, und ich befürchte, wir werden auch so bald keines bekommen. Das ist die schlechte Neuigkeit."

„Wie das?", wunderte sich der Inspektor.

„Es gibt für so etwas zwei Experten bei der Polizei", erklärte sie. „Einer sitzt in Wien, der andere in Innsbruck. Unser Pech ist, dass der Wiener Kollege auf einem Seminar in den Vereinigten Staaten weilt, und sich der Tiroler vor zwei Tagen beim Gletscherschifahren den Arm gebrochen hat."

*Er soll die Mail ja nicht abschreiben, nur analysieren,* dachte Maringer zynisch. Irgendwie führten alle Straßen, auf denen er dem Fall zu Leibe rücken wollte, entweder ins Nichts oder wurden durch widrige Umstände verbaut. Rasch schüttelte er diese negativen Überlegungen ab.

„Was ist die gute Nachricht?"

„Ich habe die Mail mit allen Informationen nach Innsbruck geschickt. Aber wir brauchen diese Hilfe gar nicht, Chef." Sie sagte es sehr überzeugt.

„Und warum nicht?"

„Schon als Sie mir die Mail gezeigt haben, hätte ich es sehen müssen, aber da war ich zu sehr auf den Inhalt fixiert. Anhand des Absenders wird klar, dass es keineswegs von Aaron stammen muss. Jeder könnte sie geschrieben haben."

Maringer verstand gar nichts. „Wären Sie so freundlich, einen blutigen Computeranfänger wie mich aufzuklären?"

„Die verwendete Adresse lautet a.schoerflinger@hotmail.com", erläuterte Carina geduldig. „*Hotmail* bezeichnet einen kostenlosen E-Mail-Dienst, den jeder Internetbenutzer von überall auf der Welt benützen kann."

„Der Name stimmt aber", wandte der Inspektor ein.

„Das bedeutet nichts, denn bei *Hotmail* kann ich eine E-Mail-Adresse frei erfinden. Zum Beispiel könnte ich mir die Adresse raimund.maringer@hotmail.com zulegen, ohne dass Sie jemals davon erfahren."

„Wenn ich Sie richtig verstehe, kann also der gesamte Text von

Franz Rothbauer selbst stammen? Er hat sich die Mail einfach selbst geschickt?"

„Sie haben es erfasst. Noch dazu hat der Ausdruck kein Datum. Normal ist jede Mail mit einem Datum versehen. Ich denke, er hat sie selbst geschrieben und danach einfach kopiert."

„Von seinem Computer hat er sie sicher schon gelöscht. Oder kennen Sie eine Möglichkeit, das Versenden einer Mail auch später noch nachzuweisen?", griff Maringer nach einem weiteren Strohhalm.

„Tut mir leid, auch da sehe ich schwarz, Chef", zerstörte Carina diese Hoffnung gleich wieder ohne viel Aufhebens. „Wenn sich Rothbauer wirklich solche Mühe macht, uns zu täuschen, hat er die Mail bestimmt nicht zu Hause geschrieben, sondern in irgendeinem Internetcafé. Da könnten wir lange suchen. Und wer weiß, vielleicht stammt sie ja doch von Aaron."

Maringer konnte die Enttäuschung der Polizistin beinahe durch den Hörer spüren.

„Ich hatte heute mehr Erfolg, Carina", wechselte er deshalb das Thema. „Franz Rothbauer war aller Wahrscheinlichkeit nach in der fraglichen Nacht auf dem Mönchsberg und hat sich dort mit Aaron getroffen."

„Echt?" Ihre Überraschung kam einem jugendlichen Ausbruch gleich, doch sie fing sich sofort wieder. „Das hat er Ihnen aber nicht selbst erzählt."

„Nein, natürlich nicht. Er ist gesehen worden."

Der Inspektor erzählte von seiner Unterhaltung mit den Punkern und von der Jacke, die er bei dem Lehrer entdeckt hatte.

„Aber das klingt für mich sehr vage", zweifelte Carina an seinen Ausführungen. „Die Beschreibung trifft beinahe auf jeden zu, der kleiner ist als 1,80. Und wer sagt Ihnen, dass die andere Person wirklich Aaron war? Regenjacken mit Kapuze gibt es wie Sand am Meer."

„Die zwei waren aber zusammen unterwegs, deshalb haben sie sich wohl gekannt", beharrte Maringer. „Spielen wir es einmal durch, nur hypothetisch: Aaron geht zu seinem Lehrer und Freund. Er ist seltsam wortkarg, macht ihm aber deutlich, dass er sich endgültig von der Malerei verabschiedet und nur mehr Volleyball spielen will. Er sagt ihm noch, dass er später am Abend einen Trainingslauf auf den Mönchsberg vorhat. Rothbauer erträgt es nicht, ein künstlerisches Talent, das er über Jahre gefördert hat, vor die Hunde gehen zu lassen – wohl auch aus verletztem Stolz, gegen etwas so Banales und Unwürdiges wie Sport verloren zu haben. Er passt Aaron ab, stellt ihn zur Rede. Und dann passiert das Unglück, irgendwie jedenfalls."

„Entschuldigung, aber Sie glauben doch nicht, Rothbauer würde seinen Liebling persönlich angreifen." Die junge Polizistin räusperte sich vernehmlich. „Ganz abgesehen davon, dass er niemals eine Chance gegen ihn gehabt hätte."

„Einen Versuch könnte er aber unternommen haben." Maringer klammerte sich beinahe verzweifelt an seiner Theorie fest. „Hier kommt Neuigkeit Nummer zwei: Aaron hatte eine Wunde an der Stirn, die frisch war, aber nicht vom Absturz stammt."

Er berichtete von der Entdeckung Marianne Ortliebs, musste aber auch eingestehen, dass die Verletzung nicht zur Bewusstlosigkeit hatte führen können und schon gar nicht tödlich gewesen war.

„Aber er könnte erschrocken sein und … –" gab der Inspektor nicht auf. Dies war der Moment, wo seine Mutmaßungen für Carina zu sehr ins Fantasievolle abdrifteten, denn sie fiel ihm beinahe schroff ins Wort: „Die Brüstung ist dort *zu hoch*, Chef! Er kann nicht einfach drübergekippt sein! Da ist mehr notwendig als ein leichtsinniger Fehltritt!" Sie verstummte, wartete auf eine Zurechtweisung, die aber ausblieb. Die Schärfe in ihrer Stimme hatte offensichtlich Wirkung gezeigt. Ruhiger setzte sie fort: „Wie wir es auch drehen und wenden, der eigentliche Unfallhergang bleibt das große Fragezeichen."

„Was schlagen Sie vor?" Maringers Stimme klang in seinen eigenen Ohren plötzlich kraftlos. „Wenn Sie eine Idee haben – ich bin mit meinem Latein am Ende."

„Auch wenn es Ihnen nicht gefällt: Wir müssen die Sache von der Selbstmord-Seite her angehen." Sie hörte, wie er für eine Entgegnung Luft holte, und sagte rasch: „Deshalb müssen wir den Fall nicht gleich zu den Akten legen. Ich meine nur, wir sollten ergründen, warum sich Aaron das Leben genommen hat."

„Und wie soll das ablaufen?" Maringer fühlte Unwillen in sich hochsteigen. „Sollen wir zum Herrn Professor gehen und ihn fragen, ob der junge Mann ihm noch vor Mitternacht ein Motiv genannt hat?"

„Wir haben die Mail. Sie ist noch immer das stärkste Indiz." Die Polizistin kommentierte den Zynismus ihres Vorgesetzten nicht. „Und es gibt jemanden, der uns zumindest sagen kann, ob die darin beschriebenen Gefühle der Wirklichkeit entsprechen – Fälschung hin oder her."

„Sie sagten doch, Sie haben die Unterlagen nach Innsbruck … –"

„Natürlich habe ich *Kopien* gemacht, Chef", unterbrach ihn Carina. Ihr Tonfall machte deutlich, dass sie nicht wie eine Anfängerin behandelt werden wollte. Im gleichen Moment, wie Maringer seinen Fauxpas einsah, dämmerte ihm, was sie gleich vorschlagen würde. Er nahm es vorweg, um – wie er glaubte – später wenigstens sagen zu können, es wäre sein eigener Einfall gewesen.

„Sie möchten tatsächlich nach Italien fahren und sich mit diesem Maler unterhalten?"

„Ich sehe keinen anderen Weg, um an authentische Informationen über diese zwei Wochen zu kommen. Für Aaron waren sie sehr wichtig, zumindest nach allem, was wir bisher wissen."

„Aber wie soll ich die Kosten begründen?" Der Inspektor dachte sowohl an Karl Ritzls überhebliches Außer-Spesen-nichts-gewesen-Grinsen als auch an die Frage von Präsident Strauß, womit er sich in der Zeit von dessen Urlaub beschäftigt habe. Beides würde am Montag so sicher kommen wie der nächste Touristenbus. „Wir würden einen Dolmetscher brauchen, denn weder Sie noch ich … –"

„Gianluca wird uns helfen." Sie benutzte nicht einmal mehr die Möglichkeitsform. „Ich habe schon mit ihm geredet. In der Schule ist am Wochenende nur das Büro besetzt, er hat Zeit."

„Carina!"

Er war fast böse über ihre vorschnelle Art und hatte auch so klingen wollen, doch die Reaktion der Polizistin auf seine Heftigkeit kam gänzlich unerwartet. Maringer hörte sie hell lachen, wie sie es oft in seiner Gegenwart tat – und wofür er sehr dankbar war. Sie sagte: „Geben Sie es zu, Chef: Sie wollten doch schon immer ein paar Tage mit mir wegfahren!"

Diese so leicht vorgebrachte Anspielung ließ ihn selbst lächeln. Zugleich gestand er sich das Tatsächliche ein: Es gab kaum eine andere Chance, den Fall bis Montag zu einem Ende zu bringen, ob nun gut oder schlecht. Sie mussten das Ganze nicht einmal als Auslandsreise beantragen. Morgen war Freitag, sie konnten beide einfach ein bisschen früher gehen. Es sei denn … –

„Ist das Wochenende für Sie dienstfrei?"

„Ist es." Wiederum lachte sie. „Jetzt haben Sie bald keine Ausrede mehr."

„Also gut, überredet." Der Inspektor seufzte so laut wie übertrieben. „Wie lange werden wir unterwegs sein?"

„Etwa sechs Stunden, mit ein, zwei Pausen."

„Abfahrt um eins, nach dem Mittagessen. Können Sie das Hotel reservieren? Ich meine, falls Sie das noch nicht erledigt haben."

„Herr Inspektor!" Nun war es an Carina, Entrüstung zu markieren. „Was denken Sie eigentlich von mir?"

„Alles Mögliche", gab er schlagfertig zurück. „Wirklich, Carina, ich habe soeben beschlossen, dass mich bei Ihnen zukünftig nichts mehr überraschen wird."

„Zwei oder vier Sterne?"

„Strapazieren Sie nicht meine Gutmütigkeit, Frau Kollegin! Die Formel lautet: zwei Übernachtungen, zwei Zimmer, zwei Sterne."

„Schon verstanden. Also im Parkhotel, ich erledige das sofort."

„Sorgen Sie auch dafür, dass die Leute dort von unserem Kommen wissen." Jetzt, da sich Maringer entschieden hatte, war er gedanklich schon in die Vorbereitungen eingetaucht. „Wir haben auf keinen Fall länger Zeit als bis Sonntag Mittag."

„Ich werde Gianluca bitten, nochmals mit diesem Gemmari zu reden", antwortete Carina. „Vielleicht kann uns der auch gleich bei Zaco Lenta anmelden."

„Und was tun wir, wenn er uns nicht treffen will?" Der Inspektor sagte es nicht, um ihren Eifer zu bremsen. Es waren berechtigte Zweifel, die er vorbringen musste. „Haben Sie dafür einen Plan B?"

„Dann können wir nur noch in der Schule auf Informationen hoffen", erwiderte sie. „Doch ich kann mir kaum vorstellen, dass er sich verschließt, wenn er von Aarons Tod erfährt."

„Ihr Wort in Gottes Gehörgang!" Maringer spürte, wie es in seinem Magen rumorte, also ging er daran, das Gespräch zu beenden. „Wir sehen uns dann morgen."

„Eine Frage noch, Chef." Auf einmal wurde ihre Stimme zögernd. „Ich habe nur einen kleinen, alten Polo …"

„Schon gut, wir nehmen meinen Wagen."

„Und ich bringe ein paar CD's mit. Bis morgen."

Noch ehe er seine Befürchtung über die Distanz, die vermutlich zwischen den beiden Polen ihres jeweiligen Musikgeschmacks lag, in Worte kleiden konnte, hatte Carina schon aufgelegt.

Spätabends stand der Inspektor auf seinem Balkon und ließ sich den schon herbstlich frischen Wind ins Gesicht wehen. Aus seinem Wohnzimmer drangen die Klänge von Mozarts Requiem an sein Gehör, eine Wahl, die er ohne große Überlegung nach dem Abendessen – und nach einigen Corelli-Arien aus dem *Troubadour* – getroffen hatte. Der Komponist war in der Verschmelzung wunderbarer Chorstimmen und der Instrumentierung zu absoluter Meisterschaft gelangt.

Maringer blickte in die auf seiner Seite des Mehrparteienhauses spärlich beleuchtete Nacht. Er bedachte in aller Ruhe die Konsequenzen, die sich durch seine Zustimmung zu Carinas Idee für die Bearbeitung des Falles ergaben: Da war einmal die bittere Erkenntnis, nichts erreicht zu haben, und das dadurch entstandene schlechte Gewissen. Für den persönlich so gefestigten und ambitionierten Aaron Schörflinger hatte es keinen nachvollziehbaren Grund gegeben, sich das Leben zu nehmen. Selbstverständlich wusste der Inspektor, dass für eine solche Handlung nur selten rationale Ursachen vorlagen. Aber weder er noch seine Kollegin waren auf Ereignisse in den letzten Lebensmonaten des Jugendlichen gestoßen, die als

Auslöser für einen Selbstmord brauchbar waren. Die Zeit in Italien hatte er seiner Mutter und Freunden gegenüber als schön und erfüllend beschrieben. Sohin dürfte dort kaum etwas vorgefallen sein, das zu einer derartigen Kurzschlusshandlung führen konnte. Und selbst wenn: Kein Mensch fährt fünfhundert Kilometer nach Hause, wartet noch eine Woche und steigt dann auf einen Berg, um sich aus gekränkter Ehre, wegen einer verschmähten Liebe oder anderer spätpubertärer Hilflosigkeiten in die Tiefe zu stürzen.

Das *Hosanna* ertönte, eines der schönsten Motive aus Mozarts Totenmesse. Maringer erinnerte sich, einmal im Grazer Dom eine wunderbare Aufführung dieses Werkes miterlebt zu haben. Dies war eines seiner Schlüsselerlebnisse auf dem Weg in die Glückseligkeiten der klassischen Musik gewesen. Im Lobgesang, so musste er seither beim Hören dieser Stelle immer denken, erkennt man den Platz, den der Mensch in alter Zeit Gott und sich selbst zugewiesen hat. Es gab nur einen Herrscher über das Leben und Sterben. Heute bestimmt der Mensch schon längst über den Wert alles Lebendigen, gibt in Skalen und Tabellen Erwartungen und Chancen vor. Zu allem Übel zwingt er auch noch die Vielfältigkeit der Natur in Idealmaße, ob sie nun die Krümmung einer Banane betreffen oder den Körper einer Frau. Maringer fragte sich, welches dieser zwei Beispiele bizarrer auf ihn wirkte. Für Unsinnigkeit existiert ohnehin keine Rangliste.

Was jedoch nicht reglementiert werden konnte – er betete inständig, es möge für alle Zeiten so bleiben –, waren Emotionen. In ihnen lagen die Quelle für kunstvolle Schöpfungen ebenso wie die Motive für Straftaten. Eifersucht, Hass und jede andere Form von Missgunst entwickelten so starke Kräfte, dass sie sich in ihren negativen Folgen ebenso verselbstständigen konnten wie Liebe, Hilfsbereitschaft und Mitgefühl auf der anderen Seite des Spektrums.

Maringer stand regungslos da und horchte. Der Wind hatte seine eigene Melodie wie die Musik: bedrohlich zerrend, dann wieder sanft schmeichelnd. Und wie die Musik trug auch der Wind Bilder mit sich – einen reichen Schatz, den man aber nur geschenkt bekam, wenn man bereit war, dem kleinsten Geräusch mit Achtsamkeit zu begegnen.

Seine Betrachtungen über Motive und Bilder führten den Inspektor bald wieder zu Aaron Schörflinger und dessen unvollendetes, nicht einmal richtig begonnenes Leben. In Maringers beruflicher Erinnerung existierte keine andere derart abstrakte Situation: Er hatte ein Motiv, ein Opfer und auch einen Verdächtigen, aber keine strafbare Handlung.

Franz Rothbauer. Er war von seinem Schüler enttäuscht worden, noch dazu auf mehrfache Weise. Erst entschied sich der Schüler für ein Leben als Sportler, anstatt der hohen Kunst den Vorrang zu geben, und dann stellte er auch noch die Urteilsfähigkeit des Lehrers bei der Bewertung seines Talents infrage. Rothbauer lebte allein, dies mochte eine weitere Rolle spielen. Aus eigener Erfahrung kannte der Inspektor Situationen, in denen man nichts lieber wollte, als sich selbst anderen mitzuteilen, egal auf welcher Ebene. Wenn die eigene Stimme, eigene Beschäftigungen und Gedanken nicht mehr genügten, war man bereit, viele Kompromisse zu machen, nur um endlich wieder einmal mit neuen, fremden Eindrücken und Meinungen konfrontiert zu werden.

Die Beziehung zwischen Aaron und seinem Lehrer konnte von beiden auf unterschiedliche Weise interpretiert worden sein. Der eindimensionalen Betrachtung – junger Mann findet Vater, den er nie hatte, und dieser im Gegenüber den Sohn – hing Maringer nicht nach. Dass Aaron für Rothbauer mehr war als bloß ein Schüler, schien klar. Doch was der Schüler seinerseits im Professor für Deutsch und Bildnerische Erziehung gesehen hatte, darüber konnte er nur spekulieren.

Langsam spürte Maringer die Müdigkeit am Ende eines langen Tages in sich hochkriechen. Er rieb sich mit beiden Händen übers Gesicht und atmete konzentrierter.

Reichte eine Enttäuschung, wie Rothbauer sie erlitten hatte, als Mordmotiv aus? Vermutlich nicht, dafür war sie zu alltäglich. Wenn er jedoch Aarons Wahl für den Sport und gegen die Malerei als ganz direkte Ablehnung seiner Persönlichkeit auffasste, lagen die Dinge anders.

*Verschmähte Liebe…* Erst als er schon zu Bett gegangen war, fiel Maringer auf, dass seine Überlegungen den ganzen Abend lang nur um diesen einen, abstrakten Aspekt gekreist waren. Die Undurchführbarkeit eines tätlichen Angriffs war dagegen konkret, beinahe zwingend, wenn man die körperlichen Unterschiede zwischen Aaron und Rothbauer betrachtete.

*Er hätte es gar nicht tun können,* beschied sich der Inspektor, während er versuchte, die ideale Position auf der Matratze zu finden. *Also ist es müßig darüber nachzudenken, ob und vor allem warum er…*

Maringer schlief ein, ehe der Gedanke vollendet war. Im Morgengrauen träumte er von einer Orangen-Trüffel-Torte nach original italienischem Rezept.

# Kapitel 18

Auf der Tauernautobahn war die Hölle los. Inspektor Maringer fuhr nicht besonders gerne weite Strecken, und so war er auch von den unzähligen LKW-Fahrern wenig angetan, die ohne Vorwarnung zu Überholmanövern ansetzten. Aber immerhin hatte er sich in der vorhersehbaren Auseinandersetzung über die Beschallung des Wageninneren durchgesetzt und einen brauchbaren Kompromiss erzielt. Sie waren übereingekommen, der jeweilige Fahrer durfte die Musik auswählen, musste aber die Zustimmung des anderen einholen. In der Praxis fielen von Maringers Liste Verdis *La Traviata,* Schuberts *Winterreise* und – was ihn besonders schmerzte – Mozarts *Zauberflöte* durch, doch er musste sich auch nicht mit *Bon Jovi live* („Wie können Sie sich bei diesem Krach auf die Straße konzentrieren, Carina?") und *Anastacia* quälen lassen. Carina gab sich mit Billy Joel und Eric Clapton *unplugged* zufrieden, legte bei den *Piano solos* von George Winston kein Veto ein und fand sogar lobende Worte für Karl Ratzer: „Für derart fortschrittlich hätte ich Sie gar nicht gehalten, Chef."

Auf der Tauernhöhe, kurz vor dem ersten langen Tunnel, legten sie eine Kaffeepause ein. Sie waren noch bei Sonnenschein losgefahren, doch um die Berge lag ein dunkler Wolkenkranz. Der Wind, der ihnen beim Verlassen des Wagens entgegenschlug, war unangenehm kalt. Maringer war froh, als sich die Tür der Raststation hinter ihm schloss – ein untrügliches Zeichen dafür, dass der Herbst nun doch gekommen war.

„Geben Sie mir eine Zusammenfassung ihrer Gespräche mit dem Veranstalter der Ausstellung", bat er, nachdem sie bestellt hatten: der Inspektor Kaffee und Kuchen, Carina nur Kaffee. „Was wissen wir über diesen Zaco Lenta?"

„Nicht ich habe mit ihm geredet, sondern Gianluca", korrigierte die junge Polizistin. „Was er berichtet hat, war nicht sehr ausführlich, deckt sich aber im Großen und Ganzen mit den Angaben in der Mail. Er lebt in einem alten Bauernhaus am Rand eines Dorfes, das etwas oberhalb der Stadt liegt. In Feltre selbst sieht man ihn selten. Er bewirtschaftet den Hof allein, malt viel, stellt aber nicht aus. Das Selbstporträt war das einzige Bild von ihm in der Aula jener Schule."

„Sein Alter?"

„Mitte sechzig, ungefähr."

Wie Franz Rothbauer, dachte Maringer, vergaß es aber gleich wieder, weil das harte, vertrocknete Stück Apfelstrudel den unteren Grenzen der Genießbarkeit gefährlich nahe kam. Er schob es beiseite und tröstete sich mit der Melange, die als guter Durchschnitt bestehen konnte. Wenigstens hob diese Erfahrung seine Vorfreude auf Italien, Land des Tiramisu und des Cappuccino.

„Weiß er, dass wir kommen und mit ihm reden wollen?", fragte er weiter.

Carina nickte. „Ich habe nach unserem Telefonat gestern Abend noch einmal mit Gianluca gesprochen. Er wird sich morgen für uns Zeit nehmen und auch Alessandro Gemmari informieren." Sie zögerte ein wenig, dann fügte sie hinzu: „Und der schafft es hoffentlich, uns mit Lenta zusammenzubringen. Sie müssen wissen, Chef, die Dörfer am Fuß der Dolomiten sind sehr einfach, fast ein wenig rückständig. Ich bin während meines Urlaubs dort ein bisschen herumgefahren. Die Gegend wirkt in sich gekehrt. Wenn der Mann wirklich so eigenbrötlerisch ist, wie er uns beschrieben wurde, hat er vielleicht nicht viel Freude an einer Unterhaltung mit der österreichischen Polizei."

„Schon möglich", meinte der Inspektor. „Aber ich glaube, dass er sich gut an Aaron erinnern kann, Einsiedler hin oder her." Er dachte dabei an die Unterhaltung mit Liselotte Czernin, an ihre deutlichen Erklärungen über die Fortschritte, die der Jugendliche bei seinen Bildern gemacht hatte. „Ein ausgeprägtes Talent verliert man nicht so schnell aus dem Gedächtnis."

Sie verließen die Station, schlangen auf dem Weg zum Parkplatz die Arme um den Körper, um sich besser gegen den beißenden Wind zu schützen, und setzten die Reise fort.

„Wie sind Sie eigentlich auf die Idee gekommen, im Urlaub einen Sprachkurs zu machen?“

Maringer stellte die Frage kurz nach dem Grenzübergang bei Arnoldstein, als ihm bewusst wurde, dass er sich in diesem Land nicht selbst verständigen konnte. Die Welt hatte sich verändert. Er erinnerte sich gar nicht mehr, wann er zum letzten Mal in einer Gegend außerhalb des deutschen Sprachraums gewesen war. Mit seinem Englisch konnte er sich nur gerade so durchschlagen. Maringer hatte in der Schule und auch nachher andere Prioritäten gesetzt, was ihm zwar nicht als Fehler erschien, ihm aber heute das Eingeständnis abverlangte, dass die Entwicklung des Wissens unglaublich schnell eine internationale Richtung genommen hatte. Für junge Leute war es selbstverständlich, Freundschaften in vielen Ländern zu pflegen, Monate lang unterwegs und auch bereit zu sein, abseits beruflicher Zwänge Zeit in den aktiven Erwerb von Sprachen zu investieren. Im großen Bild, das auch die Öffnung des Kontinents nach Osten mit einbezog, war dieser Lauf der Dinge folgerichtig und gab zu Hoffnung Anlass. Für den Inspektor aber hatte er auch den bitteren Beigeschmack des eigenen, sich langsam vom Mittelpunkt entfernenden Lebens.

„Eigentlich wollte ich nur eine Freundin begleiten, aber dann war es auch für mich ein großer Spaß“, antwortete sie. „Sprachen haben mich schon immer interessiert, und gerade aus Italien kommen ja so viele wunderbare Dinge wie Musik, Mode … –“

„Und köstliche Desserts“, komplettierte Maringer die Liste, was der Polizistin ein helles Lachen entlockte.

„Bei uns in der Stadt ist es vielleicht einmal nützlich“, setzte sie fort. „Wegen der vielen Touristen, meine ich.“

„Manchmal kommt man sich in Salzburg wirklich wie in einer römischen Außenstelle vor“, bestätigte er. „Wenn ich an die vergangene Karwoche denke … –“

„Warten Sie auf die Zeit von Advent bis Neujahr, Chef!“ Carina verlangsamte den Volvo vor der automatisierten Mautstelle, um ein Ticket zu ziehen. „Zu Silvester ist die Getreidegasse so voll mit Italienern, dass Sie weder ein Wort verstehen noch umfallen können.“

*Wieder ein Ort, an dem ich zum Jahreswechsel sicher nicht sein werde,* kommentierte der Inspektor stumm und wechselte das Thema.

„Welche Art von Leuten besucht die Schule, in der Sie waren? Durchschnittlich gesehen?"

„Fast nur gehobenes Niveau, sowohl sozial als auch bildungsmäßig. Im Sommer natürlich viele Studenten, aber auch Lehrer, Sänger, ambitionierte Musiker und so weiter."

„Also Menschen, die man unter dem Adjektiv *neugierig* zusammenfassen kann", schloss er. „Wie Aaron Schörflinger."

„Ziemlich genau, ja", stimmte Carina zu und setzte fort: „Wobei sein Interesse an der Sprache durch den angestrebten Beruf ja schon exakt definiert war. Die Begegnung mit Zaco Lenta muss er als absoluten Glücksfall erlebt haben."

„Wenn man seiner Mail Glauben schenkt, nein", versetzte Maringer trocken. „Was seine Bilder aus jener Zeit betrifft, eindeutig ja."

„Auf welcher Seite stehen Sie, Chef?"

„Dort, wo ich hoffentlich der Wahrheit näher bin, Carina", antwortete er und schaute seine Kollegin von der Seite an. Ihre roten Locken fielen offen bis über die Schultern, sie trug ein grünes Benetton-Sweatshirt, Jeans und Turnschuhe. „Die Bilder sind für mich echt, die E-Mail ist es nicht. Ich habe gestern noch lange über Franz Rothbauer nachgedacht. Seine Motive sind für einen Mord nicht stark genug. Ganz abgesehen davon, dass er kaum in der Lage gewesen sein kann, Aaron zu überwältigen – wie wir schon des Öfteren festgestellt haben."

„Aber niemand fälscht grundlos elektronische Post", wandte sie ein. „Noch dazu, wenn dadurch der Verdacht auf einen selbst gelenkt wird. Das wäre hochgradig kontraproduktiv, um nicht zu sagen extrem blöd."

„Vielleicht liegen auch die Gründe für die Fälschung in Italien", stellte der Inspektor eine neue Vermutung an. „Durchaus möglich, dass sie von größerer Bedeutung sind als Aarons Malunterricht." Er trommelte mit den Handflächen auf seinen Knien. „Wann kommt eigentlich die nächste Autobahnstation?"

„Wollen Sie schon wieder etwas trinken, Chef?“, fragte Carina erstaunt. „Ich habe auch stilles Mineralwasser dabei, Sie können gerne … –“

„Der umgekehrte Problemfall tritt ein“, unterbrach er sie freundlich. „Ihr Fahrstil macht mich nervös, das drückt auf meine Blase.“

„Auch mir ist es recht, wenn wir wieder wechseln“, erwiderte sie und lachte. Auf den bohrenden Nachsatz, ob nicht doch eher die Musik der Grund dafür war, dass er wieder fahren wollte, verzichtete sie, was Maringer seiner Begleiterin hoch anrechnete.

Nach den zahllosen Brücken und Tunneln durch das Kanaltal änderte sich die Landschaft markant. Sie wurde flacher, kleine Pinienwälder entlang der Autobahn häuften sich. Inspektor Maringer stellte fest, die Globalisierung hatte längst stattgefunden – Gewerbe- und Industrieansiedlungen waren kaum von jenen in Deutschland oder Österreich zu unterscheiden. Nur private Wohnhäuser wurden noch in der typischen Weise des südlichen Landes gebaut: mit kleinen Ziegeln gedeckte Dächer, die an der Hauswand bündig abschlossen, rötlich-braune Verputze, schwere Fensterläden und Verandatüren, die gegen das warme Klima schützten.

Sie kamen an Udine vorbei, wechselten von der A23 auf die A4 Richtung Venedig, um danach wieder auf die A28 nach Norden abzubiegen. Hier ließ der endlose Strom von Lastkraftwagen und Sattelschleppern zum Glück nach, wohl auch des späteren Nachmittags wegen. Bei Sacile hörte die Autobahn plötzlich auf, und Maringer war verwirrt. Er hatte – nur aus persönlicher Neugier und nicht, um Carina zu kontrollieren – die Fahrt auf der Straßenkarte mitverfolgt, wo aber eine durchgehende Fahrbahn bis Ponte nelle Alpi verzeichnet war.

„Keine Panik, Chef“, beruhigte sie ihn. „Beim ersten Mal habe ich die Autobahn nicht mehr gefunden, aber das wird mir heute nicht mehr passieren.“

Das Murmeln des Inspektors klang nicht sehr vertrauensvoll, doch er fügte sich und ließ die Polizistin wieder ans Steuer. Sie lenkte den Volvo zielsicher durch ein Gewirr aus kleinen Ortschaften und bog dann unvermittelt von der Hauptstraße ab.

„Haben Sie sich verfahren?", fragte er und versuchte dabei seine Stimme so neutral wie möglich klingen zu lassen.

Carina schüttelte den Kopf. „Es gibt eine einfache Regel fürs Autofahren in Italien", erwiderte sie und wandte Maringer vor einer Ampel das Gesicht zu. *„Folge immer den kleinen grünen Schildern, sie führen dich zur nächsten Autobahn.* Das habe ich vor ein paar Wochen nicht beachtet, und mir ist passiert, was Sie vermuten, Chef." Die Ampel schaltete auf grün, sie fuhr weiter. „Das Schild mit der Aufschrift A27 haben Sie nicht gesehen, oder?"

„Nein", musste er zugeben, „aber hiermit gelobe ich, künftig besser aufzupassen."

Und wirklich dauerte es nicht lange, bis sie die verheißene Auffahrt bei Vittorio Veneto erreichten. Jener Abschnitt stellte sich als der modernste ihrer bisherigen Fahrt heraus. Das zweispurige Betonband führte über gewaltige Brücken und zwei lange Tunnel direkt nach Norden. Die Sonne war nur mehr an den Berghängen zu sehen, als sie bei Ponte nelle Alpi die Autobahn verließen. Die digitale Uhr am Armaturenbrett zeigte *19:05*.

„Jetzt haben wir es bald geschafft", meinte Carina zufrieden. „Eine halbe Stunde noch, vielleicht ein bisschen länger."

Auf dem letzten Stück folgten sie dem Lauf der Piave nach Südwesten, durchquerten die Dörfer Trichiana, Mel, Busche – wo es, wie der Inspektor überrascht feststellte, neben einem heftig beworbenen Sexshop auch eine Molkerei von den Ausmaßen der *Alpenmilch Salzburg* gab – und gelangten über eine kleine Kuppe in ein Tal, das von Hügeln und Bergen nahezu umschlossen war. In seinem Zentrum lag das Ziel ihrer Reise, die Stadt Feltre.

„Was steht da oben?", fragte Maringer und wies auf ein bei der Ortseinfahrt quer über die Straße gespanntes Transparent.

*„Città da scoprire* bedeutet, *Stadt zu entdecken*", übersetzte die Polizistin bereitwillig. „Ein schönes Motto, das hat mir schon bei meinem ersten Besuch hier gefallen."

„Für uns könnte es einen völlig neuen Sinn bekommen", meinte Maringer. „Wir wollen hoffen, dass es wirklich etwas zu entdecken gibt." Er blinzelte bedeutungsvoll und setzte fort: „Welchem Grundbedürfnis wollen Sie zuerst nachgeben, Frau Kollegin: duschen oder essen?"

„Wenn Sie noch einmal *Frau Kollegin* zu mir sagen, dusche ich Sie gleich hier, Chef", versetzte sie so spitz wie schlagfertig. „Dafür reicht das Mineralwasser bestimmt noch."

Sie umrundeten den ersten Kreisverkehr zu drei Viertel und kamen bald darauf zum Parkhotel.

„Und, wie sieht unser Plan für morgen aus?"

Carina stellte diese Frage klugerweise erst am Ende des Hauptganges, einem herrlichen Seehecht mit Petersilienkartoffeln. Den drängendsten Hunger hatten sie schon an einem Risotto mit Hühnerfleisch und Pilzen gestillt. Dazu war ihnen von der kleinen, pummeligen Kellnerin, die ihre hüftlangen Haare zu einem dicken Zopf geflochten trug, der Hauswein empfohlen worden: ein milder Merlot, offen im Steinkrug serviert. Dies alles geschah in der Trattoria *Aurora*, nur wenige Straßen von ihrem Hotel entfernt. Um nach der langen Autofahrt ein bisschen Bewegung zu machen, waren die beiden Beamten zu Fuß hingegangen.

„Wir sind auf Ihren Vorschlag hier", erwiderte der Inspektor und viertelte gemächlich seine letzte Kartoffel. „Sie haben das Ganze eingefädelt, da können Sie auch weiter die Führung übernehmen."

Kurz trat Freude über diesen Vertrauensvorschuss in ihr Gesicht, gleich darauf wieder Konzentration. Sie wiegte leicht den Kopf hin und her und sagte dann: „Leider können wir nur schwer einschätzen, wie Zaco Lenta auf die Nachricht von Aarons Tod reagieren wird. Vielleicht wäre es gut, es ihm nicht gleich zu sagen, damit er uns nichts verschweigt, falls er sich schuldig fühlt. Die Mail kann man ja durchaus in diese Richtung interpretieren."

„Die Gefahr besteht", stimmte Maringer zu. „Trotzdem hat er ein Recht darauf, es sofort zu erfahren. Stellen Sie sich vor, jemand würde Sie lang und breit über eine Urlaubsbekanntschaft ausfragen und erst am Ende damit herausrücken, dass die betreffende Person mittlerweile gestorben ist." Er trank einen Schluck Rotwein. „Den Vorwurf der Unehrlichkeit dürfen wir uns nicht machen lassen."

„Und wenn er dann gar nicht mehr mit uns reden will?"

„Das Risiko müssen wir eingehen." Maringer hob den rechten Arm, sagte laut „Cappuccino!" zur Kellnerin und erwiderte danach wieder Carinas Blick. „Ich halte es für möglich, dass wir hier gar nichts herausfinden. Ihrer Idee, nach Italien zu fahren, habe ich zugestimmt, weil wir den Fall bis Montag abschließen müssen. Die Schörflingers sind übers Wochenende weg, was ich verstehen kann. Ich möchte alles versucht haben, jeder kleinen Spur nachgegangen sein, wenn mich Präsident Strauß fragt, was während seines Urlaubs los war. Aber ich erwarte mir nicht besonders viel."

„Sie glauben also noch immer, dass Rothbauer damit zu tun hat?"

„Er ist der Einzige mit einem Motiv und noch dazu aller Wahrscheinlichkeit nach am Tatort gesehen worden", führte der Inspektor seine Überlegung aus. „Für eine Anstiftung zum Selbstmord durch diesen Lenta – wenn wir uns schon damit beschäftigen – sind die zeitlichen Rahmenbedingungen einfach zu abwegig."

„Vielleicht hatten sie später noch Kontakt zueinander ..."

„Und Aaron bringt sich nach einem solchen Gespräch um, weil er schlecht malt? Wo er einen Vertrag als Volleyballprofi in der Tasche hat?" Er schüttelte den Kopf, rührte dann Zucker in seinen Kaffee, kostete und musste sich wundern, warum das Getränk in diesem Land um so vieles besser schmeckte als in jedem anderen. „Ich möchte Sie nur vor einer Enttäuschung bewahren", setzte Maringer fort. „Wir werden hier keinen Mörder finden. Vermutlich gibt es ihn gar nicht."

„Also suchen wir nur nach Ursachen für einen gewöhnlichen Selbstmord?", fragte Carina ohne Begeisterung.

„Wir suchen Spuren von Aaron Schörflinger", antwortete der Inspektor. „Es dabei zu belassen, hält uns alle möglichen Denkrichtungen offen. Wie wir das anstellen, ist Ihre Aufgabe. Also?"

„Gianluca kommt morgen um 9 Uhr zum Hotel", gab sie die Einteilung vor. „Vielleicht bringt er Alessandro Gemmari gleich mit. Ich hoffe, dass wir gemeinsam zu Zaco Lenta fahren können. Er wohnt in Vignui, etwa fünf Kilometer entfernt von hier.“

Auf dem Rückweg zum Hotel redeten sie kaum miteinander, hingen ihren eigenen Gedanken nach. Sie konnten nichts tun, als auf das Treffen mit dem geheimnisvollen Maler zu warten, der bisher nur im Porträt eines toten Jugendlichen und in einer angeblichen E-Mail aus dessen Hand lebendig geworden war.

# Kapitel 19

Obwohl das kleine Hotelzimmer ungemütlich und die Matratze seines Bettes viel zu weich war, erwachte Inspektor Maringer am Samstag ausgeruht und guter Dinge. Er duschte lange und ging Viertel nach acht in die Halle hinunter. Einen Frühstücksraum gab es nicht, der Espresso wurde mit einem Croissant gleich an der Bar links vom Eingang serviert. Dort standen auch ein paar Tische, wohl als Zugeständnis an Gäste aus dem Ausland, die es gewohnt waren, sich beim Morgenkaffee hinzusetzen.

Carina war schon da, heute in einer weißen kurzärmeligen Bluse und leichten Jeans, dazu Sandalen, die sie an ihren bloßen Füßen trug. Tatsächlich hatte das Wetter hier so etwas wie ein sommerliches Refugium gefunden. Noch herrschte die kühle Frische des frühen Vormittages, aber die Voraussage der Polizistin über „sympathische Tageshöchsttemperaturen" würde sich wohl bewahrheiten. Und so hatte auch Maringer die Garderobe gewechselt, war auf Jackett und Hose aus Leinen umgestiegen.

„Ein weiterer Grund, Italien zu lieben", kommentierte Carina die Wetterlage und blinzelte ihrem Vorgesetzten fröhlich zu. „Hier beginnt der Herbst nicht schom zum Großen Frauentag, wie mein Großvater immer gesagt hat. Als Kind habe ich immer geglaubt, diese Bezeichnung stammt von überdimensionalen Marienerscheinungen, die an diesem Tag passiert sein müssen. Wenn man klein ist, kann man mit Metaphern nicht umgehen."

„Dinge wörtlich zu nehmen, ist ein Privileg der Kindheit", pflichtete er bei. „Als mir mein älterer Bruder erklärte, dass im Radio kleine Männchen sitzen und Musik machen, habe ich zuerst gedacht, es wäre wirklich so." Der Inspektor biss in sein Croissant und kaute genießerisch. „Die Rationalität beim Erwachsenwerden schützt uns vor vielen Dummheiten, doch sie raubt uns auch den Schatz der reinen, positiven Gutgläubigkeit."

„Die hat mir der Beruf meines Vaters viel früher geraubt“, erwiderte Carina und bestellte einen zweiten Espresso.

„Wie geht es ihm?“, fragte Maringer. Über die Familie seiner Kollegin wusste er so gut wie nichts. „Ist er noch im Dienst?“

„Am Posten Leogang, wie in den vergangen dreißig Jahren auch. Ein paar muss er noch dranhängen, aber er ist noch immer mit Leib und Seele Gendarm. So sehr, dass er die Anrede ‚Polizist‘ als persönliche Beleidigung auffasst.“

„Sie stammen aus dem Pinzgau, Carina? Das wusste ich gar nicht.“ Maringer wollte seine Bemerkung vom Mantel der zwanghaften Konversation befreien und fügte hinzu: „Man hört es in keiner Weise, wenn Sie mir dieses Lob am frühen Morgen gestatten.“

„Hartes Training in der Polizeischule“, meinte sie leichthin. „Den Dialekt gewöhnt man sich dort bald ab, wenn man etwas erreichen will, noch dazu als Frau. Nicht dass ich ihn verleugnen würde“ – sie machte mit der rechten Hand eine abwehrende Geste –, „aber ich rede nur noch pinzgauerisch, wenn ich zu Hause bin. Möchten Sie eine Kostprobe hören?“

„Nein, vielen Dank“, antwortete der Inspektor und lachte. „Ich fürchte, da wären für einen Zugereisten wie mich andere Dolmetscher gefragt als Gianluca.“ Er leerte die kleine Espressotasse und schaute auf die Uhr. „Jetzt sollte er eigentlich schon da sein.“

Kaum hatte er zu Ende gesprochen, kam ein kleiner, jugendlich aussehender Mann mit Brille zur Tür herein. Seine Haare waren mit Gel zu einer kunstvollen Stehfrisur geformt, wohl in dem Bemühen, das Beste aus seinen gerade 1,60 Metern herauszuholen. Vom Kinn stand keck ein Spitzbärtchen ab, das Hemd hing leger über dem Hosenbund. Auch er trug Sandalen ohne Socken.

„Wenn man den Teufel nennt“, murmelte Carina, doch in ihrem Gesicht stand ein erfreutes Lächeln.

„Ciao Cara!“,[5] rief der Italiener vom Eingang zu ihnen herüber.

Maringer wollte noch nachfragen, ob das eine Kurzform für Carina war und er sie von jetzt an auch so anreden durfte, hielt sich

5 „Hallo, meine Liebe!“

dann aber zurück. Er blieb am Tisch stehen, um die Begrüßung der beiden nicht zu stören, während Carina dem Italiener entgegenging und ihn herzlich umarmte. Wenig später schüttelten auch die beiden Männer einander die Hände.

„Gianluca Valverde, freut mich sehr", stellte sich der Lehrer in makellosem Deutsch vor. „Ich helfe gerne bei Ihren Ermittlungen."

„Wir wollen nur mit ein paar Leuten reden", schränkte Maringer ein. „Es freut mich, dass Sie sich die Zeit nehmen." Er wies einladend zu ihrem Tisch. „Möchten Sie etwas trinken?"

„Vielen Dank, aber wir sollten uns auf den Weg machen. Wir werden erwartet."

„Fahren wir gleich zu Signor Lenta?", fragte Carina, ihre kleine Handtasche bereits unter den Arm geklemmt. Doch Valverde schüttelte den Kopf.

„Erst in die Schule zu Dottore Gemmari. Die Ausstellung ist zwar schon seit einer Woche zu Ende, aber er hat das Bild behalten, von dem du mir erzählt hast. Er ist auch der Einzige hier, der Signor Lenta besser kennt. Also ist das ein recht guter Anfang, denke ich."

Vor dem Hotel stieg Valverde in ein kleines Modell der Marke Rover, wie Maringer es noch nie gesehen hatte, und bog am Ende der Straße nach rechts in Richtung Stadtausfahrt ab. Nach gerade fünf Minuten erreichten sie ein großes, drei Etagen hohes Gebäude, dessen Zufahrt mit dunklem Kies bedeckt war. Zu den einem Kirchenportal ähnlichen Flügeltüren führte eine breite, von langen Jahren und zahllosen Schritten glatt polierte Steintreppe.

„Dottore!", rief der kleine Italiener laut, nachdem sie die geräumige Eingangshalle betreten hatten. Der Raum war zwei Stockwerke hoch, rechts und links führten Treppenaufgänge nach oben. Der Boden bestand aus in Schachbrettmuster angeordnetem Marmor und war mit grauen, widerstandsfähigen Läufern ausgelegt.

„Sono qui", rief eine tiefe Stimme aus einer geöffneten Tür zu ihrer Linken. „Entrate, entrate pure."[6]

Die drei folgten dem Klang der Worte und standen gleich dar-

6 „Ich bin hier. Kommt herein, kommt nur."

auf einem Mann mit grau meliertem Vollbart gegenüber, dessen fast schwarze Augen vor Lebendigkeit funkelten. Er war nicht viel größer als Gianluca Valverde, dafür aber mindestens doppelt so breit. Der Gedanke, bis zu diesem Leibesumfang noch einige Kardinalschnitten gutzuhaben, veranlasste den Inspektor ungewollt zu einem Lächeln.

Von der gegenseitigen Begrüßung und Vorstellung an verlief die Konversation nun zweisprachig. Valverde erledigte den Job mit unaufgeregter Professionalität, die spielerisch leicht wirkte. Es tat Maringer fast ein bisschen leid, sich früher selbst nicht mehr mit Fremdsprachen beschäftigt zu haben. Er verstand, auf Perfektionismus kam es nicht an. Keine Sprachschule würde davon leben können, interessierte Laien bis zum Meisterdiplom zu drillen. An Carina erkannte er jedoch, dass es nicht viel brauchte, sich über einfache Dinge zu unterhalten. Schon dies barg die wunderbare Möglichkeit in sich, den eigenen Lebensraum zu erweitern. *So viele interessante Nachbarländer haben wir,* dachte er zerknirscht, *und über Jahrzehnte waren wir uns zu gut dafür, ihre Sprachen zu lernen…* Als er merkte, dass Alessandro Gemmari eine Frage an ihn gerichtet hatte und ihm auch die dazu gehörende Übersetzung entgangen war, schüttelte Maringer den Gedanken ab und konzentrierte sich wieder.

„Entschuldigen Sie, Gianluca. Ich war eine Weile woanders."

„Der Dottore möchte wissen, ob Sie noch an anderen Bildern interessiert sind", wiederholte dieser.

„Nein, nur das Selbstporträt ist wichtig. Quasi als Vorlage."

„Wie Sie wünschen, Inspektor", erwiderte Gemmari. „Ich habe es noch nicht verpackt. Wir können es im Anschluss auch gleich zu Zaco mitnehmen. Bitte sehr."

Er drehte eine Staffelei um, die zuvor wie achtlos hinter der Tür gestanden war, und betätigte einen Schalter. Der Strahl eines beweglichen Lichtspots unter der Decke fiel direkt auf das Aquarell. Eine Weile vertieften sich die beiden Polizisten in die faszinierend exakte Ausführung des alten Gesichtes, der Haut, der Falten des Oberhemdes. Die wilde Unbezähmbarkeit seines vollweißen Haarschopfs war vom Künstler ebenso gut getroffen worden wie seine Augen. Maringer staunte neuerlich, wie man einen so intensiven Ausdruck mit nur zwei Dimensionen überhaupt erreichen konnte.

„Haben Sie Aarons Bild, Carina?" Der Inspektor bemerkte sein Flüstern gar nicht.

„Es liegt noch im Wagen. Einen Moment", erwiderte sie ebenfalls leise und verließ den Raum. Als sie den DIN-A3-Bogen aus der weißen Kartonmappe hervorzog, pfiff Alessandro Gemmari überrascht durch die Zähne.

„Eine erstaunliche Kopie!", lobte er sofort. „Woher stammt das?"

„Einer Ihrer Besucher hat sie angefertigt", erwiderte Maringer. „Er muss zwischen 17. und 30. August hier gewesen sein, sein Name ist Aaron Schörflinger. Erinnern Sie sich an ihn, Dottore?"

„Aaron? Natürlich!" Der Maler schien hell erfreut. „Der Riese malt also selbst, noch dazu so gut?" Er griff nach dem Zeichenbogen und verglich ihn prüfend mit dem Original. „Ehrlich gesagt, ich hatte schon eine kleine Vermutung. Er kam öfter in die Ausstellung und hat mit mir über meine Bilder geredet. Auch Zaco hat sich bei unserer letzten Begegnung nach ihm erkundigt. Erst wusste ich nicht, wovon er sprach, doch die beiden müssen einander wohl irgendwann hier begegnet sein, als ich nicht da war."

*Er hat auch hier die Menschen beeindruckt,* dachte der Inspektor, und es schmerzte ihn umso mehr, die traurige Nachricht überbringen zu müssen. Es gab jedoch keinen anderen Weg.

„Aaron ist tot. Er hat sich bei einem Sturz in Salzburg das Genick gebrochen."

„Was?!", entfuhr es Valverde. Er sah die beiden Beamten entsetzt an. „Aber das ist doch nicht möglich …"

Maringer hob begütigend die Hände. „Bitte übersetzen Sie, Gianluca. Ich werde alles erzählen."

Gemmari reagierte ebenfalls bestürzt. Als der Inspektor anfügte, sämtliche Anzeichen des Vorfalls deuteten auf Selbstmord hin, schüttelten beide Italiener ungläubig die Köpfe.

„Auch uns scheint es unerklärlich, nach allem, was wir bisher über Aarons Leben wissen", fuhr Carina fort. „Deshalb sind wir hergekommen. Die zwei Wochen in Feltre dürften ihn stark beeinflusst haben."

„Aber doch nur im positiven Sinn!" Der bisher in aller Sachlichkeit dolmetschende Lehrer sprach nun lauter, erregter. „Ich habe ihn während des Kurses unterrichtet und dabei als fröhlichen und dem Leben zugewandten Menschen erlebt. Noch dazu war er dabei, Profisportler zu werden. Das ist doch kein Anlass, sich umzubringen!"

„Wir haben ein Indiz, das uns zu Signor Lenta führt", ging Maringer einen Schritt weiter. „Aus diesem Grund müssen wir mit ihm sprechen." Er wandte sich an den Maler. „Was können Sie uns über ihn erzählen, Dottore?"

„Zaco ist ein guter Mensch, der nie jemandem schaden würde", antwortete der rundliche Mann. „Ich weiß nicht, woher er kommt. Als ich mich vor gut dreißig Jahren im Feltrino ansiedelte, war er schon da. Er hat meine erste Ausstellung in dieser Schule besucht" – Gemmari wies mit der rechten Hand zur Eingangshalle –, „und seit dieser Zeit sind wir befreundet. Im Sommer malen wir auch gemeinsam im Freien."

„Wie bestreitet er seinen Lebensunterhalt?"

„Sehen Sie, Inspektor, obwohl ich ihm vermutlich so nahe stehe wie niemand sonst, weiß ich es nicht." Gemmari zuckte mit den Schultern. „Die Bilder können es kaum sein, denn im Gegensatz zu mir stellt Zaco nie aus. Um das Selbstporträt hier musste ich ihn fast auf Knien anbetteln. Ich wollte es unbedingt haben, nicht nur, weil es so gelungen ist. Die ganze Ausstellung hatte Leute aus der Gegend zum Thema. Deshalb wurde sie auch ein so großer Erfolg."

„Gibt es noch andere Details aus seinem Leben, die interessant sein könnten?", hakte Carina nach.

„Nicht dass ich wüsste. Er bewirtschaftet seinen kleinen Bauernhof, zieht Obst und Gemüse, versorgt sich zum großen Teil selbst. Fleisch isst er nicht, wahrscheinlich hat er es auf diese Art geschafft, schlank zu bleiben. Was man von mir nicht behaupten kann." Der Maler betrachtete nochmals versonnen die beiden Bilder, diesmal hing ein Schleier von Traurigkeit über seinen Augen. „Eine Kleinigkeit noch: Jeden Dienstag fährt er mit dem Bus weg, verschweigt aber, wohin. Ich habe ihn öfter gefragt, ob er einen Platz besonderer Inspiration kennt, doch eine Antwort habe ich nie bekommen. Abends ist er stets zurück. Ein bisschen wunderlich war Zaco immer, aber er hat eine gute Seele. Das sagte ich bereits."

„Vielen Dank, Dottore Gemmari, Sie haben uns sehr geholfen", sagte Maringer nach einer Weile der Stille. „Können wir jetzt zu ihm fahren?"

Der Angesprochene nickte. „Ich verpacke nur noch das Porträt, es dauert etwa fünf Minuten. Wartet alle draußen, es ist noch nicht so heiß."

Dem Inspektor war, als verschwinde mit dem Lichtspot auch das Leuchten aus den dunklen Augen.

Sie verließen die Stadt Richtung Norden, durchquerten das Dörfchen Foen und bogen kurz darauf von der Hauptstraße nach links ab. Die Straße führte durch einen Nadelwald und stieg in engen Serpentinen stark an. Nach der letzten Kurve wichen die Bäume zurück und gaben den Blick auf eine Hochebene frei. Am Ende einer Geraden von etwa zweihundert Metern passierten sie das Ortsschild von Vignui.

„Was halten Sie von Gemmari, Chef?", fragte Carina während der Fahrt. Sie waren allein im Wagen und und folgten dem Rover von Gianluca Valverde, in dem sich auch der Maler befand.

„Er hat uns nichts gesagt, was wir nicht schon wissen." Maringer nahm es fast schon gleichgültig zur Kenntnis. „Es ist wie bei dem Bild: Aaron war ehrgeizig, motiviert, gut gelaunt, aufmerksam im Unterricht – eine Kopie all unserer bisherigen Erfahrungen."

„Und wenn wir bei Lenta zum selben Ergebnis kommen?"

„Dann zeigen Sie mir ein bisschen die Stadt und die Gegend, wir machen uns einen schönen Tag und fahren morgen nach dem Frühstück wieder nach Hause."

„Einfach so?"

„Hier gibt es keine Neuigkeiten, Carina." Er schaute die junge

Polizistin, die den Wagen lenkte, von der Seite an. „Sie haben selbst gesagt, dass die Suizidtheorie am wahrscheinlichsten ist. Wir werden uns wohl langsam damit anfreunden müssen."

Carina verzichtete auf einen Kommentar und bog wie das Auto vor ihr rechts in einen Feldweg ein, an dessen Ende ein schlichtes Holzhaus mit flachem, leicht vorstehendem Ziegeldach zu sehen war. Über dem Geländer des schmalen Balkons hingen eine Decke und ein Kopfkissen. Das Grundstück war mit einem niedrigen Gartenzaun umgeben, an das sich zur Linken ein Maisfeld anschloss, von der extremen Hitze dieses Sommers völlig verbrannt. Innerhalb des Zauns sahen sie ein paar frei herumlaufende Hühner und ein tadellos gepflegtes Gemüsebeet.

Sie gingen durch den Garten zur Eingangstür. Gemmari klopfte.

„Zaco, sei qui?"[7]

„Entra, è aperto!",[7] klang von drinnen eine volle, tiefe Männerstimme. Der Maler drückte die alte Türklinke aus Bronze nach unten. Sie betraten das Haus.

„Er wird in seinem Atelier sein, wie meist um diese Zeit", erklärte er mit Hilfe von Valverde und ging in einem schmalen, dunklen Gang nach hinten. Durch eine Tür am Ende fiel Licht. Der Holzfußboden knarrte bei jedem ihrer Schritte.

Was sich Inspektor Maringer in dem großen, vom hellen Licht des Vormittages durchfluteten Raum bot, hatte er immer für die Ausgeburt einer allzu blühenden Phantasie von Romanschreibern und Drehbuchautoren gehalten: In der Mitte stand ein hagerer, weißhaariger Mann an einer Staffelei und malte. Es gab kein weiteres Möbelstück, auf dem Boden lagen zahllose Skizzenblätter verstreut. Die Fenster zeigten nach Norden und Westen, direkt zu den Bellunesischen Dolomiten, wie der Inspektor von seinem Studium der Straßenkarte wusste. Das Panorama war beeindruckend, es ähnelte frappant einem Heimatfilm aus den Fünfzigerjahren.

Zaco Lenta war unschwer als jene Person zu erkennen, der Maringer zum ersten Mal in der kleinen Wohnung in der Peilsteinerstraße

7 „Zaco, bist du da?" – „Komm herein, es ist offen!"

– wenn auch nur im übertragenen Sinne – begegnet war. Doch stach die Wirklichkeit in weniger als einem Augenblick die Kunst aus. Er hatte sich wohl in einem Zustand innerer Ruhe selbst porträtiert. Hier aber stand er als rastloser, getriebener Künstler vor ihnen, der ihren Besuch nur als unsinnige Störung empfand. Er begrüßte einzig Alessandro Gemmari mit Handschlag, die anderen mussten sich mit einem kaum merklichen Nicken zufriedengeben.

Der nur mit einer kurzen Hose und einem T-Shirt bekleidete Mann – er trug keine Schuhe – trat von der Staffelei weg, fand es jedoch nicht der Mühe wert, den Pinsel aus der (wie Maringer überrascht feststellte) linken Hand zu legen.

„Du hast von einer Person gesprochen, Sandro", begann er. „Jetzt hast du drei im Schlepptau. Ich wüsste nicht, was so wichtig sein kann."

„Die beiden hier kennen unsere Sprache nicht, also brauchen wir einen Übersetzer", erwiderte Gemmari fast entschuldigend. „Sie wollen dir nur ein paar Fragen stellen, es wird sicher nicht lange dauern."

„Woher kommen Sie denn?", wandte sich Lenta zum ersten Mal direkt an die Polizeibeamten.

„Aus Österreich", erwiderte Maringer vorsichtig. Er hatte sich noch nicht für eine Strategie entschieden, wie er diese Unterhaltung am besten angehen sollte. Die Arroganz des Mannes irritierte ihn. Jemanden, der ein so wertvolles Talent besaß und es auch zu vermitteln wusste, hatte er sich ganz anders vorgestellt.

„Also, ich warte." Der Maler verband seine Ungeduld mit einer energischen Handbewegung. „Schaffen Sie es, mir zu sagen, was Sie in dieses verschlafene Nest führt, bevor der Apfel meines Stilllebens vertrocknet ist?"

Seine Stimme war voll blankem Zynismus und Ungeduld. Hier half nur der direkte Angriff.

„Das hier", antwortete Maringer und hielt ihm die Porträtkopie entgegen. „Sie wissen, wer dieses Bild gemalt hat?"

Lenta nickte sofort; er hatte kaum hingeschaut. „Ein Schüler, der vor ein paar Wochen seinen Urlaub in Feltre verbracht hat." Seine

Stimme wurde eine Spur leiser und klang auch nicht mehr so hart. „Er hat wohl meine Version bei der Ausstellung gesehen und einen Versuch gemacht."

*Irgendetwas stimmt hier nicht,* dachte der Inspektor auf einmal. Er will sich nicht erinnern. Es berührt ihn, aber gleichzeitig tut er so, als ob die Begegnung niemals stattgefunden hätte.

„Können Sie uns seinen Namen sagen?"

„Aaron", kam die Antwort ohne Zögern. „Aaron Schörflinger."

Beim letzten Wort schaute Carina, die bisher stumm zugehört und sich auf die Übersetzung konzentriert hatte, verwundert zu Maringer. Sie berührte ihn leicht am Arm und machte eine Kopfbewegung zum Fenster hinter der Staffelei. „Ein Wort, Chef."

Der Inspektor deutete eine Entschuldigung an und entfernte sich mit ihr ein paar Schritte von den anderen.

„Was gibt es denn?", raunte er.

„Er versteht uns!", flüsterte sie eindringlich. „Lenta spricht Deutsch, ich bin völlig sicher!"

„Wieso glauben Sie das?"

„Seit wir reden, hat er nie Gianluca angeschaut, wenn er übersetzt hat, so wie jeder normale Mensch es tut", erklärte sie. „Er wartet zwar, weil er es verbergen will, aber er hört ihm nicht zu."

„Aber was kann der Grund dafür sein?"

„Keine Ahnung. Der letzte Beweis für mich war, wie er Aarons Namen ausgesprochen hat. Jeder Italiener hat Probleme mit Umlauten, Chef, weil sie in dieser Sprache nicht existieren. Als Einheimischer hätte er ‚Schorflinger' sagen müssen oder zumindest das oe stärker akzentuieren. Und erinnern Sie sich, dass Gemmari nicht weiß, woher Lenta kommt?"

„Ich habe verstanden." Der Inspektor nickte. „Gut, dass Sie so aufmerksam sind."

Sie traten wieder zu den drei Männern, und Maringer sagte zu Valverde: „Bitte gehen Sie mit Dottore Gemmari kurz hinaus, Gianluca."

„Aber wie wollen Sie … –", wandte dieser überrascht ein.

„Carina wird mir helfen", unterbrach er ihn ruhig und gleichzeitig so bestimmt, dass die Wichtigkeit der Aufforderung hörbar wurde.

„Wie Sie wünschen." Der Lehrer richtete ein paar Worte an denn Mann zu seiner Linken, und sie verließen den Raum.

Zaco Lenta blickte verwundert auf die beiden Polizisten, sagte jedoch nichts. Diese Pause nutzte Maringer, um ein paar Schritte auf den alten Mann zuzugehen, der ihn um einen halben Kopf überragte. In die Eindringlichkeit seiner Stimme legte er weit mehr Bedeutung als in die Übermittlung der Botschaft.

„Wir sind von der österreichischen Polizei, Signor Lenta. Aaron Schörflinger ist tot. Er hat sich am vergangenen Sonntag in Salzburg das Leben genommen."

Der Beweis für Carinas Vermutung offenbarte sich in der nächsten Sekunde, noch bevor ein weiteres Wort fiel. Lenta zuckte wie nach plötzlichem Donner zusammen. Der feine Pinsel glitt aus seinen Fingern, die linke Hand begann unkontrolliert zu zittern. Seine dunklen Augen starrten so intensiv auf den Inspektor, als wollten sie dessen Gedanken durchdringen und mit ihrer Hilfe verstehen, was soeben gesagt worden war. Dann drehte er sich um, erst den Kopf, danach den Körper, und ging mit unsicheren Schritten zu einem Fenster. Er legte eine Hand und die Stirn dagegen, seine Schultern hingen kraftlos nach unten. Alle Überheblichkeit war von ihm abgefallen.

„Es kann nicht sein", murmelte er leise, aber deutlich hörbar auf Deutsch. „Aaron wollte doch morgen … oh mein Gott …"

Nun begannen auch Lentas Oberschenkel zu zittern. Maringer stützte ihn rasch, ehe er zusammenbrach.

„Können wir uns irgendwo hinsetzen?", fragte er.

„In der Küche … nach rechts."

Gemeinsam führten sie ihn hinaus und halfen ihm, sich an der schmalen Seite des Esstisches auf einem Stuhl niederzulassen. Die Küche war klein und ungemütlich, doch offenbar kümmerte sich Lenta auch darum nicht besonders. Auf der Anrichte neben dem Gasherd stapelte sich schmutziges Geschirr, es roch nach altem Fett. Die Holzmöbel warteten wohl schon seit Jahren auf eine Politur.

Carina fand in einem Schrank ein halbwegs sauberes Glas, füllte es mit kaltem Leitungswasser und stellte es vor dem Maler auf den Tisch, ehe sie sich ebenfalls hinsetzte. Der Ausdruck in ihren Augen war erwartungsvoll, zeigte aber auch Mitleid, wie der Inspektor überrascht bemerkte. Lenta trank, danach verbarg er sein Gesicht in beiden Händen. Ein langes, tiefes Stöhnen entrang sich seiner Brust.

„Gehen Sie nach draußen, und sagen Sie den beiden, dass wir sie nicht mehr brauchen", bat Maringer seine Kollegin, auch um Lenta noch ein bisschen Zeit zu geben. Sie kam der Aufforderung nach. Bald war durch das geöffnete Fenster das Geräusch eines sich entfernenden Wagens zu hören. Erst als Carina wieder Platz genommen hatte, begann der Inspektor zu sprechen.

„Was wollte Aaron morgen?", nahm er die in der ersten Bestürzung geflüsterten Worte des Malers auf. „Sie besuchen, nehme ich an?"

„Wie kommen Sie auf Selbstmord?" Langsam zog Lenta die Hände vom Gesicht und tat dabei, als habe er nicht zugehört.

„Bitte beantworten Sie erst meine Frage", insistierte Maringer. „Ich werde alles erzählen, doch es ist sehr wichtig für uns zu erfahren, welche Pläne Aaron gehabt hat."

„Ja, es ist richtig. Er wollte mich besuchen." Lenta schaute die beiden Polizisten an, in seinen Augen stand quälender Schmerz. „Wir sind Freunde geworden, als er in Feltre war. Ich habe sein Talent sofort erkannt."

„Und ihm hier in Ihrem Haus Unterricht gegeben", fügte Carina an.

„Sì."

„Dass er Ihr Porträt nachgemalt hat, wie ist es dazu gekommen?", fragte der Inspektor weiter.

„Ich habe Aaron beim Anfertigen einer Skizze beobachtet und ihn darauf angesprochen", erläuterte der Maler. „Wir haben uns eine Weile unterhalten. Ich gab ihm kleine Ratschläge, was er beim Nachzeichnen beachten solle. Dann erzählte er, dass er selbst gern und viel malt und fragte, ob ich einen Nachmittag Zeit für ihn habe."

Er senkte den Blick, umfasste das Wasserglas mit beiden Händen. „Mein Gott, ich hätte ablehnen sollen …"

„Warum glauben Sie das?" Maringer ging so behutsam wie möglich vor. Er spürte, sie näherten sich dem Zentrum der Geschichte.

„Vielleicht habe ich ihn zu etwas ermutigt, was er tief in seinem Herzen gar nicht wollte", lautete die vage Erwiderung. „Er war erfolgreich als Sportler."

Sie nickten, und Lenta setzte fort: „Aber seine Begeisterung für die Kunst war so echt, seine Freude an der Arbeit so stark wie sein Talent. Sein Grundsatz war, sich auf möglichst vielen Gebieten weiterzuentwickeln. Mir bereitete es zum ersten Mal nach Jahren wieder Freude, jemandem dabei zu helfen."

„In welcher Sprache haben Sie miteinander geredet?", erkundigte sich Carina.

„Erst Italienisch, das hat Aaron „doppelten Unterricht" genannt. Als er aber erwähnte, aus Salzburg zu kommen, wollte ich ihm nicht mehr verheimlichen, dass dies auch meine Heimatstadt ist."

„Salzburg?" – „Is' nicht wahr!" Beide Polizisten hatten gleichzeitig zu sprechen begonnen, schauten einander groß an. Sie brauchten geraume Zeit, um diese Überraschung zu verdauen. Carina gelang es zuerst, sich zu fangen.

„Aber dann ist die Mail sowieso schwachsinnig! Dort steht, dass Sie nur gebrochen Deutsch sprechen!"

„Welche Mail?", fragte Lenta. Carina griff schon nach ihrer Tasche, doch der Inspektor hob die Hand – es war noch zu früh.

„Warten Sie damit. Alles der Reihe nach." Er wandte sich an den Maler. „Eine Sache noch, dann erfahren Sie, was wir wissen, Signor Lenta. Wie hoch haben Sie Aarons Begabung eingeschätzt?"

„Sie war bedeutend, besonders für sein Alter."

„Hätte er damit die Aufnahmeprüfung für eine Kunsthochschule bestehen können?"

„Ich habe es ihm zugetraut." Die Stimme des Mannes wuchs in seiner Überzeugung zu gewohnter Kraft. „Und er selbst war auch dieser Meinung."

„Wollte er es denn versuchen?“, hakte Maringer nach.

„Diese Frage wäre erst im nächsten Frühjahr aufgetaucht. Für das Herbstsemester war es längst zu spät“, schränkte Lenta ein, doch er fügte hinzu: „Aber ich glaube, Aaron hat sich damit beschäftigt. Es hätte ihm gefallen, wenigstens als außerordentlicher Hörer Kurse zu belegen. Als Gegengewicht zum Sport, wenn Sie so wollen.“

Franz Rothbauer hatte also gelogen, das stand nun zweifelsfrei fest. Die negativen Beurteilungen in der E-Mail entsprachen nicht der Wahrheit. Lenta vertrat die exakt gleiche Meinung wie der Salzburger Lehrer, hatte Aaron die gleichen Ratschläge erteilt und ihn vielleicht sogar noch intensiver gefördert, als Rothbauer dazu in der Lage war. Die Frage war nun, was der Professor wohl davon haben mochte, einen Menschen derart anzuschwärzen, den er niemals kennengelernt … –

„Verdammt, jetzt weiß ich es!“, rief Maringer auf einmal, ohne eine der beiden Personen am Tisch anzusprechen oder seinen Fluch zu bemerken. „Es gibt eine Mail, eine echte! Oder einen Brief!“

„Was meinen Sie, Chef?“, fragte Carina erstaunt.

„Später“, wehrte er ab. „Sie selbst haben mich darauf gebracht.“ Er blickte wieder zu Lenta. „Aaron wurde von seinem Zeichenlehrer im Gymnasium ebenfalls unterstützt und in seinem Talent bestärkt. Franz Rothbauer heißt er. Können Sie damit etwas anfangen?“

„Aaron hat den Namen kurz erwähnt, doch er sagt mir nichts.“

*Wieder eine Sackgasse,* dachte der Inspektor enttäuscht. Wenn seine Theorie jedoch stimmte, musste es eine Verbindung zwischen den beiden Männern geben, die Aaron durch ein Schreiben – vermutlich ohne es zu wissen – offengelegt hatte.

„Wie alt sind Sie, Signor Lenta?“

„Siebzig.“

„Und wann sind Sie nach Italien gekommen?“

„1963.“

„Was haben Sie vorher gemacht?“, fragte Maringer weiter.

„Gemalt.“ Seine Stimme bekam einen leicht genervten Unterton. „Hören Sie, ich bin dankbar für den Deutschunterricht. Aber können Sie mir sagen, was ich mit Aarons Selbstmord zu tun haben soll? Ich bin seit über vierzig Jahren nicht mehr in Österreich gewesen."

Es wurde Zeit, ihm alles zu erzählen, ob es sie nun weiterbrachte oder nicht. Der Inspektor sah kurz zum geöffneten Küchenfenster hinaus und bemerkte die zunehmende Wärme der hereinströmenden Luft.

„Kann ich mir ein Glas Wasser nehmen?"

„Nur zu, bedienen Sie sich." Lenta nickte. „Leider kann ich Ihnen nichts anderes anbieten, weil ich selbst sonst nur Tee trinke."

„Mit Wasser bin ich wunschlos glücklich", erwiderte Maringer und stand auf. „Sie auch, Carina?"

Die junge Polizistin lehnte dankend ab. Sie fühlte sich nicht so sehr dem Reinheitsgebot verpflichtet, was Getränke betraf.

„Wir sind zu Ihnen gekommen, weil wir uns den Freitod von Aaron nicht erklären können", eröffnete der Inspektor seinen Bericht, nachdem er seinen ersten Durst – das Wasser schmeckte herrlich – gelöscht hatte. „Er stand vor einer Karriere als Profisportler. Dazu haben ihn alle Leute uns gegenüber als freundlichen und ehrgeizigen Menschen beschrieben, der seinen Weg schnurgerade verfolgte. Der Sturz vom Mönchsberg ist ein noch größeres Rätsel, denn an der vermuteten Stelle befindet sich eine hüfthohe Brüstung, über die man nicht einfach so stolpern kann. Dass er hinuntergestoßen wurde, kommt auch nicht infrage, denn Aaron war austrainiert und zwei Meter groß. Sein Körper wies außerdem keine Spuren eines Kampfes auf."

„Ich kann das so wenig verstehen wie Sie." Lenta fuhr sich mit dem linken Handrücken langsam über den Mund, blickte starr auf die Tischplatte. „Aaron war so positiv, hat mit einer Begeisterung gemalt, die selbst für mich ansteckend war. Ich mache das mein Leben lang, doch er hatte die ganze Energie des Anfangs in sich." Er verstummte. Sein ehrliches Bedauern über den persönlichen Verlust formte sich zu einer Melancholie, die den Maler auf einmal viel älter wirken ließ.

„Natürlich gibt es Ereignisse, die Kurzschlusshandlungen nach sich ziehen können“, nahm Maringer nach einer Weile den Faden wieder auf. „Aber wir haben auch dafür keinen Hinweis gefunden. Dann sind zwei Dinge aufgetaucht, die uns zu Ihnen gebracht haben. Das nachgemalte Selbstporträt und Aarons E-Mail, die aber aller Wahrscheinlichkeit nach gefälscht ist.“

„Hat er von mir geschrieben?“

„Das schon, aber mich hat sofort stutzig gemacht, dass der Inhalt in krassem Gegensatz zu den Dingen steht, die uns seine Freunde und seine Mutter erzählt haben.“ Er nahm das gefaltete Blatt entgegen, das Carina schon aus ihrer Handtasche gezogen hatte. „Meiner Mitarbeiterin“ – tunlichst vermied der Inspektor das schlimme Wort – „ist dazu noch aufgefallen, dass Aaron Ihren Namen kein einziges Mal anführt. Darum glauben wir, dass an dem Schreiben gebastelt wurde.“

„Aber Sie sind im Besitz eines Briefes, in dem ich genannt werde?“, fragte Lenta.

Maringer schüttelte den Kopf. „Das ist nur eine Vermutung meinerseits. Lesen Sie erst, und sagen Sie uns Ihre Meinung.“

„Wie sind Sie dann überhaupt auf mich gekommen?“ Er hielt in der Bewegung inne. „Hat Aaron diesem Lehrer oder sonst irgendjemandem von mir erzählt?“

„Nein, das war meine Schuld“, ließ Carina nach langem wieder ihre Stimme hören. „Es klingt verrückt, aber ich habe zwei Wochen vor Aaron einen Sprachkurs hier besucht. Einmal war ich auch in der Ausstellung von Dottore Gemmari, und dort ist mir Ihr Bild aufgefallen, weil es sich sehr von den übrigen Werken abhebt. Als ich die von Aaron gemalte Kopie sah, habe ich mit Gianluca telefoniert, der für uns übersetzen sollte. Er arbeitet als Lehrer an der Schule. Danach hat sich eines nach dem anderen ergeben.“

„Zufälle gibt es auf dieser kleinen Welt, es ist einfach unglaublich“, murmelte Lenta.

„Bitte lesen Sie jetzt die Mail“, bat der Inspektor. „Wir brauchen unbedingt Klarheit über den Inhalt.“

„Jaja, schon gut.“

Der Maler studierte die klein gedruckten Zeilen. Nach wenigen Augenblicken fuhr sein linker Handrücken wieder an den Mund, auf der Stirn bildeten sich markante Falten. Ein paar Mal hielt er das Blatt näher an die Augen, dann wieder hob er den Blick zum Fenster, dachte nach. Schließlich legte er das Schreiben säuberlich wieder zusammen und reichte es an die Polizistin zurück.

„Alles Unsinn." Klarer konnte seine Stellungnahme nicht ausfallen. „Ich habe Aaron nie als *Dilettanten* bezeichnet. Er kann das gar nicht verfasst haben, weil es nicht stimmt."

„Wie beurteilen Sie den Stil?", erkundigte sich Maringer. „Könnte Aaron das geschrieben haben?"

„Tut mir leid, da bin ich keine Hilfe. Ich habe keinen Vergleich, aber sicher gibt es bei Ihnen Leute, die ... Moment!"

Von einer Sekunde zur nächsten wich die melancholische Schwermut aus den Augen des alten Mannes. Seine fokussierte Aufmerksamkeit richtete sich ganz auf Maringer, als er nochmals nach dem Kuvert griff und sagte: „Sie vermuten eine Fälschung? Mir ist gerade eingefallen, dass ein ehemals guter Freund von mir in Salzburg Lehrer war. Er hat Deutsch unterrichtet. Nur lautete sein Name anders."

„Können Sie sich erinnern, wie er hieß?", hakte Carina nach.

„Franz Mills." Die Antwort kam ohne Zögern.

*Der Vorname würde passen,* dachte Maringer und ersuchte die junge Polizistin, das Klassenfoto zu zeigen.

„Das ist Franz Rothbauer", sagte er und deutete auf den kleinen Professor, der in der ersten Reihe direkt unter Aaron Schörflinger saß. „Wir vermuten, dass er die Mail geschrieben hat, können uns aber überhaupt nicht erklären, warum."

Lenta schaute lange auf das Gruppenbild. Er widmete sich dabei wohl mehr seinem jungen Schüler, denn die Wehmut war bald wieder in sein Gesicht zurückgekehrt. Der Inspektor hatte Verständnis dafür; trotzdem lag Aarons Leben bereits im Gestern. Von der unmittelbaren Gegenwart hing ab, ob er gleich nach dem Kofferpacken darangehen konnte, seinen Bericht zu schreiben.

„Und?", fragte er.

Zaco Lenta hob den Kopf. Mit traurigen Augen schaute er auf die beiden Polizisten. Seine Stimme war schwach vor Erschöpfung.

„Kommen Sie heute Abend um sieben noch einmal her", sagte er leise. „Ich bin müde und muss mich ein bisschen hinlegen."

„Sie kennen diesen Mann, nicht wahr?", versuchte es die junge Polizistin behutsam. „Verzeihen Sie, aber mir scheint, Sie haben gerade etwas ganz anderes gesehen als wir beide. Und das ist weit weg."

„Sie haben einen scharfen Verstand, Signorina", lobte der Maler. Die Andeutung eines Lächelns huschte über sein Antlitz. „Und einen *buon senso*[8] für die Gefühle anderer Menschen."

Der Inspektor aber konnte es nicht dabei belassen. Dafür war er zu lange einem unsichtbaren Phantom hinterhergejagt, das sich nun endlich zu materialisieren begann.

„Was geschieht am Abend?"

„Ich werde Ihnen eine Geschichte erzählen. Meine Geschichte", antwortete Lenta knapp und erhob sich.

„Der Mann auf dem Bild ist also Franz Mills, den wir als Franz Rothbauer kennen?"

„Auch wenn die Zeit vieles verändert hat, sein Gesicht ist dasselbe. Und es kann keine andere Erklärung geben", gab der Maler müde zurück. „Wenn man jemanden als seinen besten Freund bezeichnet hat, vergisst man ihn das ganze Leben nicht."

„Sie waren eng befreundet?", wunderte sich Carina, schon auf dem Weg zum Ausgang. „Was ist passiert?"

„Ein Unglück, das mit ihm gar nichts zu tun hatte. Aber nach allem, was Sie berichtet haben, hasst er mich wohl noch immer." Lenta öffnete die Haustür. „*A dopo,* bis später dann."

Inspektor Maringer wollte im Auto etwas zu seiner Kollegin sagen, doch die glühende Mittagshitze verbrannte alle Rätsel, die alten wie

8 gutes Gespür

die neuen. In ihrer Asche blieb nur der Wunsch nach einem kühlen Ort zurück.

„Schlagen Sie ein nettes Lokal vor, Carina“, sagte er und stellte die Klimaanlage des Volvo auf volle Leistung. „Sie sind eingeladen.“

„Aber!“, wunderte sie sich ehrlich. „Besten Dank, Chef!“

„Danken Sie nicht mir, sondern Ihrer Inspiration für die Idee herzukommen.“

Sie lachte hell und fröhlich, wie es ihrem Wesen entsprach, und startete den Wagen.

# Kapitel 20

Nach anfänglichen Schwierigkeiten überzeugte Inspektor Maringer während des Mittagessens im Ristorante *Case Rosse* die junge Polizistin von der Sinnlosigkeit, sich bis zum Abend in Spekulationen zu ergehen. Sie saßen auf einer weitläufigen Terrasse ein wenig oberhalb von Foen im Schatten eines Baumes und erfreuten sich am Tagesgericht, einem Baccala mit Polenta, der Nationalbeilage Veneziens. Der dem Inspektor bislang unbekannte Fisch war mild gewürzt und zerfiel am Gaumen zu restloser Begeisterung. Hier enthielt der Hausweinkrug einen fruchtigen Sauvignon Blanc, und als letzte Köstlichkeit begleitete noch eine frische Tiramisu-Schnitte den abschließenden Espresso.

„Wussten Sie, dass ein Italiener niemals einen Cappuccino nach dem Mittagessen trinkt?", fragte Carina und roch genießerisch an der kleinen Tasse. „Daran erkennt man in diesem Land die Touristen. Für Spaghetti wird hier auch kein Löffel verwendet."

„Wie soll das gehen?", wunderte sich Maringer. „Ich meine, von der Todsünde des Nudelschneidens habe ich gehört, aber wie dreht man sie ohne Löffel?"

„Nur mit der Gabel", meinte sie leichthin, als ob es die einfachste Sache der Welt wäre. „Beobachten Sie die Leute, Chef. Ein paar Versuche sind nötig, aber bald funktioniert es."

Nach dem Essen stellten sie den Wagen vor dem Parkhotel ab und spazierten gemütlich durch die Altstadt von Feltre. Sie überquerten den Hauptplatz mit der Kirche San Rocco und dem kleinen Theater, das, wie Carina erzählte, Venedigs Opernhaus *La Fenice* nachempfunden worden war. Überall wiesen verschiedene Baustile auf die bedeutende Vergangenheit der Stadt hin. Das allgegenwärtige Wahrzeichen, der Löwe, entsprach jenem der Lagunenstadt. Das war nur eine der vielen Verbindungen.

„Tatsächlich war Feltre einmal ein wichtiges Zentrum des Handels", erklärte die Polizistin. „Bei unserem Rundgang hat der Leiter der Schule erklärt, dass hier die Kaufleute ein letztes Mal rasteten, ehe sie die beschwerliche Überquerung der Dolomiten in Angriff nahmen. Es wurde auch Proviant besorgt, Lasttiere und alles, was man sonst noch so brauchte."

„Die Gebäude deuten jedenfalls auf großen Reichtum hin", meinte Maringer, dem arabische Einflüsse besonders auffielen.

„Durch den Niedergang der Serenissima war natürlich auch Feltres Schicksal besiegelt", setzte sie ihren kleinen Ausflug in die Geschichte fort. „Aber man bemüht sich mit allen Mitteln, die Lebendigkeit der Stadt zu erhalten. Die Schließung und Verlegung der Universität nach Belluno wurde zum Beispiel erfolgreich verhindert."

„Eine Hochschule gibt es hier, tatsächlich?"

„Mit drei Fakultäten", bestätigte Carina. „Kommunikationswissenschaften, Computertechnik und noch etwas, an das ich mich nicht erinnere." Sie zeigte mit der rechten Hand zur Stadtmauer hinter dem Theater. „In der kleinen Gasse dort ist der Eingang. Die Verantwortlichen tun viel, um den Standort zu halten."

Auf dem Rückweg besuchten sie das Museo Civile des Kunstschmieds Carlo Rizardi, der die wunderbarsten Gegenstände aus Eisen gefertigt hatte. Da gab es runde Vogelkäfige, filigrane Kerzenhalter und sogar Bilderrahmen. Auch zum Leben dieses Mannes hatte die Polizistin Einzelheiten parat.

„Er ist früh gestorben, mit 42, irgendwann in den Dreißigerjahren. Weil ein Kunde ein bestelltes Stück nicht bezahlen konnte, nahm er dessen Auto als Gegenleistung – und hatte damit einen tödlichen Verkehrsunfall."

„Klingt wie aus einer schwarzen Komödie", merkte der Inspektor an. „Es ist wirklich seltsam, welche Wege das Schicksal manchmal einschlägt."

Die Abendsonne tauchte die Berghänge in dunkles Gelb, als sie sich wieder auf den Weg nach Vignui machten. Träge Stille lag über dem Dorf, kaum einmal durchbrochen vom Bellen eines Hundes oder von einem vorbeifahrenden Auto. Inspektor Maringer kam es gar nicht so vor, als seien Carina und er unterwegs, um einem dunklen Geheimnis aus der Vergangenheit nachzuspüren. Die Luft hier roch nach Stunden auf dem Balkon mit hochgelegten Beinen, ein Buch in der Hand, daneben ein Glas Rotwein. Und viel öfter lässt man seinen Blick zu den im Dunst schimmernden Gipfeln abschweifen, als zu lesen.

„Vielleicht sind sie wegen einer Frau in Streit geraten."

„Hm?" Er kämpfte sich mühsam aus seinem Tagtraum in die Wirklichkeit zurück. Die selektive Wahrnehmung hatte nur die Begriffe *Frau* und *Streit* in sein Bewusstsein dringen lassen. Maringer hielt es für klüger, dies nicht sofort zu kommentieren.

„Lenta und Rothbauer", meinte die Polizistin. „Ich frage mich, woran ihre Freundschaft zerbrochen ist. Wahrscheinlich war eine Frau im Spiel."

„Denken Sie da nicht ein bisschen zu klischeehaft?"

„Meistens ist es doch so." Sie ließ sich nicht beirren. „Künstler sind engstirnige Egomanen, dazu obsessiv in ihren Beziehungen. Sehen Sie sich zum Beispiel Picassos Biografie an." Carina bog nach rechts zu dem kleinen Bauernhaus ab. „Lenta lebt allein, auch Rothbauer. Es hat damit zu tun, jede Wette."

„Lassen wir den Mann einfach erzählen", schlug der Inspektor vor, als sie aus dem Wagen stiegen. Er ging durch den Vorgarten zur Tür und klopfte.

Der alte Maler war wie ausgetauscht.

„Buona sera", grüßte er laut, dazu noch mit einem kräftigen Händedruck. Er hatte in der Küche wie auch in seinem Atelier aufgeräumt, sah erfrischt und gepflegter aus als am Vormittag. Eine weiße Leinenhose, ein schwarzes Hemd mit offenem Kragen und Mokassins aus weichem Leder ließen ihn wie einen Schauspieler wirken, welcher seinem Publikum nichts mehr beweisen musste; oder wie einen Großindustriellen, der sich in der Überzeugung, sein Imperium ordnungsgemäß an die Nachfolger übergeben zu haben, für einen beschaulichen Lebensabend im Süden entschieden hatte.

„Bitte kommen Sie in den Garten", lud er die beiden Beamten

ein. „Ich habe Eistee aus frischen Kräutern zubereitet. Da redet es sich leichter."

Hinter dem Bauernhaus gab es eine kleine Laube, die sie bei ihrem ersten Besuch nicht gesehen hatten, mit Korbsesseln und einem alten Holztisch. Maringer kostete sehr vorsichtig von dem grünlichen Getränk, doch er musste zugeben, es schmeckte fantastisch.

„Entschuldigen Sie meine Neugier, Signor Lenta", begann Carina, noch ehe der Inspektor seinerseits nach einem Anfang gesucht hatte. „Mich interessiert brennend, warum hier niemand weiß, dass Sie Deutsch sprechen."

„Weil ich es nicht will", lautete die durchaus logische Erwiderung. „1963, nach dem Unglück, habe ich beschlossen, ganz neu anzufangen. Damals hat mich niemand gefragt, woher ich komme. Nur Arbeitskraft war wichtig. Es ging mir aber nicht darum, meine Sprache zu vergessen. Ich habe mich sogar bemüht, sie mir durch Lesen und das Hören alter Platten zu erhalten."

„Aber Dottore Gemmari weiß nun davon. Ist das ein Problem?"

„Sandro wird stillhalten", war Lenta überzeugt. „Und ich hoffe, auch Ihr Freund Gianluca."

„Natürlich, keine Sorge." Die Polizistin lächelte. „Er muss schon in der Schule verbergen, dass er Deutsch studiert hat. Sonst wäre es mit dem rein italienischen Unterricht vorbei."

„Warum haben Sie uns am Vormittag zuerst so arrogant behandelt?", schaltete sich nun Maringer in die Unterhaltung ein. Er gratulierte seiner Kollegin im Stillen zu ihrem leichtfüßigen Auftakt, der ihre Fähigkeit unter Beweis stellte, auf andere einzugehen. Manche Polizisten – er musste dabei vor allem an seinen Stellvertreter Karl Ritzl denken – kannten nur das Triple *Wer sind Sie wirklich? Woher kommen Sie wirklich?* und *Was haben Sie angestellt?*, ohne dabei die jeweiligen Personen zu unterscheiden.

„Ich war verärgert über Sandro, weil ich dachte, er hätte Sie wegen meiner Bilder zu mir gebracht", erklärte Lenta und neigte dabei entschuldigend den Kopf. „Seit Jahren bedrängt er mich, dass ich endlich ausstellen soll. Als er das Selbstporträt entdeckte, konnte ich nicht mehr ablehnen. Das Bild passte wirklich ausgezeichnet zu seiner Sammlung. Sandro ist mir außerdem immer ein guter Freund gewesen." Er strich sich mit zwei Fingern leicht über die Wange, eine Geste der Nachdenklichkeit. Sein Blick ging dabei ins Leere. „Wenn ich nur geahnt hätte, welche Dinge dadurch ausgelöst werden ..."

„Das konnte niemand voraussehen", erwiderte Carina sanft, wie um ihn zu trösten. „Wir sehen keinen ursächlichen Zusammenhang zwischen Ihrer Bekanntschaft mit Aaron und seinem Tod."

„Vielleicht gibt es ihn aber", fuhr der Maler fort. „Vielleicht glaubte Franz, einen zweiten großen Verlust könne er nicht ertragen."

„Früher haben Sie gesagt, das Unglück, wie Sie es nennen, hat mit Rothbauer nichts zu tun", wiederholte Maringer eine Bemerkung vom Vormittag. „Trotzdem muss es Verbindungen geben. Einen Grund, warum er Sie hasst. Können Sie uns das erklären?"

„Ich will es versuchen." Lenta nahm noch einen Schluck aus seinem Glas, dann lehnte er sich in seinem Sessel zurück und schlug die Beine übereinander. Die Finger verschränkt, schloss er kurz die Augen in dem Bemühen um Konzentration oder um die passende Tür zu seiner Erinnerung zu finden. Als er zu sprechen anfing, klang seine Stimme leiser zu ihnen. Auch sein Timbre war ein wenig tiefer.

„Bis vor vierzig Jahren hieß ich Zacharias Reisbach. Ich wurde 1933 in Salzburg geboren und wuchs dort ohne Geschwister auf. Mein Vater starb im Russland-Feldzug, meine Mutter ein Jahr nach Kriegsende an Lungenentzündung. Im Heim habe ich mich meist zurückgezogen, gelesen, was ich finden konnte, gezeichnet. Das hat mir noch meine Mutter beigebracht. Wahrscheinlich stammt mein Talent von ihr. In der Lehrerbildungsanstalt habe ich Franz Mills kennengelernt. Er war sechs Jahre jünger als ich und hatte gleich nach der Schule beschlossen, Lehrer zu werden. Ich war als junger Mann viel unterwegs und nahm Hilfsarbeiten an, wenn ich Geld brauchte. Als ich zwei Monate den Hausmeister einer kleinen Schule in Mitteldeutschland vertrat, der sich das Bein gebrochen hatte, begann ich mich für den Lehrberuf zu interessieren. Ich kehrte nach

Hause zurück, fing mit der Ausbildung an und traf Franz. Wie er zu dem Namen Rothbauer gekommen ist, kann ich nicht sagen."

„Er unterrichtet heute noch in Salzburg", nutzte der Inspektor eine Pause. „Haben auch Sie als Lehrer gearbeitet?"

Lenta nickte, schränkte jedoch ein: „Aber nicht lange. Sie müssen wissen, dass sich Franz ebenfalls für Malerei begeistert hat. Sein Strich kam jedoch nicht so leicht und selbstverständlich. Bald hat er sich mehr auf seine berufliche Laufbahn konzentriert. Bei mir war es genau umgekehrt. Ich verbrachte Stunden vor der Staffelei und wurde laufend besser. Irgendwann haben wir im Haus der Lehrerbildungsanstalt – ich glaube, ein halbes Jahr nach unserer Abschlussprüfung – eine Ausstellung organisiert. Sie wurde ein großer Überraschungserfolg."

„Das heißt, Sie haben in Österreich Karriere gemacht?", erkundigte sich Carina.

„Das war damals nicht so leicht, es gab nur eine große Galerie in Salzburg. Wer etwas werden wollte, musste zum alten Welz gehen. Sonst hatte man keine Chance."

„Die Galerie Welz gibt es noch immer", erwiderte sie lächelnd. „Sollte ich dort einmal nach Ihren Werken fragen?"

„Manche Dinge sind dauerhafter, als man denkt", kommentierte Lenta trocken. „Kann schon sein, dass noch irgendwo etwas in den Kellern herumliegt." Er räusperte sich. „Jedenfalls war es nicht meine Art, mich aufzudrängen oder mich in den Vordergrund zu spielen. Ich wollte nur malen. Die Kontakte hat Franz für mich hergestellt, anfangs sogar ohne mein Wissen. Er träumte davon, mein Agent oder etwas Ähnliches zu werden."

„Ist es ihm gelungen?", fragte Maringer dazwischen.

„Am Anfang habe ich die ganze Sache nicht ernst genommen. Eines Tages kam er aber zu mir und sagte: ‚Du hast einen Termin beim Welz. Stell' eine Mappe zusammen!' In seinem Bemühen, dort die Türen einzurennen, muss er wirklich konsequent gewesen sein."

„Und wie lief es? Waren Sie erfolgreich?"

„Woran misst man Erfolg, Signorina? Heute denke ich, dass es die Art ist, wie wir mit den Aufgaben des Lebens fertig werden. Wenn ich in meiner ersten Zeit als Maler nach dieser Maxime gehandelt hätte, wäre wohl alles anders gekommen. Für mich, Franz und auch für Aaron."

„Ich verstehe das nicht", gab die Polizistin zu. „Was kann die Wahrnehmung der Gesellschaft von Ihnen als Künstler mit Aaron Schörflinger zu tun haben?"

„Franz ist der Schlüssel", erwiderte der alte Mann. „Lassen Sie mich weitererzählen, dann klärt sich alles."

„Wir sind sehr gespannt", ließ sich Maringer vernehmen. „Sie konnten also bald von der Malerei leben?"

„Schon nach dem ersten Jahr habe ich den Lehrberuf an den Nagel gehängt", bestätigte Lenta. „Ich war so etwas wie ein Star in der damaligen Zeit. Meine Ideen sind immer gut angekommen. Bald wurde ich zu Ausstellungen nach Wien eingeladen, danach ins Ausland."

„Rothbauer hat alles organisatorisch betreut?", warf der Inspektor das Logische ein.

Der Maler nickte nur. „Bis zum Frühjahr 1963 lief es hervorragend. Dann wollte ich eine längere Auszeit nehmen, neue Eindrücke sammeln. Ich war noch nie in Venedig gewesen. Jeder Künstler schwärmte von dieser Stadt. Es hieß, die Farben leuchten dort so intensiv wie nirgendwo auf der Welt. Ich hatte auf dem Weg hinunter keine Eile, schaute mir jedes kleine Dorf an und übernachtete in billigen Gaststätten. Die Berge habe ich schon immer gemocht, daher gefiel es mir besonders in den Dolomiten. Irgendwann landete ich in Longarone. Das ist etwa vierzig Kilometer von hier." Unvermittelt lächelte er. „Das klingt jetzt wie eine Geschichte aus einem zweitklassigen Heimatfilm, doch es stimmt: Ich habe mich dort in die Wirtstochter verliebt und bin nicht mehr nach Venedig gekommen."

„Und Sie waren gleich bereit, ihr altes Leben aufzugeben?" Carina blinzelte ihrem Vorgesetzten zu. „Viele Männer gibt es wohl nicht, die so romantisch sind."

Wieder lächelte Lenta, doch gleichzeitig blickten seine Augen voll Traurigkeit auf die junge Frau. „Ich widerspreche Ihrer Meinung nur ungern, doch genau das Gegenteil ist wahr. Ich hatte schon vor, Maria mit nach Salzburg zu nehmen. Ihre Mutter war jedoch sehr krank. Deshalb wollten wir erst nach ihrer Genesung fortgehen. Ich hatte nichts dagegen, denn Franz erwartete mich erst zu Jahresende zurück. Auf jeder meiner Wanderungen entdeckte ich Motive, die ich zumindest als Skizzen festhielt. Viele habe ich später ausgearbeitet. Meine Sammlung italienischer Bilder war bereits umfangreich, und auch der Dialekt wurde mir geläufig." Er stand auf und griff nach dem leeren Krug, sagte aber noch zu Carina: „Wenn Sie eine Sprache lernen wollen, müssen Sie sich in einen Ausländer verlieben, Signorina. Das ist wirkungsvoller als die beste Schule."

„Was halten Sie davon, Chef?", fragte sie, als Lenta ins Haus gegangen war. „Redet er dummes Zeug?"

Maringer verneinte. „Er scheut sich davor, auf den Punkt zu kommen. Von dem Unglück, das er mehrmals angedeutet hat, ist weit und breit nichts zu erkennen. Aber ich bin trotzdem sicher, dass er es uns sagen will, denn sonst hätte er uns nicht noch einmal hergebeten."

„Welche Rolle soll Rothbauer dabei nur spielen? Ich komme nicht mehr mit."

Der Inspektor hatte einen Verdacht, doch ehe er ihn in Worte fassen konnte, erschien der Maler wieder mit frischem Kräutertee und einem gerahmten Foto, das er vor Carina auf den Tisch legte. Die Aufnahme war in Schwarzweiß und zeigte ein Hochzeitspaar im Schatten einer riesigen Kastanie. Lentas Braut war nur unwesentlich kleiner als er selbst. Sie hatte langes, gelocktes Haar, ihre dunklen Augen blickten stolz und voll Selbstbewusstsein in die Kamera.

„Wir haben am 15. September 1963 geheiratet und wollten Anfang November zu unserer Hochzeitsreise aufbrechen." Er strich sanft mit seinen Fingern über das Bild, als könnte er damit die Vergangenheit berühren.

„Sie wirkt so jung", murmelte Carina, ganz auf die elegante Gestalt der Frau fixiert.

„Maria war zweiundzwanzig, acht Jahre jünger als ich. In Italien galt das damals als typisches Heiratsalter. Heute heiraten die Leute auch hier später – oder gar nicht."

Maringer blickte auf die Uhr. Schon acht, die Dämmerung hatte längst eingesetzt. „Erzählen Sie weiter", bat er.

„Im Oktober habe ich einem Cousin von Maria bei der Ernte geholfen. Wir wollten alles auf einmal erledigen und sind drei Tage weg gewesen. Nur deshalb lebe ich noch." Es kostete Lenta viel an innerer Mühe, seine Hände von dem Bild zu nehmen. Er fuhr sich mit der schon bekannten Geste über die Lippen und verschränkte dann die Arme vor dem Oberkörper. Als er weitersprach, hatte seine Stimme die Sachlichkeit eines Nachrichtensprechers im Radio – wohl auch in dem Bemühen, trotz der schmerzhaften Erinnerungen an jene Zeit beherrscht zu bleiben. „Oberhalb von Longarone, auf der anderen Seite des Tales, gibt es einen riesigen Staudamm. Er wurde in den Fünfzigerjahren errichtet, um am Vajont-Fluss Strom zu erzeugen. Alle haben gewusst, dass das Gebiet dort erosionsgefährdet ist. In der Nacht vom 9. zum 10. Oktober kam es zu einem Felssturz. Eine ganze Bergspitze ist in den See gefallen. Das Wasser schwappte über die Mauer und begrub Longarone unter sich. Fast zweitausend Menschen sind gestorben, darunter Maria und ihre Familie."

Eine lange Pause folgte. Der alte Mann saß mit geschlossenen Augen da. Seine Lider zitterten, ein Mundwinkel zuckte.

„Es tut uns leid, Signor Lenta." Für manche Schmerzen existiert keine Heilung, doch Carina wollte ihm helfen, wieder einen Weg ins Heute zu finden, wenigstens für den Moment. „Warum sind Sie nicht nach Österreich zurückgekehrt?"

„Ich konnte nicht", antwortete er leise und schaute sie dabei gequält an. „In den ersten Tagen nach der Katastrophe war mein Kopf völlig leer. Jede verfügbare Hand wurde gebraucht. Alle waren dankbar für die kleinste Beschäftigung. Ich habe sie ausgegraben und beerdigt, dann dort geholfen, wo es nötig war. Schwere Arbeit schützte vor dem Nachdenken. Die Erinnerungen an schöne Erlebnisse mit Maria – wie ich sie kennengelernt habe, unsere Hochzeitsnacht – kamen erst, als das Jahr schon zu Ende war. Ich hatte Franz seit Monaten nicht kontaktiert und auch keine Adresse hinterlassen. Und ich verschob es immer um einen weiteren Tag. Ich hatte angefangen, den Kindern in der Schule Zeichenunterricht zu geben. Das war bedeutender für mich als jedes Bild, das ich zu Hause malte. Sie müssen sich das vorstellen: Nach jener Nacht waren von knapp zweihundert Kindern gerade noch vierzig übrig."

Die Polizistin blies hörbar Luft aus, Maringer war ebenfalls betroffen. Wieder einmal wurde ihm klar, Statistiken waren tote Materie und erwachten nur dann zum Leben, wenn man jede Zahl mit einem Gesicht, jeden Vergleich mit einer Änderung der persönlichen Umstände verbinden konnte. Zwei Millionen Opfer durch eine Hungersnot in Afrika standen jenseits aller Vorstellungskraft. Aber wenn in einem Klassenzimmer 80 Prozent aller Stühle leer blieben, drang dieses Bild mit aller Macht ins Bewusstsein jedes Menschen.

Zaco Lenta ließ tiefe Wunden sichtbar werden, die sich nie richtig geschlossen hatten: Er musste nicht nur den persönlichen Verlust ertragen. Auch das Wissen, nur durch eine Gefälligkeit dem gleichen Schicksal wie seine Frau entgangen zu sein, würde ihn das ganze Leben lang begleiten. Dies machte ihn zum Teil einer Gemeinschaft, die kaum einer jemals hinter sich lassen konnte. Der Inspektor dachte an eine Erkenntnis, die er aus zahllosen Gesprächen mit Psychologen und Angehörigen von Opfern gewonnen hatte: Wenn ein besonders nahe stehender Mensch stirbt, ohne dass ein Abschied möglich war, bleibt immer etwas zurück – wie bei einem Wasserhahn, der ständig tropft, obwohl man ihn bis zum Anschlag zugedreht hat. Maria Lenta – Maringer ging jede Wette ein, der Maler hatte ihren Nachnamen nach ihrem Tod angenommen – würde in seiner Seele immer zweiundzwanzig Jahre alt bleiben. Die Zukunft des jungen Paares spielte sich nur mehr im virtuellen Raum ab, auf der gefährlichen Basis des Was-wäre-gewesen-Wenn. Jeder Traum, jede Vorstellung einer gemeinsamen Existenz konnte nur in den wunderbarsten Farben entstehen. Als letztes Steinchen addierte Maringer, dass Lenta in Salzburg zwar ein altes Leben zurückgelassen hatte, nicht aber familiäre Bindungen. Kein noch so überwältigender Erfolg konnte für ihn den Felssturz ungeschehen machen oder seine Frau wieder zum Leben erwecken. Seine Entscheidung, in Italien zu bleiben, war sohin nicht nur verständlich, sondern in hohem Maße logisch.

„Sind Sie Franz Rothbauer – oder Mills, wie Sie ihn kennen – irgendwann später einmal begegnet?“, fragte der Inspektor.

Lenta schüttelte den Kopf. „Ich habe ihn eingeladen, doch er wollte nicht herkommen. Meinen Wunsch, die Bilder zu verkaufen, die es von mir noch gab, hat er aber erfüllt. Ich hatte ihm eine hohe Provision geboten, und offenbar brauchte er das Geld.“

„Sie waren also nie mehr in Österreich?“ Carinas Stimme klang ungläubig. Die Vorstellung, das eigene Land für immer zu verlassen, konnte sie nicht nachvollziehen. „Auch nicht zu Besuch?“

„Wen sollte ich denn besuchen?“, fragte er zurück.

In den nächsten zwei Stunden, die dazu hätten dienen sollen, von Aarons Sturz und den polizeilichen Ermittlungen zu berichten, saßen sie in Lentas kleiner Küche und genossen ein Essen, das er bereits vor ihrer Ankunft vorbereitet hatte. Mit den Worten „Der Abend dauert noch lange genug“ überzeugte er die beiden Beamten, seine Einladung anzunehmen und servierte eine herrliche Gemüselasagne als Vorspeise, in Weißwein geschmorte Calamari als Hauptgang (sie waren so zart, wie es Maringer noch nie erlebt hatte) und schließlich frisches Obst. Selbstverständlich gab es auch noch einen Espresso und den unvermeidlichen Grappa, der nach diesem opulenten Mahl angenehm seine Wirkung tat.

„Wo haben Sie so gut kochen gelernt?“, fragte Carina bewundernd.

„Beim Wiederaufbau der Trattoria von Marias Eltern“, erwiderte er. „Ein Onkel der Familie hat das Haus neu errichtet. Marco war für meine Hilfe dankbar, wie Sie sich denken können, und als das Gröbste erledigt war, hat er angeboten, mir ein paar Dinge beizubringen. Alles neu Erlernte ist ein Gewinn für die eigene Persönlichkeit, Signorina. Egal was.“

„Also haben Sie nicht nur unterrichtet, sondern auch gekocht?“

Er lächelte. „Nur als Aushilfe. Es macht einen großen Unterschied, ob man in Italien aufgewachsen oder zugereist ist. Die Einheimischen schmecken das, Sie werden es nicht glauben." Der Maler stand auf und holte aus einer Lade Tabak und Pfeife hervor. „Stört es, wenn ich rauche?"

Beide winkten ab. Lenta begann in aller Ruhe seine Pfeife zu stopfen. Er zündete sie an, und bald breitete sich ein süßlich-herbes Aroma in der Küche aus, das auch Maringer, der noch nie in seinem Leben zu einer Zigarette gegriffen hatte, als wohlriechend empfand.

„Die Sache mit dem Selbstmord will mir seit heute Morgen nicht mehr aus dem Kopf", kehrte der alte Mann etwas unvermittelt zum eigentlichen Thema ihres Gesprächs zurück. „Und auch, warum Franz die E-Mail gefälscht hat."

„Also sind Sie sicher, dass er es war?", hakte der Inspektor ein. „Er könnte sie nicht von dritter Seite erhalten haben?"

„Kein Mensch außer ihm hat die Informationen, die darin erwähnt werden", erwiderte Lenta bestimmt.

„Gut, das können wir als geklärt ansehen", meinte Maringer. „Aber warum beschuldigt er Sie, Aaron negativ beeinflusst zu haben, nachdem Sie beide ein halbes Leben keinen Kontakt miteinander gepflegt haben? Können enttäuschte Hoffnungen so weit reichen? Sie haben ihm doch den Grund für Ihr Hierbleiben dargelegt."

„Mehr als einmal", bestätigte Lenta, „aber ob er es auch akzeptiert hat, blieb immer offen."

„Vielleicht sieht sich Rothbauer als doppelten Verlierer", warf die Polizistin nun ein. „Erst haut sein bester Freund einfach ab – verzeihen Sie, Signore –, den er als Maler bekannt und wohlhabend gemacht hat. Die Ursachen kann er nicht nachvollziehen, weil diesem Freund ja die Rückkehr und Fortsetzung seiner Karriere immer offen stand, zumindest nach seiner Einschätzung." Carina brach ab und schaute die beiden Männer an. „Halten Sie das für zu verrückt, weil es schon so lange her ist, oder wollen Sie Teil zwei meiner Theorie auch noch hören?"

„Nur zu, Signorina", forderte Lenta auf, und auch Maringer nickte.

„Rothbauer ist um sein Leben im Licht des berühmten Künstlers gebracht worden. Er fügt sich gezwungenermaßen in seinen Lehrberuf, ist aber nicht glücklich damit. Die Verbindung zu Ihnen bricht er ab. Es könnte ja sein, dass Sie irgendwann wieder zu malen beginnen, was er neuerlich als Verrat an seiner Person empfinden würde. Das klingt sehr drastisch, ich weiß schon, aber ich stelle hier nur Vermutungen an. Und dann geschieht, was dem Lehrer wie ein Wunder vorgekommen sein muss: eine späte Entschädigung für seine zerstörten Träume. Aaron Schörflinger entpuppt sich als interessierter Schüler und hat noch dazu so viel Talent, dass Rothbauer ihn – wenn schon nicht als Manager, so doch als Mentor – auf einen Weg zu bringen versucht, der in seinen Augen der einzig wahre ist. Blöderweise sieht Aaron aber seine Zukunft als Sportler und ist dort so erfolgreich, dass er wirklich einen Vertrag bei den Profis unterschreiben kann. Wieder droht Rothbauer eine Niederlage, gegen die er nichts ausrichten kann. Dann kommen Sie nach vierzig Jahren ins Spiel. Aaron stirbt unter fragwürdigen Umständen, und Rothbauer versucht in seinem Hass, mit falschen Beschuldigungen die Situation auszunutzen. Er meint wohl, wenn es schon Verlierer geben muss, dann soll es alle treffen: Rache üben, alte Rechnungen begleichen – das klassische Motiv für seine Vorgangsweise."

Der Inspektor nickte Carina anerkennend zu. „Also hat der Professor nicht damit gerechnet, dass wir die Verbindung nach Italien irgendwann finden", spann er ihren Faden weiter. „Denn das hat die Überprüfung seiner nebulosen Angaben bedeutet und auch die Mail als Fälschung entlarvt. Schön, dass Sie im Urlaub gleich aufmerksam sind wie bei der Arbeit."

„Glück gehört auch dazu." Sie lächelte dankbar. „Aber wo stehen wir jetzt?"

„Wenn ich das wüsste." Maringer dachte eine Zeit lang intensiv an seine Gespräche mit dem Lehrer. Er rief sich seine Stimme ins Gedächtnis und die Art, wie sich dieser ihm gegenüber verhalten hatte. Danach überlegte er sorgfältig, ob er die nächste Frage stellen sollte, und wagte schließlich den Versuch.

„Würden Sie Franz Rothbauer einen Mord zutrauen, Signor Lenta? Oder die Anstiftung zu einem Mord?"

„Viel Zeit ist vergangen." Der Maler drehte die Pfeife nachdenklich zwischen seinen Fingern hin und her. „Franz war hochintelligent, voll Energie und durchsetzungsstark. Ich habe nicht übertrieben – sein Drängen bei Galeristen hat mir überhaupt erst die Tür zu meinen Erfolgen geöffnet. Die Psychologie lehrt, dass jeder positive Antrieb auch eine negative Entsprechung hat, doch ich hätte nie gedacht … –"

„Wie lautet Ihre Antwort?"

„Ich kann Ihnen keine geben, Inspektor." Erst jetzt schaute er Maringer ins Gesicht. „Was passiert ist, betrübt mich umso mehr, weil mir beide viel bedeutet haben. Aaron war ein wunderbar offener und interessierter Mensch. Wir hätten noch viel voneinander gelernt. Ich bin sicher, dass Franz ihn allein schon wegen seiner Begabung gemocht hat. Wie groß seine Enttäuschung über meinen Weggang aus Österreich war, konnte ich nicht ahnen. Außerdem konzentrierte sich mein Leben damals auf andere, weit bedeutendere Dinge." Lenta seufzte, dann klopfte er den verbrannten Tabak in den Aschenbecher und räumte die Pfeife weg. „Ich habe mich mit meinem Schicksal abgefunden. Das meine ich genau so, wie ich es sage. Jahrelang habe ich um Maria getrauert und um die kurze Zeit, die wir miteinander hatten. Heute weiß ich, welches Glück es war, bereits Mitglied der Dorfgemeinschaft von Longarone gewesen zu sein, als die Flutwelle kam. Ich gehörte dazu. Kein einziges Mal wurde mir meine Herkunft vorgehalten." Nach einer Pause fügte er noch an: „Franz hatte offenbar niemanden für die dunklen Momente, als seine Träume zerbrachen. Das tut mir sehr leid für ihn."

Der Inspektor ließ diese letzten Worte nachwirken. Auf einmal formte sich daraus in seinem Denken ein Bild, das ihn nicht mehr losließ. Er sagte: „Sie können ihm auch heute noch helfen, Signor Lenta."

„Wie meinen Sie das?" Der alte Mann klang verwirrt.

„Ihr Freund" – Maringer verwendete diese Formulierung

absichtlich – „hat sich da in eine Situation verrannt, deren Folgen er offenbar nicht abschätzen kann. Was Sie noch nicht wissen: Rothbauer ist in der fraglichen Nacht vor einer Woche gesehen worden. In der Nähe der Stelle, wo Aaron abgestürzt ist. Wir halten es weiterhin für unwahrscheinlich, dass er in den Mord verwickelt ist, falls es einer war. Aber wir sind sicher, dass er mehr weiß, als er uns sagen will." Der Inspektor schaute kurz zu Carina, als wollte er sich bei ihr rückversichern, bevor er weiterredete. „Bitte helfen Sie uns, die Wahrheit herauszufinden. Sie nützen damit nicht nur ihm. Auch die Familie von Aaron leidet, weil sie mit der Ungewissheit über den wahren Hergang seines Todes leben muss."

„Was könnte ich schon tun?"

„Eine Konfrontation mit Rothbauer wäre sehr hilfreich", stimmte Carina zu und verstärkte noch die Argumente ihres Vorgesetzten. „Sie stellen die Sache mit der E-Mail richtig, und wir beweisen ihm, dass er auf dem Mönchsberg war. Dieser Druck müsste genügen, damit er uns erzählt, was dort passiert ist."

„Sie meinen, ich soll mit Ihnen nach Salzburg fahren?" Lenta schaute die zwei Polizisten groß an. „Das ist doch verrückt!"

„Möchten Sie Rothbauers Anschuldigungen auf sich beruhen lassen?", fragte Maringer mit eindringlicher Stimme. „Jetzt besteht die Chance auf Klärung und Verzeihen. Vielleicht nur jetzt."

„Ich habe Ihnen doch schon alles gesagt, was ich weiß", wehrte der Maler sich. „Nehmen Sie es meinetwegen auf Tonband auf und … –"

„Das wäre nicht zwingend, Rothbauer würde es nicht anerkennen." Maringer ließ nicht locker. „Sie können Aarons lebendige Stimme sein, Signor Lenta – ein Zeuge für seine glücklichste Zeit hier in Feltre."

„Und wer schützt meinen Frieden?", rief Lenta mit erhobener Stimme. „Was passiert, wenn ich in ein Leben schauen muss, das ich nicht mehr führen möchte?" Er schüttelte heftig den Kopf. „Franz wird mir vorwerfen, dass ich ihm alles genommen habe."

Da legte die junge Polizistin ihre Hand auf seinen linken Arm, der wieder zu zittern begonnen hatte. „Sie sind stark genug, ich zweifle nicht daran. Sie besitzen ein großes Geschenk, Signore: das Wissen, wo Sie zu Hause sind."

Da schaute er sie wieder so traurig an wie am Vormittag, als er Franz Rothbauer auf dem Foto erkannt hatte.

„Maria hat hier ihre Heimat, Signorina. Ich bin nur geblieben, weil ich schon ein Teil ihres Lebens war. Das wollte ich nicht verlieren."

Es war kurz vor Mitternacht, als Carina und Maringer ins Parkhotel kamen. Sie hatten keine endgültige Antwort von Zaco Lenta erhalten, ob er sie morgen begleiten würde, aber eine neuerliche Einladung.

„Ich muss nachdenken und schlafen", hatte er nur gesagt. „Morgen um halb neun erwarte ich Sie entweder mit einer gepackten Tasche oder zu einem letzten Espresso." Und an der Tür: „Aber Sie müssen mir versprechen, mich nicht weiter zu bedrängen, Inspektor, wie meine Entscheidung auch ausfällt."

Maringer wusste, er konnte den alten Mann nicht zu einer Begegnung mit Franz Rothbauer zwingen. Weder war Gefahr im Verzug, noch konnte sich Maringer des Erfolges sicher sein, den er sich von diesem Plan versprach. Und klar war auch, dass der Fall als Selbstmord zu den Akten wandern würde, wenn sie mit leeren Händen nach Salzburg zurückfuhren.

Trotz zweier Grappa lag dem Inspektor das Essen so schwer im Magen, dass er lange keine Ruhe fand. Seine Gedanken kreisten um den kleinen, immer korrekt gekleideten Lehrer, der nicht wieder verlieren wollte, durch sein Handeln aber geradewegs darauf zusteuerte. Die Erkenntnisse der vergangenen Stunden bekräftigten zusätzlich den Verdacht, Rothbauer hatte direkt mit Aarons Tod zu tun. Wenn man das Rätsel des rein physischen Vorganges außer Acht ließ, konnte sich Maringer den Ablauf des Sonntags deutlich vorstellen:

Aaron besucht seinen Professor während des Lauftrainings, gibt sich sonderbar wortkarg, möchte rasch weiter. Rothbauer weiß schon von der Begegnung mit Lenta; vermutlich hat sich der Jugendliche aus dem Urlaub bei ihm gemeldet. Aus Wut, dass Aaron sich nicht einmal mehr für ein Gespräch Zeit nimmt, folgt er ihm auf den Mönchsberg und schafft es – ob allein oder mit fremder Hilfe –, Aaron hinunterzustoßen. Wenig später schickt er sich selbst eine E-Mail mit einer Reihe von Andeutungen, um die Polizei möglichst lang zu beschäftigen, aber doch stark genug, um selbst nicht verdächtig zu sein.

Eine schöne Theorie, jedoch mit zwei Haken, einem kleinen und einem großen. Maringer traute dem Lehrer zwar Missgunst und Hass zu, auch wenn er diese gut zu verbergen wusste und in Gegenwart des Inspektors stets nur auf den Sport konzentriert hatte erkennen lassen. Was nicht ins Bild passte, war die Richtung der Aggression auf Aaron statt auf seinen früheren Freund und Partner. Es gibt zwar durchaus eine Geisteshaltung nach der Art *Was ich nicht haben kann, sollst auch du nicht kriegen.* Doch diese tritt meist auf der Ebene von Beziehungen auf, wie etwa im Streit zweier Männer um eine Frau. Hier ging es aber in erster Linie um das Talent eines Menschen, welches von beiden Kontrahenten gleich geschätzt wurde. Aaron hatte jedem von ihnen Achtung entgegengebracht, ja sogar Freundschaft. Der Inspektor war sicher, diese Zuneigung hätte sich künftig nicht nur auf Zaco Lenta konzentriert. Nun aber war die Gabe ausgelöscht, für die ganze Welt und für immer. Eine Handlung im Affekt war einfach nicht vorstellbar, also hatte Rothbauer diesen Verlust mit allen Konsequenzen in Kauf genommen.

Die große Unbekannte in Maringers Vermutungen war viel leichter zu benennen, hatte sie doch nichts mit der subjektiven Bewertung von künstlerischem Talent zu tun, sondern nur mit glasklaren Fakten. Hier standen sich ein austrainierter Jugendlicher von achtzehn Jahren, der noch dazu zwei Meter maß, und ein hagerer Mann, älter als sechzig, gegenüber. Es gab keine Betäubung, keine Spuren eines Kampfes; nur eine winzige, oberflächliche Stirnwunde, die Aaron vielleicht für Sekunden ablenken, aber niemals über ein hüfthohes Geländer hätte stürzen lassen können.

Maringer drehte sich auf der viel zu weichen Matratze hin und her. Im Hotelzimmer gab es kein Radio. Er sehnte sich nach der

Leichtigkeit eines Klavierkonzertes von Mozart oder Chopin, die ihn aus diesem immer enger werdenden Labyrinth von gleich aussehenden Einbahnstraßen befreite. *Demnächst kaufe ich mir einen portablen CD-Player,* nahm er sich vor. *Die spielen nicht nur Popmusik, auch wenn uns die Werbung das glauben machen will.* Bei diesem Gedanken musste der Inspektor lächeln, denn er führte zurück zur heiteren Diskussion mit Carina, welche Musik im Auto zugelassen wurde.

Und kaum hatte er sein Problem losgelassen, kam die Müdigkeit – so plötzlich und stark, dass er sich im letzten Moment daran erinnerte, den Wecker auf sieben Uhr zu stellen.

„Was täte ich nur ohne meine Frau Kollegin", murmelte Inspektor Maringer noch in die Dunkelheit und war kurz darauf eingeschlafen.

# Kapitel 21

„Wird Lenta mitfahren, was glauben Sie?"

Carina brach mit diesen Worten die Stille, die über ihrem sonntäglichen Frühstück an der Bar der Hotelhalle lag. Das Gepäck stand bereits fertig zu ihren Füßen, bis auf das Begleichen der Rechnung gab es nichts mehr zu tun.

„Meiner Meinung nach stehen die Chancen fünfzig zu fünfzig", lautete Maringers wenig aufschlussreiche Antwort. „Es hängt davon ab, was ihm wichtiger ist: Seine Abgeschiedenheit, die alles ausschließt, solange es nur weit genug weg passiert. Oder sein Wunsch, mit einer Vergangenheit ins Reine zu kommen, von der Lenta weiß, dass sie ihn sehr wohl betrifft." Er trommelte nachdenklich mit zwei Fingern auf der Holzkante. „Falls er sich dagegen entscheidet, können wir uns überlegen, ob es Sinn macht, Rothbauer mit der Beobachtung des Punkers zu konfrontieren. Selbst wenn er zugibt, dass er am Mönchsberg war – ein Treffen mit Aaron können wir ihm nicht nachweisen."

„Also doch nur gewöhnlicher Selbstmord?" Die Enttäuschung in ihren Worten war nicht zu überhören.

„Wohl oder übel, ja." Der Inspektor leerte seine Tasse, dann zwinkerte er seiner Kollegin zu. „Aber vergessen Sie nicht, Carina: Ohne Ihre Aufmerksamkeit wären wir niemals so weit gekommen. Wir hätten weder Rothbauers Falschaussagen erkannt, noch seine Verbindungen zu Zaco Lenta. Dass alles in einem Selbstporträt zusammenläuft, fasziniert mich."

„Kaum ein Trost für Brigitte und Rachel Schörflinger", erwiderte sie schwermütig. „Die Kleine tut mir besonders leid. Ich erinnere mich gut an den Besuch im Krankenhaus. Sie fragte nur, was sie ohne ihren Bruder machen soll."

„Kommen Sie, noch ist es ja nicht gelaufen." Maringer lächelte aufmunternd. „Fahren wir nach Vignui – wird schon schiefgehen.

Gibt es so ein Sprichwort auch in Italienisch? Etwas wie *Hals- und Beinbruch*?"

Carina nickte, dankbar für den Versuch, die Stimmung ein wenig aufzulockern.

„Wenn man jemandem vor einer Prüfung Mut machen will, *In bocca al lupo*!", antwortete sie, „das heißt soviel wie *Auf ins Maul des Wolfes*!"

„Eine flauschige Metapher", kommentierte der Inspektor launig.

„Es wird noch besser." Die Polizistin grinste zum ersten Mal an diesem Morgen; er hatte das schon schmerzlich vermisst. „Der Beglückwünschte muss erwidern: *Crepi il lupo!*[9] Frei übersetzt in etwa …" –

„Das kann ich mir denken!", unterbrach er sie lachend. „Also, der Wahlspruch für den heutigen Tag ist ausgegeben."

Der Morgen war strahlend wie gestern, die Berge schienen zum Greifen nah. Zahllose Farben setzten die Landschaft intensiv in Szene, und jeder Schatten hob sich messerscharf vom Licht ab. Obwohl Inspektor Maringer seit seiner Übersiedlung in die Polizeischule nach Graz ein ausgesprochener Stadtmensch war, konnte auch er den großen Reiz einer solchen Umgebung nicht leugnen. Nach einer Woche würde ihn zwar die Langeweile nach Venedig oder Mailand treiben, aber zum Ausspannen war es durchaus einen zweiten Besuch wert.

Zaco Lentas Haus empfing sie wie am Tag zuvor, lebendig waren nur die Hühner im Vorgarten. Zu viel Espresso, dachte Maringer und dämpfte vorsichtshalber seine insgeheime Hoffnung auf eine Zusage des Malers, als er dreimal kräftig an die Eingangstür klopfte.

„Entrate!", erklang es von drinnen. „Kommt herein, es ist offen."

Sie folgten der Aufforderung und stellten überrascht fest, dass sämtliche Türen entlang des Ganges geöffnet waren. Auch die ungewöhnliche Dunkelheit fiel ihnen auf, doch ehe in ihren Gedanken eine Frage dazu auftauchte, trat der alte Maler aus einem der Räume und gab die Antwort.

9 Möge der Wolf krepieren!

„Buongiorno. Ich bin gleich soweit.“ Er sagte es mit einer heiteren, fast jugendlichen Stimme. „Alle Fensterläden sind zu, meine Tasche ist gepackt, aber meinen Reisepass kann ich nirgends finden.“

Der Inspektor musste lächeln – über seine Begeisterung wie auch seine Unkenntnis der politischen Entwicklungen in den letzten Jahren.

„Den brauchen Sie nicht mehr, Signor Lenta.“

„Nein?“ Sein Erstaunen war zu hundert Prozent echt. „Auch nicht an der Grenze?“

„Innerhalb der Europäischen Union sind die Grenzübergänge offen“, erklärte Carina, und Maringer setzte fort: „Wenn wir doch kontrolliert werden, genügt das hier.“ Er langte in seiner Gesäßtasche nach dem Dienstausweis. „Wir gehören nämlich zu den Guten.“

Auf dem kurzen Weg zum Auto blieb der Maler abrupt stehen und drehte sich um. Sein Blick schweifte vom Haus zum kleinen Garten und blieb schließlich am verbrannten Maisfeld hängen.

„Ist es in Österreich diesen Sommer auch so trocken wie hier?“

„Wir hatten Probleme“, antwortete der Inspektor. „Aber Salzburg ist durch seine Lage direkt am Alpennordrand besser dran. Durch die häufigere Westwetterlage regnet es noch immer genug.“ Auch er betrachtete die trockenen Stauden und fügte noch hinzu: „So etwas habe ich noch nie gesehen.“

„Im Süden ist es viel schlimmer“, meinte Lenta. „Hier gibt es die Bergquellen. Aber wo der Grundwasserspiegel zurückgeht, wird die Lage bald sehr dramatisch sein.“

„Kümmert sich jemand um die Tiere?“, erkundigte sich Carina.

„Sandro wird herkommen, er hat es versprochen.“ Unvermittelt lachte der alte Mann. „Wahrscheinlich schickt er aber seine Frau. Er mischt lieber Farben als Hühnerfutter.“

Sie nahmen den gleichen Weg wie vor zwei Tagen, erreichten nach einer halben Stunde das erste Autobahnstück und hielten bei Sacile, um zu tanken. Die angeschlossene Raststation war an diesem Vormittag kaum frequentiert, und so wurden sie von der jungen Kellnerin mit einer Freundlichkeit bedient, die man – wie Maringer eingestand – in Österreich an solchen Orten meist nicht erwarten durfte. Zudem war der hier servierte Kaffee dem Angebot jeder Bar ebenbürtig; ein weiterer, markanter Unterschied zu den heimischen Rasthäusern. Der Inspektor dachte mit Schaudern an eine Fahrt in die Steiermark, als er an der letzten Station vor dem Gleinalmtunnel hatte halten müssen.

„Gibt es etwas, das Sie über Salzburg wissen möchten, Signor Lenta?“, fragte die junge Polizistin, als sie wieder unterwegs waren. Sie hatte dem Inspektor das Steuer überlassen und sich nach hinten gesetzt, um so die Unterhaltung zu erleichtern. Auch auf Mitsprache bei der Musik verzichtete sie diesmal, was Maringer dankbar registrierte.

„Eigentlich nicht“, antwortete der Maler und lächelte sie an. „Wenn ich ehrlich bin, denke ich viel mehr darüber nach, wie ähnlich Sie Maria sind, Signorina. Auch sie hatte rotes Haar, ihre Locken waren noch ein wenig heller.“

Sie neigte leicht den Kopf wie zum Dank für ein eben erhaltenes Kompliment. „Möchten Sie von ihr erzählen?“

Der Inspektor fürchtete, Carina würde damit an einer für Lenta schmerzhaften Erinnerung rühren, doch er begann ohne Zögern zu sprechen.

„Manchmal frage ich mich heute noch, was sie überhaupt an mir gefunden hat. Natürlich war ein Fremder im Ort eine Sensation. Noch dazu konnte ich es mir leisten, für den ganzen Sommer ein Häuschen zu mieten.“ Der alte Mann schaute aus dem Fenster, doch Carina wusste, er sah etwas anderes als die rasch vorbeiziehende Landschaft Oberitaliens. „Es lag ganz in der Nähe der Trattoria, also war es für mich logisch, abends dort zu essen. Zu Beginn haben mich die Leute wie ein Mondmännchen angeschaut. Als sie merkten, dass ich mich gerne mit ihnen unterhalten wollte, sind sie langsam aufgetaut.“

„Sie konnten schon vorher Italienisch?“, fragte der Inspektor dazwischen.

„Es hat mich immer interessiert. Ohne das Malen wäre ich später wahrscheinlich Übersetzer geworden. Dazu kam, dass ich eine wunderbare Lehrerin hatte. Sie hat die Sprache nicht nur unterrichtet, sondern gelebt. Sie trug schon damals italienische Kleider, schwärmte vom Essen und vom südlichen Lebensstil. Ihre Aussprache war einfach fantastisch. ‚Klare Vokale!' war ihr wichtigster Grundsatz. Den hat sie uns vom ersten Tag an eingetrichtert."

„Bitte entschuldigen Sie meine Neugier, Signore", nahm Carina den Faden wieder auf. „Aber wie ist es Ihnen gelungen, Maria zu erobern? Italiener haben sehr enge Verbindungen zu ihrer Familie, und gerade Töchter wurden damals von den Eltern sicher strenger bewacht als Fort Knox."

„Das war leicht, Signorina." Bei diesen Worten blitzten Lentas Augen jugendlich auf. „Ich habe eine Reihe von Zeichnungen von ihr gemacht, natürlich ohne ihr Wissen – einfache Beobachtungen bei der Arbeit: wie sie servierte, einen Gast willkommen hieß, hinter der Bar stand. Als ihre Eltern einmal nicht da waren, konnte ich ihr die Blätter nach unserer gewohnten Plauderei in einem Umschlag überreichen. Am nächsten Abend stand auf meinem Tisch eine Vase mit einer weißen Rose. Nach dem Essen eilte sie mir nach und umarmte mich."

„Und die Eltern?"

„Sie waren streng, sahen aber auch, wie sehr wir uns ineinander verliebt hatten. Eines Tages wurde ich in ihre Wohnung eingeladen. Da fragte mich Antonio – Marias Vater – ziemlich direkt, ob ich für ihre Tochter sorgen könnte. Ich habe mein für damalige Verhältnisse sehr gutes Einkommen dargelegt, und er war zufrieden."

„Wer war denn Ihr Trauzeuge bei der Hochzeit?"

*Mein Gott, es fehlt nicht mehr viel, und sie kann sich bei News in der Leute-Redaktion bewerben,* dachte Maringer. Ihm entging jedoch nicht der sanfte Ton in Carinas Stimme, der mithalf, die Wärme der Erinnerungen lebendig zu halten, als hätten sie kein so rasches und schreckliches Ende gefunden. Lenta schien dankbar für die Unterhaltung. Offenbar war es ihm im Lauf der Jahre gelungen, die Schönheit seiner kurzen Liebe vom Schmerz des erlittenen Verlusts zu trennen.

„Es klingt seltsam, aber an meiner Seite stand Marias ältester Bruder, Claudio. Ich hatte Franz eingeladen und um diesen Freundschaftsdienst gebeten, doch er hat sich nicht einmal gemeldet um abzusagen.“ Eine lange Pause folgte. Dann, nach vorne gerichtet: „Ich weiß wirklich nicht, was Sie sich von der Begegnung erhoffen, Inspektor. Vielleicht erkennt er mich gar nicht wieder.“

„Kann ich mir nicht vorstellen“, erwiderte Maringer. „Dafür hat der Professor zu viel Aufwand betrieben.“

„Aber wenn ich etwas Falsches sage?“

„Das wird nicht passieren. Keine Sorge, Signor Lenta, Sie müssen gar nicht mit ihm sprechen. Wichtig ist nur, dass Sie da sind. Was Sie für das persönliche Verhältnis zueinander tun wollen – damit meine ich die Anschuldigungen in der E-Mail –, bleibt Ihre Sache.“

„Ach, die Mail…“ In seinem Zögern lagen Unverständnis und Melancholie zugleich. „Hätte sie geholfen, Aarons Tod aufzuklären, weil Sie auf meine Verbindung zu Franz gekommen sind, meinetwegen. Aber so… –“

„Wir müssen es einfach darauf ankommen lassen“, schloss der Inspektor. „Ich möchte zu Aarons Mutter und Schwester gehen können in der Überzeugung, alles versucht zu haben. Vor quälenden Fragen nach dem Grund für seinen Selbstmord wird sie das nicht schützen. Es gibt ihnen aber die Gewissheit, dass kein Verbrechen geschehen ist.“

„Und Sie helfen uns dabei“, setzte die junge Polizistin hinzu. „Das ist mehr, als wir vor diesem Wochenende erwarten konnten.“

„Für Rachel mache ich es. Auch wenn ich ihr noch nie begegnet bin.“

„Wie meinen Sie das?“, wollte Maringer wissen. Er hatte schon während der bisherigen Fahrt über die Motive des alten Mannes nachgedacht, doch mit ihnen nach Österreich zu kommen. Ohne Zweifel gab es viele, aber auf Rachel wäre er nicht gekommen.

„Wissen Sie, Aaron hat auf liebevolle Art von seiner kleinen Schwester erzählt“, erklärte Lenta. „Er unterstrich ihren Fleiß in der Schule, ihr offenes und fröhliches Wesen. Es war nicht schwer zu erraten, dass sie zu ihm aufschaute, ihn bewunderte. Aaron versprach, sie mir vorzustellen, sollte Rachel ihn einmal in Bologna besuchen. Haben Sie schon einmal mit ihr gesprochen?"

„Ich war bei ihr im Krankenhaus", beantwortete Carina die Frage. „Sie hat einen schweren Schock erlitten und musste behandelt werden. Aber was Aaron Ihnen erzählt hat, bestätigt auch meinen Eindruck."

„Die Wirkungen auf die Lebenden machen das wahre Unglück aus, nicht der Tod." Auch wenn sich der Maler auf Rachel Schörflingers Zusammenbruch bezog, klang seine Stimme unerwartet emotionslos. „In Longarone war es nicht anders. Die Schlagzeile *Zweitausend Überschwemmungsopfer nach Felssturz* hört sich furchtbar an. Sie bleibt aber abstrakt, solange man persönlich nicht davon betroffen ist. Auch bei uns reichte die Kraft zu trauern nur für eine Handvoll Menschen, die nicht mehr da waren. Das echte Leid betraf all jene, die das Wasser verschont hatte. Das verstand ich erst, als mein Malunterricht in der Schule anfing. Wir haben die ganze Stunde für die Toten gebetet, in Wirklichkeit aber für uns selbst."

„Wie ist es eigentlich zu dem Felssturz gekommen?" Kaum hatte er geendet, befürchtete der Inspektor, mit seiner Frage zu weit gegangen zu sein. Doch Lenta ging sofort darauf ein, klar und sachlich wie zuvor.

„Gier und Inkompetenz sind trügerische Gesellen und noch viel gefährlicher, wenn sie Hand in Hand gehen", erwiderte er. „Der Boden des Monte Toc bestand aus lockerem Sedimentgestein, nicht aus Fels. Alle hier wussten das. Trotzdem hat die staatliche Energiegesellschaft SADE die Baugenehmigung erhalten. Und nicht nur das, sie haben den Stausee auch noch bis weit über den gesetzlich erlaubten Pegel angefüllt. Zuviel Druck, starker Regen – mehr brauchte es nicht."

„Aber hat denn niemand protestiert?", wunderte sich Carina.

„Natürlich, Signorina. Maria selbst erzählte mir noch, dass alles unternommen würde. Eine kommunistische Journalistin hat sich besonders bemüht, doch allein schon ihre Gesinnung machte sie für die Regierung in Rom suspekt. Mit ihren Artikeln wollte sie aufrütteln, konnte aber nichts erreichen. Und die SADE hatte starke Verbündete." Der alte Mann schaute wieder aus dem Wagenfenster zu den Dolomiten, deren gewaltiger Gebirgskamm nun schon weit hinter ihnen lag. „Nach einem ersten Murenabgang, der drei Häuser unbewohnbar machte, haben die Verantwortlichen nichts getan. Später, in den Tagen vor dem 9. Oktober, haben Leute beobachtet, dass sich die Bäume an den Hängen ganz untypisch zum See hin neigten." Jetzt stockte er doch; seine Stimme wurde merkbar leiser. „In der Nacht muss alles sehr schnell gegangen sein. Viele sind im Schlaf überrascht worden."

„Das übersteigt jede Vorstellungskraft", murmelte Carina. „Und die Mauer?"

„Steht heute noch dort, weithin sichtbar."

„Sie hat also standgehalten", schlussfolgerte der Inspektor. „War das gut oder schlecht?"

„Der Streit darüber hat nie aufgehört", erwiderte Lenta. „Die einen sagen, bei einem Mauerbruch wäre ein viel größeres Gebiet überschwemmt worden. Andere glauben, dass dann die Wucht des Wassers nicht so extrem gewesen wäre und mehr Menschen überlebt hätten. Ich neige zu dieser Ansicht. Man muss sich vorstellen, die Flutwelle war über hundert Meter hoch. Die Kraft hat ausgereicht, um die Räder der Waggons am Bahnhof aus ihren Verankerungen zu reißen. Ebenso die Schienen." Lenta schaute der jungen Frau wieder ins Gesicht. Sie erkannte deutlich, er hatte genug. „Es bleibt müßig, darüber nachzudenken. Maria ist tot, Antonio, Luisa, Claudio und alle anderen."

Ein Halbsatz aus seinen Erzählungen hallte in Maringers Kopf nach. Mit ihren Artikeln wollte sie aufrütteln… Im nächsten Moment hatte er eine Idee, der er spontan folgte.

„Erinnern Sie mich daran zu telefonieren, wenn wir über die Grenze kommen, Carina."

„Soll ich mir auch merken, wen Sie anrufen wollen, Chef?", erwiderte sie und grinste in seinen Rückspiegel.

„Das schaffe ich gerade noch, vielen Dank." Der Inspektor hatte ihren heiteren Ton exakt getroffen und verspürte auf einmal den

Wunsch, den alten Mann aus der Dunkelheit seiner Erinnerungen zu ziehen. „Wir wissen, was Sie auf sich nehmen, Signor Lenta, und sind Ihnen dafür zu großem Dank verpflichtet." Er fügte an: „Wir sorgen auch dafür, dass Sie übermorgen Ihren Besuch in Longarone machen können."

„Sandro hat Sie offenbar gut informiert." In Lentas Stimme klang kein Ärger mit, und so verzichtete Maringer auf die Korrektur, dass diese Vermutung nur teilweise richtig war.

In Villach aßen sie zu Mittag und spazierten eine halbe Stunde durch die Innenstadt. Inspektor Maringer hatte keine Eile, nach Salzburg zu kommen. Nach einigen Telefonaten war sein Plan für den kommenden Tag bereits fertig. Alles stand auf tönernen Füßen, und die Chance auf Erfolg war gering. Doch er musste es riskieren.

*Schon komisch, wenn bei einem Theaterstück vor der Aufführung gerade der Hauptdarsteller fehlt,* überlegte Maringer, als sie in einem Straßencafé darauf warteten, bedient zu werden. *Aber vielleicht bewirbt sich doch noch jemand…*

# Kapitel 22

Der Traum in jener Nacht war so real, dass Maringer mit einem Ausruf des Erstaunens erwachte – lange bevor er es üblicherweise gewohnt war aufzustehen. Er war in einem Haus gewesen, einem Ort ohne Erinnerungen. Das Fehlen von Türen störte ihn nicht besonders, aber auch die Fenster waren so hoch in den Wänden angebracht, dass nur ein Riese sie erreicht hätte.

Auf einmal riefen zwei Stimmen gleichzeitig seinen Namen. Der Inspektor drehte sich um und sah Aaron Schörflinger und Maria Lenta nebeneinander stehen, Hand in Hand. Aber ihre Körper waren nicht echt, sie schimmerten durchsichtig, er konnte die weiße Wand hinter den beiden erkennen. Ihre Gesichter strahlten wie die eines frisch verliebten Paares, für das der Himmel voller Geigen hängt. Sie schauten nicht direkt zu Maringer, sondern in die Ferne – auf einen umfassenderen Begriff von Zeit, der dem Inspektor verborgen blieb.

*Die Welt ist größer, als wir sie uns vorstellen können,* sagte Aaron in seinem Traum, und Maria fügte an: *Aber auch kleiner, als wir oft denken.* Kaum hatten sie geendet, öffneten sich alle Fenster in dem Raum, und der Inspektor war auf einmal so groß, dass er hinaussehen konnte. Doch das helle Licht tat seinen Augen weh, er hielt schützend die Hände vors Gesicht. Seine eigene, verwunderte Stimme weckte ihn, bevor er etwas erkennen konnte. Gleich darauf sah er nur Schatten an der Decke seines Schlafzimmers in der Hofhaymer Allee.

Etwas verschlafen bereitete er sein gewohntes Frühstück zu: zwei Stück Schwarzbrot mit Butter und Marmelade, dazu Schwarztee. Während der alte Wasserkessel gleichmütig seine Arbeit tat, ging Maringer zum Postkasten und schlug noch im Stehen den Regionalteil der *Salzburger Nachrichten* auf. Zufrieden stellte er fest, dass sein gestriger Anruf dort auf fruchtbaren Boden gefallen war. Das genaue Studium des Artikels verschob er auf später, ebenso seine

Gedanken an die Wirkung, die er damit auszulösen hoffte. Nach dem Essen – versüßt von Schuberts Winterreise, die ihm diesmal niemand streitig machen konnte – war es hoch an der Zeit, sich für den angebrochenen Arbeitstag zu kultivieren.

Als er nach einem Fußmarsch in der Frische des strahlenden Spätsommermorgens ins Büro kam, war Carina Raichmann mit ihrem italienischen Gast noch nicht da. Auf Vorschlag der jungen Polizistin hatten sie Zaco Lenta in einem Hotel in der Nähe ihrer Wohnung untergebracht. Sie war einverstanden, diesmal auf die Benützung des Stadtbusses zu verzichten, damit der Maler sein Zimmer gleich am Morgen räumen konnte. Dass Maringer seinen Volvo zur Verfügung stellte, erleichterte ihr diese Entscheidung.

„Guten Morgen, Inspektor", grüßte Maria Gerst freundlich wie stets. „Haben Sie ein angenehmes Wochenende verbracht?"

„Kann man so sagen, ja", ging er auf die Einladung seiner gestrengen Sekretärin zur Konversation ein. „Italien ist wirklich ein wunderbares Land."

„Sie haben einen Kurzurlaub gemacht?" Ihr Gesicht sprach Bände über den Grad ihrer Verwunderung. „Ich wusste gar nicht, dass Sie sich für so etwas begeistern können."

„Bis vor drei Tagen hatte ich auch noch keine Ahnung davon", gab Maringer zu. „Ich war mit der Kollegin Raichmann ohnehin eher beruflich unterwegs, aber die vielen Reize der Landschaft waren nicht zu übersehen." Dass die kulinarischen Eindrücke auf seinem persönlichen Geigerzähler noch viel weiter ausschlugen, behielt er lieber für sich und kam stattdessen gleich zum Thema. „Im Laufe des Vormittags wird höchstwahrscheinlich ein Professor Franz Rothbauer hier auftauchen und mich dringend sprechen wollen. Nur für diesen Fall ändern wir das Prozedere. Sie rufen mich an, quasi als Vorwarnung. Ich sage Ihnen, ob er gleich in mein Büro kommen kann oder noch warten muss."

„Können Sie mir beschreiben, wie der Herr aussieht?"

„Klein und schlank, um die sechzig, sehr elegant gekleidet", beschrieb Maringer den Lehrer. „Jetzt gleich bitte ich Sie um eine Nachforschung beim Standesamt. Uns wurde bekannt, dass er früher Mills geheißen hat. Vielleicht erfahren Sie, wie es zu dieser Namensänderung gekommen ist." Er buchstabierte den Namen, nannte Rothbauers Adresse und überlegte, ob er im Moment noch andere Aufgaben für die Sekretärin hatte, doch ihm fiel nichts mehr ein. „Carina müsste gleich da sein", fügte er noch an. „Sie bringt jemanden mit, der sich sicher über starken Kaffee und ein Glas Wasser freut."

„Wird sofort erledigt, Inspektor", antwortete die Frau eilfertig, zögerte aber dann und fragte: „Für Sie beide auch eine Tasse?"

„Gerne", stimmte Maringer zu, der in seinem Büro sonst nie Kaffee trank. Selbst erstaunt von dieser Antwort, landeten seine Gedanken plötzlich beim Leiter der Behörde. Weiß der Himmel, wie er zu der Assoziation gekommen war.

„Ist Präsident Strauß schon da?"

„Am Nachmittag kommt er", informierte sie ihn. „Seine Maschine konnte wegen eines technischen Gebrechens erst um vier Uhr morgens starten. So stand es zumindest in Christas Rundmail."

Christa Sperling, attraktive Vorzimmerdame vom Polizeichef, behielt nicht nur für ihren Vorgesetzten den Überblick, sie sorgte auch für den Informationsfluss im ganzen Haus. Noch ein bisschen Galgenfrist, dachte der Inspektor durchaus heiter und lächelte.

„Verbinden Sie mich bitte mit Dr. Ortlieb", ersuchte er Maria Gerst noch um einen letzten Gefallen und ging dann in sein Büro.

Maringer und die Pathologin begrüßten einander gewohnt herzlich. Während er ihrer kurzen Schilderung lauschte, womit sie das Wochenende zugebracht hatte – am Samstag ein Konzertbesuch im Wiener Saal des Mozarteums, am Sonntag ein ausgedehnter Spaziergang mit der Familie ihrer Schwester über den Haunsberg – gestand er sich zu seiner eigenen Überraschung ein, sie in Italien vermisst zu haben. Zwar konnte sich der Inspektor nicht daran erinnern, dass sich seine Gedanken in den vergangenen 72 Stunden mit etwas anderem als den Kreisen beschäftigt hatten, die der Tod des Jugendlichen zog. Aber nun, wo gleichsam sein Pflichtenheft über den Fall noch nicht aufgeschlagen war, wünschte er sich plötzlich, sie wäre dabei gewesen. Dieser Wunsch wuchs mit jeder Minute, die er ihr zuhörte. Dann gab er sich einen inneren Ruck und lenkte seine Gedanken wieder zum Grund seines Anrufes.

„Ist dir zu der kleinen Stirnwunde an Aaron Schörflingers Leichnam noch etwas eingefallen?"

„Ich habe dir schon bei deinem Besuch im Institut gesagt, dass diese Verletzung völlig bedeutungslos ist", antwortete Marianne. „Und kein Gerichtsmediziner auf der ganzen Welt würde dir etwas anderes erzählen."

„Gut, ich meinte ja nur", murmelte er, von ihrer Forschheit so früh am Vormittag auf dem falschen Fuß erwischt. „Nachdem ich ein kleines Wunder erlebt habe … –"

„Wovon sprichst du?"

„Wir haben in Venezien den Mann aufgetrieben, der das vom Opfer nachgemalte Selbstporträt angefertigt hat. Es besteht eine Verbindung nach Salzburg, die über vierzig Jahre alt ist. Mehr kann ich dir noch nicht sagen, aber ich spüre, dass der Fall in kurzer Zeit gelöst sein wird."

„Das heißt, wir können uns noch diese Woche sehen?" Sie klang erfreut. „Bist du zu einer Terminfixierung bereit?"

„Lass' uns noch bis heute Abend warten. Ich melde mich bei dir zuhause."

„Versprochen?"

„Versprochen", bestätigte Maringer und hörte gleich darauf Schritte im Vorzimmer. „Es geht los, ich muss aufhören. Wünsch mir Glück."

„Ich schließe dich schon in mein tägliches Nachtgebet ein, das muss reichen", scherzte Marianne, fügte dann aber doch hinzu: „Viel Glück, Raimund, was immer dir bevorsteht."

„Ich hoffe, Sie haben eine angenehme Nacht verbracht, Signor Lenta", begrüßte Maringer den Maler und schüttelte ihm die Hand, als er gemeinsam mit Carina Raichmann ins Büro kam.

„Es ging so", erwiderte dieser launig. „Das Zimmer war in Ordnung. Aber was man hier als Kaffee bezeichnet, würde bei uns jeden *barista*[10] in den Ruin treiben."

„Wir wollten noch in einem *Segafredo* Halt machen, aber dafür hat die Zeit nicht mehr gereicht", meinte die Polizistin. Maringer übersah nicht, wie sie ihm dabei kurz zuzwinkerte. „Von draußen naht bereits Rettung, wie ich sehen konnte."

Der Inspektor war nicht sicher, ob dies der Wirklichkeit entsprach oder eher die Gefahr bestand, den letzten Rest vom Ruf Salzburgs als Teil österreichischer Kaffeetradition zu verspielen. Er bot ihnen die Stühle vor dem Schreibtisch an und setzte sich ebenfalls.

„Was passiert jetzt?", fragte Lenta, der keine Unruhe erkennen ließ. „Haben Sie Franz vorgeladen?"

„Ich denke, er wird von selbst kommen", antwortete Maringer und hob die Hände, als er den erstaunten Blick des alten Mannes sah. „Keine Sorge. Ich habe einen Köder ausgelegt, den er kaum auslassen kann." Er schob Carina den Regionalteil der *Salzburger Nachrichten* über den Tisch. „Seite 7 – sagen Sie mir Ihre Meinung."

Als sie den Artikel überflogen hatte, pfiff die junge Frau anerkennend durch die Zähne. Sie reichte das Blatt nach links an Lenta weiter und sagte: „Ein gewagter Versuch, aber die Beschreibung weist eindeutig auf Rothbauer hin. Auf jeden Fall wird er fuchsteufelswild sein, wenn er kommt."

„Das will ich auch erreichen." Sollte er nicht auftauchen, habe ich zum ersten Mal in meinem Leben einen Menschen nach mehr als drei Begegnungen falsch eingeschätzt, dachte der Inspektor und setzte fort: „Diese Emotion wird noch durch die unerwartete Begegnung gesteigert werden. Vielleicht ist er danach so verwirrt, dass er nicht mehr abschätzen kann, was wir durch seine Aussagen und die Begegnung mit Ihnen, Signor Lenta, herausgefunden haben."

Der alte Mann studierte bedächtig die Zeilen. „Je länger ich über Franz nachdenke, desto unwirklicher kommt mir alles vor." Er fuhr sich mit dem linken Handrücken über den Mund, wie sie es schon oft gesehen hatten. Sein dichtes weißes Haar stand ungebändigt vom

10 Barbesitzer

Kopf ab; Maringer hatte es nie anders erlebt. „Jede meiner Erinnerungen wehrt sich dagegen, dass er mit Mord zu tun haben soll."

Lenta sprach damit aus, was auch den beiden anderen im Kopf herumging. Der Inspektor wusste sehr wohl, er fischte im Trüben mit dem in allen Salzburger Zeitungen erschienenen Artikel über *einen Unbekannten in roter Regenjacke, der Aaron Schörflinger vermutlich als Letzter begegnet war und vielleicht sogar mit ihm gesprochen hatte.* Darin sah er jedoch die einzige Möglichkeit, den Lehrer aufzuscheuchen. *Nein,* gab er insgeheim zu, *ich möchte ihn erschrecken.* Deshalb hatte er den Redakteuren gestern von Villach aus noch eine detaillierte Beschreibung Rothbauers übermittelt, mit der Bitte, die betreffende Person – auch jemand, der sie kenne oder am Mönchsberg gesehen habe – möge sich dringend mit ihm in Verbindung setzen.

Die Folgen dieser Aktion wagte Maringer nicht zu kalkulieren. Er hatte auch keinen vorhersehbaren Ablauf vor Augen. Beweise oder Zeugenaussagen gegen den Lehrer gab es nicht. Nur instinktiv spürte der Inspektor, Rothbauer hatte etwas zu verbergen. Aarons angebliche E-Mail spielte keine Rolle, sie beinhaltete nur Aussagen über Lenta. Direkte Hinweise auf einen bevorstehenden Selbstmord gab es darin nicht. Schon vor der Reise nach Italien hatte Maringer das Gefühl gehabt, das Schreiben wäre nachträglich auf eine entstandene Situation hingebastelt worden. Diese Ansicht hatte Zaco Lenta bestätigt.

„Aber die Mail muss er uns erklären", antwortete Maringer fast trotzig, als er selbst seine geistige Abwesenheit bemerkte. Der Rest würde wohl dem Zufall oder der Hoffnung überlassen bleiben – diesen Gedanken behielt er für sich.

Maria Gerst brachte ein Tablett mit Kaffee herein und legte dem Inspektor auch einen Computerausdruck auf den Schreibtisch.

„Ich hoffe, wir treffen Ihren Geschmack besser als das Hotel", sagte er noch, widmete sich aber schon den wenigen Zeilen.

*Franz Mills, geboren am 3. Dezember 1940 in Salzburg als einziges Kind von Richard und Dorothea Mills, geb. Rothbauer. Die Ehe wurde am 25. August 1965 geschieden. Der Sohn nahm darauf den Namen seiner Mutter an. Sie starb am 10. März 1980, der Vater hat nach der Scheidung die Stadt verlassen.*

Dass der alte Mann seinen früheren Freund unter einem anderen Namen kannte, ließ sich also völlig logisch erklären. Trotzdem gab Maringer das Blatt an seine Kollegin weiter und fragte, während er den Zucker aufrührte: „Wissen Sie noch etwas über das Verhältnis zwischen Rothbauer und seinen Eltern, Signor Lenta?"

„Seinem Vater bin ich nie begegnet. Aber ich kann mich sehr gut daran erinnern, wie sehr Franz seine Mutter vergöttert hat. Sie galt alles in seinem Leben, und es war umgekehrt wohl nicht anders – eine beeindruckende Frau, schön und selbstbewusst. So jemanden vergisst man nicht. Vom Vater hat er aber nie erzählt."

*Passt alles hervorragend ins Bild,* dachte Maringer und fuhr fort: „Wo hat er denn gewohnt?"

„Sie können Fragen stellen, Inspektor!" Lentas Hand machte mit der Tasse auf halbem Weg zu den Lippen Halt. Ohne vom Kaffee zu kosten, stellte er sie wieder ab. „Während der Fahrt hierher habe ich nur die Staatsbrücke wiedererkannt, und auch die ist anders geworden. So viele Häuser sind mir noch nie auf einmal untergekommen."

„Waren Sie denn später niemals in Venedig?", wunderte sich Carina. „Oder in Rom?"

„Ein Tag ohne Wanderung in den Dolomiten hat mir nicht gefallen." Seine Stimme brachte eine unverrückbare Tatsache zum Ausdruck. „Und eine Woche hätte ich niemals ausgehalten."

„Verzeihen Sie die Frage", sah der Inspektor seinen Fehler ein. „An Ihr Zuhause erinnern Sie sich noch?"

„Das Heim war hinter dem Kapuzinerberg, meine einzige Wohnung in der Aigner Straße", gab Lenta gleichmütig Auskunft. „Dort habe ich aber nur während meiner kurzen Zeit als Lehrer zur Miete gewohnt. Persönliche Gegenstände gab es kaum. Die Bilder habe ich Franz überlassen."

„Der sie dann für Sie verkauft hat." Maringer nickte. Eine Weile saßen alle drei schweigend da und tranken Kaffee, dessen Qualität vom Maler nicht kommentiert wurde. Als er die leere Tasse hinstellte, bemerkte Carina, dass seine linke Hand dabei zitterte.

„Was haben Sie, Signore?"

„Ach, nichts", erwiderte er, lächelte die junge Polizistin aber traurig an. „Ich fragte mich gerade, ob Franz mich überhaupt erkennen wird. Vielleicht beschimpft er mich auch als Mörder, davor fürchte ich mich. Es kann ja sein, er glaubt wirklich, was in der E-Mail steht, auch wenn sie nicht von Aaron stammt."

„Das wird nicht geschehen", beruhigte der Inspektor, ohne selbst wirklich überzeugt zu sein. „Seine eigene Überraschung wird ihn davon abhalten, glauben Sie mir." Er schaute auf seine Armbanduhr: nach neun. „Also, wir machen es so", setzte er fort und erklärte in wenigen Worten seinen Plan. Lenta war einverstanden. Als Maringer in seinen Gedanken nach weiteren Fragen suchte, die er dem Maler über Franz Rothbauer hätte stellen können, kündigte das Telefon auf seinem Schreibtisch ein internes Gespräch an.

Rothbauer grüßte nicht, blieb auch nicht an der Tür stehen. So sah der Inspektor keinen Anlass, sich zu erheben. Die Erregung des kleinen, drahtigen Lehrers stand in seinem Gesicht: verengte Augen, die Lippen bebten vor Zorn. Er kam mit wenigen Schritten an den Schreibtisch, klopfte mit zwei Fingern auf den dort noch immer aufgeschlagenen Regionalteil der *Salzburger Nachrichten* und sagte gepresst, um nicht zu schreien: „Sind Sie vollkommen verrückt geworden? Da können Sie mich ja gleich zur Fahndung ausschreiben! Wer gibt Ihnen das Recht, mich so zu diffamieren? Sie haben mich unmöglich gemacht, in der Schule, in der ganzen Stadt!"

Die Pause, die der Lehrer brauchte, um Luft zu holen, nützte Maringer. Er hob begütigend die Hände und sagte in aller Ruhe: „Guten Tag, Herr Professor. Bitte nehmen Sie Platz und erzählen Sie, was Sie zu diesem, sagen wir, Auftritt hier veranlasst."

„Das wissen Sie sehr gut, Inspektor!", bellte Rothbauer und machte keine Anstalten, sich hinzusetzen. „Wenn Sie mich schon verdächtigen, Aaron nach dem Leben getrachtet zu haben, warum kommen Sie dann nicht gleich in die Schule und verhaften mich dort vor allen Leuten? Damit die Geschichte für diese Schmierfinken von der Zeitung noch griffiger wird!"

„Ich kann Ihnen dazu zwei Dinge sagen." Maringer beugte sich nach vorne, stützte seine Arme auf die Schreibunterlage. Er blieb freundlich, in seiner Stimme lag jedoch mehr Gewicht. „Erstens: Wir haben die Presse aus gutem Grund um Mithilfe gebeten. Dass Sie sich von der Beschreibung der Person, die wir suchen, angesprochen fühlen, bestätigt nur den Wert der uns vorliegenden Informationen. In dem Artikel ist jedoch mit keinem Wort Ihr Name erwähnt, nicht einmal ein Geschlecht. Der Einzige, der die Zeilen auf sich bezieht, sind Sie selbst. Zweitens … –"

„Sie haben mich im Visier, da können Sie mir erzählen, was Sie wollen", unterbrach ihn der Lehrer. „Was sollte ich überhaupt am Mönchsberg gewollt haben an dem Abend? Es hat doch geschüttet wie aus Kübeln!"

Der Inspektor ließ sich nicht beirren. „Zweitens erleichtern Sie uns mit Ihrem Erscheinen die Arbeit", fuhr er fort, als hätte es den Einwurf gar nicht gegeben, „denn wir haben noch etwas entdeckt, das wir nur mit Ihrer Hilfe klären können. Zuerst aber zu Punkt eins: Sind Sie am Sonntag vor einer Woche auf dem Mönchsberg gewesen, nachdem Aaron Schörflinger Sie besucht hat? Wenn ja, aus welchem Grund?"

Rothbauer richtete sich von seiner leicht nach vorne gebückten Haltung zu voller Größe auf, verschränkte die Arme hinter dem Rücken und erwiderte Maringers Blick mit versteinerter Miene.

„Nein."

In der hintersten Ecke seines Instinkts spürte der Inspektor, die Antwort entsprach der Wahrheit. Sein Ärger über den allzu deutlichen Artikel hatte Rothbauer hergetrieben, doch selbst wenn er tatsächlich glaubte, beobachtet worden zu sein, hätte er es wohl kaum unterlassen, zu kommen. Durch die mögliche Existenz eines Zeugen allein konnte nichts bewiesen werden. Sogar im Falle eines Treffens mit Aaron in der Nähe der Absturzstelle hätte er wohl einfach ausgesagt, der Jugendliche hätte ihn weggeschickt.

Die Finte hatte ihr Ziel nicht verfehlt. Maringer wollte aber den Druck verstärken, ehe er seinen echten Trumpf ausspielte.

„Eine Ihnen sehr ähnliche Person ist zur fraglichen Zeit dort mit

Aaron gesehen worden. Uns liegt eine entsprechende Aussage vor. Wer könnte außer Ihnen gewusst haben, dass er trotz des schlechten Wetters oben trainiert hat?"

„Seine Mutter, was weiß ich!"

Der Inspektor unterdrückte seinen Ärger über die Widersinnigkeit in diesen Worten und sagte: „Die war am Abend bei einer Kollegin eingeladen, das haben wir bereits überprüft. Sonst noch jemand?"

„Hören Sie, Inspektor, langsam habe ich genug von Ihrer Faselei, die mir nur die Zeit stiehlt. Den mysteriösen Unbekannten gibt es nicht. Aaron hat *Selbstmord* begangen, verstehen Sie?" Rothbauer trat ganz an den Schreibtisch, stützte sich mit den Fäusten auf der Tischplatte ab. „Warum suchen Sie nicht nach den Gründen dafür? Haben Sie die Andeutungen aus der E-Mail weiterverfolgt?"

In dieser Sekunde wünschte sich Maringer nichts sehnlicher als eine Stopp-Taste, mit der er die Zeit anhalten und die Situation auskosten hätte können. Zu gern wäre er – in Weiterführung seiner Fantasie – sprichwörtlich aus der Szene herausgestiegen und hätte den Lehrer gefragt, welche Antwort er nun von ihm erwartete: ein enttäuschtes ‚Tut-mir-Leid-hat-sich-nichts-ergeben'-Gefasel (was bildet sich der Kerl eigentlich ein?) oder eine zerknirschte Bitte um Mithilfe bei der Identifizierung des erwähnten Malers. Vielleicht würde Rothbauer ihm sogar ein paar weitere Happen hinwerfen, wie einem Hund, den man von einer aufgenommenen Fährte weglocken will. Niemals würde der Lehrer jedoch ahnen, dass er mit seiner Frage soeben das Stichwort geliefert hatte.

„Das bringt uns zu Punkt zwei", sagte Maringer so seelenruhig, als würde er die Tagesordnung bei der jährlichen Hauptversammlung des Sparvereins vorlesen. „Sehen Sie, ich habe die Mail immer und immer wieder gelesen, weil ich das Gefühl nicht loswurde, dass irgendetwas fehlt. Ich bin jedoch nicht draufgekommen. Erst meine Kollegin" – damit nickte er Carina zu, die die ganze Zeit über als stumme Beobachterin am Fenster gestanden war – „gab mir den entscheidenden Hinweis."

„Wie meinen Sie das?" Rothbauer wirkte erstaunt. „Was soll

daran fehlen? Das ist doch keine Schularbeit, die man korrigieren kann."

„Aber auch keine echte Mail. Jedenfalls stammt sie nicht von Aaron Schörflinger." Der Inspektor zog ein Blatt aus einer Schublade hervor und reichte es über den Tisch. „Bitte lesen Sie noch einmal, Professor. Sagen Sie mir, was daran nicht stimmt. Und bitte setzen Sie sich hin."

Ob es die Worte gewesen waren oder die ausgewiesene Freundlichkeit, mit der er seine Aufforderung vorgetragen hatte, wusste Maringer nicht genau. Zufrieden registrierte er jedoch die steigende Verwirrung und Unsicherheit seines Gegenübers. Mit einer fahrigen Handbewegung nahm Rothbauer das Blatt entgegen, öffnete mit zwei Fingern den Knopf seiner marinblauen, zur übrigen Kleidung perfekt kombinierten Anzugjacke und ließ sich langsam in einem der beiden Besuchersessel nieder.

Als er zu lesen begonnen hatte, schaute der Inspektor zu Carina und nickte. Sie ging im Rücken des Lehrers auf eine Tür zu, die vom Büro in ein Besprechungszimmer führte, öffnete sie und bedeutete Zaco Lenta mit einer wortlosen Geste, er möge hereinkommen. Maringer warf nur einen kurzen Blick auf den Maler. Dieser wirkte ruhig und gefasst. Dann konzentrierte er sich wieder auf Rothbauer. Die junge Polizistin zog sich auf ihren Platz am Fenster zurück, als hätte keine Veränderung stattgefunden.

„Also, ich kann mir beim besten Willen nicht vorstellen, was Sie meinen, Inspektor", meinte der Lehrer mit gerunzelter Stirn. „Aaron war sehr enttäuscht über die Meinung dieses Malers … –"

„Buongiorno, Franz."

Rothbauer fuhr herum, das Papier glitt aus seinen Händen zu Boden. Inspektor Maringer konnte sein Gesicht nicht sehen, doch Carina erzählte ihm später, sie hätte noch nie zuvor einen derartigen Schock bei einem Menschen beobachtet. Und es war sofort klar: Er wusste, wer da vor ihm stand.

Lenta ging auf seinen Jugendfreund zu und wollte ihm die Hand reichen, doch der Lehrer erhob sich mit einem Ruck aus dem Sessel und wich ein paar Schritte zurück. Noch immer nicht fähig zu sprechen, schüttelte er nur ungläubig den Kopf, sein rechter Mundwinkel zuckte nach oben. Auch Maringer stand auf. Er wartete gespannt, was nun kommen würde, und war zum Eingreifen bereit, sollte die Situation eskalieren.

„Warum, Franz?"

Die zwei Worte wirkten durch die Stille wie Schläge eines riesigen Hammers. In der klaren Betonung des Malers lag jedoch kein Groll. Nur tiefes Bedauern.

Rothbauer setzte zu einer Erwiderung an. Erst beim zweiten Versuch gehorchten die Stimmbänder seinem Willen.

„Zacharias! Wie kommst du hierher?"

„Das spielt keine Rolle." Er drehte langsam die Handflächen nach außen, als gelte es, ein schweres Gewicht aufzufangen. „Wichtig ist nur, welchen Weg Aaron gehen wollte."

„Aber niemand hat gewusst, dass du es bist!"

Lenta nickte. „Niemand außer dir. Was für einen Sinn hatten deine Andeutungen? Hättest du dem Inspektor irgendwann doch meinen Namen genannt, um mir die Verantwortung für Aarons Tod zuzuschieben? Du bist nicht so dumm, Franz. Es muss dir klar gewesen sein, dass sich alles als falsch erweist, sobald die Polizei mit mir redet."

Lentas Worte waren so geradeheraus wie sein Blick, und der Lehrer schaute auf den Boden.

„Sein Selbstmord war die dritte große Sinnlosigkeit in meinem Leben", flüsterte er. „Das konnte ich nicht ertragen."

Maringer hatte eine recht genaue Vorstellung, was damit gemeint war. Doch er wusste auch, beim Betrachten der Wahrheit ging es vor allem darum, persönliche Befindlichkeiten ans Licht zu bringen. Jetzt war der Moment gekommen, um alle offenen Rechnungen auf den Tisch zu legen. Ob und wie diese beglichen wurden, lag außerhalb seines Einflussbereiches, doch er wollte unbedingt Klarheit schaffen – für sich, besonders aber für Brigitte und Rachel Schörflinger.

„Am besten, wir beginnen noch einmal von vorn", sagte er ruhig.

„Waren Sie in der Nacht von Sonntag auf Montag am Mönchsberg, Professor?“

Als ihm Rothbauer das Gesicht zuwandte, war von der forschen Erregtheit, die keine drei Minuten zurücklag, nichts mehr übrig. Der Mann war ein Häufchen Elend.

„Kann ich ein Glas Wasser haben?“, fragte er zögernd und ging mit unsicheren Schritten auf den Sessel zu, als könnte er daran Halt finden. Auch Lenta setzte sich.

„Bitte, Carina.“ Als sie schon an der Tür war, ergänzte Maringer noch: „Bringen Sie gleich einen Krug und auch das Bild.“

Nach einer Weile begann der Lehrer zu erzählen. „Erst wollte ich Aaron folgen. Als ich seine Zeilen für mich gelesen hatte, drängte es mich, noch einmal mit ihm zu reden.“ Seine Augen fixierten einen Punkt, den nur er sehen konnte. „Dann habe ich aber erkannt, dass ich ihn kaum würde finden können. Und ich hatte auch keine Argumente, die seine Meinung geändert hätten, denn aus seiner Sicht tat er das Richtige.“

„Es gibt also einen echten Brief?“, warf der Inspektor dazwischen.

Das Nicken war kaum zu erkennen.

„Mehr als einen?“, hakte er nach und hatte dabei die seltsame erste Begegnung vor der Wallfahrtskirche Maria Plain im Kopf.

„Nein, er hat sich aber einmal aus Italien gemeldet.“

„Was hat er da gesagt?“

„Er war unsicher, ob er überhaupt Volleyball spielen will – als Beruf, meine ich.“

„Und das hat Sie veranlasst, mir in Plain die Geschichte von Streitsucht und Aggressionen aufzutischen?“

Diesmal fiel die verneinende Geste deutlicher aus. „Aaron war gleich nach seiner Rückkehr eine Woche zuvor bei mir, aber nur ganz kurz. Das hatte es vorher noch nie gegeben. Auch seine wortkarge, in sich gekehrte Art machte mich besorgt. Es schien, als müsse er einen inneren Kampf austragen. Ich verstand einfach nicht, warum er kein Wort darüber sagte.“

Carina brachte das Wasser, und alle bedienten sich. Die große weiße Mappe aus Karton lehnte sie an einen Tischfuß des Schreibtisches.

„Brauchen Sie mich noch, Chef?"

„Nein, vielen Dank. Wegen Signor Lentas Heimreise reden wir später."

Maringer entging nicht, wie Rothbauer bei diesen Worten einen kurzen, aber deutlich missbilligenden Blick auf den Maler warf.

„Erzählen Sie weiter, Professor", sagte er.

„Ich wollte nur helfen. Als ich Sie vor der Kirche erkannte, ging es mir um einen brauchbaren Rat. Dass ich dabei furchtbar übertrieben habe, tut mir leid. Auch die Sache mit dem Zettel war unsinnig."

„Etwas anderes sollte dir leid tun", brummte Lenta. „Was hat dich dazu getrieben, eine Mail zu fälschen?"

„Du, Zacharias, wer sonst?", rief der Lehrer in einem unerwartet emotionalen Ausbruch und wandte den Kopf nach links. „Du hast mir mein Leben weggenommen, nach allem, was ich für dich getan habe! Durch mich bist du zu einem bekannten Künstler geworden! Der alte Welz hat bis zu seinem Tod von dir gesprochen. Wie schade es doch ist, dass du nicht mehr malst. Ich habe ihm nie sagen können, dass du einfach verschwunden bist und niemand den wahren Grund dafür kennt. Nicht einmal sein bester Freund." Er unterbrach sich, verschränkte seine Finger wieder ineinander und fügte deutlich leiser hinzu: „Es ist furchtbar, dass deine Frau so jung sterben musste, das habe ich dir schon vor vierzig Jahren gesagt. Aber wir beide hätten neu anfangen und alles erreichen können."

„Ich habe neu angefangen, Franz – dort, wo ich gespürt habe, dass es mir gelingen wird."

„Du warst wegen Maria in dieses Land vernarrt, hast nur an dich gedacht! Was wir gemeinsam aufgebaut haben, war dir nichts mehr wert."

„Ich hatte mich entschieden, das ist alles."

Maringer bewunderte den alten Mann für seine bedächtigen Antworten. Er selbst hätte sich schon längst mit forscheren Mitteln zur Wehr gesetzt. Er überlegte, ob allein die Jahre diese Weisheit mit sich gebracht hatten, oder doch die Beschädigungen an Herz und Seele, denen Lenta entgegengetreten war statt fortzulaufen. Wahrscheinlich leisteten beide Teile einen entsprechenden Beitrag. Überzeugt war der Inspektor jedoch davon, dass jene bewusste Auseinandersetzung mit dem Unglück von Longarone – in der Theorie wie auch als Mitglied der betroffenen Gemeinschaft – ihm einen inneren Frieden geschenkt hatte, von dem er heute zehrte. Und genau darin lag der Unterschied zwischen den beiden Männern.

„Haben Sie Signor Lenta wirklich verdächtigt, Professor?", fragte Maringer in dem Bemühen, das Gespräch wieder in die Gegenwart zu führen.

Rothbauer verneinte. „Vielleicht habe ich es damals geglaubt. Im ersten Schmerz über das, was passiert ist. Wegen des Briefes war ich von großem Neid erfüllt. Wieder hatte ich ein wunderbares Talent verloren. Dass mir gleichzeitig die schlimmste Enttäuschung meines Lebens nach so langer Zeit vor Augen geführt wurde, verstärkte das Gefühl noch."

„Aber wie kommst du darauf, ich hätte dir Aaron wegnehmen wollen?", ließ sich der Maler mit hörbarem Staunen vernehmen.

„Lies nur, du wirst dich darüber freuen", kam es lakonisch zurück. „Du hast alles bei ihm gegolten. Eine wahre Lobeshymne hat er dir verfasst."

„Haben Sie das Schreiben dabei?", erkundigte sich Maringer.

„Nein. Ich lasse es Ihnen aber zukommen, wenn Sie möchten."

„Gut", nickte der Inspektor. „Nachdem Sie also von Aarons Tod erfahren hatten, …" – er brach ab und reagierte auf einen prompten Einfall – „Wann war das eigentlich?"

„Durch Ihren Besuch in der Schule."

*Dann waren seine Emotionen damals doch echt,* dachte Maringer und fuhr fort: „Und da beschlossen Sie, ein wenig Schicksal zu spielen."

„Hätte ich nur irgendwie damit gerechnet, dass Sie nach Zacharias suchen und ihn sogar finden würden, wäre mir die Dummheit meines Handelns vermutlich bewusst geworden."

„Wir sind zwar nicht überall, Professor Rothbauer, aber Kommissar Zufall ist es." Maringer sah keinen Grund, es ihm zu verheimlichen. Er griff nach der Kartonmappe und holte das Bild heraus. „Haben Sie das schon einmal gesehen?"

Er schüttelte den Kopf. „Stammt es von dir?", fragte er Lenta.

„Das Original, ja. Aber das ist eine Kopie, die Aaron in Italien angefertigt hat." Er schaute liebevoll auf das Aquarell. „Wirklich gut."

„Warum zeigen Sie mir das, Inspektor?"

„Weil es unsere Spur nach Italien darstellt", antwortete dieser. „Dieses Bild haben wir unter Aarons Zeichnungen gefunden. Das Original hing bei einer Ausstellung in Feltre. Und nicht nur er hat dort einen Sprachkurs absolviert, auch meine Kollegin Carina Raichmann."

„Die Welt ist wirklich klein", seufzte der Lehrer und lächelte traurig. „Wahrscheinlich ist es ohnehin besser so."

„Sie haben sich durch Neid und Uneinsichtigkeit zur Fälschung eines Beweismittels hinreißen lassen." Maringers Ton machte deutlich, es war mehr als eine Feststellung. „Und außerdem zur strafbaren Beschuldigung der Anstiftung zum Selbstmord. Das alles wird man wohl nicht ohne Nachspiel regeln können."

„Ich habe Fehler gemacht, wie ich bereits sagte. Dass ich nun auch die Folgen tragen muss, ergibt sich daraus."

Seine Stimme war ruhig geblieben, hatte sogar schon wieder etwas von jener Eleganz zurückgewonnen, mit der er Maringer fast immer gegenübergetreten war. Der Inspektor fragte sich, ob Rothbauer überhaupt bedauerte, die Hintergründe der Geschichte herauskommen zu sehen. Im Unterbewusstsein konnte sich dieser durchaus gewünscht haben, die Ermittlungen der Polizei mögen zu Lentas Ausforschung führen und so ein letztes Treffen ermöglichen. Aber das gehörte ins unendliche Reich der Spekulationen.

„Sie können gehen, Professor."

Der Lehrer nickte unmerklich und stand auf. An der bereits geöffneten Bürotür verharrte er doch, drehte sich um.

„Ich wünsche dir alles Gute, Zacharias." Er sprach leise, was bei Maringer das Gefühl verstärkte, es wirklich so zu meinen. „Und verzeih mir." Auf eine Erwiderung seines Freundes wartete er nicht mehr.

Inspektor Maringer blickte starr auf das Selbstporträt und versuchte erst gar nicht, sich gegen die Enttäuschung zu wehren, die gerade über seine Wirbelsäule ins Gehirn kroch. Zwar hatte er seine Bestätigung bezüglich der E-Mail bekommen und auch den Grund dafür erfahren, doch in der Sache selbst hatte es keinen Fortschritt gegeben. Franz Rothbauer, sein einziger Verdächtiger, hatte wohl nichts mit dem Tod von Aaron Schörflinger zu tun. Seine Aggression hatte sich gegen Lenta gerichtet, und er war – sehr subtil, aber wirkungsvoll – darangegangen, sie auch auszuleben.

*Meine einzige Entscheidung besteht nur mehr darin, ob ich das alles in den Bericht aufnehme,* dachte er deprimiert. *Es ist wohl besser, „Selbstmord, Ursache unbekannt" zu schreiben, auch wenn Rothbauer dann …* –

„Ich danke Ihnen, Inspektor", sagte der alte Mann plötzlich.

„Wofür denn?" Die Worte verwirrten Maringer mehr, als mitten im Sinnieren unterbrochen worden zu sein.

„Dass Sie mich überredet haben, mit Ihnen zu kommen." Sein Lächeln war nun ungetrübt, der Blick in seinen Augen klar und offen. „Es klingt vielleicht seltsam, aber Sie haben mir die Vision eines anderen Lebens gezeigt. Nun weiß ich zum zweiten Mal, dass meine Entscheidung richtig gewesen ist."

„Irgendwie hatte ich aber gehofft, eine Lösung zu finden", begann Maringer, ermahnte sich dann jedoch, die Untersuchungen zu Aaron Schörflingers Tod nicht mehr mit Lenta zu verbinden. „Wie es auch sei – Sie haben uns jedenfalls sehr geholfen. Und es war eine große Freude, Sie kennengelernt zu haben." Maringer räusperte sich. „Entschuldigen Sie, Signore, aber ich muss Ihnen diese Frage stellen: Wie soll ich mit den Anschuldigungen gegen Sie verfahren? Ich meine, es liegt an Ihnen, Franz Rothbauer anzuzeigen."

„Ich möchte, dass es zu Ende ist, nichts weiter", gab Lenta die erwartete Antwort. „Franz hat einen immensen Verlust erlitten. Er muss damit leben lernen wie alle, denen so etwas passiert."

„In Ordnung." Der Inspektor nickte und stand auf. „Haben Sie noch einen besonderen Wunsch? Etwa einen Ort, den Sie gerne besuchen wollen?"

„Vielen Dank, aber ich möchte nach Hause. Ich bin müde."

Maringer griff zum Telefon und bat seine Sekretärin, Carina kommen zu lassen.

Eineinhalb Stunden später saß Inspektor Maringer allein beim Mittagessen im Café Classic. Eine Begegnung mit Karl Ritzl in der Polizeikantine hatte er vermeiden wollen. Also war er, nachdem Marianne Ortlieb keine Zeit hatte, zwei Stationen mit dem O-Bus gefahren und von seiner Lieblingskellnerin freundlich wie immer empfangen worden. Das Tagesmenü – Serbisches Reisfleisch mit grünem Salat – entsprach seinem Geschmack, doch nach ein paar Bissen musste er einsehen, heute war auch damit seiner trüben Stimmung nicht beizukommen. Wenn ihm das nicht einmal mehr durch ein gutes Essen gelang, standen alle Warnsignale auf Rot.

Maringer kannte den Grund: Dass alle Bemühungen der vergangenen Woche nichts anderes hervorgebracht hatten als einen Selbstmord, dessen Sinnlosigkeit sich niemand erklären konnte, lastete schwer auf seiner beruflichen Überzeugung. Diese fußte auf der Lösung, die es für jedes Rätsel gab – egal, wie lange man auch brauchte, sie zu finden.

*Bin ich froh, dass Marianne nicht da ist,* dachte der Inspektor, während er sich zwang, den ovalen Teller trotz mangelnden Hungers zu leeren. *‚Was nicht existiert, kannst auch du nicht finden', würde sie sagen. ‚Und es ist dir immerhin die Beendigung eines Jahrzehnte alten Konflikts gelungen.'* Seinen einzigen brauchbaren Einwand würde die Pathologin nicht gelten lassen: Er hatte kaum etwas dazu beigetragen. Alles war Carinas Beobachtungsgabe, später aber besonders der Gutmütigkeit von Zaco Lenta zu verdanken, der auf eine Anzeige gegen Rothbauer verzichtet hatte.

Am Ende seiner trüben Gedankenspielereien – er hatte bezahlt und war schon wieder auf dem Weg zur Haltestelle vor dem Landestheater – erinnerte sich der Inspektor an sein Versprechen, Marianne am Abend anzurufen und ein gemeinsames Essen zu vereinbaren. Die Umarmung in ihrem Büro vor ein paar Tagen fiel ihm ein, und er begann doch noch zu lächeln.

Maria Gerst war noch nicht von ihrer Mittagspause zurück, als er ins Büro kam, hatte aber einen Brief auf seinen Schreibtisch gelegt. Auf dem schweren, stilvollen Kuvert, dessen Papier aussah wie handgeschöpft, war kein Absender vermerkt und auch keine Briefmarke aufgeklebt. Offenbar hatte es jemand persönlich v abgegeben. *Herrn Inspektor Maringer, Polizei Salzburg* stand in großer, geschwungener Handschrift auf der Vorderseite, das Wort *Persönlich* war doppelt unterstrichen.

Trotz seiner Neugier ließ der Inspektor ungewöhnliche Vorsicht walten, als er mit dem Brieföffner zu Werke ging. Beinahe tat es ihm leid, das schöne Stück aufschneiden zu müssen. Er versuchte, die kurze Klinge genau an der Kante anzusetzen. Das Vorhaben gelang, und Maringer nahm ein im Drittel gefaltetes Blatt aus dem Umschlag. Am Kopf gab es auch keinen Hinweis auf den Verfasser, daher spähte er zuerst nach der Unterschrift.

*Sr. Maria Rosa*

*Merkwürdig, was will die denn,* dachte der Inspektor. Es kostete keine Mühe, sich an die junge, wunderschöne Frau zu erinnern, deren Entscheidung, ihr Leben der Geistlichkeit zu widmen, bei Carina für unerwartet heftige Reaktionen gesorgt hatte. Er zog das Blatt ganz auseinander und begann zu lesen.

*Sehr geehrter Herr Inspektor,*

*heute habe ich erfahren, dass Sie im Zusammenhang mit dem Absturz des jungen Mannes jemanden suchen, der auf dem Mönchsberg gesehen worden sein soll. Schon seit unserem Gespräch am Montag belastet mich eine Situation, die Sie vielleicht nicht verstehen können. Für mich aber stellt sie eine schwere Gewissensprüfung dar.*

*Ich habe Ihnen und Ihrer Kollegin nicht alles erzählt. Ich verschwieg es, weil ich mein Versprechen gegeben hatte.*
*Aaron ist vor Mitternacht abgestürzt. Ich habe es gehört, weil ich nicht schlafen konnte. Er hat noch gelebt, als ich zu ihm kam. Ich erkannte die Verletzung sofort und wollte den Notarzt verständigen. Da hielt er meine Hand fest und zog sie an seinen Mund. Ich beugte mich ganz dicht über ihn, aber es war fast unmöglich, ihn zu verstehen. Seine Stimme war nicht mehr als ein Flüstern, es kostete ihn alle Kraft, die noch in ihm war.*
*‚Es war mein Fehler, niemand sonst hat Schuld. Bitte, bitte warten Sie noch, erzählen Sie niemandem von meiner ...-*

Ein Klopfen an der Bürotür ließ Maringer aufschrecken.

„Verdammt!"

Welch unpassende Unterbrechung zu unpassender Zeit. Und seine Sekretärin war ausgerechnet in einem Moment nicht da, in dem er ihre unschlagbare Fähigkeit, jemanden abzuwimmeln, am dringendsten brauchte. Der Inspektor legte das Blatt verkehrt auf den Schreibtisch und stand auf.

„Herein!"

Einen Augenblick später traf Maringer ein ganzer Schwall von Erkenntnissen. Obwohl er der Person noch nie zuvor begegnet war, wusste er sofort, wer da in der Tür stand – mit verquollenen Augen und einem von Tränen überströmten Gesicht. Plötzlich stellte sich alles als richtig heraus: die Aussage des Punkers, sein Plan, den Zeitungen einen Tipp zu geben. Sogar die Regenjacke war keine Einbildung gewesen – richtig und doch falsch, denn von selbst wäre er niemals darauf gekommen. Bevor der Inspektor seine Stimme wiederfand, durchzuckte ihn noch das Wissen, dass er Sr. Maria Rosas Brief nun gar nicht mehr fertig zu lesen brauchte.

„Wie ist es passiert?", fragte er.

# Kapitel 23

Sie erzählte langsam und schleppend. Der Kampf gegen die Tränen kostete nicht weniger Mühe als jener um die Worte. Inspektor Maringer hörte zu, legte leere Tonbänder ins Aufnahmegerät ein, beschriftete die vollen. Stunden später war er wieder allein, hielt bereits die Abschrift in Händen – Maria Gerst war auf seinen Wunsch länger geblieben – und rang mit sich um eine Entscheidung.

„Einmal noch“, sagte er laut zu seinem unsichtbaren Gegner, der er selbst war, und begann ein letztes Mal von vorn. Er überging die erste Seite mit Ort, Datum und den persönlichen Daten seines unerwarteten Gastes und las.

„In Kärnten war es am Sonntag regnerisch und kalt. Also haben wir beschlossen, schon einen Tag früher heimzufahren. Das ist der Vorteil auf einem Campingplatz… Wir hatten rasch unsere Sachen gepackt und wären schon am frühen Nachmittag hier gewesen, aber am letzten Ferienwochenende war der Stau vor beiden Tunneln auf der Autobahn extrem lang. Cornelias Eltern haben mich dann noch zum Abendessen in Golling eingeladen, also wurde es nach sieben, bis wir endlich in der Stadt waren.

Ich habe Aaron von unterwegs angerufen. Er sagte, er müsse mich unbedingt sehen, weil es super Neuigkeiten gibt. Er käme aber nicht vor elf nach Hause, weil er vorher noch trainiert. Ich konnte mir nicht vorstellen, um was es ging, und deshalb wollte ich nicht so lange warten. Natürlich kannte ich seine Laufgegend, also habe ich Cornelia angelogen, bei uns wäre niemand in der Wohnung und ich hätte meinen Schlüssel vergessen. Sie hat mich mitgenommen, und wir tratschten noch ein paar Stunden über den Urlaub, der wirklich sehr schön gewesen ist.

Später, als ich kurz allein war, tat ich so, als würde ich meine Mutter anrufen. Sie ist jetzt da, sagte ich zu Cornelia, und sie borgte mir ihr Fahrrad, denn ein Taxi war mir zu teuer. Ich bin durch die

Stadt gefahren, den Mönchsberg hinauf und habe mich noch darüber gewundert, dass ich überhaupt nicht müde war. In der Nähe der Stadtalm habe ich es an eine Laterne gestellt und abgesperrt, weil die Wege oben schmal sind und oft von Rissen durchzogen. Außerdem regnete es noch immer, und ich wollte mit Cornelias Rad keinen Sturz riskieren. Also ging ich zu Fuß weiter. Die Tasche habe ich mitgenommen.

An der Stelle, wo sich der Weg zur ersten Stiege teilt, habe ich Aaron gesehen. Er hatte seine Runde beendet und machte bereits die letzten Dehnungsübungen. Sein Programm hat er immer durchgezogen, egal, wie schlecht das Wetter war. Ich erinnere mich, ihn irgendwann einmal gefragt zu haben, warum er sich das antut. ‚Jeder Schritt bringt uns weiter, jedes Training aber stärkt auch noch.' Heute bin ich nicht mehr sicher, ob ich wirklich verstanden habe, was er damit meinte. Ich weiß schon, dass man für Volleyball fit sein muss, ich spiele ja selber in der Schulmannschaft. Aber er war so gut, dass er es niemals nötig gehabt hätte, außerhalb des normalen Trainings etwas zu machen. Sein Talent war dem der anderen haushoch überlegen. Mit nicht einmal achtzehn spielte er schon ein Jahr in der Bundesliga.

Dass Aaron mich noch überschwänglicher begrüßt hat als sonst, habe ich in der ersten Freude gar nicht bemerkt. Er umarmte und drückte mich, hob mich hoch und drehte sich herum, bevor er mich wieder vorsichtig auf den Boden stellte. Erst später kam ich drauf, dass das wohl schon zum Ritual des Abschieds gehörte, den er sich für mich ausgedacht hatte.

‚Na, war es schön in Kärnten?', fragte er lachend. ‚Hoffentlich war euer Wetter besser als unseres.'

‚Jetzt ist mir jedenfalls kalt', habe ich gesagt, musste aber trotzdem lachen. Das hat er immer geschafft, egal, wie traurig und schlecht gelaunt ich auch war. Er wusste immer einen Witz, und schon bevor er ihn erzählte, schaute er so komisch drein, dass ich zu grinsen anfing. ‚Gibt es Demokratie in Russland?' fragte er mich an diesem Abend. ‚Der Präsident sagt ja, das Volk sagt nein, und beide Seiten wissen, dass es keinen Unterschied macht.'

Um ihn zu bremsen, musste ich mich auf die Zehenspitzen stellen und ihm den Mund zuhalten. Da wehte mir der Wind die Kapuze vom Kopf, und er band sie wieder fest. Er tat es so zart und vorsichtig, als ob er in mich verliebt wäre. Jedenfalls wünschte ich mir in diesem Moment, irgendwann einmal von meinem Freund so behandelt zu werden. ‚Sag mir endlich, was die Neuigkeit ist, sonst musst du sie auf meinen Grabstein meißeln, wenn ich erfroren bin.'

Auf einmal wurde er still und lächelte nicht mehr. ‚Lass uns ein Stück gehen.' Ich hakte mich bei ihm unter, er nahm meine Tasche und wir marschierten Richtung Steintreppe. Am oberen Ende gibt es zwei Bänke. Ich weiß, dass das sein Lieblingsplatz in der ganzen Stadt ist, weil er dort auch oft zeichnet.

Aaron zog seine Regenjacke aus, und wir setzten uns drauf. Er schaute mich an, sagte aber noch nichts.

‚Komm schon', drängte ich. ‚Ist die Neuigkeit so gut, dass du Angst hast, sie mir zu verraten?'

‚Ich gehe fort.' Er hat fast geflüstert, und obwohl es trotzdem gut zu verstehen war, habe ich nichts kapiert.

‚Was soll das heißen?', fragte ich zurück.

‚Wir haben dir nichts erzählt, weil niemand davon wissen durfte. Aber vorige Woche habe ich einen Vertrag beim AS Bologna unterschrieben. Ich werde Volleyball-Profi.'

Es traf mich wie ein Schlag. Erst begann ich zu weinen und dann hysterisch zu schreien, als er auch noch sagte, zu Weihnachten komme er ja wieder. Verstehen Sie das? An meinen Vater kann ich mich kaum erinnern. Jetzt würde auch noch mein großer Bruder verschwinden, den ich mehr lieb habe als sonst jemanden auf der Welt. Ich weiß noch, dass Aaron alles Mögliche probiert hat, mich zu trösten. Er wiegte mich in seinen Armen wie ein kleines Baby, sagte ‚Du kannst mich ja besuchen' und ‚Bologna ist gar nicht so weit weg.' Ich schrie aber immer weiter, wollte aus seiner Umarmung freikommen und weglaufen. Da hielt er mich plötzlich ganz fest, dass ich mich kaum noch rühren konnte, und sagte: ‚Ich habe noch eine Überraschung, Rachel, nur für dich. Wenn du mir versprichst, dich zu beruhigen, zeige ich sie dir. Es ist mein Abschiedsgeschenk. Damit du siehst, wie wichtig du für mich bist und immer sein wirst.'

Er kannte mich wirklich gut. Die Neugier war immer ein Punkt, an dem er mich drankriegte.

‚Was ist es?'

‚Du weinst nicht mehr?'

Ich wischte mir über die Augen und nickte.

‚Und du lachst auch weiter über meine Witze, die ich dir auf dem Heimweg erzählen werde?'

‚Wenn sie gut sind.'

‚Einspruch stattgegeben.' Er ließ mich los, stand auf und ging ein paar Schritte auf die Brüstung oberhalb der Stiege zu. ‚Sieh genau her, das gibt es nur hier und jetzt, im Original!'

Im nächsten Moment war er auf die oberste Eisenstange gestiegen, mit dem Gesicht zu mir. Mir war, als fiele ein dunkler Vorhang auf mich, der nur noch seine Gestalt sichtbar sein ließ. Ich fürchtete mich nicht, weil ich wusste, dass Aaron absolut schwindelfrei war, aber dann hatte ich eine schreckliche Vision. Er schwebte vor mir, über mir, war groß und stark wie ein Riese. Da fühlte ich mich so klein und wusste, dass er bereits fort war, außerhalb meiner Reichweite, und es für immer bleiben würde.

‚So werde ich in Italien an der Netzkante auftauchen, Rachel!' Plötzlich klang seine Stimme für mich fremd und bedrohlich. ‚Und kein Block kann den von mir geschlagenen Ball abwehren!'

Was danach passierte, habe ich nicht mehr bewusst miterlebt. Ich erinnere mich noch, dass ich ihm zurufen wollte, er möge doch herunterkommen oder etwas Ähnliches, aber das Bild vom schwarzen Riesen deckte alles zu. Er hob die Arme, wahrscheinlich um nach vorne zu springen, und wurde dadurch noch größer. Ich muss mich wohl gebückt haben, denn der Stein in meiner Hand lag vorher sicher am Boden. Meine Angst vor dem Riesen war auf einmal so groß, ich warf den Stein mit aller Kraft in seine Richtung und bin fortgerannt.

Mein Bruder, mein bester Freund! … Ich habe ihn umgebracht!"

„Nein, das hast du nicht, Rachel."

Es waren die ersten Worte des Inspektors gewesen, nachdem das Mädchen fünf Minuten nichts mehr gesagt hatte und auch ihre Tränen versiegt waren. Er überflog rasch, was er vom Brief der Ordensschwester noch nicht gelesen hatte, ging dann um seinen Schreibtisch herum und rückte den zweiten Besuchersessel näher zu ihrem.

„Aaron hat sich selbst in Gefahr begeben. Keiner kennt den Grund dafür, auch du nicht. Dass es ein gewaltiger Fehler gewesen ist, hat er selbst noch zu jemandem gesagt und dich damit schützen wollen."

Sie schaute ihn mit großen Augen an. „Zu wem denn?"

Maringer berichtete von dem Schreiben. Maria Rosa hatte beschlossen, ihr Versprechen zu halten. „Sie wollte dir damit einen Vorsprung verschaffen, den du gar nicht gebraucht hast." *Noch eine Unsinnigkeit mehr in der ganzen Geschichte,* musste er denken und fuhr laut fort: „Was geschah dann?"

„Ich habe das Rad vor Cornelias Wohnung abgestellt und bin durch die Stadt gegangen, wusste nicht, wo ich hin sollte. Ich habe keine Ahnung, wann ich nach Hause gekommen bin, aber da hatte ich schon Fieber."

*Dass sie ein zweites Mal weggelaufen ist, hat sie gar nicht mitbekommen,* dachte er und fragte weiter: „Der Erstickungsanfall letzte Woche. Weißt du, warum der passiert ist?"

Rachel senkte schuldbewusst den Kopf und nickte stumm. Was nach dem Unglück durch ihr Schweigen geschehen war, hatte nur sie selbst getroffen.

„Hätte ich davon erfahren, dass Sie nach einem Mörder suchen, wäre ich sicher früher gekommen."

Diese Worte versetzten dem Inspektor einen kleinen Stich – und fügten zu seinem Berg von Erkenntnissen noch eine weitere hinzu. Er sah nun deutlich, wieso er sich während der Bearbeitung des Falles nie wirklich wohl gefühlt hatte. In seiner Verbohrtheit, einen Schuldigen finden zu müssen, war kein Platz gewesen für die Vorstellung eines schlichten Unfalls. Dass der nun geklärte Hergang fast bizarr wirkte, machte den größeren Zusammenhang wertlos, den er stets hinter dem Tod des jungen Sportlers vermutet hatte. Es gab keine Gewinner, kein Verzeihen, nur eine unglückliche Kette von Missverständnissen. Man konnte bis zu Brigitte Schörflinger zurückgehen und zu Aaron selbst, die beide der kleinen Rachel die Verhandlungen mit dem AS Bologna verschwiegen hatten, um sie nicht zu verletzen. Diese Winzigkeit hatte ein Menschenleben gekostet, ein wertvolles künstlerisches Talent vernichtet. Sie hatte einen verhärmten Mann dazu gebracht, aus jahrelangem Hass eine Straftat zu begehen und – schlimmste aller Wirkungen – ein halbes Kind aus Unverständnis und Angst vor Einsamkeit zu einem fatalen Wutausbruch verleitet. Je klarer der Inspektor die Simplizität jenes aus dunklen Steinchen gefertigten Mosaiks erkannte, desto erdrückender wurde für ihn die Tragik. Doch noch immer saß das verstörte Mädchen neben ihm. Ihr zu helfen war alles, was Maringer in der ganzen Sache zu tun blieb.

„Hör' zu, Rachel. Wir haben nie nach einem Mörder gesucht." Er wählte seine Worte mit Bedacht und meisterte auch die schwierige Aufgabe, seine Stimme eindringlich und zugleich beruhigend klingen zu lassen. „Es ist sehr wichtig, dass du das verstehst. Wir haben Nachforschungen angestellt, weil wir uns nicht erklären konnten, wie man von dort überhaupt hinunterstürzen kann. Gründe für einen Selbstmord gab es nicht." In Gedanken verwünschte der Inspektor Franz Rothbauer, der mit seinem selbstsüchtigen Intermezzo für zusätzliche Verwirrung gesorgt hatte. „Unsere Aufgabe bestand nur in der Klärung des Hergangs."

„Aber mein Stein hat ihn doch … –"

„Wolltest du Aaron treffen?" Maringer beugte sich noch ein Stück näher zu ihr. „Wolltest du, dass er abstürzt?"

„Nein …"

„Kein Mensch, der einen tödlichen Verkehrsunfall verursacht, ist ein Mörder, Rachel", bemühte er einen Vergleich in der Hoffnung, dass ihr seine Metapher verständlich war. „Wenn du bei dem Bild bleiben willst, ist die Schuld zwischen Aaron und dir gleich verteilt. Er hätte nie auf das Geländer steigen dürfen. Das war wie eine Geisterfahrt auf der Autobahn. Die Wahrscheinlichkeit eines Unfalls stieg extrem stark an."

„Aaron war völlig schwindelfrei, er wäre niemals heruntergefallen." Es klang trotzig.

„Woher weißt du das?" Ein letzter Versuch, schon sehr knapp an der Grenze, doch Maringer musste es riskieren. „Hast du gesehen, wie ihn der Stein getroffen hat? Oder gehört, wie er im Klosterhof aufgeschlagen ist? Hast du nach dem Stein gesucht, Rachel?"

Sie bedeckte ihr Gesicht mit den Händen, beugte sich nach vorne, begann wieder zu schluchzen. „Ich weiß gar nichts mehr … ich kann mich nur erinnern, wie er gefallen ist … ohne einen einzigen Schrei!"

Rachel bekam einen neuerlichen Weinkrampf. Der Inspektor legte seine Hände auf ihre Schultern, richtete sie auf. Ohne ihn anzusehen, umschlang sie seinen Hals, und er wiegte sie, bis kein Laut mehr zu hören, kein Zittern zu spüren war, und er selbst darauf vergessen hatte, Polizist zu sein.

„Soll ich deine Mutter anrufen, damit sie dich abholt?"

„Nein, die ist noch bis morgen auf einer Schulung in Wien", antwortete das Mädchen. „Jetzt ist es nicht mehr so warm draußen, die Fahrt wird mir guttun."

Möchtest du, dass ich später jemanden vorbeischicke?", bot Maringer an. „Oder willst du mit mir noch einmal reden?"

„Danke, ich schlafe bei einer Nachbarin. Wir kommen schon klar." Sie war erwachsener, als es ihrem Alter entsprach. Er ermahnte sich, das nicht zu übersehen, griff aber trotzdem nach einer Visitenkarte und kritzelte etwas darauf.

„Du kannst mich jederzeit anrufen, auch privat."

Rachel stand auf, wandte sich aber nicht zur Tür.

„Sie werden es meiner Mutter sagen, nicht wahr?"

„Ich muss. Wir können es aber gemeinsam tun."

„Sonst noch jemandem?"

„Nein, keine Sorge." Maringer schob die beiden Stühle wieder in ihre ursprüngliche Position. „Denk nur daran, worüber wir gesprochen haben. Es ist keine Ausrede, keine Verdrehung von Tatsachen. Nur die Wahrheit." Er ging neben ihr her und fühlte deutlich ihr

Vertrauen, als sie ihm die Hand gab. Dies löschte die letzten Zweifel an ihrer Stärke.

„Danke, Inspektor Maringer."

„Gerne geschehen. Sag deiner Mutter, sie möchte mich anrufen, wenn sie wieder da ist."

Er schaute ihr nach, wie sie durchs Vorzimmer ging, und lächelte ob des erstaunten Blicks seiner Sekretärin, als Rachel nicht vergaß, sie über den Computerbildschirm hinweg zu grüßen.

Dreimal hatte er die Abschrift nun gelesen. Noch immer war sich der Inspektor nicht klar darüber, was er nun in seinen Abschlussbericht schreiben sollte und was nicht.

*Lass es doch absitzen!*, rief sein kleiner Ratgeber im Hinterkopf. *Präsident Strauß hat sich am Nachmittag nicht gemeldet, er ist sicher schon gegangen. Übrigens würde dir genau das nun am meisten nützen.*

Kein schlechter Vorschlag, doch Maringer hatte eine viel bessere Idee: Er griff zum Telefonhörer und wählte die einzige externe Nummer in Salzburg, die er auswendig kannte.

Obwohl der Inspektor zu Fuß ging, erreichte er den Toscanini-Hof vor seiner Verabredung. Also betrat er die kleine Bar am hinteren Ende und bestellte ein großes Bier. Die obere Hälfte des Glases genehmigte er sich als Belohnung dafür, den Fall doch abgeschlossen zu haben – das Wort *gelöst* verwendete er nicht einmal in Gedanken. Die untere Hälfte sollte als Stärkung dienen – der Aufstieg über die Clemens-Holzmeister-Stiege ließ sich nicht vermeiden, doch Maringer hoffte inständig, dass es vorläufig das letzte Mal war.

*Wenigstens kann mich Carina heute nicht hetzen,* überlegte er dankbar und genoss das kühle Getränk. Die Idee, seine junge Kollegin mit Zaco Lenta zurück nach Feltre zu schicken, brachte so auch für ihn selbst einen Vorteil, auch wenn er dafür seinen Volvo hatte zur Verfügung stellen müssen.

Der Inspektor schaute sich nach einer Zeitschrift um. Da ging die Tür auf, und Dr. Marianne Ortlieb kam herein.

„Entschuldige, dass es so lange gedauert hat, Raimund. Aber der Verkehr durch die Stadt ist um diese Zeit unerträglich." Sie küsste ihn leicht auf die Wange, bestellte an der Bar einen gespritzten Weißwein und setzte sich. „Was gibt es denn so Dringendes, dass du mich von meiner weltbewegenden Arbeit aufscheuchst?"

„Ich brauche deinen Rat, Marianne", erwiderte der Inspektor. „Aaron Schörflingers Sturz nebenan" – er machte eine fahrige Bewegung in Richtung St.-Peter-Bezirk – „hat sich vor ein paar Stunden aufgeklärt."

„Tatsächlich?" In ihrer Überraschung registrierte sie gar nicht, wie der Kellner das Glas auf den Tisch stellte. „Das ging jetzt aber schnell."

„Du hast einen wichtigen Hinweis gegeben – die Stirnwunde spielt doch eine Rolle."

„Komm schon, mach es nicht so spannend", sagte sie in gespieltem Ärger. „Zuerst möchte ich aber wissen, warum du mich ausgerechnet hier treffen wolltest, damit du mir davon erzählst. Es gibt gemütlichere Bars, und außerdem wäre auch Zeit fürs Abendessen."

„Wir müssen noch einmal auf den Mönchsberg." Maringer sagte es, als wäre die Gesellschaft der Pathologin beim Aufstieg aus beruflichen Gründen unerlässlich. „Aber hör erst, was sich ergeben hat."

Er begann bei seiner Unterhaltung mit den Punkern, berichtete vom Entschluss, nach Italien zu fahren, und verschwieg dabei auch nicht, wie sehr sein Verdacht irrtümlicherweise auf Franz Rothbauer konzentriert gewesen war. Die Gegenüberstellung am Vormittag hatte zwar die Fälschung der E-Mail geklärt, aber auch bewiesen, dass der Lehrer nichts mit Aarons Tod zu tun haben konnte. Danach holte er Sr. Maria Rosas Brief aus der Tasche und wartete geduldig, bis Marianne ihn gelesen hatte. Als Maringer schließlich Rachels Auftauchen und ihr Geständnis schilderte (es ärgerte ihn, kein besseres Wort dafür parat zu haben), wandelte sich das Staunen der Pathologin in Bestürzung.

„Kann es so einfach sein?", fragte sie leise und reichte den Brief über den Tisch, als er geendet hatte.

„Furchtbar einfach", gab er nur zurück. „Und das bleibt es, wie du diese zwei Wörter auch drehst und wendest."

„Aber wenn sie dem Kind bloß gesagt hätten … –"

„Ein Unglück, das nur durch Missverständnisse entstanden ist." Die Betrübnis des Inspektors wurde in seiner Stimme deutlich. „Diese Sinnlosigkeit macht es so schwer für mich. Alle haben sie erkannt und versucht, eine Bedeutung zu finden, die es nicht gab. Die Ordensschwester, weil sie Rachel helfen wollte. Franz Rothbauer, um eine uralte Rechnung zu begleichen, die in Wirklichkeit nie existiert hat."

„Und was willst du oben? Deine Stimmung aufbessern?"

Jeder andere hätte ihre Bemerkung als unpassend abgetan. Doch Maringer kannte Marianne lange genug, um zu wissen, was sie damit meinte.

„Ich möchte nur sicher sein, dass ich mein langes Gespräch mit Rachel nicht noch selbst durch eine Unaufmerksamkeit sabotiere", antwortete er und winkte nach der Rechnung. „Komm, gehen wir."

Gemächlich stiegen sie nebeneinander die Steintreppe empor, Marianne bei ihm untergehakt. Um diese Zeit waren kaum noch Spaziergänger hinauf unterwegs. So mussten sie nicht fürchten, jemanden aufzuhalten, der es womöglich eiliger hatte.

„Inwiefern brauchst du einen Rat von mir, wo alles zu Ende ist?", fragte sie leise. Maringer hatte ihre Stimme noch nie zuvor so nahe vernommen, und er spürte eine Ahnung angenehmer Wärme in sich. Sie zerstob jedoch sofort, als die zwei Bänke und die große Linde in Sicht kamen.

„Ich habe nicht die geringste Idee, was ich in meinen Bericht schreiben soll."

Sie waren oben angekommen. Der Inspektor trat an die Brüstung und starrte in den Innenhof des Klosters.

„Aaron steigt auf das Geländer, weil er seine Schwester beeindrucken will. Sie wirft – keiner weiß, warum – einen Stein nach ihm, trifft seinen Kopf, worauf er hinunterstürzt und sich das Genick bricht." Er drehte sich wieder zu ihr, und zum ersten Mal fiel ihm auf, wie intensiv ihre grauen Augen hinter der Designerbrille strahlten. „Strauß wird mich auslachen und dann der Selbstmordversion den Vorzug geben. Oder schlimmer – er glaubt mir und ordnet weitere Untersuchungen an."

„Die du Rachel und ihrer Mutter ersparen willst."

„Sie haben genug durchgemacht und werden noch lange keinen Frieden finden", war Maringer überzeugt. „Für das Mädchen ist jetzt Heilung wichtig, die ohnehin mühsam ist. Nicht das Aufkratzen der Wunden."

Die Gerichtsmedizinerin ging ein paar Schritte zurück und betrachtete den dicht belaubten Baum, der die Sicht auf das Koster großteils verdeckte.

„Es hat in jener Nacht doch geregnet, nicht wahr?"

Der Inspektor bejahte ohne zu wissen, worauf sie hinaus wollte.

„Und der Wind? War der sehr stark?"

„Das ist anzunehmen", erwiderte er zögernd, doch dann kam eine Erinnerung. „Die Punker haben davon geredet, ja."

„Den Leichtsinn verstehe, wer will", meinte Marianne und schüttelte den Kopf. „Die Lösung läge auf der Hand, Raimund. Sie hängt nur von deinem beruflichen Ethos ab."

„Könntest du bitte ein bisschen deutlicher werden?"

„Bei einem solchen Wetter brechen immer Äste von den Bäumen, verstehst du? In der Nacht von Sonntag auf Montag wird es nicht anderes gewesen sein."

Trotz seiner Müdigkeit klärten sich nun auch Maringers Gedanken. „Und einer dieser Äste hat Aaron an der Stirn verletzt."

„Du hast es erfasst."

„Aber das müsste Rachel und ihrer Mutter verständlich gemacht werden", zweifelte er noch immer. „Und da ist noch Schwester Maria Rosas Brief… –"

„Es gibt keinen Brief und auch keinen Stein", unterbrach ihn Marianne, als redete sie von einer Tatsache. „Wenn du die Sache mit ihr besprichst, wird sie dich sicher unterstützen. Schon von Beginn an hat sie nur an Rachel gedacht und danach gehandelt."

„Ich werde darüber nachdenken." Maringer trat neben sie und ging unvermittelt in die Knie.

„Was soll das bitte werden?" Sie war überrascht und erheitert zugleich. „Endlich ein Mann zu meinen Füßen!"

Der Inspektor stützte sich mit einer Hand am verwitterten Holz der ersten Bank ab und strich mit der anderen über den Boden darunter. In der hintersten Ecke ertasteten seine Finger tatsächlich, wonach er suchte. In einem plötzlichen Déjà-vu-Erlebnis erinnerte er sich, vor einer Woche zu Carina Raichmann genau an dieser Stelle gesagt zu haben, des Rätsels Lösung würden sie auf dem Mönchsberg sicherlich nicht finden.

Er richtete sich wieder auf und streckte der Pathologin die offene Handfläche entgegen. Darauf lag ein erdiger Brocken, kleiner und leichter, als er es erwartet hatte. Eine Seite wies winzige dunkle Flecken auf, vielleicht Aarons Blut. Es war kaum vorstellbar, aber der Stein bedeckte gerade die Hälfte seiner Handfläche.

Marianne setzte sich auf die Bank. Er folgte ihrem Beispiel.

„Ich habe nicht einmal danach gesucht", sagte Maringer leise und schloss die Finger, als könnte er dadurch das winzige Indiz, seine düstere Traurigkeit, die ganze Geschichte verschwinden lassen. Er senkte den Kopf, doch gleich darauf spürte er ihre Hand an seiner Wange.

„Hey, schau mich an."

Durch den Schleier aus Enttäuschung und Unwillen fanden seine Augen kaum einen Weg. Aber er nahm sich zusammen und erhielt ein wunderschönes Lächeln zur Belohnung.

„Als du hier warst, gab es nichts mehr zu retten. Das weißt du." Sie fuhr unter seinen Arm und verschränkte ihre Finger mit den seinen, wie sie es in ihrem Büro schon einmal getan hatte. „Du bist nicht Polizist geworden, um Dinge zu klären, die für den normalen Verstand undenkbar sind. Genauso wenig habe ich die Pathologie gewählt, um die Toten wieder aufzuwecken."

„Du hast schon recht. Aber ich fühle mich trotzdem elend."

„Das steht dir auch zu, wie jedem Menschen." In Mariannes Blick lag wärmste Zuneigung, und langsam bahnte sich diese auch einen Weg ans Ziel. „Warum gehen wir nicht wieder nach unten und essen irgendwo eine Kleinigkeit? Dann können wir ausführlicher über meinen Vorschlag diskutieren."

Maringer schaute ihr ins Gesicht. Je länger er sich auf die hohe Stirn, die sanft geschwungene Nase und den leichten Amorbogen ihrer Lippen konzentrierte, desto geringer wurde die Last auf seiner Seele. Er verstärkte den Druck seiner Hand, die noch immer in der ihren lag, und sagte: „Du bist ein wunderbarer Mensch, Marianne. Weißt du das?" Dann beugte er sich zu ihr und gab ihr einen Kuss auf die Wange.

Auf dem Weg nach unten redeten sie über Möglichkeiten, Rachel bei der Verarbeitung des Erlebten zur Seite zu stehen.

„Ich schicke dir ein paar Namen von geeigneten Leuten ins Büro", meinte sie. „Wie du mir das Mädchen beschrieben hast, findet sie sicher einen Weg zurück."

„Das denke ich auch", stimmte er zu. „Hoffentlich konnte ich sie überzeugen, dass es nicht ihre alleinige Schuld war."

Sie erreichten die Neutorstraße und den Eingang zur Mönchsberg-Tiefgarage.

„Sag ihr einfach, du hast nach dem Stein gesucht." Marianne blieb neben einem Papierkorb stehen und blinzelte bedeutsam. In diesem Moment begriff der Inspektor: Es war wirklich vorbei.

„Zu blöd, dass ich nichts gefunden habe", meinte er lächelnd und ließ den Stein aus seiner Hand fallen, gefolgt von einem sorgsam zerrissenen Blatt Briefpapier. „Bringst du mich nach Hause, Marianne? Mein Volvo ist in Italien."

„Zu dir oder zu mir?"

# Epilog

*Sehr geehrter Signor Lenta!*

*Ich darf hoffen, Sie hatten eine angenehme Rückfahrt nach Vignui. Carina hat mir jedenfalls begeistert von der interessanten Unterhaltung mit Ihnen berichtet. Sie war auch von dem Besuch in Longarone sehr angetan.*

*Aarons Sturz vom Mönchsberg hat sich als Unfall herausgestellt. Besonders tragisch daran ist, dass seine Schwester Rachel dabei war und nicht mehr eingreifen konnte. Sie wird psychologisch betreut und ist schon auf dem Weg der Besserung.*

*Als Beilage finden Sie eine Kopie von Aarons Brief an seinen Lehrer Franz Rothbauer. Dieser hat 1965 nach der Scheidung der Eltern den Namen seiner Mutter angenommen. Aus diesem Grund war er Ihnen nicht geläufig.*

*Ich lasse Ihnen den Brief zukommen, weil ich glaube, er kann für Sie eine schöne Erinnerung sein. Obwohl nicht an Sie gerichtet, beschreibt Aaron darin seine Zeit in Italien und wie sehr er Ihre künstlerischen Unterweisungen geschätzt hat.*

*Die Begegnung mit Ihnen war eine große Freude und Ehre für mich. Ihre Geschichte ist beeindruckend, noch mehr aber der Mut, mit dem Sie sich Ihrem Schicksal gestellt und nach neuen Perspektiven für Ihre Zukunft gesucht haben. Man kann nur jedem Menschen wünschen, mit ähnlicher Konsequenz den Aufgaben begegnen zu können, die das Leben uns stellt.*

*Herzliche Grüße aus Salzburg!*

*Raimund Maringer*

*P.S.: Sollten Sie einmal Ihre Meinung ändern und Ihre Bilder hier ausstellen wollen, kenne ich jemanden, der sicherlich gerne mit Ihnen zusammenarbeiten würde.*

*Sehr geehrter Herr Professor!*

*Ich schreibe diesen Brief noch in Feltre, aber da ich schon morgen heimfahre, werde ich ihn nicht mehr zur Post geben, nach allen Schauergeschichten, die man so hört. Vielleicht bringe ich ihn auch selbst vorbei. Ich will Ihnen unbedingt von einer wunderbaren Bekanntschaft erzählen, die ich hier unverhofft während meines Kurses machen durfte.*

*Eigentlich wollte ich mich nur mit der Sprache meiner zukünftigen Heimat beschäftigen und nebenbei ein bisschen trainieren. Aber dann habe ich einen alten Mann getroffen, der früher einmal, so sagt er jedenfalls, ein ambitionierter Maler gewesen ist, ein hoffnungsvolles Nachwuchstalent – eigentlich genau das, was auch Sie in mir sehen. Ein Bild von ihm war bei einer Ausstellung vertreten. Nur eines, aber das war so toll, dass ich es einfach nachmalen musste, perfekt in Tiefe und Ausdruck. Es ist mir auch wirklich gut gelungen.*

*Während ich daran gearbeitet habe, lernten wir einander kennen. Sein Name ist Zaco Lenta, wahrscheinlich eine Kurzform von Zacharias. Wir haben uns fast jeden Tag getroffen, sind spazieren gegangen, haben über Malerei geredet. Natürlich hat mich irgendwann die Lust gepackt, und ich durfte in seinem Atelier arbeiten, das in einem alten Bauernhaus eingerichtet ist. Hunderte Bilder muss er dort gemalt haben, eines schöner als das andere. Sein Stil gefiel mir auf Anhieb, besonders die Dichte in seinen Landschaften.*

*Bald hat er damit begonnen, mir Unterricht zu geben. Meine Arbeitsweise hat er gelobt und auch gemeint, dass ich einen guten Lehrer haben muss. Ich gebe hiermit dieses Kompliment sehr gerne an Sie weiter.*

*Im Laufe der Zeit wurde mir wieder einmal klar, wie viel mir das Malen bedeutet. Eine Liebe meines Lebens, die ich niemals mehr missen möchte. Oft muss ich lachen, wenn ich daran denke, wie verrückt diese Kombination ist – Volleyball und bildende Kunst. Aber beides hat mit Erkennen zu tun, mit Genauigkeit und noch vielen anderen Dingen.*

*Zaco Lenta ist ein Glücksfall für mich. Bologna liegt nicht so weit von Feltre entfernt, und so werde ich hin und wieder Zeit haben, ihn zu besuchen und noch mehr von ihm zu lernen. Und jetzt kommt das Beste: Er ist Salzburger! Zwar ist er schon vor vielen Jahren aus Österreich weggegangen, spricht aber noch immer sehr gut Deutsch. Wir können uns wunderbar zweisprachig unterhalten. Ich habe auch von Ihnen erzählt, Herr Professor. Ihren Namen kennt er jedoch nicht.*

*Wenn ich die Gelegenheit dazu habe, zeige ich Ihnen die Bilder, die in seinem Atelier und in der herrlichen Landschaft des Feltrino entstanden sind. Sie werden mir zustimmen, dass ich große Fortschritte gemacht habe, wie auch in den Jahren unter Ihrer Anleitung.*

*Beste Grüße aus dem Land der Kunst sendet*
*Aaron Schörflinger*

***** ENDE *****

*In Erinnerung an*

*Prof. Alice „Lizzy" Cermak*

*Akademische Malerin und*
*Meisterin der Kardinalschnitte*

# *Nachbemerkung und Dank*

Inspektor Maringers zweiten Fall habe ich im Jahr 2003 geschrieben, direkt nach der Originalfassung von „Der ferne Zwilling“. Dass der Roman erst 2014 veröffentlicht wird, hat vornehmlich mit meinem Leben dazwischen zu tun, aber auch mit anderen literarischen Projekten.

Die im Buch vorkommende Computer- und Kommunikationstechnik sowie Maringers Umgang damit mögen heute ein wenig altmodisch erscheinen. Dennoch habe ich mich bei den Vorbereitungen dieser Druckfassung dazu entschlossen, keine Modernisierung vorzunehmen. Die Handlung an sich ist zeitlos, der Roman mit all seinen Facetten dem Urteil meiner Leserinnen und Leser unterworfen.

Groß ist meine Freude, dass es auch nach über zehn Jahren die gleichen Menschen sind, die mich bei der Arbeit an meinen Büchern unterstützen und begleiten.

Mein herzliches Dankeschön gilt Elisabeth Gölß für ihr aufwendiges und profundes Lektorat, weiters Marco Horwat für die Gestaltung des spannenden, viel diskutierten Covers und schließlich Herbert Weishaupt, der alle Einzelteile zu einem, wie wir hoffen, ansprechenden Ganzen geformt hat.

Rif bei Salzburg,
September 2014

Hannes Glanz

## Der ferne Zwilling

***Inspektor Maringers erster Fall***
***Kriminalroman***

ISBN 978-3-7059-0359-3
Coverdesign von Marco Horwat
13,5 x 21 cm, 232 Seiten, Brosch., € 14,50

Auf einer viel befahrenen Kreuzung in Salzburg rast ein Kleinwagen in einen LKW. Ein junger Musikstudent kommt dabei ums Leben. Die Mutter des Opfers glaubt nicht an die Unfalltheorie der Polizei, und tatsächlich findet sich ein Schlafmittel im Blut des jungen Mannes. Inspektor Raimund Maringer, eben erst aus der Steiermark in die Mozartstadt übersiedelt, beginnt zu ermitteln. In unermüdlicher Kleinarbeit kommt er hinter ein Geheimnis, das so erstaunlich wie erschreckend ist.
In spannender und meisterlicher Erzählweise lässt der Autor das Bild eines sensiblen Mannes mittleren Alters entstehen. Das neue Mitglied unter den literarischen Ermittlern beeindruckt durch seinen messerscharfen Verstand, Durchsetzungsvermögen, kühle Logik und Hartnäckigkeit.

Weishaupt Verlag, A-8342 Gnas
TEL +43-3151-8487, FAX +43-3151-84874
e-mail: verlag@weishaupt.at
Internet: www.weishaupt.at